Aldo Harrison ist nicht der, der er vorgibt zu sein. Und über das, was er tut, spricht er nicht gern. Denn Aldo betreibt Identitätsdiebstahl in großem Stil. Zerrissene Kontoauszüge in der Altpapiertonne genügen ihm, um den Kontoinhaber im Computer ausfindig zu machen. Dann verschafft er sich Zugang zu seinen Konten und plündert sie schamlos.
Doch der letzte Coup gerät außer Kontrolle, als plötzlich sein bester Freund angeschossen und schwer verletzt wird. Aldo Harrison ist mit einem Mal in arger Bedrängnis, als die junge ehrgeizige Polizistin Paige McGraw sich an seine Fersen heftet. Denn Paige spürt instinktiv, dass mit Aldo etwas nicht stimmt …

James W. Bennetts war über zwanzig Jahre lang für verschiedene Universitäten der USA im EDV-Bereich tätig. Gegenwärtig arbeitet er an der University of St. Thomas in St. Paul, Minnesota. Der Autor lebt in Richfield, Minnesota. ›Tricky‹ ist sein erster Roman.

Unsere Adresse im Internet: www.fischerverlage.de

JAMES W. BENNETTS

TRICKY

Thriller

Aus dem Amerikanischen
von Susanne Goga-Klinkenberg

Fischer Taschenbuch Verlag

Veröffentlicht im Fischer Taschenbuch Verlag,
einem Unternehmen der S. Fischer Verlag GmbH,
Frankfurt am Main, Juni 2007

Published by Arrangement with James W. Bennetts

Dieses Werk wurde vermittelt durch die
Literarische Agentur Thomas Schlück GmbH,
30827 Garbsen
Für die deutsche Ausgabe:

Satz: Pinkuin Satz und Datentechnik, Berlin
Druck und Bindung: Ebner & Spiegel, Ulm
Printed in Germany
ISBN 978-3-596-17392-1

Prolog

FEBRUAR 1991
NAHE DER IRAKISCH-KUWAITISCHEN GRENZE

Der Geländewagen stoppte in einem Wirbel aus Sand und Kies knappe zweihundert Meter vor dem zerstörten irakischen Schützenpanzer. Drei US-Soldaten im Kampfanzug sprangen heraus, schwärmten aus und rannten in kurzen, vorsichtigen Sprints zum Fahrzeug hinüber. Außer dem Knirschen ihrer Stiefel und dem ständig wehenden Wind war kein Laut zu hören.

Ein MG-Schütze gab ihnen vom Geländewagen aus Deckung. Der fünfte hockte angespannt auf dem Fahrersitz, eine Hand am Lenkrad, die andere am Schalthebel.

Fünfzehn Meter vor dem Schützenpanzerfahrzeug, das noch aus Sowjetzeiten stammte, duckten sich die Männer und richteten die Waffen auf das gespenstische Wrack. Der mittlere nickte, stand auf und lief im Zickzack weiter, wobei er die Waffe auf die offene Klappe oben auf dem Fahrzeug gerichtet hielt. Dann warf er sich vor einem der vier platten Reifen, die halb im Sand versunken waren, zu Boden. Der stählerne Riese ragte über ihm empor. Er hängte sich das Sturmgewehr über die Schulter und fischte eine Handgranate aus der Westentasche.

Er nickte den anderen zu, zog den Sicherungsstift, schoss herum, sprang auf das Rad des Panzers und warf die Handgranate in die offene Klappe. Sie verschwand mit einem metallischen Poltern in der stählernen Tiefe.

Der Soldat sprang hinunter und kauerte sich neben das Rad. Wartete auf die Explosion.

Eine Sekunde später erschütterte ein dumpfer Knall die Wüste. Grauer Qualm drang aus der Klappe.

Wie auf ein Stichwort rannten die beiden anderen Männer los. Einer kletterte auf den Panzer und feuerte rasche Salven in alle Klappen, der andere rannte von vorn um den Schützenpanzer herum. Hielt Ausschau nach Flüchtenden, entdeckte aber nur alte, verwehte Fußspuren, die sich in der Ferne verloren. Er winkte die beiden Kameraden aus dem Geländewagen herbei.

Als sie am Wrack eintrafen, waren die beiden Schützen dabei, das verkohlte Wageninnere zu überprüfen. Es war leer.

»Alles klar!«, rief der Anführer und steckte den Kopf aus der qualmenden Klappe.

»Alles klar!«, wiederholte sein Kamerad von hinten.

Der Schütze im Mannschaftswagen schob die Schutzbrille auf den Helm. Sein schmutziges, vom Wind gerötetes Gesicht wirkte düster.

»Ist doch Scheiße. Kein lebender Iraker, seit wir heute früh losgefahren sind. Wo zum Teufel sind die alle hin?«

Sein Kamerad, der neben der Fahrertür kniete, schaute nach oben, wo ein Flugzeug in großem Bogen ihre Stellung umkreiste.

»Hoffentlich hat der mehr Glück.«

Der Pilot der A-10 Warthog sondierte die Wüste tief unter ihm. Einige Bombenkrater, brennende Laster und Panzer, zerstörte Bunker. In der Ferne stiegen schwarze Rauchwolken und Feuerzungen von den brennenden Ölfeldern in Kuwait auf, die die Iraker bei ihrem überstürzten Rückzug in Brand gesetzt hatten. Meistens aber sah er nur Wüste.

Zu Beginn des Einsatzes hatte er einige fliehende Iraker erschossen, die mit einem Zivilfahrzeug im Sand stecken geblieben waren. Danach hatte es keine wirklich lohnenden Ziele mehr gegeben. Allmählich ging ihm der Treibstoff aus, doch er wollte ungern mit beinahe vollzähliger Munition zurückkehren. Genervt schaltete er das Funkgerät ein.

»Ice Cap Alpha, hier Digger Zwei Drei, Over.«

In den Kopfhörern in seinem Helm knisterte es.

»Digger Zwei Drei, hier Ice Cap, Over«, kam die gut gelaunte Antwort.

»Ice Cap, mein Vogel hat Durst. Erbitte Rückflugerlaubnis.«

»Roger, Digger Zwei Drei, Sie können die Position verlassen.«

»Roger, Ice Cap, ich drehe ab. Hasta luego.«

»Mañana, Digger Zwei Drei.«

Er wollte gerade in Richtung Saudi-Arabien fliegen, als er unter sich einen irakischen Schützenpanzer und ein weiteres Fahrzeug entdeckte. Er flog eine langsame Runde über sie hinweg. Sah Bewegungen zwischen den Fahrzeugen.

»Ice Cap, hier Digger Zwei Drei«, meldete er sich erneut. »Habe einen Bravo Tango Romeo und ein weiteres, nicht identifiziertes Fahrzeug sowie Personen gesichtet. Eigene Operationen in der Gegend?«

»Moment«, erwiderte Ice Cap. »Negativ, Digger Zwei Drei.« Pause. »Big Eye erbittet Vorbeiflug zwecks Identifizierung.«

»Roger, Ice Cap.«

Der Pilot der A-10 drehte noch eine Schleife. Dann meldete er sich wieder bei Ice Cap.

»Ice Cap, hier Digger Zwei Drei. Bestätige einen Bravo Tango Romeo Sechs Null, einen gepanzerten Geländewagen und drei bis fünf Kämpfer. Sieht aus, als würden sie sich neu bewaffnen und ausrüsten. Erbitte Erlaubnis, Ziel unter Beschuss zu nehmen.«

Knistern im Kopfhörer.

»Roger, Digger Zwei Drei. Big Eye gibt Einsatz frei.«

»Roger Ice Cap.«

Der Pilot seufzte erleichtert. Also würde er doch ohne Munition zum Stützpunkt zurückkehren, wenigstens ein Erfolg. Er drückte den Steuerknüppel des Kampfflugzeugs nach vorn und schoss hinab.

Die Männer am Boden hörten das drohende Heulen der zweimotorigen Warthog und schauten automatisch nach oben. Das ebenso plumpe wie kraftvolle Flugzeug raste genau auf sie zu. Die Luft dahinter flimmerte vor Hitze. Entsetzt wollten sie in Deckung gehen, doch es war schon zu spät.

Die Panzerabwehrrakete bohrte sich mit einem ohrenbetäubenden Knall seitlich in den Schützenpanzer und zerfetzte den Anführer des Trupps. Das Fahrzeug ging augenblicklich in Flammen auf. Ein Mann war auf der anderen Seite in Deckung gegangen und schrie auf, als das brennende Stahlungeheuer kippte und ihn unter sich begrub.

Glühende Metallsplitter rissen den Bauch des MG-Schützen auf und zerschmetterten seine Waffe. Der Soldat, der neben ihm kniete, wurde enthauptet. Nur der Fahrer des Geländewagens hatte den ersten Angriff überlebt, aber Schnittwunden und Verbrennungen erlitten. Das Blut lief ihm in die Augen. In Panik schaltete er in den Rückwärtsgang und drückte das Gaspedal durch. Versuchte nicht einmal zu lenken, sondern brüllte in sein Funkgerät:

»BATMAN, HIER ROBIN! BATMAN, HIER ROBIN!«

In seiner Panik merkte er nicht, dass die Warthog einen zweiten Angriff startete. Hörte nicht mehr das wütende Dröhnen der Motoren und die Geschosse, die sich mit donnerndem Stakkato von hinten näherten.

Brennendes Metall und blutige Überreste menschlicher Körper. Der Pilot der A-10 schaute noch einmal zurück und meldete Ice Cap das Ergebnis seines Einsatzes.

»Ice Cap, hier Digger. Ihr könnt noch ein paar Posten aus Saddams Bestandsliste streichen.«

»Roger, Ice Cap. Gut gemacht, lässt Big Eye ausrichten. Nehmen Sie sich für den Rest des Tages frei.«

»Geht klar.« Dann startete er in Richtung Saudi-Arabien.

Im Westen ging die Sonne unter. Vor ihm fuhr ein einsames Fahrzeug nach Norden und zog eine große Staubwolke hinter sich her. Wieder senkte er die Nase der A-10 und aktivierte die Geschütze, sah dann aber, dass es sich um ein US-Fahrzeug handelte, das sich auf die Angriffsstelle zubewegte. Vermutlich ein Aufklärungstrupp. Zufrieden mit sich und seinem Tagewerk stieg er höher. Nach der Landung würde er erst mal mit den anderen Piloten im Offiziersclub ein Bier trinken und Anekdoten über den Krieg zum Besten geben.

Als es dunkel wurde, erreichte der Mannschaftswagen, den der Pilot aus der Luft gesehen hatte, den grauenhaften Ort. Die weißen Flammen, die aus dem brennenden Schützenpanzer schlugen, tauchten die unmittelbare Umgebung in ein gespenstisches Licht, während Himmel und Wüste in tiefem Schwarz lagen. Der Fahrer stieß die Tür auf und rannte los, um nach Überlebenden zu suchen, fand aber nur eine kopflose Leiche.

Er holte die Nachtsichtbrille aus dem Wagen und schaute sich in der Finsternis nach dem Fahrzeug seiner Kameraden um. Einige hundert Meter weiter entdeckte er das verbogene, qualmende Wrack. Fieberhaft durchkämmte er Wagen und Umgebung nach Überlebenden oder identifizierbaren Leichen, fand aber nur Fleischfetzen und verbogenes Metall.

Weinend ließ er sich neben den Überresten des Motors zu Boden fallen. Er blieb die ganze Nacht dort, taumelte unter Tränen durch die Verwüstung und rief nach seinen Kameraden. Am Morgen hatte er sich so weit gefasst, dass er nach Kennmarken suchen konnte, brach aber erneut zusammen, als er keine fand. Mittags tauchte ein Kampfhubschrauber über ihm auf. Er reagierte nicht. Kurz darauf traf die Vorhut eines M-1 Panzerbataillons ein, die Jagd auf die Republikanische Garde machte. Der Soldat erwies sich als nicht ansprechbar, worauf sie rasch weiterfuhren. Am Nachmittag kehrte der Kampfhubschrauber zusammen mit einem kleineren Black Hawk zurück. Der Black Hawk landete, Sanitäter sprangen heraus.

»Wie heißen Sie, Soldat?«

Er hockte im Schneidersitz auf einem Sandhaufen, der von der Glut der Brände zusammengebacken war, reagierte nicht auf die Frage und starrte in die Ferne. Die unglaubliche Hitze hatte ihm Gesicht und Hände versengt. Reglos wie ein Buddha hockte er da.

»Soldat, ich habe gefragt, wie Sie heißen. Können Sie mich hören?«

Die Sanitätsoffizierin kauerte sich neben ihn, stellte die Tasche in den Sand und holte einen großen Erste-Hilfe-Kasten heraus. Packte Verbände, Schere und Tuben mit Salbe aus.

»Wer ist er?«, fragte ihr Assistent Sergeant McQuaid, hockte sich auf die andere Seite neben den Soldaten und begann, dessen Arme und Beine auf Verletzungen und Brüche hin zu untersuchen.

»Keine Ahnung. Er hat keine Namens- oder Rangabzeichen.«

»Der Aufnäher für die Einheit ist ebenfalls abgerissen.« McQuaid tastete Brust und Rücken ab, überprüfte die Augen, suchte nach Symptomen eines Schocks. Er fühlte den Puls. »Bisschen schnell, aber nicht bedrohlich.«

»Schauen Sie nach der Erkennungsmarke«, wies die Sanitäterin ihn an, während sie die Brandwunden untersuchte.

McQuaid tastete Hals und Brust des namenlosen Soldaten

ab. Die Kette mit der Kennmarke fehlte. Er suchte in allen Taschen.

»Nichts, Captain, auch keine Brieftasche. Was ist nur los mit dem Kerl?«

Der Apache-Kampfhubschrauber, der über ihnen schwebte, als wollte er sie vor einer unsichtbaren Bedrohung schützen, sank plötzlich tiefer und wirbelte einen Sturm aus Sand und Gesteinsbrocken auf. Die Sanitäter beugten sich schützend über den Soldaten, der völlig reglos blieb, obwohl feine Trümmerteilchen auf seine nackte Haut prallten.

Ein Stück weiter stand ein junger Soldat neben dem Black Hawk. »Upham! Upham!« Captain Stevens versuchte, das Dröhnen der Rotorblätter zu übertönen. »Upham!« Der heftige Luftstrom riss ihr die Worte von den Lippen, Dreck drang in ihren Mund. Sie spuckte wütend aus und begann zu winken, um seine Aufmerksamkeit zu erregen. Schließlich sah er sie und rannte herbei, die M16 schussbereit in der Hand. Sie packte ihn am Revers seines Tarnanzugs und riss ihn zu Boden. Ihre Helme stießen aneinander, als sie ihm ins Ohr brüllte:

»Sagen Sie diesem Idioten, er ist zu nah dran.«

Upham nickte und rannte zum Black Hawk, dessen Pilot die Anweisung an den Kollegen im Apache weitergab, der daraufhin hochstieg und auf die andere Seite des Wracks flog.

»Es tut ihm leid, Ma'am«, sagte Upham, als er zurückkam. »Er meinte, am Horizont ein Ziel entdeckt zu haben.«

»Verdammter Hitzkopf«, murmelte sie. »Genau das ist das Problem mit den Jungs.« Sie musterte den verkohlten Panzer und die Trümmer des Geländewagens. »Testosteronpakete in Uniform, die mit Krachmachern wild um sich ballern. Stimmt doch, Upham, oder?«

Upham zuckte die Achseln. Sie schaute weg und kümmerte sich wieder um den namenlosen Soldaten.

»Andy, er hat Verbrennungen zweiten Grades an den Händen. Einsalben und verbinden.« Sie reichte ihm eine Tube Brandgel und Spezialverbände. »Und dann bloß weg hier, bevor Clint Eastwood da oben uns mit dem irakischen Generalstab verwechselt.«

»Roger, Captain.«

»Was ist mit dem zweiten Mannschaftswagen?« Upham deutete auf das unversehrte Fahrzeug.

»Holen Sie sich die Karte aus dem Chopper. Sie fahren damit zurück.«

»Allein, Ma'am?« Angst durchzuckte sein junges Gesicht.

Sie legte ihm beruhigend die Hand auf die Schulter. »Keine Sorge, der Apache gibt Ihnen Deckung. McQuaid, wenn Sie fertig sind, bringen Sie ihn in den Hubschrauber.«

McQuaid verknotete den letzten Verband und legte dem Soldaten die Hände wieder in den Schoß.

»Alles klar.«

»Dann los.« Sie und McQuaid ergriffen die Arme des Soldaten und zogen ihn mühelos auf die Füße. Er starrte weiter in die Ferne.

»Wenn es kein Schock ist, Ma'am, was denn dann?«, fragte der Sergeant, als sie zu dritt zum Hubschrauber gingen.

»Ein Schock ist es schon«, sagte Captain Stevens. »Aber kein körperlicher, eher ein psychisches Trauma. Leider nicht mein Fachgebiet.«

Vorsichtig hoben sie ihn in den Black Hawk und schnallten ihn im Frachtraum an. Captain Stevens tippte dem Piloten auf die Schulter. Er ließ den Hauptrotor an, lehnte sich zurück und neigte den Kopf zu ihr.

»Wayne, rufen Sie das Hauptquartier, die Stellung muss gesichert werden. Vermutlich Verluste durch eigenes Feuer. Vielleicht können sie ein paar Fallschirmjäger vom 101. Geschwader abstellen.«

Der Pilot stellte die Frequenz des Kommandonetzes ein. Bevor er den Ruf durchgeben konnte, tippte Captain Stevens ihm erneut auf die Schulter und sagte gedämpft:

»Ach ja, und sie sollen so schnell wie möglich eine Einheit zur Identifizierung schicken. Üble Geschichte, überall Leichenteile.«

Er nickte.

»Alpha Null Drei, hier Alpha Sechs Vier, Over.«

Captain Stevens setzte sich auf einen Notsitz gegenüber von McQuaid und dem namenlosen Soldaten und schnallte sich an. Der Black Hawk hob vom Wüstenboden ab und drehte nach Süden ab. Wrack und Trümmer verschwanden in der Ferne. McQuaid wischte dem Soldaten mit einem feuchten Tuch übers Gesicht.

»Wer sind Sie, Soldat?«, fragte die Sanitäterin.

Keine Antwort. Er saß reglos da. Seine Augen starrten durch die Windschutzscheibe auf den fernen Horizont.

Eine halbe Stunde später brachten sie den Soldaten ins Feldlazarett, wo sich sofort alle begierig auf ihn stürzten. In diesem intensiven, aber verlustarmen Krieg waren die Mediziner dankbar für jede Ablenkung. Man untersuchte und testete und befragte ihn, doch der namenlose Soldat blieb stumm und reglos. Antwortete nicht auf Fragen nach Namen, Rang und Einheit. Schwieg, als man ihm Essen, Trinken und ein Bett anbot. Blickte überall und nirgends hin, nahm seine Umgebung gar nicht wahr.

Im Verlauf der Untersuchung flüsterte ein junger Arzt einem Kollegen zu: »Kampfmüdigkeit?«

»In diesem Krieg? Wohl kaum.«

In den nächsten zwölf Stunden überprüften Ärzte und Schwestern regelmäßig Temperatur, Blutdruck, Elektrolyte und Atmung. Sie waren besorgt über die zunehmende Dehydrierung und legten ihm einen Tropf, durch den er Flüssigkeit erhielt. Er leistete keinen Widerstand, starrte nur ins Leere, als suchte er nach einem vertrauten Gesicht.

Um vier Uhr morgens, anderthalb Tage nachdem man ihn in der Wüste gefunden hatte, brachte man ihn per Hubschrauber nach Riad, um Platz für eine Wagenladung irakischer Gefangener zu machen, die an der Ruhr erkrankt waren. In Riad wurde er von weiteren Ärzten durchgecheckt und schließlich ins Militärkrankenhaus Landstuhl in der Nähe des Luftwaffenstützpunkts Ramstein geschickt. Dort begann eine völlig andere Untersuchung.

In Landstuhl nahm man seine Fingerabdrücke, fotografierte ihn und gab ihm schlichte blaue Patientenkleidung. Ein Team aus militärischen und zivilen Psychiatern und Psychologen nahm die Arbeit auf. Entweder befragte man ihn in dem winzigen grauen Raum über seine Person, seine Familie, Einheit, Kameraden und seinen Auftrag oder beobachtete ihn durch eine große Scheibe, die in die Wand eingelassen war und keine Sicht nach außen bot. Doch der namenlose Soldat saß teilnahmslos da und starrte in eine Welt, die nur er sehen konnte.

Nach intensiven Diskussionen wurde die Diagnose bestätigt: katatonischer Stupor durch akutes psychisches Trauma. Der Leiter der Psychiatrie verordnete ein starkes psychoaktives Medikament sowie eine intensive Therapie und umriss das weitere Vorgehen.

»Wir müssen andauernd mit ihm sprechen und ihn dazu bringen, die mentalen Sperren, die er selbst errichtet hat, zu durchbrechen. Lassen Sie ihn nicht aus den Augen, außer zu den regelmäßigen Mahl- und Schlafzeiten. Es ist bekannt, dass die Genesung schneller voranschreitet, wenn man den Patienten innerhalb der ersten zweiundsiebzig Stunden aus der Katatonie holen kann.«

»Ist eine vollständige Genesung zu erwarten?«, fragte ein junger Assistenzarzt.

»Wohl kaum. Soviel wir wissen, sind die Folgeschäden bei dieser Art von Trauma schwer zu heilen. Wir können nur hoffen, sie mit einer mehrjährigen posttraumatischen Therapie zu mildern.«

»Wissen wir, wer er ist?«, fragte jemand anders.

»Noch nicht.«

Damit begannen intensive Nachforschungen in den Personalakten. Fingerabdrücke und Fotos, Beschreibung und besondere Kennzeichen wurden auf digitalem Wege zwischen den USA, Europa und dem Nahen Osten abgeglichen. Nach mehreren Stunden rief ein kleiner Personalbeamter aus einer unbedeutenden Abteilung in Missouri einen Captain der gemeinsamen Stabschefs im Pentagon an. Der Captain wiederum meldete sich bei einem Zivilbeamten, der am anderen Ufer des Potomac in Arlington, Virginia, saß und daraufhin einige Geheimakten doppelt und dreifach prüfte, bevor er den Captain zurückrief. Danach telefonierte dieser mit einem Luftwaffenmajor in Ramstein. Der Major hörte schweigend zu und hängte ein. Verließ sein spartanisches Büro und marschierte durch den langen Flur zur Hauptverwaltung. Er klopfte an eine Tür, hinter der ein Colonel am Schreibtisch saß und leise mit einigen wichtig dreinblickenden Untergebenen sprach.

»Ich glaube, wir haben ihn, Sir.«

Der Colonel schaute hoch.

»Unseren geheimnisvollen Soldaten?«

»Ja, Sir.«

»Wer ist er?«

Trotz des Grauens, das er in der Wüste erlebt hatte, spürte der Soldat die Veränderung in den Gesichtern um ihn herum. Sie wirkten ruhiger, weniger besorgt. Blickten mitfühlend, nicht mehr bedrohlich und reserviert. Ein älterer Mann trat näher und sprach tröstende Worte, während ihm eine fremde Hand auf die Schulter klopfte. Dann hielt ihm jemand ein Foto hin.

»Wissen Sie, wer das ist?«, fragte eine Stimme.

Plötzlich wurde er unruhig. Adrenalin schoss durch seinen Körper, vermischte sich mit den Psychopharmaka. Er unterdrückte die Erregung, wollte sich nur auf das Foto konzentrieren. Es verschwamm, er kniff angestrengt die Augen zusammen. Verdrängte die Erinnerung an verbogenes, brennendes Metall und verkohlte Menschen und schaute nur auf den Mann, den das Foto zeigte.

»Wissen Sie, wer das ist?«

Er stand zwischen zwei Männern, rechts und links lugte ein Stück Schulter hervor. Er lächelte glücklich und blinzelte in die Sonne. Die Umgebung wirkte heiß und trocken. Auch der namenlose Soldat fühlte sich heiß und trocken.

»Wissen Sie, wer das ist?«

Der Mann auf dem Foto kam ihm bekannt vor. Etwas an ihm wirkte sehr vertraut. Seine Erregung wuchs. Er blinzelte, konzentrierte sich. Das Gesicht, die Uniform, die uniformierten Schultern daneben – sie kehrten langsam in sein Gedächtnis zurück. Seine Augen zwinkerten wild. Dann brach er in Tränen aus. Sie strömten wie ein Gewitterregen über sein raues, trockenes Gesicht.

Jemand legte ihm den Arm um die Schultern, eine Frauenstimme sprach leise in sein Ohr.

»Kennen Sie den Mann, Sergeant?«

Er schluchzte laut und nickte.

»Wer ist das?«, fragte die zarte Stimme.

Er wischte die Tränen weg und begann, sich hin und her zu wiegen.

»Wer ist das, Sergeant?«

Hin und her. Die Erregung, die im Magen begonnen hatte,

brach sich Bahn bis zum Kopf, verwandelte sich in einen schneidenden Schmerz. Er versuchte, Worte zu formen. Brachte einen kurzen Satz heraus.

»Das bin ich«, flüsterte er.

Eine Frau kniete sich vor ihn hin und nahm sein Gesicht in die Hände. Sie war hübsch und trug einen weißen Kittel. Dann sagte sie mit sanfter Stimme:

»Können Sie mir Ihren Namen sagen, Sergeant?«

Das Wiegen hörte auf. Der Schmerz im Kopf verschwand. Er wischte sich die letzten Tränen mit dem Ärmel ab, blickte in ihre warmen Augen und lächelte.

»Können Sie mir Ihren Namen sagen?«

Eine wunderbare Zufriedenheit durchströmte ihn.

»Ja«, sagte er schließlich mit klarer Stimme, »das kann ich.«

1. Kapitel

Aldo Thomas Weldon Harrison alias Mr. Robert Bruce Minchem alias Mr. Leonard Richard McCord alias Dr. med. René Ricardo Tricaré alias Mrs. Esther Marie Miller alias Reverend Mohammed Elijah Smith alias Dr. med. dent. Nguyen Duc Trang alias Professor Robin Alice Simonson alias Señor Miguel Quesada Alvarez und so weiter und so fort saß in seinem verbeulten roten Celica und sah zu, wie das Müllauto langsam in die nächste Seitenstraße bog. Er folgte ihm und beobachtete aus sicherer Entfernung, wie Wagen und Arbeiter alle paar Meter anhielten und den Müll in die Hinterklappe luden. Neben ihm saß Moccasin, sein vierjähriger Schäferhundmischling, und schaute aufgeregt aus dem Fenster.

»Nur Geduld, Junge.«

Aldo trug einen schäbigen blauen Overall. Auf dem Rücken stand »Müllabfuhr«, vorn war ein weißes Namensschild aufgenäht. Die Müllmänner hoben bunte Säcke aus den großen grauen Eimern auf Rädern, die die Aufschrift »Stadtverwaltung St. Paul« trugen, und warfen sie schwungvoll in den Wagen.

Es war Mitte November in Minnesota, ein vergleichsweise milder Tag, aber windig und kühl. Auf der Erde lag eine dünne Schneeschicht, Straßen und Gehwege waren frei. Die Müllmänner hatten dicke Sweatshirts unter ihren Overalls. Sie trugen Strickmützen und Winterhandschuhe, schwitzten mittlerweile aber so, dass sie die Reißverschlüsse ihrer Overalls geöffnet, die Mützen hochgerollt und die verdreckten Handschuhe in die Gesäßtaschen gestopft hatten.

Aldo sah auf die Uhr. Viertel vor zwölf.

Er wollte nicht den ganzen Tag dem Müllwagen hinterherfahren, hatte aber gelernt, geduldig und wählerisch zu sein. Ein bisschen mehr Zeit vor Ort bedeutete weniger Arbeit zu Hause, wenn er die tägliche Ausbeute durchsuchte. Er versuchte, aus der Ferne abzuschätzen, was die einzelnen Säcke enthielten.

Es gab vor allem zwei Sorten Müll: organische Abfälle und Altpapier – jede Menge Altpapier. Und genau daran war Aldo interessiert. Alles, was mit Finanzen zu tun hatte, mit den Spuren wirtschaftlicher Transaktionen: Kreditkartenabrechnungen, Konto- und Depotauszüge, Unterlagen zu Investmentfonds und Rentenversicherungen. Papiere, die man einmal durchlas, beiseitelegte und trotz bester Vorsätze irgendwann wegwarf. Mit diesen winzigen Goldnuggets startete er seine Beutezüge.

Zunächst lief es nicht so gut. Er wollte schon aufgeben, als er den großen gelben Sack mit den vielen kleinen Löchern bemerkte, den ein bulliger Müllmann in den Wagen hieven wollte. Aldo wusste aus Erfahrung, dass Briefumschläge genau solche Löcher in die billigen Säcke bohrten. Das Warten hatte ein Ende.

Rasch öffnete er von innen den Kofferraum, dann die Fahrertür. Moccasin sprang über ihn und rannte auf das Müllauto zu. Aldo legte den ersten Gang ein und kroch vorwärts, während der Hund die Straße entlangsauste. Er schaltete in den Leerlauf und bremste, als der Hund sich auf den nächsten Müllmann stürzte.

»He!«, rief der Bullige, als Moccasin ihm geschickt die Handschuhe aus der Gesäßtasche schnappte und davonjagte. »Halt ihn fest, Chuck! Er hat meine Handschuhe!«

Die Männer ließen die Säcke fallen und rannten Moccasin hinterher. Das war Aldos Chance. Er griff sich den gelben Sack und warf ihn in den Kofferraum. Eine Sekunde später rollte der Celica rückwärts aus der Seitenstraße.

Moccasin hielt die Männer ganz schön auf Trab. Sie riefen sogar einige schuleschwänzende Teenager und eine Frau, die gerade vom Einkaufen kam, zu Hilfe. Die Frau wollte gerade aus ihrem Minivan springen und nach seinem Halsband greifen, doch der Hund war schneller. Zweieinhalb Häuserblocks weiter war es dann vorbei. Die wütenden Müllmänner kehrten keuchend zum Wagen zurück. Moccasin schaute ihnen schwanzwedelnd nach, legte sich unter den nächsten Baum und kaute höchst zufrieden auf seiner Beute. Kurz darauf hielt der verbeulte Celica neben ihm, und Moccasin sprang Aldo in die ausgestreckten Arme.

»Gut gemacht, alter Junge!«, sagte er immer wieder und kraulte den Hund am Hals. »Braver Hund!«

2. Kapitel

Um zehn nach zwölf fuhren Aldo und Moccasin zu einer Tankstelle im Stadtzentrum. Aldo holte eine abgeschabte Brieftasche aus der Gesäßtasche und zauberte eine glänzende neue Kreditkarte hervor, die er rasch durch den Schlitz in der Zapfsäule zog. Auf dem kleinen gelben Bildschirm daneben erschien das Wort *Überprüfen*, dann *Bitte tanken*. Aldo schraubte den Tankdeckel ab, schob den Einfüllstutzen für bleifreies Benzin hinein und betätigte die Sperre. Dann lehnte er sich lässig gegen den Wagen und sah zu, wie eine gut aussehende Rothaarige eine Säule weiter ihre Handtasche aus dem Acura holte und in den Tankstellenladen ging. Kurz vor der Tür drehte sie sich um und warf einen Blick auf Aldo.

Als die Polizei sechs Monate später den Missbrauch einer auf den Namen Randolph J. McIntire ausgestellten Kreditkarte untersuchte, spürte sie auch die Frau mit dem Acura auf und befragte sie nach dem Mann an der Zapfsäule nebenan. Zur großen Überraschung der Beamten konnte sie eine nahezu fotografische Beschreibung liefern.

Sie erklärte, er habe neben einem alten roten Toyota gestanden, der Oberkörper sei deutlich sichtbar gewesen. Sie schätzte ihn auf etwa eins achtzig mit normaler Figur und ungepflegtem braunen Haar, das unter einer dunklen Baseballkappe hervorschaute. (An die genaue Farbe der Kappe konnte sie sich nicht erinnern). Brille mit schwarzem Gestell. Natürlich sei sie zu weit weg gewesen, um seine Augenfarbe zu erkennen, er habe aber dunkle Ringe unter den Augen gehabt. Blasses Gesicht.

Unrasiert. Etwas älter als sie, vielleicht Mitte fünfzig, und etwas kränklich.

Er habe eine verwaschene blaue Daunenweste getragen, darunter ein grünes Hemd. Scheußliche Farbkombination. Der Mann an der Zapfsäule habe sie an einen unverheirateten Onkel erinnert, der auf einer Farm bei Willmar, Minnesota, lebte. Dieser habe ebenfalls kein Farbempfinden gehabt. In den folgenden Monaten erzählte sie jedem, der es hören wollte, von dem Mann, der sich wie Onkel Olaf – Gott hab ihn selig – gekleidet hatte.

Bevor die Frau aus dem Laden kam, löste sich die Sperre am Einfüllstutzen. Das Display zeigte *Tankvorgang beendet*, und Aldo hängte den Stutzen wieder ein. *Benötigen Sie eine Quittung?* Aldo drückte auf *Nein.*

Die Zivilbeamten dankten der Frau für ihre Hilfe. Sie erkundigte sich, was der Mann getan habe. Identitätsdiebstahl mit betrügerischer Absicht, hieß es.

Im darauf folgenden Frühjahr erstattete Mr. Randolph McIntire, der in einem Vorort von St. Paul lebte, Anzeige in dieser Sache. Nach vergeblichen Ermittlungen wurde der Fall zwei Jahre später ungelöst zu den Akten gelegt. Die Beschreibung des Mannes, der an jenem Novembertag getankt hatte, war die einzige Spur gewesen. Das Mastercard-Konto, das jemand in Mr. McIntires Namen bei der Citibank eröffnet hatte, wurde nur im November benutzt, um in St. Paul, Minneapolis und Umgebung Benzin, Lebensmittel und Bürobedarf zu kaufen. Der oder die Betrüger hatten auch verschiedene Käufe im Internet getätigt, die Gesamtsumme belief sich auf 2897,48 Dollar. Im März sperrte die Citibank das Konto. Im Mai suchte der Vertreter eines Inkassobüros aus Charlotte, North Carolina, Mr. McIntire zu Hause in Woodbury auf und forderte ihn zur

Zahlung auf. Dieser wandte sich wutentbrannt an die Polizei. Niemand außer der rothaarigen Frau konnte sich an den Mann erinnern, der mit dieser Kreditkarte bezahlt hatte. Auch die Überwachungskameras lieferten keine eindeutigen Hinweise.

Die Citibank hielt sich an die üblichen Gepflogenheiten und erließ Mr. McIntire den Rechnungsbetrag, doch das sollte seine geringste Sorge sein. Später entdeckte er nämlich, dass jemand in Duluth, Minnesota, und Eau Claire, Wisconsin, in seinem Namen Darlehen aufgenommen und nicht zurückgezahlt hatte. In den kommenden drei Jahren investierte er eine Menge Zeit und Geld, um seine Kreditwürdigkeit wieder herzustellen und Banken und andere potenzielle Geldgeber davon zu überzeugen, dass er diese Darlehen niemals aufgenommen hatte. In dieser Zeit wurden eine Refinanzierung für sein Haus und ein Studiendarlehen für seine Tochter abgelehnt.

Bevor die Polizisten das Büro der Frau verließen, fragte die einzige Beamtin noch, ob der Mann einen Hund dabei gehabt habe. Die Frau erklärte, sie habe keinen gesehen. Die Beamtin wirkte erleichtert.

Aldo glitt auf den Fahrersitz und ließ den Motor an.

»An die Arbeit, Moc!« Er schaute in den Rückspiegel. Moccasin lag flach auf dem Rücksitz und wedelte mit dem Schwanz.

3. Kapitel

Um Punkt ein Uhr zehn setzte Aldo den Celica rückwärts in die verlassene Garage im Westen von St. Paul. Er stieg aus, gefolgt von Moccasin, und schloss das schwere hölzerne Garagentor. Mit einem lauten Knall prallte es gegen die bröckelnde Betonschwelle und wirbelte eine Wolke aus Zementstaub auf.

»Auf geht's!«

Moccasin, der sich in dem verfallenen Gebäude auskannte, trottete in eine Ecke und legte sich auf eine alte, schimmlige Decke. Er wusste, sein Herrchen brauchte jetzt absolute Ruhe.

Aldo öffnete den Kofferraum und holte den gestohlenen Müllsack, eine kleine grüne Werkzeugdose und eine Plane heraus. Er stellte Sack und Dose auf den rissigen Beton und breitete die Plane säuberlich in einer Ecke aus. Sie war kaputt, fleckig und stank nach dem Inhalt unzähliger Müllsäcke, die er im Laufe der Jahre auf ihr ausgeleert hatte. Moccasin knurrte, als ihm der stechende Geruch in die empfindliche Nase drang.

Aldo legte Sack und Werkzeug auf die Plane, kniete sich hin und holte ein kleines Federmesser, ein Springmesser und einen Karton mit Einweghandschuhen heraus. Vorsichtig streifte er ein Paar über und zog dann eine Atemschutzmaske an. Als alles vorbereitet war, schlitzte er den Sack der Länge nach auf und kippte ihn aus.

Zum Glück kaum Küchenabfälle, nur Kaffeesatz und Pizzaränder, Apfelreste und Bananenschalen. Ansonsten lauter Papier. Zerknüllt, zerrissen, manches auch säuberlich gefaltet. Bingo! Sein Instinkt hatte ihn nicht getrogen. Großreinemachen bei – er las den Namen auf einer Kreditkartenabrechnung – Familie Wellington. Da der Müll nicht gefährlich wirkte, zog er die Maske ab, behielt die Handschuhe aber vorsichtshalber an. Man wusste nie, welche unschönen Laster Menschen hatten. Mehr als einmal hätte er sich fast an einer gebrauchten Spritze gestochen.

Dann machte er sich sorgfältig und mit großer Umsicht ans Werk. Ein Amateur hätte sich die erstbeste Kreditkartenabrechnung geschnappt und versucht, die Karte zu kopieren, doch Aldo hatte seine eigene Methode. Er legte Abrechnungen und Quittungen ordentlich aufeinander. Sie würden sicher nützlich sein, aber er suchte nach etwas, das noch viel wertvoller als eine Kreditkartennummer war. Alle deutlich erkennbaren Rechnungen wanderten auf einen Stapel, daneben kamen andere unversehrte Papiere. Ein Stapel für zerknittertes Papier, einer für zerrissenes. Essensreste und alles, was sonst noch uninteressant oder widerlich war, warf er ans andere Ende der Plane.

Aldo verschwendete keine Zeit damit, jeden Papierfetzen zu überprüfen. Er wusste aus Erfahrung, was brauchbar war. Nach zehn Minuten hatte er den gesamten Inhalt durchsucht.

Danach erhob er sich seufzend, holte einen neuen Müllsack aus dem Kofferraum und schaufelte die Essensreste und den alten Sack hinein. Dann nahm er vier Gefrierbeutel aus der Werkzeugdose, füllte sie mit dem Papier der vier Stapel und verstaute sie in einem schwarzen Rucksack, den er auf den Rücksitz warf. Er schüttelte die Plane ab, wischte darüber, faltete sie und packte sie wieder in den Kofferraum. Moccasin zuckte mit der Nase, es war vorbei.

Aldo schaute sich um, ob er etwas übersehen hatte. Keine Spuren. Zufrieden machte er sich an die letzte Aufgabe. Er holte zwei neue Nummernschilder für Minnesota aus dem Wagen, schraubte sie an und versteckte die alten unter einem Haufen Ziegelsteine, den irgendein Arbeiter vor Urzeiten in der Garage deponiert hatte. Niemand würde ihn jetzt noch identifizieren können.

Sekunden später rollte der Celica aus der verfallenen Garage, bog in die nächste Seitenstraße und schoss davon.

Drei Stunden später drückte Aldo die Fernbedienung, die an der Sonnenblende befestigt war, und fuhr den Celica in eine pieksaubere Garage mit vier Stellplätzen, auf denen ein BMW SL300 und ein neuer Lexus GX470 Geländewagen standen. Daneben parkten eine Schneefräse und ein Aufsitzmäher. Aldo schaltete in den ersten Gang und stellte den Motor ab. Das Garagentor schloss sich automatisch. Er holte den Rucksack vom Rücksitz, stieg aus und ging durch eine Seitentür ins Haus, gefolgt von Moccasin.

Nachdem er Weste, Kappe, Handschuhe und Stiefel in einen Abstellraum geworfen hatte, betrat er die geräumige Küche und legte den Rucksack auf die Kochinsel. Darüber hingen Drahtkörbe mit frischem Obst. Aldo schälte sich eine Banane und ging zu den Einbauschränken aus dunklem Kiefernholz. Moccasin hockte sich hin und beobachtete ihn, als er eine große Dose Gourmethundefutter herausnahm. Sowie er das Surren des elektrischen Dosenöffners hörte, sprang er auf und rannte schwanzwedelnd zu seinem Napf. Er nahm ihn in die Schnauze und trug ihn zu Aldo hinüber, der den Doseninhalt hineinkippte und umrührte. Dann stellte er den Napf in den Abstellraum. Moccasin schoss gierig hinterher.

Während der Hund sein Fressen verschlang, füllte Aldo die Wasserschale. Kleine Tropfen spritzten auf die weiße Marmorarbeitsfläche und rannen über den Edelstahl. Er schnippte ein paar Tropfen zu Moccasin, der geschickt auswich. Aldo aß das letzte Stück Banane und warf die Schale in die Abfallpresse unter der Kochinsel.

Er ging ins Esszimmer und schaltete den Kristalllüster ein,

der einen warmen Lichtschein verströmte. Er überflog die Schlagzeilen der Zeitung, die er morgens auf den Esstisch geworfen hatte. *Gouverneur im Clinch mit Legislative. Weitere Vorwürfe der Gefangenenmisshandlung.* Er lehnte sich gegen ein Sideboard und blätterte zum Sportteil.

Nachdem er sich ausführlich darüber informiert hatte, wie die Vikings gespielt hatten und auf welchem Tabellenplatz sie jetzt standen, legte er die Zeitung weg und ging ins Wohnzimmer. Er betätigte den Bodenschalter eines Deckenfluters und legte die Brille auf ein Tischchen aus Teakholz. Öffnete mit einem Knopfdruck die Tür des Schranks, der in die Wand eingelassen war und eine teure HiFi-Anlage verbarg. Noch ein Knopfdruck, dann füllte die Jazzstimme von Diana Krall den Raum.

In der blau gefliesten Diele knöpfte er sein schmuddliges Wollhemd auf, warf es über eine kniende Aphrodite und ging nach oben. Dianas Stimme drang bis in den ersten Stock. *Let's face the music and dance ...*

Im Schlafzimmer warf das winterliche Dämmerlicht lange Schatten durchs Erkerfenster. Aldo setzte sich auf das große Doppelbett und streifte die staubigen, verblichenen Jeans und die schmutzigen Socken ab. Er ließ sich Zeit, seine Beine baumelten träge vom Fußende, er wackelte genüsslich mit den Zehen. Dann ging er ins Bad. *Hit the floor and go with those – Pop-sic-le toes ...*

Die Lampe war so hell, dass er kurz blinzeln musste. Auf einer Seite war eine riesige Badewanne mit Armaturen in Gold und Edelstahl eingelassen. Innen befanden sich zahlreiche Düsen, die man zuschalten konnte. Aldo drehte in der Dusche gegenüber das Wasser auf. Winzige Tröpfchen sprühten auf seinen Arm, er schaute gedankenverloren in den Spiegel über dem Waschbecken.

Dreitagebart, bleiches Gesicht, hellblaue Augen mit tiefen Ringen. *Diese Augen ...* Aldo fuhr sich durch sein schütteres

Haar und kratzte sich am Hinterkopf. Lachte in sich hinein. Mann, seh ich Scheiße aus. Er beugte sich vor und rieb über die braunen Flecken an Gesicht und Hals. Farbe.

Stirnrunzelnd stieg er in die Dusche und fing an, die braune Tönung auszuwaschen. Schokoladenfarbene Schlieren wirbelten um seine Füße und verschwanden im Abfluss. Er griff nach dem Shampoo und massierte es gründlich ein. Er drehte sich langsam unter dem Strahl, während er an seinen Haaren rubbelte. Das braun gefärbte Wasser strömte über seinen Rücken, die muskulösen Oberschenkel, den strammen Hintern.

Er spülte, bis das Wasser klar wurde und seine Haare wieder rotblond mit grauen Strähnen waren. Nun kam das Gesicht an die Reihe. Er seifte es mit einem Waschlappen ein, bis die Augenringe und die blasse Hautfarbe verschwanden. Er schloss die Augen, damit keine Seife unter die Kontaktlinsen drang.

Er griff nach einem Handtuch, trocknete sein Gesicht ab und fing an, sich vor dem Einbauspiegel nass zu rasieren. Danach nahm er die Kontaktlinsen heraus und legte sie in eine grüne Plastikdose. Beide hatten einen etwa irisgroßen grauen Ring um die Pupille. Dann sah er sich aus tiefblauen Augen im Spiegel an und setzte die kleine, stahlgefasste Brille auf.

Nothing is impossible. I pick myself up, and start all over again …, schmalzte Diana. Aldo wickelte sich in ein Handtuch und kehrte ins Schlafzimmer zurück. Draußen war es jetzt dunkel. Unter dem Erkerfenster hatte sich die Lampe mit dem Lichtsensor eingeschaltet. Bis auf die schwachen Schatten am Fenster und die leuchtende Digitaluhr auf dem Nachttisch war es pechschwarz im Zimmer.

Irgendwo im Dunkeln piepste das Telefon. Instinktiv schaltete Aldo die Nachttischlampe ein und rollte sich hinüber. Auf dem Display las er *Verwaltung Ramsey County*.

»Hallo, Süße.«

»Hallo, Schatz. Gerade nach Haus gekommen?«

»Vor einer halben Stunde«, sagte Aldo und rekelte sich auf dem breiten Bett.

»Hm. Ich hab's eben schon mal versucht, aber da ging nur der Anrufbeantworter an.«

Auf dem Display wurde tatsächlich eine Nachricht angezeigt.

»Da war ich wohl unter der Dusche.«

»Egal. Ich wollte nur wissen, ob wir heute Abend zusammen essen sollen.« Ihre Stimme klang warm und sexy.

»Wie spät ist es?« Aldo sah auf die Uhr. Eine Minute vor sechs.

»Es ist –«

»Sechs«, unterbrach er sie. »Kommst du mich um halb acht abholen?«

»Kann ich nicht jetzt schon kommen? Ich habe solchen Hunger, Schatz«, schmollte sie scherzhaft.

»Ich muss noch ein bisschen aufräumen«, meinte er nüchtern.

»Für mich bist du ordentlich genug.«

»Anderthalb Stunden, Kelly, okay?«

Kelly Laidlaw spürte, dass er ungeduldig wurde. Also Schluss mit den Spielchen.

»In Ordnung, Schatz. In anderthalb Stunden. Bis dann.«

»Bring was zum Übernachten mit.«

»Geht klar, Schatz.« Spontan fügte sie hinzu: »Ich liebe –«

Doch er hatte schon aufgelegt. Dianas erotische Stimme wogte durchs Zimmer. *I can't give you anything but love, baby.*

4. Kapitel

Aldo zog rasch eine legere Hose und einen blauen Strickpulli über, fuhr sich mit dem Kamm durchs Haar. Jetzt musste er sich beeilen und die Tagesbeute sortieren, bevor Kelly kam.

1-7-3-2-0-5-0-8-1. Aldo tippte die Zahlenkombination auf der Tastatur neben der Bürotür ein. Das LCD-Display leuchtete auf: *Eingangscode bestätigen. Eingangscode bestätigt. Alarm ausschalten. Alarm ausgeschaltet. Tür entriegeln.* Das Magnetschloss klickte leise, dann schwang die schwere Stahltür nach innen auf. Moccasin saß oben an der Kellertreppe und sah zu. Bevor er hineinging, sagte Aldo:

»Warte oben auf Kelly, okay? Sag Bescheid, wenn sie kommt.«

Moccasin wedelte hechelnd mit dem Schwanz.

Drinnen drängte sich ein Sammelsurium aus Computerausrüstung, weiterer Elektronik und Aktenschränken. Aldo stellte den Rucksack auf den L-förmigen Schreibtisch, der zwei Wände einnahm. Daneben stand ein großer Farbscanner.

Aldo öffnete die untere Schublade eines Aktenschranks, holte ein Päckchen hellbraune Aktenmappen heraus, auf dem »Archivmappen – säurearm« stand und ließ die Mappen auf den Schreibtisch fallen. Die Schublade glitt in den Metallschienen zurück und prallte hinten gegen einige kleine Kupferrohre, die mit Isoband und Draht befestigt waren. Aldo holte die Gefrierbeutel aus dem Rucksack und legte sie neben die Archivmappen. Zuerst ging er den Beutel mit den Kreditkartenauszügen und Rechnungen durch, packte den Inhalt in eine Archivmappe und schrieb »id 12/KK & Rechnungen« darauf.

Dann kamen die Papiere an die Reihe, die er nicht hatte zuordnen können. Werbeprospekte, Quittungen und Zeitungsausschnitte, einer mit der Schlagzeile »Kirchbaum-Aussage führt zu 3 Verurteilungen im Hollydale-Skandal«. Aldo schob alles in den Aktenvernichter. Nur eine einsame Seite 2, die zum Kontoauszug eines Investmentfonds gehörte, erregte seine Aufmerksamkeit. Er legte sie beiseite und öffnete den dritten Beutel.

Zerknülltes Papier, vor allem Umschläge. Er prüfte jeden sorgfältig, fand aber nichts Brauchbares. Auch diese Papiere wanderten in den Aktenvernichter.

Schließlich kamen die zerrissenen Papiere an die Reihe. Er schaute auf die Uhr. Sechs Uhr fünfundvierzig. Hoffentlich kam Kelly nicht zu früh. Er machte Platz auf dem Schreibtisch und schüttete den Inhalt aus. Es war wie ein Puzzle. Hier ein Eckchen von einem Bescheid einer Krankenkasse, dort ein Fetzen Papier von einer Bank. Daneben die Überreste einer Telefonrechnung. Es war mühsam, alles zusammenzusetzen, doch Aldo hatte Geduld.

Nach zwanzig Minuten dann das erste Erfolgserlebnis. Ein Stück von einem Blatt sah verdächtig nach Seite 1 des Auszugs vom Investmentfonds aus. Das gleiche blaugraue Muster, die gleiche Schrift. Ein Teil eines Namens und einer Nummer, vermutlich der Kontonummer, waren zu lesen:

lington
-A126724S

Offenbar gehörte sie einem Angehörigen der Familie Wellington, falls es sich denn um eine Familie handelte. Er brauchte den Rest, um den vollständigen Namen und vielleicht auch die Sozialversicherungsnummer zu erfahren. Mit ihr könnte er unbemerkt die Finanzen der Wellingtons ausspionieren und wochen-, wenn nicht gar monatelang als einer von ihnen operieren, ihr Vermögen plündern und Kredite aufnehmen.

Rasch ging er die übrigen Schnipsel durch und wurde fündig: John D. Wellington, gefolgt von »W481267« und »-A126724S«. Weiter unten standen neun weitere Zahlen, eindeutig die Sozialversicherungsnummer.

Bingo! Aldo legte die Fetzen und die zweite Seite in eine Archivmappe, die er mit »id 12/SVN« beschriftete.

Dann ein leiser Klingelton, ein Display neben der Wanduhr leuchtete auf. *Haustür.* Himmel, dachte er, erst sieben Uhr neunzehn. Kelly war früh dran.

Kelly stellte Aktentasche und Lebensmitteltüten in der Diele ab und trat die Tür hinter sich zu. Aldo hatte ihr einen Schlüssel gegeben. Sie wunderte sich immer, weshalb er zur Haustür, nicht aber zum Garagentor passte.

Diana Krall war Mick Sterling und den Stud Brothers gewichen. *The blues are my business and business is good*, bellte Mick fiebrig, während seine Brüder blechern im Hintergrund bliesen. Sie schüttelte lächelnd den Kopf, als sie das grüne Hemd über der Aphrodite entdeckte, streifte die Schuhe ab und ging ins Wohnzimmer, um die Musik auszuschalten.

»Ich bin's, Aldo, Kelly«, rief sie und drückte auf Pause.

»Bin leider ein bisschen früh dran, Schatz. Aber du weißt ja, ich halte es nicht ohne dich aus.«

Moccasin schoss herein und stürzte auf sie zu.

»Hallo, mein Junge.« Sie kniete sich hin und streichelte ihn. »Hast du mich vermisst? Wohl mehr als dein Herrchen, was?«

Sie warf einen Blick ins Esszimmer.

»Aldo? Das Einkaufen ging schneller, als ich dachte. Hatte

keine Lust, noch zehn Minuten durch die Gegend zu fahren.«

Kelly holte die Einkaufstüten aus der Diele und stellte sie auf die Marmorarbeitsplatte. Die Kellertür stand offen, unten brannte Licht.

»Was ist los, Aldo? Freust du dich nicht, mich zu sehen?« Sie lachte ein wenig nervös. »Ich war bei Buddha's, aber sie hatten die leckeren Nudeln nicht mehr.« Sie lächelte bei sich. »Hast du noch welche da?«

Kelly durchsuchte die Auszüge neben dem großen Kühlschrank aus Edelstahl.

»Hörst du mich, Aldo? Wo sind die Nudeln?«

Als er mit den Papieren fertig war, legte er die Aktenmappen in die unterste Schublade des hintersten Aktenschrankes, der bereits zahlreiche Mappen mit ähnlicher Beschriftung enthielt.

»Morgen geht's weiter, Mr. Wellington«, murmelte er, schloss die Bürotür hinter sich und schaltete die Alarmanlage ein. Das Display zeigte *Alarm ein*, und die Tür verriegelte sich mit einem leisen Klicken.

»Ich glaube, die haben Moc und ich aufgegessen«, sagte Aldo, als er die Treppe hochkam. Kelly warf ihm einen verführerischen Seitenblick zu.

»Ist ja irre.« Ihre haselnussbraunen Augen funkelten. »Und wer hat wen bewirtet?«

Aldo ging schweigend auf sie zu. Musterte sie von Kopf bis Fuß. Den Schwung ihres dunklen, seidigen Haars, das sich an die hohen Wangenknochen schmiegte und ihren alabasterweißen Hals umschmeichelte. Ihre volle Brust unter der elfenbeinfarbenen Bluse und dem grauen Blazer, ihre schmale Taille, die wohlgeformten Beine unter dem knielangen Rock. So sehr ihn Kellys Anhänglichkeit auch manchmal nervte, sobald er sie sah, war alles vergessen. Sie war für ihn der Inbegriff von Schönheit, sportlich und doch wohlgerundet. Aldo schlang von hinten die Arme um ihre Taille und küsste sie auf den Nacken.

»Mm … danke, Schatz«, sagte Kelly. »Hab dich vermisst.« Langsam drehte sie sich herum und erwiderte seine Zärtlichkeiten.

»Was treibst du eigentlich dauernd im Keller?«, fragte sie nach einem langen Zungenkuss. »Irgendwelche Leichen, von denen ich wissen sollte?«

»Da müssen Sie schon mit einem Durchsuchungsbefehl kommen, Frau Anwältin«, sagte Aldo trocken. »Freiwillig sage ich kein Wort.«

»Sie geben sich gern geheimnisvoll, Mr. Harrison.« Sie piekte ihn mit dem Zeigefinger in die Brust.

»Ich entwickle gerade einen Geschäftsplan, falls es dich interessiert. Ein neues Unternehmen.«

»Hoffentlich profitabel.«

Kelly hatte sich aus seinen Armen befreit und fing an, die Einkaufstüten auszupacken. Sie legte eingeschweißte Hühnerbrüste und einen Beutel gemischtes Gemüse auf die Arbeitsplatte und warf Aldo in rascher Folge eine Tüte Möhren und eine pralle Zucchini zu. Er fing sie gelassen auf.

»Na los! Waschen und würfeln.«

Aldo und Kelly waren seit etwa einem halben Jahr ein Paar und hatten sich durch einen gemeinsamen Bekannten kennengelernt.

Vor einem Jahr hatte die Staatsanwaltschaft von Ramsey County Aldos Freund Kenny Hampden des Scheckbetrugs bezichtigt. Ms. Kelly Laidlaw leitete die Ermittlungen. Kenny bat Aldo um Hilfe, obwohl er wusste, dass dieser den näheren Umgang mit den Behörden scheute. Da es nur wenige brauchbare Pflichtverteidiger gab, hatte Kenny ihn gebeten, bei der Verfahrensabsprache dabei zu sein. Wie jede gute Staatsanwältin wollte Kelly diesen Bagatellfall so schnell wie möglich erledigen, Kenny aber auch nicht ungeschoren davonkommen lassen. Und da Kenny ihm den einen oder anderen wichtigen Gefallen getan hatte, erklärte Aldo sich bereit, ihn zu begleiten.

Und so lief er Kelly zum ersten Mal im Gerichtsgebäude von St. Paul über den Weg. Sie erhob zunächst Einwände gegen seine Anwesenheit und musterte ihn misstrauisch.

»Sind Sie etwa Mr. Hampdens Prozessbevollmächtigter?«

»Nein, nur ein Freund.«

»Warum sind Sie dann hier? Dies ist eine Verfahrensabsprache, keine Sauftour.«

Sie war schön, dunkel und geheimnisvoll, aber er mochte sie nicht. Fand ihre herablassende Art ziemlich unangenehm. Nachdem sie sich mit Kennys Verteidiger beraten hatte, schaute sie ihn noch einmal prüfend an und gab schließlich ihr Okay.

»Solange Sie sich still verhalten.« Sie wies ihm einen Stuhl in der Ecke des kleinen Besprechungszimmers zu.

Aldo erlebte, wie Kelly und Kennys Verteidiger hitzig verhandelten und einander nichts schenkten. Irgendwann warf er eine Frage ein.

»Warum so viel gemeinnützige Arbeit?«

Kelly warf ihm einen bösen Blick zu, antwortete aber in ruhigem, sachlichem Ton.

»So sehen es die Richtlinien vor. Bitte keine weiteren Unterbrechungen.«

Die hitzige Diskussion ging weiter. Aldo mischte sich erneut ein, um sie zu provozieren.

»Wozu die Geldbuße? Kann er den Schaden nicht einfach ersetzen?«

Wieder das drohende Funkeln.

»Das Gesetz sieht diese Möglichkeit nicht vor. Er *muss* eine

Geldbuße zahlen. Ich verwarne Sie zum letzten Mal, Sir, *keine* Unterbrechungen, sonst müssen Sie den Raum verlassen.«

Mittlerweile wirkte sie jedoch eher belustigt. Sie schob eine Haarsträhne hinters Ohr, während sie die Formulare ausfüllte, und drehte die Spitzen zwischen den Fingern. Dann warf sie ihm einen verstohlenen Blick zu.

Die Absprache erhielt noch den letzten Schliff, dann war die Veranstaltung beendet.

»Mr. Hampden, gehen Sie noch einer anderen Beschäftigung nach als der, die Sie hier angegeben haben?« Kenny schaute Aldo an, der kaum merklich den Kopf schüttelte.

»Nein.«

»Gut, damit wären wir fertig. Morgen lege ich dem Richter die Absprache zur Genehmigung vor.« Dann wandte sie sich an den Pflichtverteidiger: »Nächste Woche werden Sie und Ihr Mandant zur abschließenden Urteilsverkündung erscheinen. Der genaue Termin wird Ihnen rechtzeitig mitgeteilt.«

Alle standen auf. Es gab kein offizielles Händeschütteln, nur ein paar Nettigkeiten unter den Anwälten. Kelly würdigte Aldo keines Blickes, berührte ihn aber im Vorbeigehen leicht an der Schulter. Er dachte sich nichts dabei.

Kenny kam mit einem Bußgeld und einer Entschädigungszahlung, für die er Aldo anpumpen musste, sowie mit vierzig Stunden gemeinnütziger Arbeit davon. Sein Verteidiger übernahm den nächsten Fall, Kelly wandte sich wichtigeren Aufgaben zu, und Aldo dachte nicht weiter über die Sache nach, bis Kelly ihm einen Monat später im O'Gara's in der Selby Avenue über den Weg lief. Besser gesagt, mit ihm zusammenstieß.

Aldo hatte gerade einen Wodka Tonic serviert bekommen und hob das Glas, um einer Frau Platz zu machen, die sich durch die Gästeschar zwängte. Freitags abends war es immer brechend voll. Sie stieß mit der Schulter gegen seinen Arm, worauf sich der Drink über ihre Bluse ergoss. Sie sah ihn wütend an und wollte schon losschimpfen, doch dann erschien ein wissendes Lächeln auf ihrem Gesicht. Sie kenne ihn doch, hundertprozentig. Aldo war ganz ihrer Meinung, stellte sich aber erst einmal dumm und überließ es ihr, die erste Begegnung zu rekapitulieren, wobei sie sich die Bluse mit einer Serviette abwischte. Dann bestellte sie ihm einen neuen Drink und verwickelte ihn in ein Gespräch über das leidvolle Leben einer Staatsanwältin. Er hörte höflich zu und lernte im Laufe des Abends auch einige ihrer Freundinnen kennen, die Kelly jedoch sehr bald verscheuchte. Als die Kneipe zumachte, waren nur sie beide übrig. Sie hoffte vergeblich, dass er ihr anbieten würde, sie nach Hause zu bringen, gab ihm ihre Nummer und ging.

Aldo rief sie nicht an, doch von da an liefen sie einander ständig bei O'Gara's und in anderen Kneipen über den Weg, sodass er irgendwann seine Bedenken überwand und sich tatsächlich mit Frau Staatsanwältin zum Essen verabredete. Was für ein Coup, mit einer schönen Frau auszugehen, die ihn sofort ins Gefängnis schicken würde, wenn sie von seinen Geschäften wüsste.

Sie sah hinreißend aus an jenem Juliabend – kleines Schwarzes mit Perlenkette. Sie aßen im Buddha, betranken sich mit Tsingtao-Bier, ließen sich die restlichen Reisnudeln einpacken und nahmen sie mit zu ihr nach Hause.

»Was für ein neues Geschäft planst du denn?«

Kelly hatte die Ellbogen auf den Tisch gestützt und ließ die Essstäbchen locker vor sich baumeln. Das lange, dunkle Haar fiel ihr wie ein Vorhang ins Gesicht, die braunen Augen funkelten im Kerzenlicht. Aldo lächelte und wickelte Reisnudeln um die Gabel.

»Nur eine stille Teilhaberschaft.«

Kelly runzelte die Stirn.

»Hoffentlich nicht bei Kenny.«

»Nein«, versicherte Aldo.

»Ein Glück!« Sie spießte Huhn und Broccoli auf.

»Ich habe kürzlich jemanden kennengelernt. Investmentfonds, damit lässt sich Geld verdienen. Er sitzt auf einem Haufen Geld und möchte sich bei der Investition beraten lassen.«

»Was weißt du denn über ihn?«

»Ich gehe mit der erforderlichen Sorgfalt vor.«

»Natürlich. Was würde Aldo Harrison schon ohne erforderliche Sorgfalt erledigen?«, zog sie ihn auf.

Beide lachten.

Kelly hatte die Kostümjacke längst ausgezogen und über einen Stuhl gehängt. Aldo musste dauernd auf ihren Spitzen-BH stieren, der durch die hauchdünne Bluse schimmerte. Und er bewunderte ihre schön geformten Arme, die sich unter dem Stoff der Ärmel abzeichneten. Die hatten im Fitnessstudio sicher eine Menge Schweiß gekostet.

Kelly zwinkerte ihm zu und rieb sein Bein mit ihrem nackten Fuß. Dann knöpfte sie langsam die Bluse auf, warf ihr Haar mit einem Ruck nach hinten und nahm noch einen Bissen. Sie mied Aldos Blick und grinste züchtig. Ihre Brüste zeichneten sich rund und rosig unter der zarten Spitze ab.

Aldo nahm die Leinenserviette vom Schoß, tupfte den Mund ab und warf sie auf den Tisch. Dann angelte er nach ihrem Stuhlbein und zog sie näher heran. Kelly hörte auf zu essen und schloss die Augen. Aldo küsste sie zart auf die Schulter und öffnete ihren BH. Kelly verschränkte die Arme und schob die Träger hinunter. Sie stöhnte auf, lehnte sich an ihn und fuhr ihm mit den Fingern durchs Haar.

Das Geschirr fiel scheppernd vom Tisch.

»Du hast *was* mit den Unterlagen gemacht?«, fragte John Wellington. Die Adern in seinem Gesicht traten hervor, er war rot angelaufen.

»Ich hab doch gesagt, ich werfe sie weg, wenn du nicht aufräumst.«

»Ich wollte sie *zerschreddern*.« Er machte einen drohenden Schritt auf sie zu, doch sie zuckte nicht mit der Wimper.

»Wenn ich schon in diesem Schuppen leben muss –«, sie deutete mit übertriebener Geste auf das Innere des kleinen Hauses, »dann soll er wenigstens sauber sein.«

John Wellingtons Gesichtsfarbe wechselte zu tiefrot. Er schoss zur Hintertür. Riss sie heftig auf und stürzte durch den mondhellen Garten zur Straße, wo die Mülltonnen standen.

»Sie sind schon weg, Wag«, rief sie ihm nach. »Ich habe heute Morgen die Müllabfuhr gehört.«

John Wellington blieb abrupt stehen. Er fiel förmlich in sich zusammen, ballte die Fäuste. Stieß einen genervten Seufzer aus.

»So sollst du mich doch nicht nennen, *Marcia*.«

5. Kapitel

Kelly ging früh aus dem Haus. Aldo wartete, bis er ihren Wagen in der Einfahrt hörte, stand auf und zog sich an. Unten beseitigte er – Plastikgeschirr und Parkettboden sei Dank – mühelos die Schweinerei, die sie am Vorabend veranstaltet hatten. Zwanzig Minuten später gab er den Zugangscode für sein Büro ein und öffnete die Tür.

Er schaltete die Steckdosenleiste mit dem Überspannungsschutz ein, worauf Computer und Zubehör surrend zum Leben erwachten. Dann holte er die Aktenmappe »id 12/SVN« und legte den Inhalt neben den Computer. Seine erste Aufgabe bestand darin, die Sozialversicherungsnummer mit den Todesmeldungen abzugleichen. Obwohl Firmen gewöhnlich keinen Routinecheck im Register vornahmen, um Missbrauch vorzubeugen, ging er lieber auf Nummer sicher. Zufrieden stellte er fest, dass Mr. Wellington weder die Nummer eines längst Verstorbenen noch eine ähnliche Nummer erhalten hatte. Dann folgte der nächste Streich.

Am selben Morgen machte John Wellington seinem Unmut Luft, während Marcia in der Küche das Frühstück bereitete. Er trommelte ohne Unterlass mit den Fingern auf die Esstheke.

»Wir können jetzt sowieso nichts unternehmen«, sagte sie und schlug ein Ei in die Pfanne.

»Trotzdem, es macht mich nervös. Wenn nun jemand das Zeug findet?« Das Trommeln ging weiter.

»Also ehrlich, Wag, warum sollte es gerade jemand finden, der uns kennt?« Ei Nummer zwei landete in der Pfanne.

»Willst du die Sache einfach so abtun? Weißt du noch, was zu Hause passiert ist, als wir dachten, wir wären in Sicherheit?« Trommeln.

»Sollen wir es uns mit unseren neuen Freunden verderben? Ich will nicht mehr umziehen. Und du weißt, wenn du es ihnen erzählst, müssen wir wieder umziehen. Ich habe mich gerade ein bisschen eingelebt.«

»Trotzdem würde ich lieber mit jemandem drüber reden.« Er trommelte.

»Das ist nur eine Überreaktion, wie immer. Vergiss es einfach. Du kannst die Sachen aus dem Gästezimmer in den Schredder geben, falls du dich dann besser fühlst. Zum Glück habe ich nicht alles weggeworfen.« Sie schlug die beiden letzten Eier auf, streute Käse und Paprika über das Omelett und drehte die Flamme höher. Dann tätschelte sie ihm die Wange. »Und hör auf, meine neue Theke zu zerkratzen, Schatz.«

John Wellington hörte auf zu trommeln. Zuckte aber nervös herum. Fummelte an seinem Bademantel, um sich abzulenken.

»Na gut, wir warten ab. Hoffentlich hast du recht.«

Er zog den Gürtel fest. Marcia nahm eine Flasche Orangensaft aus dem Kühlschrank und goss ihm ein Glas ein.

»Hab ich doch immer.«

»Nein, nicht immer. Du hast mir damals geraten, den Job anzunehmen.«

»Ich kann mich nicht erinnern, dass ich dich groß hätte überreden müssen.« Sie schob zwei Scheiben Brot in den Toaster und drückte energisch den Griff nach unten.

Er knurrte unwillig und trank einen Schluck Saft. Dann sprang er plötzlich auf und durchwühlte das Sideboard im Esszimmer.

»Marcia, war der letzte Auszug von Pace Congreave auch im Müll?«

Im nächsten Schritt überprüfte Aldo Mr. Wellingtons Kreditauskunft. Er surfte zu www.OmniTrack.com, einer Seite für Privatdetektive, über die gewöhnlich zahlungsunwillige Väter und Gläubiger aufgespürt wurden. Er klickte auf *Einloggen*, worauf Benutzername und Passwort verlangt wurden.

Verdammt, wie hießen die doch gleich? Er suchte eine Akte heraus, die diverse Informationen über AOL, ISP, Ferienklubs, Zeitarbeitsfirmen und die Mitgliedschaft in einem Polizeiverein enthielt. Ach ja, er musste sich als Randolph McIntire anmelden. Mit der offenen Akte auf dem Schoß drehte er sich zum PC und tippte:

Benutzername: RMcIntire
Passwort: *******

Sofort erschien eine neue Seite. Die Optionen im linken Rahmen lauteten *Personensuche, Strafregisterprüfung, Hintergrundprüfung, Kreditprüfung, Zivilurteile/Insolvenzen, Vermögen und Ehe/Scheidung*. Aldo klickte auf *Kreditprüfung*, worauf sich das nächste Fenster öffnete.

WARNUNG: Nur mit gültiger Privatermittlerlizenz.
Bitte Zulassungsnummer und Bundesstaat eingeben.

Aldo suchte herum, bis er die Nummer gefunden hatte, unter der Randolph McIntires Privatermittlerlizenz vom Bundesstaat Minnesota ausgestellt worden war. Kurz darauf meldete sich die Webseite:

Herzlich willkommen bei OMNITRACK,
Randolph McIntire.
Ihr Konto wurde entsprechend belastet.

»Sie haben doch nichts dagegen, die Kosten zu übernehmen, Mr. McIntire«, meinte Aldo grinsend.

Dann tippte er die Sozialversicherungsnummer ein, die auf dem Kontoauszug des Investmentfonds angegeben war.

Er erhielt eine kurze Übersicht zu Kreditkarten, Kreditrahmen, Autodarlehen, Verbraucherdarlehen, zwei Hypotheken und einem Geschäftskredit. Die meisten waren ordnungsgemäß abgelöst worden. Offen waren nur die letzte Zahlung für die American-Express-Karte und ein überzogenes Girokonto. Der Schufa-Wert von 833 war nahezu perfekt. Aldo wunderte sich allerdings, dass kein Arbeitgeber und keine Hypothek aufs Haus aufgeführt waren. Wie alt war der Mann? Vierundvierzig? Bisschen jung für einen Rentner ohne Schulden. Und er wohnte nicht gerade in der besten Gegend.

Aldo druckte Mr. Wellingtons Kreditauskunft aus, um sie später mit einer von Equifax abzugleichen. Vielleicht würde er dort erfahren, womit der Mann seine Brötchen verdiente. »Zunächst aber, Mr. Wellington, suchen wir Ihnen eine neue Wohnung.«

Er öffnete das Tabellenkalkulationsprogramm und klickte auf eine Tabelle namens *Verfügbare Wohnungen*, die zehn Adressen enthielt. Er wählte eine unauffällige Wohnung in Columbia Heights, einem ruhigen Vorort im Norden von Minneapolis, der Schwesterstadt von St. Paul. Dann markierte er den Namen der Hausverwaltung, TC Property Management LLP, und klickte auf *Kopieren*. Er wechselte zum Internetbrowser, rief die Seite *Property and Credit Services of Minnesota* auf und gab die Hausverwaltung als Absender ein. Dann erbat er eine Auskunft bezüglich John Wellington, der die Wohnung Nr. 15, Columbia Hills Apartments, Columbia Heights, Minnesota anzumieten wünschte. Kurz darauf bestätigte ihm die Kreditauskunft Mr. Wellingtons erstklassige Zahlungsmoral.

Von 1989 bis 1995 hatte er bei Mendicina Properties in Dallas eine bescheidene Wohnung in Fort Worth, Texas, gemietet und immer pünktlich gezahlt. *Ist John Wellington der neue Mieter dieser Immobilie?* Aldo kreuzte das Kästchen mit Ja an und klickte auf *Abschicken*.

Innerhalb von 48 Stunden würden alle großen Auskunfteien die Adressenänderung registrieren und diese an Adressenhändler im ganzen Land verkaufen. Unter der Anschrift 1348 West George Street, St. Paul, Minnesota gab es von nun an keinen John David Wellington mehr.

Marcia stand neben ihrem Mann, einen eierverschmierten Pfannenwender in der Hand, und sah zu, wie er die Papiere durchwühlte, die er aus den Schubladen gezerrt hatte.

»Musst du denn alles aufheben? Was ist so wichtig daran?«

»Sag mir nur, dass du den Kontoauszug nicht weggeworfen hast.«

»Woher soll ich das wissen?«

Marcia zog eine Schnute und stieß ihn mit dem klebrigen Pfannenwender an. Eireste landeten auf seinem sauberen Bademantel. Sie kicherte vor sich hin.

Dann stieg ihr der Geruch von verbrannten Eiern in die Nase. Sie eilte in die Küche und rief: »Jetzt mach dir mal keine Sorgen, Wag, iss lieber dein Frühstück.«

Doch John Wellington war mehr als beunruhigt. Er hatte sich so lange um sein Geld und das anderer Leute gekümmert, dass es ihm in Fleisch und Blut übergegangen war.

»Immerhin befinden sich 157 000 Dollar auf dem Konto.«

»Ach, aber das würden sie uns doch ersetzen, oder?«, fragte Marcia aus der Küche. Sie schob den Pfannenwender unter das Omelett und drehte es vorsichtig um.

»Wohl kaum«, sagte John und sah den nächsten Stapel durch. »Sie haften nur für Lebensunterhalt und Umzugskosten. Das

Geld auf dem Konto ist alles, was wir noch haben. Selbst dieses Haus gehört uns nicht.«

Marcia klatschte verärgert ein halbverbranntes Omelett auf einen Teller und stellte es auf die Esstheke. »Du machst viel Lärm um nichts, Wag. Denk dran, was Dr. Romer gesagt hat. Die meisten Sorgen sind vollkommen überflüssig. Und jetzt komm endlich und iss.«

Aldo klickte auf die Lesezeichen im Browser, öffnete den Ordner *Telefondienste* und betrachtete die Adressenliste. Schließlich klickte er auf www.vmamerica.com. Auf der Homepage von Voice Mail of America beantragte er eine Rufnummer mit der Vorwahl 612 für Minneapolis.

VMA und andere Onlinetelefonauskunftsdienste hatten bei den örtlichen Telefongesellschaften Tausende von Nummern geleast. Sie leiteten die Nummern durch ihre eigene Vermittlung und verkauften sie zu erheblich geringeren Preisen an Kunden vor Ort und im ganzen Land. Angeblich waren sie für Firmen gedacht, die sich keine Zweigniederlassung leisten konnten, ihren Kunden aber Ortsgespräche anbieten wollten. In Wirklichkeit wurden sie aber für jeden beliebigen Zweck vergeben.

Aldo benutzte erneut Mr. McIntires Visakarte. In wenigen Minuten würde John Wellington eine neue Telefonnummer haben. Gegen eine kleine Zusatzgebühr, die Mr. McIntire ebenfalls großzügig übernahm, würde sie auch im Telefonbuch aufgeführt. Nummer und Eintrag waren beispielsweise sehr nützlich, wenn Aldo unter seiner neuen Identität eine Kreditkarte beantragte.

Er würde jetzt erst einmal mit Moccasin joggen gehen, und wenn er zurückkam, wartete gewiss schon eine Mail von VMA auf ihn, in der man ihm Mr. Wellingtons neue Rufnummer mitteilte.

John Wellington aß einen Bissen von dem verbrannten Omelett, achtete aber kaum auf den Geschmack. Er war in Gedanken ganz woanders. Hatte etwa jemand seinen Müll – und damit sein Leben – durchwühlt und wichtige Dinge gefunden? Er hatte Angst um sich und seine Frau.

»Ich muss jemanden anrufen«, sagte er schließlich, doch Marcia griff nach seiner Hand, zog sie über die Theke und küsste sie.

»Mach dir keine Sorgen, Wag. Iss auf und zieh dich an. Dann holen wir im Pier One den neuen Couchtisch ab, das bringt dich auf andere Gedanken.«

»Hilf mir lieber, den Auszug von Pace Congreave zu suchen.«

»Das erledigen wir später. Wir müssen beide mal raus an die frische Luft.« Sie spülte die Pfanne aus und stellte sie ins Becken. »Das mache ich nachher.«

John Wellington nahm noch einen Bissen. Verbrannt. Er aß trotzdem weiter. Schaute sie bewundernd an wie so oft, wenn sie gestritten hatten. Ihre zarte, schlanke Figur erregte ihn. Sie war noch genauso jugendlich und attraktiv wie vor fünfundzwanzig Jahren. Er musste lachen.

»Glaubst du, du lernst es noch irgendwann, mich John zu nennen?«

Verschwitzt und noch im feuchten Sportdress druckte Aldo die Antwort mit der neuen Rufnummer aus und legte sie in die betreffende Aktenmappe. Moccasin wartete vergnügt hechelnd oben an der Kellertreppe, und auch Aldo hatte die Bewegung gut getan.

Er rief die Nummer an und konfigurierte die Mailbox.

Danach durchsuchte er die Onlineausgaben der Lokalzeitungen. Hochzeiten, Todesfälle, öffentliche Bekanntmachungen – jede Erwähnung der Wellingtons bedeutete wertvolle

Hintergrundinformationen. Vor allem der Geburtsname der Mutter war immer nützlich. Leider archivierten die meisten Onlineausgaben keine derart privaten Angaben, doch dann und wann landete er einen Zufallstreffer. Diesmal leider nicht.

Er gab auf und machte sich an die wichtigste Aufgabe an diesem Morgen. Er wählte die gebührenfreie Servicehotline des Investmentfonds. Es klingelte mehrfach, dann meldete sich ein Band.

»Hier spricht der Kundenservice der Pace Congreave Corporation, Anbieter von Investmentfonds. Wir garantieren seit über siebzig Jahren erstklassige Zinsen in den unterschiedlichsten Sparten. Pace Congreave sorgt für Ihre Zukunft.«

Kurze Pause.

»Falls Sie zum ersten Mal bei Pace Congreave sind und mit einem Kundenberater über eine Kontoeröffnung sprechen möchten, drücken Sie bitte die 1. Falls Sie bereits ein Konto bei Pace Congreave haben und die Kontodaten ändern wollen, drücken Sie bitte die 2. Möchten Sie Pace Congreave eine Adressenänderung mitteilen –«

Aldo drückte die 3. Es klingelte kurz, dann meldete sich eine weitere Stimme aus der Konserve.

»Zurzeit befinden sich alle Kundenberater im Gespräch. Ihr Anruf ist uns wichtig. Bitte bleiben Sie am Apparat, Sie werden mit dem ersten freien Kundenberater verbunden. Um Sie noch besser zu beraten, halten Sie bitte Ihre Konto- und Sozialversicherungsnummer bereit. Aus Sicherheitsgründen kann eine weitere Identifizierung erbeten werden. Dieses Telefonat kann zum Zwecke von Ausbildungsmaßnahmen und Qualitätssicherung aufgezeichnet werden.«

Danach erklangen Vivaldis *Vier Jahreszeiten* in schlechter Fahrstuhlqualität. Während Aldo wartete, schaute er sich den Kontoauszug ganz genau an. Auf der Rückseite stand ein Name in Druckbuchstaben, der zweimal unterstrichen war. Seltsam. Plötzlich meldete sich eine menschliche Stimme.

»Hallo, hier spricht Lance. Was kann ich für Sie tun?«

»Ich habe eine neue Adresse.«

»Und wie ist Ihr Name, Sir?«

»John D. Wellington.«

»Wellington, Sir?«

»Ja.« Er hörte das Klicken einer Tastatur.

»John Wellington?«

»Ja.«

»Nennen Sie bitte Ihre Sozialversicherungs- und Kontonummer, Sir.«

Aldo rasselte sie herunter. Tippen im Hintergrund.

»Und Sie sind John *David* Wellington?«

»Ja.«

»Würden Sie mir aus Sicherheitsgründen bitte Ihre derzeitige Anschrift mit Postleitzahl nennen?«

Aldo las die Adresse vom Kontoauszug ab.

»Noch eine Frage zur Sicherheit: Wie lautet der Mädchenname Ihrer Mutter?«

Das war heikel. Obwohl Identitätsdiebstahl – oder Identitäts-Sharing, wie Aldo es zu nennen pflegte – nicht sonderlich schwer zu bewerkstelligen war, gab es doch die eine oder andere Falle – so wie diese Sicherheitsfragen. Der Mädchenname der Mutter war dabei besonders beliebt.

Manchmal gelang es ihm zu bluffen. Da die meisten Firmen ihre Telefonberater pro bearbeiteten Anruf bezahlten, hörten viele nicht so genau hin. Vor sich hin zu murmeln, war immer eine gute Möglichkeit. (»Sagten Sie McKenzie, Sir?«)

Diesmal entschied sich Aldo aus dem Bauch heraus für den Namen, der auf der Rückseite des Auszugs stand.

»Benson.«

»Schreibt sich das B-E-N-S-O-N, Sir?«

»Ja.«

»Danke für Ihre Geduld, Mr. Wellington. Möchten Sie Ihre Adresse heute ändern?«

»Ja, bitte.« Er nannte die neue Anschrift in Columbia Heights.

»Haben Sie auch eine neue Festnetznummer, Mr. Wellington?«

»Ja.« Er nannte die VMA-Nummer.

»Vielen Dank, Mr. Wellington. Um Sie und Ihr Konto bestmöglich zu schützen, werden wir Ihnen innerhalb von zehn Arbeitstagen eine Bestätigung der Adressenänderung an Ihre bisherige Anschrift schicken. Bitte unterzeichnen Sie die beigefügte Bestätigungskarte und schicken Sie diese in dem frankierten Rückumschlag an uns. Sobald wir die Bestätigung erhalten haben –« Aldo konnte den Sermon auswendig mitsprechen –, »schreiben wir Ihr Konto auf die neue Adresse um. Sollten Sie nicht länger die Post unter Ihrer alten Anschrift entgegennehmen können oder keinen Nachsendeantrag gestellt haben, geht der Brief an uns zurück, und die Änderung tritt nicht in Kraft. Dies geschieht zu unserer und Ihrer Sicherheit, Mr. Wellington. Haben Sie weitere Fragen?«

»Ja. Ich kann keine Post mehr unter meiner alten Anschrift entgegennehmen.«

»Haben Sie einen Nachsendeantrag bei der Post gestellt?«

»Noch nicht. Meine Frau und ich lassen uns nämlich, na ja, scheiden. Ich bin gerade erst ausgezogen. Mein Anwalt –« Aldo stammelte ein wenig, um die Wirkung zu vergrößern – »hat mir geraten, mein persönliches Vermögen so schnell wie möglich vor ihr in Sicherheit zu bringen. Zwei Wochen – so lange kann ich unmöglich warten.« Den letzten Satz sprach er mit klagendem Unterton.

»Verstehe. Einen Moment, Sir. Ich muss mit meiner Vorgesetzten sprechen.«

»Vielen Dank.«

Wieder erklang die Barockmusik. Aldo wusste, die letzte Hürde war so gut wie genommen. Jetzt musste er nur noch Geduld haben. Nach ein paar Minuten meldete sich eine Frauenstimme.

»Mr. Wellington?«

»Ja.«

»Hier spricht Ms. Kordél. Lance hat mich über Ihre Situation informiert. Ich hoffe, Sie verstehen, weshalb wir diese Sicherheitsmaßnahmen treffen müssen.«

»Natürlich«, erwiderte Aldo fröhlich. »Das finde ich auch sehr beruhigend. Nur muss ich das Geld ganz schnell vor meiner Frau verstecken.«

»Wie ich sehe, läuft das Konto nur auf Ihren Namen, daher können wir Ihnen in diesem Fall wohl helfen. Allerdings benötige ich eine von Ihnen unterzeichnete und notariell beglaubigte Erklärung. Könnten Sie uns diese auf schnellstem Wege zukommen lassen?«

»Mein Anwalt hatte mich schon darauf vorbereitet. Kann ich Ihnen die Erklärung zufaxen?«

»Selbstverständlich. Bitte schicken Sie sie an die Nummer, die auf dem letzten Kontoauszug steht. Sobald wir sie überprüft haben, lasse ich die Adresse ändern. Reicht Ihnen das, Mr. Wellington?«

»Ja, das ist wunderbar. Vielen Dank für Ihre Hilfe.«

»Keine Ursache, Mr. Wellington. Wir bei Pace Congreave legen Wert auf zufriedene Kunden. Ich wünsche Ihnen noch einen schönen Tag, Sir.«

»Ja, und vielen Dank für Ihre Hilfe.«

Aldo hängte ein und suchte auf der Festplatte ein Dokument namens *Brief Adressbestätigung*. Er setzte Namen und Adresse von Pace Congreave ein und überflog den Text. »Problematische Scheidung«, »auf Anraten meines Anwalts« und so weiter und so fort. Er fügte die Anschrift in der West George und die »neue« Adresse in Columbia Heights ein, druckte den Brief aus, unterzeichnete als John Wellington, nahm die notarielle Beglaubigung als Doris R. Hautamaki vor und brachte das notarielle Siegel an, das er im Regal aufbewahrte. Er kopierte das Blatt, schob es in den Faxdrucker und tippte die Nummer ein. Ein Knopfdruck, und schon war es unterwegs. Das Original landete im Aktenvernichter.

John Wellington fuhr den Wagen aus der Garage und hielt in der schmalen Einfahrt, wo Marcia auf ihn wartete.

»Ich nehme an, du hast recht«, sagte er, als sie einstieg. »Vermutlich besteht wirklich kein Grund zur Sorge.« Er küsste sie auf die Wange. »Tut mir leid, dass ich so sauer war.«

»Mr. Wellington, hier spricht Lance Seiler von Pace Congreave. Ich rufe nur an, um Ihnen zu sagen, dass wir Ihr Fax erhalten haben. Die Adressänderung tritt vermutlich morgen in Kraft. In einigen Tagen bekommen Sie die schriftliche Bestätigung. Vielen Dank für Ihr Vertrauen, Mr. Wellington.«

Aldo löschte die Nachricht vom Anrufbeantworter und wählte noch einmal die Kundenhotline. Diesmal hörte er sich alle Optionen an, bevor er die Nummer 7 auswählte: *Scheckbestellung*. Die Stimme auf dem Band versicherte ihm, dass er die Schecks innerhalb von sieben Arbeitstagen erhalten werde. Falls er vorher Geld abheben oder überweisen wolle, solle er sich bitte online an das Unternehmen wenden. Auf dem Konto befanden sich genau 157 364,60 Dollar.

6. Kapitel

Der Richter sah aus dem Fenster auf die Weiden, die den Rasen vor seinem Büro säumten. In Louisiana war der November warm und feucht. Eine Brise bewegte die stickige Luft und fuhr durch die Zweige der Trauerweide, die sich wie Drachenschwänze träge im Wind wiegten. Die silbernen Unterseiten ihrer Blätter schimmerten in der Nachmittagssonne.

Der klein gewachsene Richter, der in seinem braunen Anzug eher wie ein Professor wirkte, blickte gedankenverloren nach draußen. Er rieb sich den kahlen Kopf. In der anderen Hand hielt er ein Blatt Papier.

Das Telefon riss ihn aus seinen Gedanken. Zwei leise Töne, seine Sekretärin Miss Anderson. Er ging zum Schreibtisch, legte das Papier hin und drückte eine Taste an der Gegensprechanlage.

»Ja, Miss Anderson?«

Die Stimme am anderen Ende hatte einen starken Südstaatenakzent.

»Mr. Langhorne ist da, Euer Ehren.«

»Führen Sie ihn bitte herein, Miss Anderson.« Seine Stimme klang gebildet, sein Akzent weniger gedehnt als ihrer.

Der Richter positionierte sich in der Mitte des geräumigen Büros unter den vergoldeten Kristalllüster. In zwei Wände waren deckenhohe Bücherregale aus Eichenholz eingelassen, die mit eindrucksvollen juristischen und wissenschaftlichen Werken gefüllt waren. Zu beiden gehörte eine Rollleiter, die in einer Schiene lief. Im Winkel der beiden Regale stand ein Lesetischchen mit einer Leselampe aus Zinn, flankiert von zwei ledernen Lehnsesseln. An der Wand gegenüber befand sich ein großer Kamin mit schwerem Marmorsims, auf dem silberne Kerzenleuchter und zahlreiche Auszeichnungen aus langen Berufsjahren prangten. Darüber hing zwischen Wandleuchtern aus Zinn das Porträt eines streng blickenden Mannes aus dem 19. Jahrhundert mit langem braunem Haar, mächtigem Schnurrbart, weißem Vatermörderhemd, schwarzer Krawatte und grauem Gehrock.

Der Richter hörte Miss Anderson im Zimmer nebenan.

»Hier entlang, Mr. Langhorne.«

Er legte die Hände übereinander und richtete sich zu voller Größe auf. Die Tür ging auf. Miss Anderson stand auf der Schwelle, die Hand am Türknauf, und ließ einem großen, korpulenten Mann mit dichtem schwarzem Haar und breiten Schultern den Vortritt. Sein zerknitterter blauer Anzug war eine Nummer zu eng. Der Richter bot ihm einen Sessel in der Leseecke an.

»Herzlich willkommen, Mr. Langhorne. Schön, dass Sie so kurzfristig kommen konnten. Darf ich Ihnen etwas zu trinken anbieten, Sir?«

»Sicher doch. Eistee, wenn's geht.«

Der Richter nickte seiner Sekretärin zu. »Ja, Euer Ehren.« Sie verschwand.

Langhorne machte es sich im Sessel gemütlich. Der Richter nahm gegenüber Platz.

»Sie wollten mich sprechen?« Langhorne war nicht aus der Gegend, er sprach flach und monoton wie die Leute im Mittleren Westen.

Der Richter lehnte sich im Sessel zurück und schaute zur Decke.

»Mr. Langhorne, im Hollydale-Fall gibt es noch ein paar offene Fragen.«

»Ja, Sir.«

Die Sekretärin brachte ein Tablett mit zwei Gläsern Eistee und stellte es auf das Tischchen.

»Vielen Dank, Miss Anderson. Bitte stellen Sie keine Anrufe durch, ich möchte keinesfalls gestört werden.«

»Ja, Euer Ehren.« Sie verließ umgehend den Raum und schloss die Tür hinter sich.

Langhorne trank einen Schluck Tee, und der Richter begann in entschlossenem Ton:

»Wie gesagt, Mr. Langhorne, wir müssen einige offene Fragen klären. Wir haben einen Rückschlag erlitten, doch das soll uns nicht weiter kümmern. In Hollydale wird für jene, die weniger gut gestellt sind als wir, bald schon eine blühende Wohnanlage für junge Familien entstehen. Wir haben schwer dafür gearbeitet und zahlreiche Hindernisse überwinden müssen. Wir müssen nur ein wenig mehr Aufmerksamkeit walten lassen, dann ist uns der Erfolg sicher.« Seine Worte schienen ins Blaue gesprochen, doch Mr. Langhorne nickte. »Daran darf uns nichts und *niemand* hindern.«

Langhorne nickte wieder und rutschte in seinem Sessel herum.

»Vor allem darf es keine weiteren Verzögerungen durch diesen Kirchbaum geben.« Erneutes Nicken. »Er hat uns betrogen, das wird nicht geduldet.« Nicken.

Der Richter erhob sich und trat an den großen Konferenztisch vor dem Marmorkamin. Langhorne stand ebenfalls auf und beobachtete, wie der Richter eine Aktenmappe vom Tisch nahm. Dann blickte dieser zu dem strengen Mann auf dem Porträt empor und sagte:

»Niemandem soll widerfahren, was den Beaulieus widerfahren ist.«

»Vor allem nicht *uns*«, grinste Langhorne.

Der Richter schoss herum und funkelte ihn wütend an.

»Um *uns* mache ich mir keine Sorgen, Mr. Langhorne. *Wir*

haben nichts zu befürchten. *Wir* sind von allen Vorwürfen entlastet.« Wieder schien der Richter ins Blaue zu sprechen. »Die Beaulieus waren arrogant und rücksichtslos. Wir sind weder das eine noch das andere.«

Die Männer schwiegen eine Weile, bis der Richter fortfuhr:

»In dieser Mappe befinden sich Dokumente, die Ihnen und Ihren Geschäftspartnern den Umgang mit unserem Mr. Kirchbaum sehr erleichtern werden.«

»Ja, Sir.«

Langhorne trat zum Richter. Er öffnete die Mappe, blätterte sie langsam durch und fragte verwirrt:

»Kein Foto?«

»Mr. Langhorne, meinen Sie nicht, es wäre verdächtig, wenn ich einfach so ein Foto erbäte?«, knurrte er.

»Ja, Sir, da haben Sie wohl recht«, antwortete dieser unterwürfig.

»Ich werde jedoch an der Lösung des Problems arbeiten. Bis dahin dürften Sie und Ihre Kollegen wohl intelligent genug sein, um meine Informationen sinnvoll zu verwenden.« Er deutete auf die Mappe.

»Ja, Sir, keine Sorge. Wir schnappen uns den Judenbengel.«

Der Richter zuckte zusammen und hob die Hand.

»Mr. Langhorne, solche Bemerkungen kann ich nicht dulden.«

Der Stämmige schaute auf den reich verzierten Teppich hinunter und trat verlegen von einem Fuß auf den anderen.

»Ja, Sir«, sagte er zerknirscht.

Der Richter ging hinter den prächtigen Mahagonischreibtisch und legte die Hand auf das Blatt Papier. Dann schaute er Langhorne in die Augen.

»Sie können mit meiner weiteren Unterstützung rechnen. Ich melde mich dann bei Ihnen.«

»Ja, Sir.«

»Vielen Dank für Ihre Hilfe, Mr. Langhorne«, sagte der Richter nun verbindlicher. »Falls Sie etwas benötigen, geben Sie mir einfach Bescheid. *Durch die üblichen Kanäle.*«

»Ja, Sir.« Langhorne wandte sich zur Tür.

Als er gegangen war, setzte der Richter sich an den Schreibtisch und schaute nachdenklich auf das Papier. Er rollte es in der Hand, bevor er es entfaltete, auf der Tischplatte glatt strich und den Namen und die Nummer darauf las. Dann griff er zum Telefon.

7. Kapitel

Aldo betrachtete das Foto im Computer – ein Mann mittleren Alters mit dichtem braunem Haar und großer unmoderner Brille. Ziemlich langweiliger Typ. Aldo klickte auf *Kopieren* und wechselte zu einem anderen Programm, wo er das Foto in den roten Rahmen in der oberen rechten Ecke eines Dokuments einfügte. Dann tippte er unten links den Namen *John D. Wellington* und die Adresse in Columbia Heights ein. In die Kästchen darüber gab er Haarfarbe *braun*, Größe *1,82m*, Gewicht *86kg*, Geschlecht *männlich*, Führerscheinklasse *D* und amtliches Kennzeichen *HUND* ein, darunter in Rot John Wellingtons Geburtsdatum *29. 10. 1964.*

Aldo startete das Bildbearbeitungsprogramm, gestaltete das Foto ein wenig verschwommener und kopierte es erneut. Er fügte das Foto ins Führerscheindokument ein und verkleinerte es auf ein Viertel des Originalformats. Mit einem weiteren Klick verschob er es unter die Kästchen mit den Angaben zu Größe, Gewicht und Geschlecht.

Als er mit dem Foto fertig war, schloss er die Bildbearbeitung und wechselte zum Graphikprogramm. Aus einer Liste offener Dateien wählte er *barcode mn* und fügte den offiziell aussehenden schwarzweißen Streifencode zwischen Anschriftfeld und zweitem Foto in den Führerschein ein. Danach rief er eine Tabelle mit Zufallsfolgen von 12 Ziffern auf, die durch Bindestriche in Dreiergruppen angeordnet waren. Er wählte eine aus, setzte ein *W-* davor, kopierte sie und fügte sie unter dem größeren Foto auf der rechten Führerscheinseite ein. Schließlich nahm er ein weißes Blatt, auf dem er mehrmals mit

John D. Wellington 29. 10. 64 unterschrieben hatte, und legte es auf den Scanner. Bald erschienen die Unterschriften auf dem Bildschirm. Er wählte die energischste und zugleich unauffälligste aus und platzierte sie unter der Adresse im Dokument.

Jetzt musste er es nur noch ausdrucken. Aldo wühlte in einer Papierablage über dem Faxdrucker und fand ganz unten, was er suchte: ein weißes Blatt mit einem Wasserzeichen, das aus mehreren Reihen blauer Sterne bestand. Er schob es in den Drucker und gab den Befehl zum Ausdrucken. Er wartete, bis das Blatt herausglitt, und unterzog es einer gründlichen Prüfung. Oben stand in weißen Buchstaben auf rotem Grund FÜHRERSCHEIN MINNESOTA. Er holte seinen eigenen Führerschein aus der Brieftasche und legte ihn neben die Fälschung.

Perfekt.

Getarnt mit dicker Brille und brauner Perücke betrat Aldo die Filiale der Wells Fargo Bank in Maplewood und stellte sich an den nächsten Schalter. Während er wartete, strich er seinen billigen braunen Sportmantel glatt, unter dem er ein dunkelblaues Hemd mit Krawatte trug, und zupfte die Khakihose zurecht. Schließlich blickte die Bankangestellte auf und lächelte ihn an.

»Kann ich Ihnen helfen, Sir?« Ihre Stimme war ebenso herzlich wie ihr Lächeln.

»Ja, ich möchte ein Konto eröffnen.«

Sie wies zu einer Frau, die mit einem kleinen grauhaarigen Mann im offenen Bürobereich weiter hinten im Schalterraum saß.

»Meine Kollegin Angela ist dafür zuständig, aber sie hat noch Kundschaft. Möchten Sie so lange warten?«

»Selbstverständlich«, entgegnete Aldo lächelnd.

Die junge Frau führte ihn zu einer Sitzgruppe, wo Aldo sich in einem schwarzen Kunstledersessel niederließ, wie man sie überall im Land in zahllosen Banken und Hotellobbys fand. Er setzte sich so, dass er Angela und den älteren Herrn gut im Blick hatte. Nach einigen Minuten stand die Bankangestellte auf, beugte sich vor und schüttelte dem Kunden die Hand. Dieser erhob sich mühsam. Sie tauschten ein paar Höflichkeitsfloskeln, und Aldo wartete geduldig, bis der ältere Herr langsam in Richtung Ausgang schritt. Die Frau hinter dem Schalter deutete diskret auf Aldo. Angela nickte, lächelte und kam mit ausgestreckter Hand auf ihn zu. Er stand auf.

»Hallo, mein Name ist Angela Dufresne. Kommen Sie doch bitte mit zu meinem Platz.«

Sie setzten sich an den Tisch. Angelas weiße Zähne leuchteten im dunklen Gesicht, ihre Haut war karamellbraun und absolut makellos. Aldo fand sie recht attraktiv, obwohl – oder gerade weil – sie ziemlich mollig war. Er erwiderte ihr Lächeln.

»Was kann ich für Sie tun, Mr. …?«

»Wellington, John Wellington.«

»Nun, Mr. Wellington, womit kann ich dienen?«

»Ich möchte ein Konto eröffnen.«

Angela strahlte. »Giro- oder Sparkonto?«

»Bieten Sie Girokonten mit Verzinsung an?«

Angela holte einen Prospekt aus der Schublade und breitete ihn vor Aldo aus. »Haben Sie eine Hypothek bei uns, Mr. Wellington?«

»Nein.« Er grinste innerlich.

»Oh.« Jetzt wurde Angela ein wenig ernster. »Sonst kämen Sie automatisch in den Genuss eines Girokontos mit Zinsen, und zwar ohne Mindestguthaben. Ansonsten verlangen wir ein Mindestguthaben – meist um die zweitausend Dollar. Sinkt Ihr Guthaben unter diese Grenze, wird eine monatliche Kontoführungsgebühr fällig. Wäre ein regelmäßiges Mindestguthaben für Sie möglich, Mr. Wellington?«

»Ja.«

Angela ging den Prospekt mit ihm durch und beschrieb die verschiedenen Angebote. Besonderen Nachdruck legte sie auf Girokonten ohne Zinsen, für die kein Mindestguthaben erforderlich war.

Als sie fertig war, deutete Aldo entschlossen auf das Girokonto ›Gold‹. »Ich nehme das hier.«

Angela setzte sich aufrecht hin und erwiderte ebenso freundlich wie energisch: »Sie müssen allerdings umgehend die Summe von zweitausendfünfhundert Dollar einzahlen, um ein Goldkonto zu eröffnen. Ansonsten können wir Ihnen auch ein Konto ohne Kreditprüfung anbieten, bei dem Sie nur fünfundzwanzig Dollar einzahlen. Wir stufen es zum Goldkonto hoch, sobald Sie –«

»Ich möchte etwas mehr als das Mindestguthaben einzahlen«, fiel Aldo ihr ins Wort. Er holte einen Bankscheck über 5000 Dollar aus der Tasche, ausgestellt von J. P. Morgan Chase Private Banking.

Angela war verblüfft. J. P. Morgan Chase, die führende Privatbank der Vereinigten Staaten. Eine Million Dollar Mindestguthaben galt für sämtliche Konten. Rasch holte sie Stift und Antragsformular aus der Schublade.

»Gut, das Konto wird heute noch eingerichtet. Sie brauchen nur diesen Teil hier auszufüllen« – sie zeigte auf das Feld mit Namen, Anschrift, Beruf und Sozialversicherungsnummer –, »um den Rest kümmere ich mich. Ach ja, und Ihren Führerschein, bitte.«

Aldo holte den gefälschten Führerschein aus der Brieftasche. Er hatte ihn laminiert und die Ecken mit Schmirgelpapier geglättet. Auf der Rückseite befand sich ein Magnetstreifen, damit er noch echter wirkte. Er gab ihr den Führerschein und begann, das Formular auszufüllen. Angela schaute neugierig zu.

»Sie sind selbstständig?«

»Ja, als Kapitalanleger.«

»Hm ... das scheint ja richtig gut zu laufen.«

»Ich kann mich nicht beklagen«, meinte er augenzwinkernd.

»Wells Fargo hat auch einen Investmentbereich. Wären Sie vielleicht an –«

»Ein anderes Mal. So, fertig.«

Er gab ihr den Antrag. »Danke sehr, ich bin gleich mit Ihren Kontodaten zurück, Mr. Wellington.«

»Vielen Dank.«

Im Gehen fiel ihr noch etwas ein.

»Ach, dürfte ich bitte noch einen zweiten Ausweis sehen, Mr. Wellington? Einen Reisepass oder eine Rechnung? Nur zum Abgleichen der Postanschrift.«

Sie deutete auf die Adresse in Columbia Heights, worauf Aldo sich belustigt gab.

»Na ja, ich weiß nicht. Darum hat man mich noch nie gebeten. Ist das üblich?«

Angela errötete ein wenig. »Firmenpolitik. Die Bankvorschriften verlangen, dass wir uns bei allen Kontoeröffnungen einen zweiten Ausweis zeigen lassen. Wir müssen uns vor Betrügern schützen. Ich hoffe, Sie verstehen das.«

»Natürlich, man kann gar nicht vorsichtig genug sein.« Aldo wühlte in seinem Jackett. »Zufällig war ich heute unterwegs, um Rechnungen zu bezahlen.« Er holte eine frisierte Rechnung von American Express mit Namen und Anschrift von John Wellington hervor.

Angela lächelte erfreut.

»Ja, das ist wunderbar, Mr. Wellington. Vielen Dank auch für Ihr Verständnis.«

»Kein Problem.«

Angela begab sich schnurstracks hinter die Schalter und verschwand durch eine Tür. Aldo wartete gelassen in seinem Sessel. Als sie zurückkam, strahlte sie mehr denn je. Sie nahm den Scheck und gab Aldo Führerschein und Rechnung zurück.

»Ich reiche den Scheck sofort ein, Mr. Wellington, und dann gehen wir die Kontodaten gemeinsam durch.«

Aldo lächelte höflich. Angela kehrte bald mit seiner Quittung zurück und beschrieb ausführlich, welche Vorteile ihm sein neues Konto bot. Sie händigte ihm einige provisorische Schecks aus und versicherte ihm, dass er reguläre Schecks und Scheckkarte umgehend per Post erhalten werde. Aldo nickte höflich, um seine Ungeduld zu verbergen. Als sie fertig war, steckte er alles ein, gab ihr die Hand und verabschiedete sich. Dann sprang er in den Toyota und sauste weiter zu seiner nächsten Station.

8. Kapitel

Aldos nächstes Ziel war Lakeville, ein blühender Vorort inmitten der Maisfelder südlich von Minneapolis. Die Uhr am Armaturenbrett zeigte halb zwei. Er war spät dran. Noch eine halbe Stunde bis Lakeville. Zum Umziehen blieb keine Zeit.

Er bog von der Interstate 94 auf die 494 Richtung Süden und arbeitete sich durch das Gewirr von Ausfahrten, bis er die Ausfahrt South Robert Street entdeckte. Er fuhr rasch zur Garage, wechselte die Nummernschilder und begab sich dann zum Hallenbad an der Ecke South Robert und Thompson Avenue.

Er holte eine Sporttasche aus dem Kofferraum und kaufte eine Tageskarte für 10 Dollar. Es war ruhig bis auf ein paar Mütter, die mit ihren Kleinkindern zum Schwimmunterricht gingen. Aldo schlenderte an der hektischen Sammelumkleide vorbei zur Herrenumkleide, zog sich rasch aus und packte seine Kleider samt Perücke in die Sporttasche.

Danach zog er die sauberen Sachen aus der Tasche an. Zuletzt tauschte er das Jackett gegen eine braune Lederjacke. Aldo fuhr sich mit den Fingern durch die Haare und ging zur Tür, wobei er flüchtig in den Spiegel über dem Waschbecken blickte. Die dicke Brille. Schnell stopfte er sie in die Tasche und verließ die Umkleide. Die Kassiererinnen unterhielten sich mit einigen Müttern, deren Kinder heftig an ihren Armen zupften, und Aldo konnte unbemerkt verschwinden.

In der Möbelfabrik Merrilat in Lakeville schaute Kenny Hampden auf die Wanduhr. Viertel vor drei. Er trat von der Drehbank zurück und schob die staubige Schutzbrille auf den Kopf. Mit einer geschickten Handbewegung löste er die Schranktür aus Kiefernholz aus der Drehbank und stellte sie in einen Behälter, in dem sich weitere Türen befanden. Den schob er über den glatten Betonboden in die große Produktionshalle und stellte ihn zwischen zwei gelben Linien ab, über denen »Endfertigung« stand. Während er an der langen Reihe mit Behältern entlangging, setzte er den Gehörschutz ab. Sofort drangen der ohrenbetäubende Lärm, das Surren und Summen, Kreischen und Dröhnen der Drehbänke, Astsägen, Gehrungssägen, Oberfräsen und Schleifmaschinen auf ihn ein. Kenny ging schneller.

Am Ende der Behälterreihe befand sich eine metallene Schwingtür, die in einen kleinen, mit grünem Nutzteppich ausgelegten Raum führte. Neben einem Schild »Bitte Staub entfernen« hing ein fest am Boden verschraubter Luftschlauch. Kenny blies die dicke Schicht Staub und Sägemehl von seiner Kleidung und pustete sich noch rasch durchs Haar, wobei er mit der freien Hand kräftig rubbelte. Bevor er in den Pausenraum ging, winkte er seinem Vorarbeiter am anderen Ende der Halle zu und deutete auf seine Armbanduhr. Der Vorarbeiter nickte und winkte lässig zurück.

Aldo stellte den Celica auf einem Besucherparkplatz neben der Möbelfabrik ab und trat, eine schwarze Aktentasche in der Hand, durch den Haupteingang. Er holte eine Visitenkarte heraus und zeigte sie am Empfang vor.

»Ich habe einen Termin mit Mr. Johnson.«

Die junge Rothaarige telefonierte gerade. Sie warf einen flüchtigen Blick auf die Karte und legte die Hand über den Hörer. »Erwartet er Sie?«

»Ja.«

»Bitte hier eintragen.« Sie deutete auf das Klemmbrett, das auf der Theke lag. Aldo holte einen Stift aus der Innentasche seines Jacketts und kritzelte »W. Plotnitski, Weyerhaeuser, Mr. Johnson, 14.45 Uhr« auf das Blatt.

»Vielen Dank«, sagte er höflich, doch die Empfangsdame achtete gar nicht mehr auf ihn, da sie schon den nächsten Anruf entgegennahm.

»Firma Merrilat, guten Tag.«

Am Ende eines kleinen Flurs hingen zwei Schilder. Links ging es zur Verwaltung, rechts zur Endfertigung, dem Pausenraum und der Produktionshalle. Aldo bog nach rechts und betrat den Pausenraum der Arbeiter. Durch die Schwingtür war das gedämpfte Rumpeln der Maschinen zu hören. Kenny lehnte an einem Getränkeautomaten. Als er Aldo bemerkte, setzte er sich an den nächsten Tisch.

Mit seinen großen, dickfingrigen Händen öffnete er die Coladose, die ein lautes Zischen von sich gab. Sein Zeigefinger blieb fast im Ring stecken, und die Dose verschwand in seiner mächtigen Faust. Er nahm ein paar tiefe Schlucke, vom Staub in der Fabrik bekam er immer einen Riesendurst. Dann erst sagte er:

»Hi.«

»Hi.«

An Kenny waren nur die Hände imposant; ansonsten war er dünn, schlaksig und machte eine eher komische Figur. Er hatte seine mageren, wenig muskulösen Unterarme auf den grünen, fleckigen Tisch gestützt. Sein Bizeps war kaum der Rede wert, die Schultern waren gekrümmt, das blaue Hemd schlackerte ihm lose um den Oberkörper. In der Brusttasche steckte ein Päckchen Marlboro, das er gelegentlich betastete. Auf einem Schild hinter ihm stand »Rauchen verboten«.

Er saß seitlich auf dem Stuhl. Seine O-Beine waren bleistiftdünn, an den großen Füßen trug er abgenutzte Arbeitsstiefel. Er trank noch einen Schluck Cola. Sein ausgeprägter Adamsapfel hüpfte beim Trinken, die Haut am Hals war mit Pickeln übersät. Darauf thronte ein übergroßer Kopf mit blasser Haut, eingefallenen Wangen, Segelohren, Dreitagebart und dichtem staubbedecktem braunem Haar, das seit Tagen keinen Kamm gesehen hatte. Er schaute Aldo aus rot geäderten Augen trübsinnig an.

»Wie läuft's denn so, Kenny?«

»Geht so«, sagte er düster. »Was gibt's?«

»Du musst heute noch einen Briefkasten überprüfen.«

»Okay.«

»Hier ist die Adresse.«

Aldo holte einen Briefumschlag aus der Aktentasche und gab ihn Kenny. Obwohl es laut und voll im Raum war, schien sich niemand für sie zu interessieren. Kenny stellte die Dose ab und riss den Umschlag auf. Darin lagen eine schlichte Karte mit der Anschrift in Columbia Heights, auf deren Rückseite ein kleiner Schlüssel klebte, und ein beschriftetes Stück Klebeband mit dem Namen »J. Wellington«. Außerdem steckten 200 Dollar im Umschlag. Kenny legte das Geld beiseite und studierte die Adresse, als wollte er ihr Geheimnis ergründen.

»Wie immer?«

»Ja.«

»Okay.«

»Danke.«

Aldo stand auf. Kenny griff nach dem Geld.

»Danke, Mann.«

»Hast es dir verdient.«

Aldo stand auf, nahm die Aktentasche, drehte sich im Gehen aber noch einmal um. Kenny steckte gerade das Geld ein.

»Kenny.«

»Ja?«

»Nicht verpulvern, okay?«

»Klar.«

Um halb fünf hatte Kenny Feierabend. Er duschte zu Hause, zog sich um und fuhr los. An diesem Abend gab es einen neuen Stopp. Aldo änderte scheinbar willkürlich alle paar Tage die Route, was Kenny nicht weiter kümmerte, er erledigte einfach seinen Job. Er setzte die neue Adresse ans Ende der Liste. Der erste von insgesamt neun Stopps war das Postfach in Shakopee, der letzte die neue Adresse in Columbia Heights. Bei der wäre sowieso noch nichts zu holen. Er würde einfach nur den Namen auf den Briefkasten kleben, Schluss, aus. Aldo ließ ihn gern neue Adressen prüfen, bevor überhaupt Post ankam, damit er beim nächsten Mal Bescheid wusste. So konnte er schnell und unerkannt kommen und gehen.

9. Kapitel

Es wurde Winter. Aldo eröffnete auf den Namen John Wellington ein Mastercard-Konto bei Wells Fargo. Kenny holte regelmäßig die Post ab, meist Werbung, die Aldo sofort vernichtete. Einmal erhielt er eine Broschüre, in der eine besonders günstige Kreditkarte angeboten wurde, worauf er auch noch ein Visa-Konto für John Wellington eröffnete. Mit der Visa-Karte kaufte er Kenny eine neue Polyurethan-Auskleidung für die Ladefläche seines Lasters. Ein vorgezogenes Weihnachtsgeschenk.

Ende November, kurz vor Thanksgiving, waren die bestellten Schecks in der Post. Nachdem Kenny sie ihm gebracht hatte, transferierte Aldo nach und nach Wellingtons Geld aus dem Investmentfonds auf das neue Konto bei Wells Fargo. Um keinen Verdacht zu erregen, hob er zunächst nur kleinere Summen ab, doch als Mitte Dezember der erste Auszug eintraf, befanden sich nur noch ganze 5345,78 Dollar auf dem Konto.

Hätte John Wellington den Auszug erhalten, wäre er natürlich misstrauisch geworden, aber die Post landete nicht mehr bei ihm in der West George Street. Als der Auszug auf sich warten ließ, rief er besorgt bei Pace Congreave an.

»Hm, Mr. Wellington, laut unseren Unterlagen wurde der Auszug bereits am 9. Dezember verschickt. Vor Weihnachten braucht die Post allerdings etwas länger.«

»Aber das ist sieben Tage her. *So* lange kann es wohl nicht dauern.«

»Ein Brief kann bis zu zehn Arbeitstagen unterwegs sein,

Sir. Aber ich prüfe vorsichtshalber noch einmal Ihre Adresse, Sir.«

John Wellington telefonierte von der Küche aus und trommelte nervös auf die Esstheke, während die Kundenberaterin im PC suchte. Marcia kam mit einem Müllbeutel an ihm vorbei. Er legte die Hand über den Hörer. »Hoffentlich keine wichtigen Papiere.«

»Nein. Aber wenn du das Zimmer oben nicht bald aufräumst ...«

»Mr. Wellington?«

Er zuckte zusammen.

»Ja?«

»Wie lautet Ihre derzeitige Adresse?«

»1348 West George Street, St. Paul, Minnesota.«

»Sind Sie kürzlich umgezogen?«

»Nein.« Sein Magen verkrampfte sich. »Gibt es ein Problem?«

»Mein Computer zeigt mir eine Adressenänderung zum 15. November an. Und Sie sagen, dies sei nicht auf Ihre Veranlassung hin geschehen?«

»Nein, ja, ich meine, das habe ich nicht gemacht!« Er gab Marcia ein Zeichen, sie solle zuhören. »Sie wollen also behaupten, dass jemand die Adresse zu diesem Konto geändert hat?« Ihm wurde flau.

»Sir, laut Computer haben Sie selbst die Adresse geändert. Uns liegt eine notarielle Erklärung vor, die Sie unterzeichnet haben.«

»Aber ich habe Ihnen keine derartige Erklärung geschickt.« Er beugte sich über die Theke, presste die Finger an die Stirn. Jetzt hatte er Magen- *und* Kopfschmerzen. »Wollen Sie mich auf den Arm nehmen?«

»Bedauere, Sir, aber uns liegen genau diese Informationen vor.«

»Scheiß auf Ihre Informationen!«

»Bitte, Sir, das muss doch nicht sein. Ich möchte Ihnen nur helfen.«

»Dann helfen Sie mir, indem Sie mir sagen, wo ich angeblich wohne.«

Kurze Pause, dann: »Einen Moment, bitte.« Warteschleife. Es ertönte eine kurze klassische Fuge, die er noch nie gehört hatte. Marcia nahm ein Schneidbrett aus dem Schrank unter der Spüle.

»Was ist denn los?«

»Was ist denn los?«, blaffte er. »Ich sag dir, was los ist. Irgendein Arsch hat unsere Adresse beim Investmentfonds geändert. Darum haben wir keinen Kontoauszug bekommen.«

Sie zuckte nur die Achseln, holte einen Bund Spargel aus dem Kühlschrank und begann ihn zu schälen. »Sicher nur eine Verwechslung, das kann doch mal vorkommen.«

Er funkelte sie an. »Hoffentlich hast du recht, sonst sind wir gearscht.«

In diesem Augenblick meldete sich die Kundenberaterin zurück. »Mr. Wellington, ich kann Ihnen die Adresse nennen. Zunächst aber müssen Sie sich ausweisen. Wie lautet Ihre Sozialversicherungsnummer?«

Er nannte die Nummer.

»Und Ihr Geburtsdatum?«

»Und der Name Ihres Lieblingstiers?«

»Wie bitte?«, fragte er verblüfft.

»Der Name Ihres Lieblingstiers, Sir. Das ist die Sicherheitsfrage zu Ihrem Konto. Ohne die kann ich Ihnen keine weiteren Informationen geben.«

»Ich – ich habe gar kein Tier. Was ist mit dem Mädchennamen meiner Mutter? Letztes Mal wurde ich danach gefragt.«

»Sie haben die Frage geändert, Sir.«

»Wann soll das denn gewesen sein?« Er spürte diverse Knoten im Magen und ein dumpfes Hämmern hinter den Augen. Er ballte die Faust.

»Letzten Monat, Sir. Auf unserer Homepage.«

John Wellington lief rot an und sagte mit unverhohlener Wut: »Hören Sie mal, Sie kleines Miststück, wie hätte ich das wohl machen sollen? Ich habe gar keinen Computer.« Das kleine Miststück musste wohl erst mal schlucken. »Und jetzt geben Sie mir Ihren Chef.«

Diesmal erklang keine Fuge, sondern erregtes Stimmengewirr.

»Hallo, hier spricht Ms. Kordél. Kann ich Ihnen helfen?«

»Scheiße, und ob Sie das können.« Aus dem Augenwinkel sah er, wie Marcia zusammenzuckte, während sie die Spargelstücke in der Spüle abwusch. Sie hielt sein Verhalten für übertrieben, doch das war ihm egal. »Als Erstes können Sie mir verraten, wer an meinem Konto herumgepfuscht hat. Wir haben über 157 000 Dollar darauf.«

Ms. Kordél räusperte sich.

»Sind Sie ein Freund von Mrs. Wellington?«, fragte sie reserviert.

»Ein Freund von Mrs. Wellington?«, brüllte er in den Hörer. »Verdammte Scheiße, ich bin ihr Mann, du blöde Kuh!«

Ein Klicken. Ms. Kordél hatte aufgelegt.

»Das wird schon, Tammy«, sagte Ms. Kordél zu der Kundenberaterin, die neben ihr in dem großen Call-Center saß. In den grauen Nischen mit den grün gepolsterten Wänden wurden zahllose Gespräche geführt, deren gedämpftes Summen den ganzen Raum erfüllte. »Sie will nur an das Konto, bevor sein Anwalt alles dicht macht. Das kommt bei Scheidungen andauernd vor. Vermutlich steckt ihr neuer Freund dahinter.«

Tammy nickte. Sie war noch immer durcheinander und bereute allmählich, dass sie vor einigen Wochen vom Sekretariat der Chefetage ins Call-Center gewechselt war.

»Sie gewöhnen sich schon dran«, versicherte Ms. Kordél und wandte sich an den jungen Mann zwei Nischen weiter.

»Ist doch so, Lance, oder?«

»Wie bitte?« Er nahm die Kopfhörer ab.

»Man gewöhnt sich doch an unverschämte Anrufer, oder?«

»Klar, ich denke schon. Was war denn los?«

Ms. Kordél musste lachen. »Erinnerst du dich an den Kerl aus Minnesota letzten Monat? Der seine Adresse sofort ändern wollte, damit seine Ex nicht ans Konto kann?«

»Verschwommen.«

»Na ja, jetzt will sie tatsächlich ans Konto. Möchte wissen, ob bei ihm noch was zu holen ist.«

Lance räusperte sich und setzte die Kopfhörer wieder auf. »Typisch.« Dann drückte er die blinkende Taste auf seiner Telefonanlage.

»Hallo, hier spricht Lance. Was kann ich für Sie tun?«

10. Kapitel

»Was ist passiert?«

Special Agent Grant Pennington vom FBI schloss das offene Fenster auf dem Computerbildschirm und klickte auf eine andere Anwendung mit dem Titel *Fallindex*. Dort suchte er nach John Wellingtons Namen und Aktenzeichen. Er konnte die Panik in Wellingtons Stimme hören.

»Sheila hat einen Haufen Unterlagen weggeworfen.«

»Sie meinen sicher Marcia, oder?« Mit einem Doppelklick wählte Pennington den Link neben der Fallnummer.

»Klar, Marcia.«

»Darauf müssen Sie achten, John.«

»Das können *Sie* ihr ja mal sagen, Pennington.«

Agent Pennington reagierte nicht darauf, sondern wartete, bis sich das Dokument öffnete.

»Sie meinen also, die Tarnung ist aufgeflogen?« Er tippte einige Notizen in das offene Fenster ein.

»Ja, und wie. Jemand hat bei unserem Investmentfonds die Adresse geändert.« Johns Stimme klang erregt, er krächzte beinahe.

»Ruhig, John. Sprechen Sie auf einer sicheren Leitung?«

»Was?«

»Telefonieren Sie mit einem Mobil- oder schnurlosen Telefon?«

»Nein, ich bin am Apparat im Schlafzimmer. Wieso?«

»Gut. Dass man unser Gespräch abhören könnte, macht mir mehr Sorgen als das bisschen Müll, das Ihre Frau weggeworfen hat.«

»Sie verstehen mich nicht. Sie hat letzten Monat einen Haufen Papiere in den Müll geworfen, darunter auch den letzten Kontoauszug von unserem Investmentfonds. Als diesen Monat keiner kam, habe ich dort angerufen. Und man sagte mir, letzten Monat habe jemand die Postadresse geändert.«

»John, was haben Ihnen die Marshals vom Justizvollzugsdienst zum Thema persönliche Unterlagen gesagt?«

»Alle vernichten! Das wollte ich auch, aber die dumme Kuh hat sie vor mir erwischt.«

»Sie sagten, umgehend vernichten, John. *Umgehend!*« Allmählich verlor Pennington die Geduld mit dem winselnden Kerl. »Wir können Ihnen *alles* wiederbeschaffen. Also behalten Sie nichts, was jemanden auf Ihre Spur führen könnte. Wie oft muss ich Ihnen das eigentlich noch sagen?«

John Wellington seufzte genervt. »Schon gut, schon gut. Aber es lässt sich nicht mehr ändern. Jemand hat sich an unserem Konto zu schaffen gemacht und wer weiß, woran sonst noch.«

»Keine Panik, John. Wir setzen uns mit dem Investmentfonds in Verbindung und hören mal nach, was passiert ist. Dann geben wir eine Suchmeldung heraus und überprüfen, ob es in Ihrem Namen oder unter Ihrer Sozialversicherungsnummer ungewöhnliche Aktivitäten gegeben hat. Wir benachrichtigen auch das örtliche Betrugsdezernat.«

»Das reicht mir nicht.«

»Selbst über die Kreditkartenabrechnungen – die Sie im Übrigen *umgehend* hätten vernichten müssen – kann niemand Sie mit dem Programm in Verbindung bringen. Schlimmstenfalls werden Sie noch einmal umgesiedelt. Eine Menge Papierkrieg, aber nicht unmöglich.« Agent Pennington ließ seine Worte wirken. »Ihr nächstes Zuhause könnte in North Dakota liegen.«

»*North Dakota?* Ist ja toll. Nach allem, was ich für Sie getan habe.«

»Und weiterhin tun werden, John. Vergessen Sie das nicht.«

Nachdem er Wellington halbwegs beschwichtigt hatte, ihm versichert hatte, dass niemand ihn und Marcia finden werde, beendete Pennington rasch das Gespräch und wählte eine Nummer. Es meldete sich eine tiefe, knurrige Stimme.

»Hier Figgery.«

»Hallo, Figs, Grant Pennington am Apparat.«

»Lange nichts von dir gehört. Wie ist's denn so in Minnesota?«

»Kalt.« Im Hintergrund hörte Pennington das vertraute Summen der Hochgeschwindigkeitsdrucker. »Du musst mir einen Gefallen tun. Könntest du eine Suchmeldung für eine Sozialversicherungsnummer rausgeben?«

»Klar. Welche?«

Er nannte ihm die Nummer von John Wellington.

»Wird sofort erledigt. Falls was nicht stimmt, müssten wir es in ein paar Tagen wissen.«

Pennington bedankte sich und hängte ein. Was nun? Schließlich rief er das Polizeipräsidium von St. Paul an.

»Inspektor Flynn, bitte.«

»Welche Abteilung, Sir?«

»Betrugsdezernat.«

»Flynn, sagten Sie?«

»Ja.«

»Inspektor Gerald Flynn?«

»Ja.« Hätte er bloß die Durchwahl nachgeschlagen.

»Die Nummer lautet 651-768-«

»Danke, nicht nötig. Stellen Sie mich einfach durch. Special Agent Pennington, FBI.«

Bald darauf meldete sich eine andere Stimme.

»Pennington, hier Flynn. Was haben Sie diesmal? Wieder einen vermeintlichen Terroristen?«

»Nicht ganz so spannend.«

»Mist, ich dachte schon, ich könnte mal raus aus dem Büro und ein großes Abenteuer erleben«, meinte Flynn scherzend.

»Heute nicht, Partner, obwohl ich gern wieder mit Ihrem Trupp zusammenarbeiten würde.« Pennington galt als brillanter Heuchler. »Ich wollte Sie nur um einen kleinen Gefallen bitten.«

»Natürlich, worum geht's?«

»Wir haben es womöglich mit einem Identitätsbetrug zu tun. Die nationalen Suchprogramme laufen schon, aber es fehlt mir an Leuten für den Lokalbereich –«

»Auf der Jagd nach Anthrax, Al-Qaida und Irakern, was?«

»Ja, so was in der Art.« Er konnte Flynns flapsige Art nicht ausstehen, aber als Polizist musste man oft Leuten, die man nicht mochte, Honig ums Maul schmieren. Meist Kollegen von anderen Behörden, deren Hilfe man benötigte. »Vermutlich geschah der Vorfall in Ihrem Zuständigkeitsbereich. Wir brauchen jemanden, der vor Ort einige Dinge überprüft und möglichen Spuren nachgeht.«

»Hm ... hört sich an, als würden Sie aus einer Maus einen Elefanten machen. Worum ging es gleich – Kreditkartenbetrug? Warum machen Sie so viel Aufhebens darum? Er soll sie einfach sperren lassen.«

Als ob ich dich anrufen würde, wenn die Sache so einfach wäre, dachte Pennington. »Wir wissen nicht, ob und was gestohlen wurde«, sagte er stattdessen. »Bislang wissen wir nur, dass persönliche Finanzunterlagen an eine andere Adresse geschickt wurden. Vielleicht ist es auch nur ein Versehen der Investmentfirma oder –«

»Jemand hat seine Identität gestohlen. Kommt heutzutage gar nicht so selten vor.«

Brillante Schlussfolgerung, dachte Pennington. »In der Tat. Vermutlich jemand, der im Müll gewühlt hat. Es könnte allerdings eine laufende Ermittlung erschweren. Mehr darf ich leider nicht sagen.«

Flynn lachte.

»Das ist bei euch doch immer so. Also, her mit den Angaben. Ich setze unseren besten Spürhund drauf an.« Er grinste bei sich.

»John David Wellington. 1348 West George Street.« Flynn notierte Namen und Anschrift. »Den Rest schicke ich heute per Kurier. Zu wessen Händen geht das?«

Inspektor Gerald Flynn, stellvertretender Leiter des Betrugsdezernats der Polizei von St. Paul, blickte aus dem Fenster ins Großraumbüro. Die meisten Schreibtische waren verlassen, weil die Beamten vor Ort ermittelten. Nur eine junge Ermittlerin kratzte sich gerade den blonden Schopf, der beinahe hinter Papierstapeln und Aktenbergen verschwand. Er grinste wieder.

»Schicken Sie es zu Händen von Detective McGraw. M-C-G-R-A-W.«

»McGraw? Vielen Dank, Flynn.« Pennington hängte ein. »Blödmann.«

Flynn nahm ein Nikotinkaugummi aus der Schublade und biss hinein. »Blödmann«, murmelte er bei sich.

In der Technologieabteilung des FBI gab Harry Figgery, leitender Techniker in der Abteilung Computerkriminalität, die fragliche Sozialversicherungsnummer ins Suchprogramm ein. Er hatte Pennington gesagt, die Suche werde zwei bis drei Tage dauern, dabei aber einen beträchtlichen Sicherheitsspielraum einkalkuliert. Meist brauchte er nur 24 Stunden. Seit dem 11. September erhielt das FBI nämlich über Nacht Kopien sämtlicher Transaktionen aller großen Kreditkartenfirmen und Banken und damit auch alle Sozialversicherungs- und Steuernummern, die am Vortag bei Geldgeschäften benutzt worden waren. Somit würde er schon am nächsten Morgen wissen, ob die fragliche Sozialversicherungsnummer irgendwo aufgetaucht war. Danach blieb ihm genügend Zeit, um die Ergebnisse zu analysieren.

Nachdem er die Suche programmiert hatte, überprüfte Figgery die interne Datenbank des FBI, ob die Nummer bei Betrugsfällen aufgetaucht war. Die Suche an sich blieb ergebnislos. Spannend hingegen war der Link zu einem Bereich der Datenbank, der fast nur aus gestohlenen Sozialversicherungsnummern und den damit verbundenen kriminellen Aktivitäten bestand. Der Link verriet ihm, dass jemand in der Regierung an der Sache interessiert war. Oft steckte das Finanzamt dahinter, wenn es um Steuerhinterziehung oder illegale Einwanderer ging. Figgery klickte auf den Link.

Eine Warnung erschien – Zugriff nur für Personen der Aktionsstufe Eins. Aktionsstufe Eins war für laufende Ermittlungen reserviert, die einer besonderen Geheimhaltung unterlagen. Meist ging es dabei um Spionage oder besonders sensible Ermittlungen gegen das organisierte Verbrechen. Neugierig geworden, gab Figgery seinen Code für Aktionsstufe Eins ein und wartete, bis sich das Dokument öffnete.

»He, McGraw!«

Inspektor Flynn lehnte grinsend im Türrahmen, in der Hand einen Klebezettel. Detective Paige McGraw schaute ihn über die Aktenstapel an.

Flynn pappte den Zettel vor ihr auf den Tisch und schob einen Haufen Akten beiseite, um sich auf die Kante zu setzen.

»Ich hab noch einen.«

Sie sah ihn fassungslos an. »Aber, Sir, ich bearbeite schon sechs Fälle.«

»Woher wissen Sie das so genau?«, fragte er mit einem Blick

auf das Chaos um sie herum. »Egal, der kommt vom FBI und hat Vorrang. Sieht aus, als hätte jemand die Identität einer Kontaktperson gestohlen. Sie haben die besten Leute aus St. Paul erbeten. Der Typ scheint von hier zu sein.«

McGraw las den Namen und die Adresse auf dem Klebezettel.

»Der Mann vom FBI hat gesagt, sie seien nicht sicher, ob tatsächlich ein Diebstahl vorliege. Aber es reicht, um Vorsichtsmaßnahmen zu treffen. Bearbeiten wir Betrugsdelikte, bei denen dieser Name auftaucht?«

McGraw startete ein Programm und gab den Namen ein. »Nein, Sir, keine offenen Fälle. Sind Sie sicher, dass es sich nicht um einen simplen Kreditkartenbetrug handelt?«

»Das sollten Sie dem hohen Herrn lieber nicht sagen, wenn Sie mit ihm kommunizieren. So etwas kann der gar nicht vertragen. Und noch eins: Es schadet der Karriere, wenn man es sich mit dem FBI verdirbt.«

»Sir –«

»Ich habe eine dringende Besprechung.« Im Gehen sagte er noch: »Er heißt Special Agent Pennington und schickt Ihnen heute weitere Unterlagen per Kurier. Ich habe ihm gesagt, Sie seien unsere beste Kraft für diese Aufgabe. Und ich will nicht als Idiot dastehen, McGraw.«

Als sich die Tür hinter Inspektor Flynn geschlossen hatte, griff Detective McGraw seufzend nach dem Zettel.

»Ja, *Sir.*«

Figgery lehnte sich zurück und betrachtete das Dokument auf seinem Bildschirm. Dann blickte er hoch, um zu sehen, ob gerade jemand den Netzwerkdrucker am anderen Ende des höhlenartigen Raums benutzte, in dem die Technologieabteilung untergebracht war. Da niemand in der Nähe war, gab er den Druckbefehl und schloss das Programm. Er stand auf, zog sich im Gehen die Jacke an und warf einen Blick in die letzte Büronische.

»Marty.«

Ein dicker Mann in mittleren Jahren mit Brille und schütterem Haar hämmerte auf seine Tastatur. »Ja?«, fragte er, ohne aufzublicken.

»Wie läuft es mit den Updates zu Carnivore?«

»Mäßig.« Er tippte in geübtem Rhythmus weiter. »Alle sind nervös und wollen ständig Änderungen. Die hohen Herren haben Angst, wir könnten einem einflussreichen Kongressmitglied auf die Füße treten. Sie verlangen Vorsichtsmaßnahmen. Denken sogar über einen neuen Namen nach. DCS-Soundso.«

Mit diesem umstrittenen Projekt sollten Mails und Surfverhalten im großen Stil überwacht werden. Der Name »Fleischfresser« erfreute sich keiner allzu großen Beliebtheit.

Figgery hätte gern noch mehr gehört, war aber in Eile.

»Klingt spannend. Hör mal, du behältst den Laden im Blick, okay? Muss eine rauchen und was erledigen. Bin gleich zurück.«

»Klar, Figs«, sagte Marty und tippte ungerührt weiter.

»Danke.«

Figgery schnappte sich das vertrauliche Dokument aus dem Drucker und schob es in seine Jacke. Er nahm sicherheitshalber die Hintertreppe, die in die Eingangshalle des J. Edgar Hoover Building führte, statt am Chefbüro vorbeizulaufen. Dann trug er sich aus und ging nach draußen.

Obwohl der Morgen sonnig und nicht allzu kalt war, fegte ein eisiger Nordwestwind über die Pennsylvania Avenue. Er zog den Reißverschluss ganz nach oben und suchte in den Jackentaschen nach Feuerzeug und Zigaretten. Als er in die 9th Street bog, nahm er den ersten tiefen Zug. Ihm wurde wärmer. Er paffte genüsslich vor sich hin und marschierte die zwei

Häuserblocks bis zur E-Street. Als er außer Sichtweite des Hoover Building war, warf er die Kippe in den Rinnstein und betrat ein Eckcafé, wo er einen großen Milchkaffee bestellte. Während er wartete, las er das Dokument durch. Als der Kaffee fertig war, suchte er sich einen freien Tisch hinten im Lokal, nahm sein Handy heraus und wählte aus dem Gedächtnis eine Nummer. Er trank genüsslich einen Schluck, während es am anderen Ende klingelte.

11. Kapitel

Detective McGraw verließ das Präsidium und stieg auf dem Parkplatz in den neutralen blauen Dienstwagen. Unter dem Arm trug sie das Päckchen, das Pennington ihr geschickt hatte.

Sie bog nach links in den Kellogg Boulevard und fuhr in Richtung Robert Street Bridge. Sie wollte sich unterwegs etwas zu essen besorgen und danach ein erstes Gespräch mit den Wellingtons führen.

Es war ein heller, sonniger Tag, die Dezemberluft kühl und frisch. Ein einsamer Lastkahn stampfte den Mississippi hinab, sein Kielwasser brodelte weiß im schwarzen Fluss. Am anderen Ufer, mit Blick auf die Skyline, lag die West Side, wo die Wellingtons lebten – ein gemischtes Wohngebiet mit gepflegten Arbeiterbungalows, alten Herrenhäusern, die man in Wohnungen unterteilt hatte, und neueren Eigentumswohnungen. Nicht gerade Highland Park, aber doch eine nette, ruhige Gegend, in der Hmong, Latinos, Schwarze und ein paar alteingesessene Weiße lebten. Zunächst fuhr sie jedoch nach West St. Paul, das aufgrund einer Laune der Geographie und des Bevölkerungswachstums inzwischen südlich des Flusses und der Innenstadt lag. Glaubte man einem ehemaligen Gouverneur von Minnesota, so hatte diese Laune viel mit den Trinkgewohnheiten der zahlreichen irischen Einwanderer zu tun. Eine Ansicht, die in den zwielichtigen Etablissements der Stadt durchaus zu handfesten Auseinandersetzungen führen konnte.

Detective McGraw bog in eine kleine Straße. Ein Geschäft stand leer und war zu vermieten; ansonsten gab es nur einen

Klempnerbetrieb, eine Kinderboutique, einen Laden für gebrauchte CDs und ein kleines Chinarestaurant, das »Asian Pearl«. McGraw steuerte das Restaurant an, in der Hand Penningtons Päckchen. Die junge Frau hinter der Kasse begrüßte sie.

»Hi, Paige!«

»Hi, Ni Shu. Wie geht's?«

»Prima. Du weißt ja, wo du ihn findest.«

»Danke.«

Ni Shu Lai sah ihr nach, als sie nach hinten ging, gefolgt von einigen hispanischen Arbeitern, die ihre Mittagspause hier verbrachten. Sie bewunderte die große blonde blauäugige Frau, die so wunderbar nach Minnesota passte. Paige war durchtrainiert, gut gebaut, Anfang dreißig. Ihre Oberschenkel waren etwas stämmig, was sie durch Schlabberhose und lange Bluse zu kaschieren suchte. Leicht gebräuntes Gesicht und volle Lippen, aber kein Schmollmund. Sie trug das Haar schulterlang mit sonnengoldenen Strähnchen. Selbst im Staat der skandinavischen Schönheiten, in dem man nur so über Blondinen stolperte, stach Paige McGraw heraus. Trotz ihres schottischen Nachnamens verkörperte sie den lässigen nordischen Schönheitstyp, der typisch für den Mittleren Westen ist.

»Herumlungern verboten«, sagte Paige zu dem älteren Mann, der mit dem Rücken zu ihr in der Nische saß.

»Hast du nichts Besseres zu tun, als ältere Menschen zu schikanieren?«, knurrte der Mann, ohne sich zu rühren.

»Hallo, Dad«, sagte sie mit blitzenden Augen, legte ihm die Hand auf die Schulter und küsste ihn auf die Wange. Er drehte sich zu ihr, lächelte und hob die leere Kaffeetasse.

»Hallo, Liebes. Holst du mir noch einen?«

Sie schaute zu Ni Shu hinüber.

»Bin schon dabei.«

Paige glitt auf die Bank gegenüber. »Wie geht's dir?«, fragte sie lächelnd.

Aldo saß auf dem Highway 52 fest, der an dieser Stelle den Fluss überquerte. Der Verkehr kroch im Schneckentempo voran. Ein Geländewagen, der aus Richtung Flughafen kam, hatte bei klarer Sicht und besten Straßenverhältnissen einen Sattelschlepper gerammt. Der war daraufhin umgekippt und hatte seine Ladung über sämtliche Fahrbahnen verstreut. Die Autos teilten sich wie das Rote Meer, um die Bergungsfahrzeuge durchzulassen, und Aldo konnte nur dasitzen und warten.

Er hatte den ganzen Morgen damit verbracht, neue Müllabfuhrrouten im Osten der Stadt auszukundschaften. Nachdem ein Trupp misstrauisch geworden war, hatte er sich in ein Café am Lake Phalen zurückgezogen und war jetzt spät dran. Er musste unbedingt über den Fluss und vor dem nächsten Termin das Auto wechseln.

Er rückte zentimeterweise vor und entdeckte eine Gruppe Feuerwehrleute, die sich an einem zweitürigen Hyundai zu schaffen machten, der halb unter dem Sattelschlepper begraben lag. Eine Feuerwehrfrau kniete neben dem zerdrückten Wagen und spähte durchs Beifahrerfenster, während ihr Kollege Dach und Fensterrahmen mit der Rettungsschere spreizte.

Ein Nationalgardist, der den Verkehr regelte, gab ein Zeichen, die Autos kamen abrupt zum Stehen. Aldo trat heftig auf die Bremse. Er sah, wie die Feuerwehrfrau aufstand, mit ihrem Kollegen sprach und dabei den Kopf schüttelte.

In diesem Moment entdeckte Aldo den Arm, der aus dem Wagenfenster hing. Der grüne Jackenärmel war mit schwärzlichem Blut durchtränkt, eine blutige Hand ragte leblos hervor. Er war dem Tod oft begegnet, doch was dann geschah, traf ihn unvorbereitet.

Der Feuerwehrmann mit der Rettungsschere änderte die

Position, um sein Gerät besser anzusetzen, und stieß dabei gegen seine Kollegin, die einen Schritt nach hinten machte, um das Gleichgewicht zu halten. Sie trat gegen den Arm – er rollte vom Wagen weg.

Aldo wandte sich ab und kniff die Augen zu. Die Erinnerungen drangen wie ein plötzlicher Sandsturm auf ihn ein, bliesen heftig gegen die Mauern, die er im Laufe der Jahre errichtet hatte, drangen durch die Ritzen seines Gedächtnisses. Er kämpfte hart dagegen an. Umklammerte das Lenkrad des Toyota; hoffte, die Vergangenheit wieder hinter die sicheren Mauern zu drängen, im Hier und Jetzt, in der Gegenwart zu bleiben.

Dann riss ihn ein Klopfen an der Windschutzscheibe in die Wirklichkeit zurück. Er öffnete die Augen. Vor dem Wagen stand der Nationalgardist, die typische Mütze tief in die Stirn gezogen, und sah ihn wütend an.

»He, Kumpel! Schlafen Sie etwa? Sie sollen endlich weiterfahren!«

Aldo schaute nach vorn. Die Straße war frei bis zur Ausfahrt Plato Boulevard. Die Fahrer hinter ihm hupten. Wortlos nahm er den Fuß von der Bremse und fuhr rechts am Nationalgardisten vorbei. Minuten später bog er in den Plato Boulevard und gelangte von dort aus in die Robert Street, wo er vorsichtshalber die Nummernschilder wechselte. Dann fuhr er in Richtung Garage.

Bruce McGraw schaute seine Tochter an, die gerade einen großen Umschlag auf den Tisch legte und sich eine Haarsträhne aus dem Gesicht strich. Als er die mädchenhafte Geste sah, musste er lachen.

»Für einen abgehalfterten Streifenbullen geht's mir ganz gut.«

»Du willst doch wohl kein Mitleid, altes Schlitzohr. Abgehalftert bist du noch lange nicht. Aber du solltest nicht den ganzen Tag hier rumsitzen«, sagte sie mit Blick auf die kitschige chinesische Tapete.

Ni Shu kam mit der Kaffeekanne zum Tisch und schenkte ihm nach. Dann fragte sie Paige: »Büfett?«

»Ja, bitte. Und du, Dad? Noch etwas außer Ni Shus Kaffee?« Sie zwinkerte der Chinesin zu.

Ni Shu lachte. »Nein, er traut meinem Essen nicht, nur meiner speziellen Kaffeemischung. Stimmt doch, Officer McGraw.«

Bruce McGraw ignorierte die Bemerkung und fuhr sich durch die wenigen Haare, die noch seine Glatze zierten. »Ich hole mir später was bei McDonald's.«

»Seit der Sache mit dem Würzhähnchen glaubt er, ich wolle ihn vergiften«, meinte Ni Shu und kehrte mit der Kanne hinter die Theke zurück.

»Nimm dich ihn Acht vor den Szechuan-Gerichten, die sind tödlich«, flüsterte er seiner Tochter zu.

»Das habe ich gehört!«, rief Ni Shu und ging nach vorn, um eine Bestellung aufzunehmen.

Paige lächelte vielsagend und wurde dann wieder ernst.

»Könntest du ein paar Minuten erübrigen und dir meinen neuen Fall ansehen?«

»Sicher, Kleines. Worum geht's denn?«

Paige breitete den Inhalt des Umschlags auf dem Tisch aus. Ihr Vater blätterte die Seiten bedächtig durch.

»Und was ist mit dem Typen?«

»Er fürchtet, jemand könnte seinen Müll durchwühlt und Finanzunterlagen und seine Sozialversicherungsnummer geklaut haben.«

»Könnte? Normalerweise wird nur ermittelt, wenn mehr als ein bloßer Verdacht vorliegt. Wie sieht es damit aus?«

Paige rutschte unruhig auf ihrer Bank und beugte sich vor.

»Das FBI hat uns gebeten, die Sache zu überprüfen«, wisperte sie. »Sieht aus, als läge ihnen der Kerl am Herzen.«

»Hm.«

»Und das ist noch nicht alles, Dad.« Sie holte ein gefaltetes Blatt aus der Innentasche ihres Blazers. »Seine Kreditauskunft.« Sie legte es vor ihn hin. »Keine Hypothek. Keine Arbeit. Und das in dem Alter.«

Bruce McGraw las die Kreditauskunft aufmerksam durch und zog einige andere Unterlagen zu Rate. Dann pfiff er leise vor sich hin. »Er ist im Programm, Schatz.«

»In welchem Programm.«

»Zeugenschutz.«

Aldo fuhr durch die Robert Street, die oben auf dem Hügel in die South Robert überging und von alten, heruntergekommenen Läden gesäumt wurde.

Paige McGraw saß im Auto und wählte die Nummer von Agent Pennington, erreichte aber nur die Mailbox. Sicher telefonierte er gerade. Dann versuchte sie es bei Inspektor Flynn. Auch nichts. Sie hinterließ beiden eine kurze Nachricht und bat um Rückruf. Sie hatte lange über die Vermutung ihres Vaters nachgedacht, wollte aber dennoch mit John Wellington sprechen. Selbst wenn er im Zeugenschutzprogramm war, konnte die übliche Befragung nicht schaden. Sie schaltete in den Rückwärtsgang und rollte aus der Parklücke.

Beim ersten Hupen trat sie auf die Bremse. Der rote Toyota Celica, der von hinten kam, wich nach links aus und hupte noch einmal wütend. Aus dem Augenwinkel sah Paige, wie ihr der Fahrer einen Vogel zeigte.

Aldo schüttelte nur den Kopf. Sonntagsfahrerin.

12. Kapitel

»Ja?«

»Mr. Wellington, ich bin Detective McGraw, Polizei St. Paul.« Sie hielt dem Mann hinter der Glastür ihre Marke hin. »Sie haben angegeben, jemand könne an Ihre Finanzunterlagen gelangt sein und setze sie nun zu betrügerischen Zwecken ein.«

»Sicher, ja. Kann schon sein. Wer hat Sie geschickt?«

»Das FBI hat uns gebeten, Ihre Beschwerde zu untersuchen. Man hat mich damit beauftragt. Darf ich hereinkommen?«

Paige drehte den Türknauf, doch John Wellington hielt die Tür von innen zu.

»Meine Kontaktperson beim FBI wollte sich darum kümmern. Wie heißen Sie doch gleich?«

»Detective Paige McGraw, Mr. Wellington. Ich soll Ihre Kontaktperson beim FBI in dieser Angelegenheit unterstützen. Möchten Sie Anzeige erstatten, Mr. Wellington? Haben Sie Beweise, dass *tatsächlich* jemand Ihre Konten benutzt?«

John Wellington öffnete vorsichtig die Tür und Paige trat in den kleinen Flur.

»Mr. Wellington, je mehr Informationen Sie mir liefern, desto besser kann ich Ihnen helfen. Wann haben Sie festgestellt, dass man Ihnen persönliche Unterlagen gestohlen hat?«

»Gestern«, sagte John Wellington bedächtig. »Meine Frau hatte mehrere Papiere in den Müll geworfen.«

»Hm.« Paige machte sich Notizen in ihrem PDA. »Wann genau könnten die Unterlagen gestohlen worden sein?«

»Keine Ahnung«, jammerte er. »Die Müllabfuhr hat den

Sack einfach mitgenommen. Ich habe meiner Frau gesagt, dass ich alles vernichten wollte, aber die blöde Kuh konnte nicht so lange warten.«

»Das hab ich gehört!«, rief eine Stimme weiter hinten im Haus.

»Sie hat die Kontoauszüge und Kreditkartenquittungen des letzten Quartals in einen Müllsack gepackt und ein paar unterbezahlten, überarbeiteten Müllmännern überlassen. Ist doch nicht zu fassen, oder? Mein ganzes Leben steckt in diesen Papieren. Ich bin ein toter Mann.«

Paige dirigierte Wellington unauffällig ins Haus, schaute sich um, registrierte Ausstattung, Grundriss, Preisklasse der Möbel. Das Haus wirkte bescheiden, aber sauber, kein übertriebener Luxus, kein Kitsch. Paige vermutete, dass der dezente Geschmack wohl kaum von Mr. Wellington stammte.

Im Wohnzimmer saß eine schmale Frau mit pechschwarzem Haar und glatter, milchweißer Haut. Mit dem rubinroten Lippenstift und dem Hauch Rouge auf den Wangen erinnerte sie an eine Porzellanpuppe. Paige begrüßte sie lächelnd und gab ihr die Hand.

»Hallo, ich bin Detective McGraw, Mrs. …«

Die Frau schüttelte ihr die Hand, hielt kurz inne und sah ihren Mann an, der zustimmend nickte. »Mrs. Wellington«, sagte sie mit einem Akzent, der nach Ostküste klang. »Nennen Sie mich bitte Marcia.« Ihr Porzellangesicht verzog sich zu einem höflichen Lächeln.

»Freut mich, Sie kennenzulernen, Marcia. Ich habe Ihren Mann gerade gefragt, was genau fehlt und weshalb er an einen Missbrauch glaubt. Könnten Sie mir vielleicht weiterhelfen?«

»Bis auf die Sache mit der blöden Kuh ist es so, wie mein Mann gesagt hat.«

»Sie weiß überhaupt nichts, Detective«, warf John Wellington, noch immer ungeduldig und voller Argwohn, ein. »Außerdem haben wir keine *Beweise*, weil es einen Monat her ist. Wir wissen nur, dass unsere Adresse beim Investmentfonds geändert wurde. Unsere Kontaktperson beim FBI meint, es könne ein Fehler der Verwaltung sein. Aber das ist mir alles zu riskant. Vielleicht hat ja jemand alle meine Papiere und treibt Unfug damit.«

»Gewöhnlich leiten wir nur Ermittlungen ein, wenn ein tatsächlicher Betrugsfall vorliegt, Mr. Wellington. Sollten Ihnen lediglich Papiere fehlen oder Probleme wegen einer Adressenänderung vorliegen, ist es noch zu früh, um uns einzuschalten.« McGraw klappte den PDA zu und wollte zur Tür gehen. Insgeheim hoffte sie, das Ehepaar so zum Sprechen zu bringen. »Sie können natürlich Ihre Bank und die Kreditkartenfirma benachrichtigen, dort wird man die nötigen Vorkehrungen treffen. Wahrscheinlich sind die Sachen einfach auf der Müllkippe gelandet, das kommt bei anderen Leuten auch vor. Ich würde mir keine allzu großen Sorgen machen.«

Paige lächelte. John Wellington lief tomatenrot an.

»Sie verstehen das nicht«, sagte er erregt. »Wir sind nicht wie andere Leute.«

Hört, hört, dachte Paige. Sie setzte sich auf einen Stuhl und klappte den PDA wieder auf.

»Nun, dann verraten Sie mir bitte, weshalb Sie nicht wie andere Leute sind.«

Da klingelte das Telefon. Marcia Wellington hob ab.

»Hallo? Ja? Sicher, er kommt sofort.«

Sie gab ihrem Mann das Telefon und machte eine Mundbewegung, die Paige nicht verstehen konnte.

»Ja? Pennington! Wurde auch Zeit. Ja, ich mache mir nach wie vor Sorgen. Hm. Eine Polizistin aus St. Paul ist hier und stellt Fragen. Ich dachte eigentlich, *Sie* kümmern sich darum. Ja, sie ist gerade hier. Gut.« Er gab Paige den Hörer. »Mein

Kontakt beim FBI. Er will mit Ihnen reden. Sie können in die Küche gehen.«

Paige lehnte sich an einen Schrank.

»Hier Detective McGraw.«

Die Wellingtons spähten durch den Türbogen zwischen Küche und Esszimmer. Sie sah sie scharf an, worauf sie sich ins Wohnzimmer zurückzogen.

»Detective McCraw? Hier spricht –«

»McGraw.«

»Was?«

Paige verdrehte die Augen. »McGraw, nicht McCraw.«

»Egal«, meinte der Anrufer brüsk, »hier Special Agent Pennington. Ich gehöre beim FBI zur Abteilung Minneapolis. Warum verhören Sie meinen Zeugen?«

»Ihren Zeugen? Davon war nie die Rede«, entgegnete Paige. Technisch gesehen hatte sie recht. Niemand hatte explizit erwähnt, dass Wellington ein Zeuge des FBI war, obgleich Inspektor Flynn es angedeutet und ihr Vater es offen ausgesprochen hatte. »Haben Sie meine Nachricht erhalten?«

»Ja.« Er klang so kalt, dass Paige förmlich Eistropfen in der Leitung spürte. »Ich habe versucht, Sie auf dem Handy zurückzurufen, aber Sie sind nicht rangegangen. Frühstückspause, oder wie?«

Paige schaute auf das Handy, das sie am Gürtel trug. Ein Anruf in Abwesenheit. Er musste angerufen haben, nachdem sie den Klingelton abgestellt hatte, wie sie es bei Verhören immer tat.

»Ja, ich sehe, da war ein Anruf. Also, was gibt es? Ich sollte doch die Ermittlungen vor Ort übernehmen, oder?«

»Ich dachte eher ans Plakatekleben vor Ort.« Pennington machte sich einen Spaß daraus, Polizistinnen zu demütigen. Bei seinen FBI-Kolleginnen kam er damit allerdings nicht weit. »Es ist Ihre Aufgabe, das Material zu sichten und in St. Paul nach Spuren betrügerischer Aktivitäten zu suchen. Sonst nichts. Das habe ich Flynn auch gesagt.« Das war glatt gelogen. »Hat er Sie nicht informiert?«

»Hm, nein, hat er nicht.«

»Nun, dann hören Sie es jetzt von mir. Verlassen Sie das Haus. Hände weg von den Wellingtons, kümmern Sie sich um Ihren Kram. Kapiert?«

Paige hängte ein und schaute hoch. John Wellington starrte sie aus dem Esszimmer an.

»Und?«

»Und was?«

»Was hat er gesagt?«

»Das ist vertraulich, Mr. Wellington.« Sie schaltete ihren PDA wieder ein. »Allerdings habe ich erfahren, weshalb Sie nicht wie andere Leute sind.«

»Ehrlich?«, fragte John Wellington überrascht.

»Ja. Und ich verstehe, wie besorgt Sie wegen der verlorenen Papiere sind. Ich soll Ihnen ausrichten, dass wir für Ihre Sicherheit einstehen. Und jetzt besprechen wir in Ruhe, wie sich das am besten bewerkstelligen lässt.« Paige nahm ihn sanft am Arm und steuerte ihn zum Sofa. »Erzählen Sie mir, wie Sie ins Programm gekommen sind.«

John Wellington wurde blass.

13. Kapitel

Nach Feierabend rief Kenny Aldo an. Niemand meldete sich. Er hinterließ keine Nachricht, sondern fuhr nach Hause, duschte, zog sich um und machte sich wieder auf den Weg. Die tägliche Route.

Es war bereits dunkel, als er vor dem Mietshaus in Columbia Heights hielt. Sein letzter Stopp für diesen Abend. Er warf einen letzten Blick auf den Plan, bevor die Innenbeleuchtung erlosch, und sprang aus dem Wagen.

Er achtete kaum auf den Mann, der ihm entgegenkam, und nickte im Vorbeigehen, wie es Männer, die sich nicht kennen, gelegentlich tun. Kenny trat durch die Haustür, die nicht abgeschlossen war, in die Eingangshalle, öffnete den Briefkasten mit der Aufschrift »Wellington« und steckte die Post in seine Parkatasche. Dann kehrte er zum Auto zurück. Auftrag erledigt.

Aldo putzte gerade die Küche und fütterte Moccasin dabei mit den Steakresten vom Abendessen. Die Erinnerung an den schrecklichen Unfall vom Nachmittag hatte er verdrängt. Als das Telefon klingelte, wusch er sich rasch die Hände und schaute aufs Display. Kelly.

»Kelly, was gibt's?«

»Schalte mal die Nachrichten ein.« Sie hörte sich ernst an.

»Wieso? Habt ihr heute einen Terroristen hochgenommen?«

»Mach keine Witze, schalt ein.«

Aldo ging ins Wohnzimmer und nahm die Fernbedienung

vom Tisch. Er drückte einen Knopf, worauf eine Wandplatte zur Seite glitt und einen riesigen Fernseher enthüllte.

»Welcher Sender?«

»Egal, es kommt überall.«

»Was?« Aldo schaltete ein. Eine Reporterin stand im grellen Scheinwerferlicht in einer ansonsten düsteren Straße. Oben links wurde das Wort »Live« eingeblendet. Am unteren Bildrand stand »Linda Soderberg, Kanal 11.«

»Ich hab was gefunden. Um was geht es denn?«

»Um einen Mordversuch, heute Abend in Minneapolis. Jemand, den du kennst.«

Aldo hörte nicht mehr hin, konzentrierte sich ganz auf die Reporterin, die der Nachrichtensprecherin im Studio erregt berichtete.

Diane, die Polizei in Columbia Heights steht vor einem Rätsel. Es heißt, gegen halb sieben heute Abend sei in dieser ansonsten ruhigen Wohngegend im Norden der Stadt aus einem Auto ein Schuss abgegeben worden. Zeugen sagten aus, dass zwei Männer an einem dritten vorbeifuhren, der neben seinem Laster stand, und mit einer Automatikwaffe das Feuer auf ihn eröffneten. Der Mann wurde schwer, vielleicht sogar lebensgefährlich, verletzt.

So rätselhaft wie das Motiv ist jedoch auch noch etwas anderes. Die Polizei kann sich nicht erklären, weshalb das Opfer zahlreiche Briefsendungen bei sich trug, die an mindestens neun verschiedene Empfänger in St. Paul und Minneapolis gerichtet waren. Keiner der Briefe war an das Opfer selbst adressiert.

Schnitt. Es folgte ein aufgezeichnetes Interview mit einem nervösen, ernst blickenden Polizeibeamten. Darunter stand »Sergeant Kevin Mysewski, Polizei Columbia Heights«. Aldo setzte sich fassungslos auf einen Stuhl. Im Hintergrund redete Kelly etwas von Freund und Schussverletzung und Diebstahl, aber er hörte gar nicht mehr hin.

Zurzeit wissen wir noch nicht, in welcher Beziehung das Opfer zu dem oder den Schützen oder den Adressaten der Postsendungen steht, erklärte Sergeant Mysewski. Eine Stimme aus dem Off erkundigte sich, was der Mann in der Gegend gesucht habe. *Anscheinend hatte das Opfer soeben einen Briefkasten in dem Mietshaus hinter ihm geleert.* Lebte das Opfer in dem Haus? *Nein.* Wie es dann an den Briefkasten gelangt sei? *Mit einem Schlüssel.* Welcher Name stand auf dem Briefkasten? *Das können wir zurzeit noch nicht veröffentlichen.* Glaubte Sergeant Mysewski, der Verletzte habe Post gestohlen? *Denkbar.* Hatte er auch Post aus diesem Briefkasten entwendet? *Nur Werbesendungen. Die betreffende Wohnung wurde vor einem Monat angemietet. Sie ist vollständig möbliert, scheint aber unbewohnt zu sein.* Wusste die Polizei, um wen es sich bei dem Opfer handelte? *Ja, aber wir können den Namen noch nicht bekannt geben, da die Ermittlungen andauern. Zurzeit befragen wir Zeugen, die die Schüsse gehört haben, und suchen in der Nachbarschaft nach weiteren Personen, die heute Abend etwas Ungewöhnliches bemerkt haben.*

Aldo starrte auf den Fernseher, wo nun wieder die Reporterin am Tatort zu sehen war. Sie beugte sich gerade vor und lauschte mit einer Hand am Ohr den Fragen ihrer Kollegin.

Linda, habe ich das richtig verstanden? Der angeschossene Mann wird zurzeit operiert? Weiß man, wohin man ihn gebracht hat?

Ja, antwortete Linda, *der Mann wurde umgehend zu einer Notoperation ins North Memorial Hospital in Robbinsdale gebracht. Die Ärzte glauben, er kommt durch, können aber noch nicht sagen, wann er das Bewusstsein wiedererlangen wird. Sie hoffen, dass dies schon bald der Fall sein wird.*

Und was ist mit den Schützen?, fragte Diana. *Hat die Polizei schon eine Vermutung geäußert?*

Nein, dafür ist es noch zu früh. Die Kamera zoomte Lindas Gesicht heran. *Wie gesagt, bislang gibt es noch kein Motiv für diesen brutalen Mordversuch. Die Polizei lässt auf der Grundlage der Zeugenaussagen Phantombilder von Fahrer und Beifahrer erstellen. Sie dürften den Medien bald vorliegen.*

Schnitt zurück ins Studio. Diane Petersen, die Sprecherin der Zehn-Uhr-Nachrichten auf Kanal 11, blickte von ihren Unterlagen hoch und schaute ernst in die Kamera.

Danke, Linda. Ein dramatischer Abend in Columbia Heights. KARE wird Sie ständig auf dem Laufenden halten. Pause. *Die Nationalgarde von Minnesota untersucht noch den Unfall auf dem Lafayette Freeway in St. Paul, bei dem heute Morgen ein Mensch ums Leben kam …*

Aldo stellte den Ton ab und schaute zur Decke. Kelly redete ungebremst weiter.

»Hörst du mir überhaupt zu? Was wollte Kenny mit der ganzen fremden Post? Weißt du irgendwas darüber?«

Er reagierte nicht.

»Aldo!«

»Immer mit der Ruhe, Kelly. Was redest du da? Was hat Kenny damit zu tun?«

»Also ehrlich, Aldo, er ist doch das Opfer, das angeschossen wurde. Hast du mir denn gar nicht zugehört?«

Aldo hielt einen Moment inne. »Woher weißt du, dass es Kenny ist? Wer hat dir das gesagt?«

»Ich kenne einen Ermittler beim Betrugsdezernat. Er wurde angerufen, nachdem die Polizei in Columbia Heights Kennys Namen in die Datenbank eingegeben hatte. Mein Bekannter hatte Kenny letztes Jahr wegen der faulen Schecks verhaftet. Ihm fiel ein, dass ich den Fall bearbeitet hatte, und er gab mir Bescheid. Steckt Kenny wieder in irgendeiner Sache drin? Ich hatte dich doch vor ihm gewarnt.«

»Kelly«, sagte er streng, »ich habe keine Ahnung, was Kenny in seiner Freizeit treibt. Ich bin sein Freund, nicht sein Babysitter.«

»Mir gefällt das nicht, überhaupt nicht. Ich wusste gleich, eine milde Strafe reicht als Abschreckung nicht aus.«

»Immer langsam, Frau Staatsanwältin«, meinte Aldo kühl. »Ich werde mich erkundigen, wie es ihm geht. Welches Krankenhaus war das doch?«

»Das North Memorial in Robbinsdale.«

»Danke, ich fahre sofort hin.«

»Ruf mich später an, okay?« Kelly klang jetzt versöhnlicher. »Sag mir Bescheid, wie es ihm geht. Ein jämmerlicher Typ, aber das hat er nicht verdient. So herzlos bin ich nun auch wieder nicht. Ruf mich an, ja?«

»In Ordnung.«

Kelly hängte ein. Aldo biss sich gedankenverloren auf die Lippen.

Bevor er ins Krankenhaus fuhr, schaute er bei Kenny zu Hause vorbei. Er musste ein bisschen aufräumen, bevor die Familie oder, schlimmer noch, die Polizei herumschnüffelte.

Das, was Makler gern beschönigend als Studio bezeichneten, war ein Rattenloch beim Flughafen in South Minneapolis. Eine beklemmende Einzimmerwohnung mit bröckelndem Putz und undichten Fenstern, die ständig klirrten, weil das Haus mitten in der Einflugschneise lag. Er öffnete die Tür mit dem Ersatzschlüssel, den Kenny hinter dem Feuerlöscher im Flur versteckt hatte.

Drinnen herrschte Chaos. Aldo begriff einfach nicht, wie man so leben konnte. Saubere und schmutzige Kleidungsstücke lagen wild durcheinander. In der Kochnische stapelte sich dreckiges Geschirr. Auf dem Herd standen Töpfe mit tagealtem Essen, das teilweise angebrannt war. In der Kaffeemaschine war noch eine halbvolle Kanne, in der Schimmel schwamm.

»Mein Gott, Kenny«, sagte Aldo zu sich selbst und suchte nach Hinweisen, die ihn mit Kenny oder der Post in Verbindung bringen konnten. Er hatte ihn mehrfach gewarnt, niemals etwas davon mit nach Hause zu nehmen, sondern alles in der angemieteten Garage in West St. Paul zu deponieren. Allerdings konnte er sich nicht unbedingt auf Kenny verlassen. Wenn der Mann bei allem so diszipliniert war wie beim Hausputz …

Auf einem Klapptisch neben der Kochnische entdeckte Aldo einen halbvollen Teller Käsemakkaroni und einen Haufen Post. Er blätterte ihn durch – viel zu viele Rechnungen, Quittungen und Angebote für Kreditkarten. Letztere brachten ihn ganz schön in Rage. Er fand es abscheulich, dass Banken und andere Kreditinstitute Kennys finanzielle Misere ausnutzten. Sie redeten ihm ein, er sei wieder kreditwürdig und stellten ihm eine neue Karte in Aussicht – mit niedrigem Kreditrahmen und Zinsen von sage und schreibe bis zu vierundzwanzig Prozent.

Aldo nannte sie Totschlagskarten, weil sie Leute wie Kenny mit diversen zusätzlichen Gebühren erschlugen: Sie zahlten für die Kontoeröffnung, für die Ausstellung der Karte, und ein Jahresbeitrag wurde fällig. Manchmal blieben bei einem Kreditrahmen von 250 Dollar nach Abzug aller Kosten ganze 70 Dollar übrig. Hinzu kamen die exorbitanten Gebühren, falls man den Kredit überzog oder mit den Raten in Verzug geriet. Totschlagskarten. Und Kenny bestellte sie immer wieder. Aldo warf die Broschüren in den Müll.

Nachdem er den Stapel entsorgt hatte, watete er durch die Klamotten zu Kennys Bett, das völlig zerwühlt war. Die Post lag jedoch in einem ordentlichen Häufchen da. Vermutlich hatte Kenny sie dort abgelegt, bevor er zu seiner abendlichen Tour aufgebrochen war. Es waren nur ein paar Werbesendungen und ein Spendenaufruf vom Roten Kreuz. Aldo ließ sie liegen.

Über dem Bett hingen einige Familienfotos und eins von ihnen beiden beim Militär. Kenny lächelte breit, den Arm um Aldos Schulter gelegt. Aldo steckte das Foto ein, die Aufschrift brauchte niemand zu sehen. Zum Glück kam Kennys Familie nie zu Besuch. Danach prüfte er Bad und Schränke, konnte aber nichts Verdächtiges finden. Er verließ die Wohnung und warf das Foto in den Kofferraum. Erst einmal ins Krankenhaus, danach würde er es entsorgen.

14. Kapitel

Gegen halb sieben verließ Paige das Haus der Wellingtons. Im Büro lud sie ihre Notizen in den PC und fuhr dann ins Fitnessstudio in Highland Park, wo sie sich rasch umzog und auf den Stepper ging. Der Muskelmann nebenan warf einen gierigen Blick auf ihre knappen Shorts, doch sie beachtete ihn nicht, sondern ließ im Geiste noch einmal den Besuch bei den Wellingtons Revue passieren.

John Wellington (seinen wirklichen Namen hatte sie noch nicht herausgefunden) hatte früher als Buchhalter und Finanzberater für ein Bauunternehmen in Louisiana gearbeitet, das ein Neubaugebiet außerhalb von Baton Rouge plante. Dort sollten Häuser für Familien mit niedrigen und mittleren Einkommen entstehen. Ein nobles Vorhaben, doch John Wellington hatte sich von Anfang an um die Finanzierung gesorgt. In der Öffentlichkeit trat ein Geschwisterpaar namens Beaulieu als Bauherr auf. Was ihn jedoch störte, waren die vielen stillen, namenlosen Teilhaber und die Tatsache, dass er, obwohl der Mann für die Finanzen, nie die Gesamtkosten in Erfahrung bringen konnte. Das Geld strömte durch die Konten der Beaulieus wie Wasser durch ein Sieb. Es gab verdächtige Zahlungen an Kommunalbeamte, und die Beaulieus sprachen mit gedämpfter Stimme von einem mächtigen Bekannten, der alles für sie regeln würde.

Zunächst verschwieg John Wellington seine Bedenken. Die Beaulieus zahlten gut; sein Gehalt lag weit über dem, was er als Wirtschaftsprüfer in seiner Heimat Baltimore hätte verdienen können. Er hatte sich jahrelang als selbstständiger Buchhalter und Finanzplaner abgestrampelt, bevor er in einem Branchenblatt das Stellenangebot entdeckte: Ehrgeiziger Wirtschaftsprüfer für spektakuläres Neubauprojekt in den Südstaaten gesucht. Er bewarb sich. Und schon fielen die Beaulieus, beladen mit goldenen Uhren, Diamantcolliers und Bargeld, über ihn her. Binnen einer Stunde hatte er den Job, am nächsten Tag packten er und Marcia für den Umzug nach Louisiana. Es folgten das schöne Haus am Stadtrand von Baton Rouge, das Ferienhaus am Meer und der Kabinenkreuzer fürs Hochseeangeln mit Freunden. Er fuhr bald einen Mercedes, Marcia einen Lexus. Sie lebten gut, und John Wellington war der Typ, der einem geschenkten Gaul nicht ins Maul schaute. Oder einem Goldesel.

Allmählich bekam er jedoch Angst. Die verschwenderischen Partys, teuren Geschenke und Wochenendtrips nach Atlantic City, Las Vegas, New York, Miami und Gott weiß wohin konnten den plötzlichen Erfolg zunichte machen und die Firma über Nacht in den Ruin treiben. Schließlich sprach er mit den Beaulieus über seine Sorgen. Sie speisten ihn mit weiteren »Leistungsprämien« ab. An Bargeld schien es ihnen trotz schwindelerregender Ausgaben nie zu fehlen.

Dann kam der große Krach. Wortwörtlich. Bei schweren Regenfällen stürzte das Dach eines Gebäudekomplexes ein und begrub einen Arbeiter unter sich. Plötzlich gaben sich Bauinspektoren, Finanzprüfer, Rechtsanwälte und Polizei die Klinke in die Hand. Die Beaulieus hatten minderwertige Baumaterialien eingesetzt, während in den Büchern erstklassige Ware verzeichnet war. Und weil John Wellington diese Bücher geführt hatte, stellte ihn der Bezirksstaatsanwalt vor die Wahl: Entweder er sagte gegen die Beaulieus und ihre Komplizen aus oder wanderte selbst hinter Gitter. Keine Frage, wofür er sich entschieden hatte.

John Wellington bemühte sich nach Kräften, die stillen Teilhaber zu ermitteln, deren wahre Identität in einem dichten Netz aus GmbHs und Scheinfirmen verborgen lag. Doch als Sekunden, bevor er zu einem Gerichtstermin fahren wollte, sein Mercedes explodierte, griffen FBI und die US Marshals ein. So lernten er und Marcia Pennington kennen, so hatte es sie nach St. Paul verschlagen, und so trafen sie Paige McGraw.

Was nun? Paige wusste, dass sie den Fall anders angehen musste als sonst, da sie diesmal keinen Täter fassen, sondern eine Straftat verhindern sollte. »Was mach ich nur?«, platzte sie laut heraus, worauf das Muskelpaket sie mit einem seltsamen Blick bedachte. Sie wurde rot und stieg vom Stepper. Gedankenversunken rieb sie sich mit einem Handtuch ab und begann mit den Dehnübungen.

»Vielleicht kann ich Ihnen ja helfen«, meldete sich das Muskelpaket und schaute vom Nachbarstepper auf sie herunter, womit er Paige, die gerade einen Fuß in der Hand hielt und den linken Schenkelstrecker dehnte, aus dem Konzept brachte.

»Ach, nein danke. Ist ein bisschen schwierig.« Sie wechselte zum rechten Bein.

»Nichts ist so schwierig, dass man es nicht bei einem Drink lösen könnte. Wenn ich fertig bin, können wir uns über alles unterhalten.«

Paige stöhnte innerlich. Nicht auch noch das.

»Danke für das Angebot, aber ich bin spät dran. Tut mir leid.« Sie lächelte distanziert. »Viel Spaß beim Training.«

Aldo parkte seinen BMW gegenüber vom North Memorial Medical Center. Der Abend war kalt und windig, und er lief rasch über die Fußgängerbrücke zum Krankenhaus.

Drinnen erkundigte er sich nach Kennys Zimmernummer und wurde in die Notaufnahme geschickt, wo man ihm sagte, Kenny sei gerade erst aus dem OP gekommen und werde die nächsten Stunden im Aufwachraum verbringen. Ob er gemeinsam mit der Familie warten wolle? Ja, gern, antwortete Aldo. Er wollte gerade zum Wartezimmer im zweiten Stock gehen, als ihn ein Polizist ansprach, der in der Nähe gestanden hatte.

»Woher kennen Sie Kenneth Hampden?«

»Wir sind befreundet«, erwiderte Aldo knapp. »Ich hab's in den Nachrichten gehört.«

»Ach ja, in den Nachrichten?«, wiederholte der Polizist argwöhnisch. »Sein Name wurde doch gar nicht genannt.«

Aldo blieb die Ruhe selbst. »Im Fernsehen wurde der Laster gezeigt, er sah aus wie seiner. Ich meine sogar, das Nummernschild erkannt zu haben. Da bin ich sofort gekommen.«

»Warum haben Sie nicht angerufen?«

»Wir dürfen am Telefon keine Informationen über unsere Patienten weitergeben«, warf die Frau am Empfang ein.

Der Polizist winkte Aldo zu sich und setzte die Befragung fort.

»Wie lange kennen Sie ihn schon?«

»Etwa fünfzehn Jahre.«

»Und woher?«

»Wir waren zusammen beim Militär.«

»Waffengattung?«

»Heer.«

»Arbeiten Sie mit ihm zusammen?«

»Nein.«

»Wann haben Sie ihn zuletzt gesehen?«

»Vergangene Woche.«

»Warum?«

»Wir waren einen trinken.« Aldo schaute den Beamten, der gerade sein überaktives Funkgerät leiser stellte, ungerührt an. »Wozu die ganzen Fragen? Steckt Kenny in Schwierigkeiten?«

»Wenn Sie die Nachrichten gesehen haben, müssten Sie das

eigentlich wissen.« Der Beamte sah Aldo eindringlich an, doch dieser hielt dem Blick mühelos stand. »Kennen Sie einen Leonard oder eine Barbara McCord?«

»Nein.«

Der Beamte überflog eine Namenliste auf seinem Notizblock.

»Robert Minchem?«

»Nein.

»Robin Simonson?«

»Nein.«

»Randolph oder Doris McIntire?«

»Nein.«

»Was ist mit John Wellington?«

»Nein.«

»Ihnen fällt also zu keinem dieser Namen etwas ein, Mr. ...?«

»Harrison, Aldo Harrison.«

»Klingt ungewöhnlich. Wie schreibt sich das?«

»H-A-R –«

»Der Vorname, meine ich.«

»A-L-D-O. Kommt in meiner Familie häufig vor.«

»Gut, Mr. Harrison. Vielen Dank, dass Sie sich die Zeit genommen haben. Rufen Sie mich bitte an, falls Ihnen noch etwas einfällt, das zur Aufklärung beitragen kann. Hier ist meine Karte.«

»Natürlich, Officer.«

»Ach ja, könnten Sie mir auch Ihre Telefonnummer geben?«

Aldo nannte ihm eine seiner VMA-Nummern.

Sobald er außer Sicht war, warf Aldo die Visitenkarte in den nächsten Abfalleimer und nahm den Aufzug in den zweiten Stock.

Draußen vor dem Fitnessstudio packte Paige ihre Sporttasche in den Kofferraum des Dienstwagens und schaute aufs Handydisplay. Eine Nachricht. Sie hörte die Mailbox ab.

»McGraw, rufen Sie mich sofort an. Es geht um Ihren neuen Fall. Ich habe Informationen, die Sie brauchen können. Und Sie sollten doch dem *FBI-Hengst* nicht auf die Füße treten. Hatte gerade einen Anruf von Pennington, bei dem mir fast der Hörer in der Hand geschmolzen ist. Klang ganz schön sauer.«

Paige setzte sich ins Auto und rief Inspektor Flynn zurück. Es klingelte ein paar Mal, dann meldete er sich.

»Inspektor Flynn, hier Detective McGraw. Ich habe Ihre Nachricht bekommen, Sir.«

»Wo haben Sie gesteckt, McGraw?«

»Bei den Wellingtons, Sir. Und im Fitnessstudio. Was gibt es?«

»Oh, von dem Gespräch mit den Wellingtons habe ich auch schon erfahren. War wohl keine gute Idee, auf eigene Faust dorthin zu fahren.«

»Sie waren nicht zu erreichen, Sir.«

»Das ist keine Entschuldigung. Pennington hat getobt. War völlig außer sich, wollte Sie vom Fall abziehen. Ich hab's ihm ausgeredet«, sagte er schmeichlerisch. »Angeblich habe ich sonst niemanden für diese Sache, was auch stimmt. Also keinen Mist mehr, McGraw, klar?«

»Ich habe keinen Mist gebaut, *Sir*. Wie soll ich ein Verbrechen untersuchen oder verhindern, ohne die Opfer zu befragen?«

»Durch Ermittlungen im Umkreis, Detective. Sie sind dazu da, um die Jungs und Mädels vom FBI zu unterstützen, nicht um ihnen den Fall wegzunehmen. Von jetzt an sprechen Sie jeden Schritt vorher mit mir ab, verstanden?«

»Ja, Sir, verstanden.« Paige warf einen Blick in den Rückspiegel. Selbst auf dem schummrigen Parkplatz konnte sie erkennen, wie sie rot wurde. Sie schob sich eine blonde Strähne aus dem Gesicht und zwang sich, ruhig zu sprechen. »Und welche neuen Informationen haben Sie, Sir?«

»Ach so, ja. Sieht aus, als hätten Sie da ein ganz heißes Eisen angepackt. Heute Abend wurde in Columbia Heights ein kleiner Gauner angeschossen, der uns eigentlich nicht weiter interessieren müsste. Allerdings geschah der Vorfall unmittelbar, nachdem er den Briefkasten eines gewissen John Wellington geleert hatte. Und die Post war keineswegs an die Adresse West George Street gerichtet, sondern an die in Columbia Heights, also am anderen Ende der Stadt. Der Mann wurde unmittelbar vor dem Haus angeschossen. Ist das nicht interessant, McGraw?«

Paige brauchte einen Augenblick, um Flynns Nachricht zu verdauen. Dann schaltete sie die Innenbeleuchtung ein und griff nach ihrem PDA.

»Also agiert bereits ein Betrüger unter Wellingtons Identität?«

»Mann, sind Sie schlau«, höhnte Flynn.

»Oder es handelt sich um einen puren Zufall.«

»Möglich, aber nicht wahrscheinlich.«

»Oder jemand täuscht einen Identitätsdiebstahl vor, um den Mann auffliegen zu lassen.«

»Wie meinen Sie das?«

»John Wellington ist im Zeugenschutzprogramm. Er heißt in Wirklichkeit ganz anders.« Paige machte sich beim Sprechen Notizen.

»Nochmal zum Mitschreiben, Detective«, sagte Flynn argwöhnisch.

»Er befindet sich im Zeugenschutzprogramm des US Marshal Services. So viel habe ich bei der Befragung jedenfalls aus ihm herausgeholt.« Die Hilfe ihres Vaters verschwieg sie geflissentlich. »Er ist Kronzeuge in einem großen Bestechungsskandal, den das FBI in Louisiana bearbeitet. Und es hat bereits einen Anschlag auf sein Leben gegeben.«

»Scheiße.«

»Genau, Sir.«

»Weiß Pennington, dass Sie es wissen?«

»Nein, Sir, noch nicht.«

»Verdammt nochmal, Detective McGraw!« Auf einmal erinnerte er sich an ihren Nachnamen. »Mit Ihnen hat man nur Ärger, darüber reden wir noch. Aber zuerst bewegen Sie gefälligst Ihren Hintern ins North Memorial Hospital in Robbinsdale, und zwar dalli! Ich will, dass Sie alle befragen, die mit der Geschichte zu tun haben, das Opfer eingeschlossen. Ich will wissen, warum der Kerl die Post für John Wellington abgeholt hat. Ich will wissen, ob er allein oder mit Komplizen arbeitet. Kapiert?«

»Ja, Sir.« Doch Flynn hatte bereits eingehängt. Allmählich hatte Paige es satt, für arrogante Männer zu arbeiten, die keinen anderen Ton als den Befehlston kannten.

»Lange hat er deine Karte ja nicht behalten.«

Lieutenant Joe Esterhaz von der Brooklyn Center Police bog bei den Fahrstühlen um die Ecke und reichte Sergeant Mysewski die Visitenkarte, die er soeben im Abfalleimer gefunden hatte.

»Danke.« Mysewski drehte sie langsam zwischen den Fingern. »Der Kerl gefällt mir nicht, Joe. Ein bisschen zu selbstsicher. Richtig dreist.«

»Die Ermittlerin aus St. Paul kommt gleich rüber. Vielleicht kann sie uns was Neues erzählen.«

Kennys Familie drängte sich am Ende des Wartezimmers zusammen. Aldo kannte Mutter, Vater und Schwester, weil er oft bei ihnen gegessen oder sonntags Football geschaut hatte. Er war sogar ein paar Mal mit Kennys Schwester ausgegangen. Sie stand auf und umarmte ihn.

»Danke, dass du gekommen bist, Aldo. Wie hast du es erfahren?«

»Hi, Candy. Von einer Freundin. Wie geht's ihm?« Er löste sich sanft aus ihrer Umarmung und trat zu Kennys Eltern.

»Es tut mir furchtbar leid.«

Beide schauten ihn an und lächelten tapfer. Er kniete sich vor Kennys Mutter und streichelte ihren Arm. Jackie Hampdens Augen waren rot und verschwollen. Sie sah aus, als könnte sie jeden Moment wieder in Tränen ausbrechen.

»Danke«, flüsterte sie. Sie war mager, genau wie ihr Sohn.

Ihr Mann Don, ein großer, kantiger Arbeiter, hielt ihre Hand in seiner Pranke und hatte den wuchtigen Arm um ihre Schultern gelegt.

»Wir versuchen, uns nicht hängenzulassen«, sagte er mit rauer Raucherstimme.

»Kennst du die anderen?«, fragte Candy.

»Ich glaube nicht.« Aldo stand auf und gab einer Frau in mittleren Jahren die Hand. »Aldo Harrison, ein Freund von Kenny.«

»Ich bin Jackies Schwester Peggy. Schön, dass Sie gekommen sind.« Sie deutete auf die beiden pickligen Teenager, die neben ihr saßen. »Das sind Brad und Lauryn, Kennys Cousin und Cousine.«

Aldo begrüßte sie, worauf sie mit schlaffem Händedruck und pubertärem Gemurmel reagierten. Er lächelte verständnisvoll. Jemand hinter ihm räusperte sich. Aldo drehte sich um und entdeckte einen verhutzelten Greis, der ihn durch eine dicke Brille anblinzelte.

»Ich bin George Sieboldt, Kennys Großvater und Jackies Dad«, stellte er sich mit klarer, gebieterischer Stimme vor.

»Tut mir leid, Opa, das ist Aldo Harrison, Kennys Kumpel

aus der Armee«, sagte Candy laut. Aldo bemerkte die beiden Hörgeräte und begrüßte den alten Herrn mit einem festen Händedruck, den dieser begeistert erwiderte. Der Typ gefiel ihm.

»Sehr erfreut, Sir.«

»Ganz meinerseits, junger Mann. Ich habe viel Gutes über Sie gehört. Hätte Sie gern unter anderen Umständen kennengelernt.«

»Mir geht es genauso, Mr. Sieboldt. Auch ich habe viel von Ihnen gehört.«

Der alte Mann strahlte.

»Nennen Sie mich einfach George. Setzen Sie sich zu uns.«

»Danke, George.«

Der alte Mann ließ sich wieder auf die große Eckbank sinken, auf der sich die Familie versammelt hatte, und Aldo nahm neben ihm Platz. Candy kam dazu.

»Wie geht es ihm?«, fragte Aldo.

»Er ist gerade aus dem OP gekommen«, berichtete Jackies Schwester. »Sie haben den Arzt knapp verpasst.«

»Er kommt durch, aber keiner weiß, in welchem Zustand«, warf Candy ein. »Auf dem Weg ins Krankenhaus hatte er Herzprobleme. Sein Gehirn bekam eine Zeit lang keinen Sauerstoff.«

»Will heißen?«

»Falls er wieder zu sich kommt – und nicht mal das wissen die genau –, ist er womöglich vergesslicher und orientierungsloser als ich«, sagte George. »Der arme Junge. Was halten Sie davon, Aldo? Den Rest seines Lebens vor sich hin zu vegetieren?« Der alte Mann nahm wirklich kein Blatt vor den Mund.

Bei Georges offenen Worten brach Jackie erneut in Tränen aus. Ihr Vater tröstete sie, und Don murmelte verärgert etwas über mangelnde Rücksicht.

Aldo wusste nicht, was er von all dem halten sollte. Einerseits täte es ihm leid, Kenny zu verlieren, andererseits hätte es unbestreitbare Vorteile, wenn er nicht mehr zu sich käme. Ein wacher Kenny konnte gefährlich werden. Nicht dass er Aldo absichtlich verraten würde, doch war er weder gerissen noch willensstark genug, um die Polizei auf Dauer zu täuschen. Irgendwann würde er zusammenbrechen, und Aldo müsste sein Geschäft aufgeben, vielleicht sogar wegziehen und ganz von vorn anfangen. Dabei war Minnesota im Moment ein überaus lohnendes Pflaster.

Wo mochte Kenny da bloß hineingeraten sein, dass man ihn sogar töten wollte?, überlegte er. Zumindest nahm er an, dass es sich um einen Mordversuch handelte; er glaubte nicht an eine willkürliche Schießerei, mit der sich jemand die Langeweile vertreiben wollte. Falls Kenny aufwachte und bei klarem Verstand war, musste er unbedingt mit ihm sprechen und ihm eine plausible Story einimpfen, um die Polizei in Schach zu halten, bis der Schaden beseitigt war.

Candy stieß ihn mit dem Ellbogen an und rutschte ein wenig näher heran.

»Opas sind manchmal echt peinlich«, sagte sie. »Er sollte lieber nachdenken, bevor er redet, aber das ist wohl zu viel verlangt.« Sie rückte noch enger heran und flüsterte: »Du hast mir gefehlt.« Typisch Candy. Sie fragte nie, wo er gewesen war, mit wem er sich traf, wieso er nie anrief. Sie ließ ihn einfach wissen, dass sie ihn vermisste. Sie sorgte sich um ihren Bruder und wünschte sich ein bisschen Trost, das war alles. Aldo legte instinktiv den Arm um sie. Doch bevor er etwas sagen konnte, sah er die drei hereinkommen.

15. Kapitel

Paige stand in der Tür des Wartezimmers, flankiert von Esterhaz und Mysewski. Die Hampdens wirkten auf den ersten Blick wie die typische besorgte Familie. Sie kannte diese Situation aus der Zeit, als sie Unfälle für die Verkehrspolizei untersucht hatte. Die verzweifelten Eltern, der bekümmerte Großvater, die schockierten Geschwister und Kinder. Paige überlegte, ob der gut aussehende Mann, der gerade die junge Frau tröstete, wohl derjenige war, von dem Mysewski berichtet hatte.

Zuvor hatten die uniformierten Beamten sie auf den neuesten Stand gebracht und ihr die beschlagnahmte Post gezeigt. Paige notierte die Namen, um sie später mit ihren Unterlagen zu vergleichen. Es gab noch keine Hinweise auf die Schützen, aber sie versprachen, ihr umgehend die Phantombilder zu schicken. Esterhaz und Mysewski erkundigten sich, weshalb ihre Abteilung an dem Fall interessiert sei, und wurden noch neugieriger, als sie erfuhren, dass es sich um einen vertraulichen Fall auf Bundesebene handelte. Als klar wurde, dass Paige ihnen nicht mehr verraten würde, gingen sie mit ihr in den zweiten Stock, um die Familie zu befragen. Esterhaz hatte es schon einmal versucht, als sie gerade im Krankenhaus eingetroffen waren, doch es war einfach zu früh gewesen.

Im Aufzug begegneten sie der diensthabenden Chirurgin, die sie über den Operationsverlauf informierte und eine verhalten positive Prognose äußerte. Jetzt war Geduld angesagt. Esterhaz überzeugte sich davon, dass ein Beamter vor Kennys Zimmer postiert war, und ging dann mit Paige und seinem Kollegen ins Wartezimmer.

»Mr. und Mrs. Hampden?«

Jackie und Don schauten hoch. Sie wischte sich die Tränen aus den Augen.

»Ich bin Lieutenant Esterhaz von der Brooklyn Center Police. Wir haben vorhin schon kurz miteinander gesprochen.«

Jackie und Don nickten bedächtig.

»Hoffentlich kommen wir jetzt gelegener. Wir wissen, dass es ein großer Schock für Sie war. Könnten Sie uns nun, da die Operation vorbei ist, einige Fragen beantworten?«

Erneutes Nicken. Esterhaz, Mysewski und Paige zogen Stühle heran und setzten sich der Familie gegenüber.

»Eigentlich leite nicht ich die Ermittlungen«, erklärte Esterhaz, »aber ich habe den Anruf des Krankenhauses entgegengenommen. Mein Kollege Sergeant Mysewski ist zuständig, aber wir haben schon oft zusammengearbeitet. Er wird die meisten Fragen stellen.«

Die Hampdens schienen ein wenig verwirrt, nickten aber.

»Und Detective McGraw kommt von der Polizei St. Paul und möchte Ihnen später auch einige Fragen stellen.«

»Wer ist das?«, fragte Opa George und beugte sich mit der Hand am Ohr nach vorn.

»Detective McGraw, Polizei St. Paul«, wiederholte Esterhaz.

»Wieso St. Paul?«, fragte der alte Mann widerspenstig. »Es ist doch gar nicht in St. Paul passiert.«

Candy verdrehte die Augen, Mysewski rutschte auf seinem Stuhl herum, während Esterhaz sich ungerührt gab.

»Das erkläre ich Ihnen später«, sagte Paige mit höflichem Lächeln.

»Na hoffentlich«, knurrte George und lehnte sich zurück. »Und reden Sie bitte laut. Ich höre zwar nicht gut, bin aber verdammt neugierig, was Sie zu sagen haben.«

Aldo grinste. Dann bemerkte er, dass Paige ihn beobachtete.

Er sah ihr offen in die Augen und versuchte, sie zum Wegsehen zu zwingen, doch sie hielt seinem Blick gelassen stand. Er begriff, dass mit Detective McGraw nicht zu spaßen war, und nahm sich vor, Kelly nach ihr zu fragen. Sie arbeitete oft mit der Polizei zusammen und kannte sie womöglich. Er wusste immer gern, mit welchem Feind er es zu tun hatte.

Mysewski befragte zunächst Jackie und Don. Er habe festgestellt, dass Kenny nicht in Columbia Heights wohne. Ob sie wüssten, was er dort gewollt habe? Die Hampdens schüttelten den Kopf. Ob er Freunde dort habe? Nicht, dass sie wüssten. Hatte er Streit mit irgendjemandem? Kopfschütteln. Wer könnte Interesse an seinem Tod haben? Erneutes Kopfschütteln. Womit verdiente Kenny sein Geld? Als Tischler bei Merrilat in Lakeville. Weitere Jobs? Nicht, dass sie wüssten. Bezog er ein unverhältnismäßig hohes Gehalt für seine Arbeit? Jackie und Don schauten sich an und verneinten die Frage. Er habe allerdings ziemliche Schulden.

Mysewski witterte Morgenluft.

»Welche Art von Schulden?«

Don Hampden runzelte die Stirn und erklärte verlegen, dass Kenny immer wieder Probleme mit Kreditkarten und privaten Darlehen habe. Candy warf ein, Kenny habe nie gut mit Geld umgehen können, er habe immer mehr gewollt, als er sich leisten konnte. Esterhaz spekulierte, ob Kenny vielleicht mit irgendetwas gehandelt habe. Drogen? Hehlerware? Nein, widersprach die Familie, so etwas machte Kenny nicht. Hatte er gestohlen?

»Natürlich nicht«, polterte Opa George.

Während die Beamten die Familie befragten, ließ Paige Aldo nicht aus den Augen. Er kam ihr bekannt vor, aber sie konnte ihn nicht einordnen. Dann und wann schaute er zu ihr herüber. Sie stützte den Ellbogen auf die Armlehne, das Kinn in die Hand und konzentrierte sich so auf ihre Betrachtung, dass sie die Fragen der Kollegen gar nicht mehr hörte. Aldo war für sie wie eine Probe unter dem Mikroskop.

Er trug einen braunen Pullover über einem weißen T-Shirt, dazu eine schwarze Lederjacke. Schicke Khakihose in guter Qualität, das sah man sofort. Vermutlich von einer Marke, die sie gar nicht kannte. Dazu knöchelhohe Boots von Birkenstock, aus denen braune Kaschmirsocken hervorschauten. Ein nettes Ensemble, aber er war ein bisschen zu alt für den Collegeboy-Look. Und passte so gar nicht zu dieser Familie.

Dann musterte sie sein Gesicht. Leichter Bartschatten, feine Krähenfüße um die Augen, hohe Wangenknochen, weiche Lippen, kaum sichtbare Falten auf der Stirn. Er sah gut aus, vermittelte Wärme, und doch spürte sie eine Distanz, als wolle er nichts von sich preisgeben. Das Gesicht war vollkommen ausdruckslos, spiegelte keinerlei Gefühle. Das machte sie wütend. Er war einfach zu – *was auch immer.*

Schließlich beugte sie sich vor, wobei sie Candy fast beiseitestieß, und fragte: »Gehören Sie auch zur Familie?«

Die Fragen verstummten abrupt. Alle wandten sich ihr zu, Mysewski leicht verärgert.

Aldo lächelte ungerührt – auch das störte Paige – und sagte: »Nein.«

»Er ist ein Freund von Kenny. Ein Freund der Familie«, warf Don Hampden ein.

Paige fixierte Aldo immer noch. »Sind wir uns schon mal begegnet? Sie kommen mir sehr bekannt vor.«

»Ich glaube nicht.«

»Hm, ganz sicher nicht?«

»O ja«, sagte er, obwohl er da durchaus Zweifel hatte. Sie kam ihm ebenfalls bekannt vor, und es ärgerte ihn, dass er sie nicht einordnen konnte.

Plötzlich bemerkte Paige, dass alle schwiegen, und wandte sich an Mysewski.

»Entschuldigung, machen Sie bitte weiter, ich wollte Sie nicht unterbrechen.«

Mysewski warf ihr noch einen missbilligenden Blick zu und fuhr dann fort: »Sie wissen also nicht, weshalb er die ganze Post bei sich hatte?«

»Nein«, sagte Don. »Vielleicht hat er sie für Freunde abgeholt.«

»Dann muss Ihr Sohn aber eine Menge Freunde haben, Mr. Hampden. Und warum holen die ihre Post nicht selber ab?«

»Keine Ahnung«, entgegnete Don aufgebracht. »Was ist so interessant an dem Zeug? Er kann das sicher erklären. Sollten Sie nicht lieber nach den Leuten suchen, die auf ihn geschossen haben?«

»Das tun wir ja, Mr. Hampden. Aber dazu gehört auch, nach möglichen Verbindungen zwischen Ihrem Sohn und den Empfängern der Briefe zu suchen. Ich hoffe, er kann uns weiterhelfen, sobald er aufwacht.«

Jackie Hampden begann wieder zu wimmern.

»Vielleicht sollten wir eine Pause einlegen«, schlug Esterhaz vor.

Am anderen Ende der Stadt, dort, wo Mississippi und Minnesota ineinanderfließen, parkte eine große weiße Limousine an der Anlegestelle Lillydale gleich neben einem blauen Ford Taurus. Es waren die einzigen Autos auf dem dämmrigen Parkplatz. Zwei Männer stiegen aus dem Ford, einer davon mit blondem Fußballerschnitt und braunem Ledermantel. Sie setzten sich in den Fond der Limousine.

Langhorne drehte seinen massigen Körper mühsam nach hinten und musterte die schattenhaften Gestalten.

»Guten Flug gehabt?«, fragte der Blonde.

16. Kapitel

»Bestens«, höhnte Langhorne. »Heutzutage dauert es ja ewig, bis man durch die Sicherheitskontrolle ist. Hab glatte zwei Stunden gebraucht. Wie lange seid ihr schon da?«

»Hier auf dem Parkplatz?«, fragte der Begleiter des Blonden.

»Ja.«

»Vielleicht zwanzig Minuten. Haben die Knarre in den Fluss geworfen.«

»Und Fingerabdrücke? Habt ihr den Wagen gründlich gereinigt?«

Der Blonde hob die Hände und wackelte mit den Fingern. Der andere auch. Sie glänzten im Mondlicht.

»Latexhandschuhe, Mann.«

»Gut«, sagte Langhorne und warf einen kleinen Vakuumstaubsauber auf den Rücksitz.

Die Männer griffen danach. »Saugt ihn anständig aus. Wir wollen doch keine Haare oder andere Spuren hinterlassen. Dann lasst ihr den Wagen hier stehen, ich fahre euch zum Bahnhof.«

Sie öffneten die Türen und stiegen aus. Langhorne drehte sich nach vorn und drückte den elektrischen Fensterheber.

Währenddessen wählte Langhorne eine Nummer auf dem Handy.

»Ich bin's. Ja, bin jetzt bei ihnen. Machen gerade den Wagen sauber, dann bringe ich sie zum Bahnhof. Mit dem Zug, ja.«

Er hörte eine Weile zu. Seine Augen quollen hervor, er stieß ein leises »Scheiße« hervor. »Ehrlich? Klar, sicher. Mist. Na gut, ich kümmere mich drum. Klar.«

Er hängte ein, schaute zu den beiden hinüber und ließ das Fenster wieder halb herunter.

»He, Teddy!«

Teddy hockte gerade auf dem Rücksitz und saugte den Wagenboden, während Munch vorn am Radio herumspielte. Genau wie Teddy trug auch er noch seine Latexhandschuhe. Langhorne vermutete, dass Teddy ihn wegen des Staubsaugers nicht hören konnte, und wartete geduldig, bis er das Gerät an Munch weitergereicht hatte. Dann rief er wieder:

»He, Teddy!«

»Ja?«

»Komm mal eben her!«

Der Mann sprang heraus und lehnte sich an die Fahrertür der Limousine.

»Was gibt's, Mann?«

»Ihr habt's vermasselt, Teddy. War leider der Falsche.«

Teddy guckte verdattert. »Wie meinen Sie das?«

»Der Typ, auf den ihr geschossen habt, war nicht der, um den es ging. Ihr habt irgendeinen ganz normalen Kerl erwischt.«

»Scheiße.« Teddy ließ die Schultern hängen.

»Mal ehrlich, wie konnte das passieren? Wisst ihr eigentlich, was wir jetzt am Hals haben?«

»Munch ist gekommen und hat gesagt, das ist der Typ. Ich hab gefragt, ob er sicher ist. Und er hat ja gesagt.«

Langhorne fuhr das Fenster ganz herunter und packte Teddy so abrupt an der Jacke, dass dieser mit dem Kopf gegen den Wagen prallte. Er jammerte, als Langhorne seinen Griff verstärkte.

»Hör mal, Arschloch«, flüsterte er drohend, »wie oft muss ich dir noch sagen, du sollst nicht auf Munch hören? Benutz deinen eigenen Kopf. Weißt du noch, in Tulsa, da war Munch sich auch ganz sicher. Ging ziemlich in die Hose, was?«

»Klar, ich erinnere mich«, stöhnte Teddy, während Langhorne ihn immer noch gegen den Wagen presste. Sein Kopf hämmerte.

»Na schön.« Er lockerte seinen Griff und tätschelte Teddy freundlich die Wange. »Hör mal, Junge, ich mag dich, bist ein kluger Bursche. Hast aus deinen Fehlern gelernt, was? Aber Munch taugt nichts. Der denkt nicht nach. Ist faul. Macht alles hopplahopp. Geht zu viele Risiken ein. Das können wir nicht länger dulden, Teddy, oder? Haben wir uns verstanden?«

Während er Teddy noch immer festhielt, griff Langhorne mit der anderen Hand ins Handschuhfach und zog eine 9-mm-Pistole hervor. Teddy zuckte zusammen, machte sich aufs Schlimmste gefasst. Wollte sich losreißen, doch Langhornes Griff war eisern.

»Ganz ruhig, Idiot, ich will dich nicht erschießen. Hat euch jemand erkannt?«

»Glaub nicht.« Er wehrte sich noch immer.

Munch war noch mit Saugen beschäftigt und bekam nicht mit, was im Wagen neben ihm passierte. Langhorne ließ Teddy unerwartet los, worauf dieser ein paar Schritte rückwärtstaumelte und mit den Westernstiefeln über den Schotter schlitterte.

»Was ist mit dem Kerl, den ihr angeschossen habt? Hat der euch richtig gesehen?«

»Munch hat geschossen«, korrigierte Teddy.

»Scheiße, komm mir nicht auf die Tour. Hat er eure Gesichter gesehen? Er hat nämlich überlebt. Wenn er aufwacht, könnte er euch identifizieren.«

»Er hat bloß Munch gesehen«, erklärte Teddy und strich seine Jacke glatt. »Ich hab mich im Wagen geduckt, aber Munch ist an ihm vorbeigegangen, als der Typ ins Haus ging. Munch hat durchs Fenster gesehen, wie er den Briefkasten von der Wohnung aufgeschlossen hat, die wir beobachtet haben. Da dachte er, das ist unser Mann.«

»*Brillant* von Munch«, sagte Langhorne angewidert. »Der Typ öffnet einen Briefkasten, also ist er der Richtige. Dabei hatte ich dem Schwachkopf gesagt, er bekommt ein Foto.«

Teddy schaute ihn unsicher an. Plötzlich warf Langhorne ihm die Pistole zu. Er konnte sie gerade noch auffangen und hielt sie vorsichtig mit zwei Fingern fest.

»Du weißt, was du zu tun hast«, erklärte Langhorne. Sein Gesicht war hart und erbarmungslos.

Teddy schaute ungläubig drein. »Ich soll ins Krankenhaus gehen und ihn erschießen?«

»*Nein*, du Idiot.« Langhorne machte eine ruckartige Kopfbewegung zu Munch hinüber, der fröhlich saugend aus der Beifahrertür kroch. »Du *weißt*, was du zu tun hast«, wiederholte Langhorne.

Teddy stand der Mund offen. Langhorne nickte und hob bedeutsam die Augenbrauen. Bei Teddy fiel erst jetzt der Groschen. Er drehte sich vorsichtig um, schaute zu Munch hinüber und schloss die Hand fest um die Pistole.

In der Dezemberkälte blitzten zwei Lichter auf, zugleich durchbrachen zwei Schüsse die Abendstille. Ein Mann schrie gellend auf, dann hörte man rasche Schritte. Sekunden später bog ein Wagen vom Parkplatz neben der Anlegestelle Lillydale und schoss in Richtung Steilufer und Schnellstraße davon.

17. Kapitel

Alle begrüßten Esterhaz' Vorschlag, und die kleine Runde aus Familie, Freunden und Polizei löste sich auf. Peggy fragte ihre Kinder, ob sie hungrig seien, und nahm ihr unartikuliertes Grunzen als Zustimmung. Sie schlug vor, in der Cafeteria etwas zu essen. Mysewski schloss sich ihnen an, und sie boten an, den anderen Kaffee mitzubringen.

Don Hampden tröstete weiter seine Frau, während Opa George zur Wanduhr emporblinzelte und sich nach der Uhrzeit erkundigte.

»Viertel vor eins, Opa«, sagte Candy.

»Schon spät.«

»Ja, Opa, es ist sehr spät. Sollen Aldo und ich dich nach Hause fahren? Das dürfen wir doch, Officer, oder?«

Esterhaz hatte Mitleid. »Natürlich, warum nicht. Sie müssen uns nur Adresse und Telefonnummer hinterlassen –«

»Ich gehe nirgendwohin, bevor ich nicht bei Kenny war. Ich habe die Schlacht in den Ardennen überlebt. Eine schlaflose Nacht bringt mich nicht um.«

Candy wollte diskutieren, doch Aldo legte ihr die Hand aufs Knie und flüsterte ihr zu, sie solle ihn einfach lassen. Sie reagierte mit einem Seufzen und müdem Achselzucken und kuschelte sich an seine Schulter. Sofort sprang Aldo auf.

»Ich höre mal nach, ob es etwas Neues gibt. Du bleibst hier.« Gekränkt rückte Candy von ihm ab.

»Ich komme mit«, sagte Paige. »Sie haben doch nichts dagegen, oder?« Zum ersten Mal bemerkte sie eine leichte Verstimmung an ihm.

»Nein.«

Er marschierte so eilig in Richtung Schwesternzimmer, dass Paige kaum Schritt halten konnte. Sie bestürmte ihn mit Fragen, auf die er sehr distanziert reagierte.

»Woher kennen Sie Mr. Hampden?«

»Don? Hat er Ihnen doch gesagt. Ich bin mit seinem Sohn befreundet.«

»Nein, ich meine Kenny.«

»Das habe ich dem Beamten doch erzählt.«

»Dann erzählen Sie's mir eben nochmal.«

»Wir haben zusammen gedient. Haben uns direkt nach dem Golfkrieg kennengelernt.«

»Sie waren im Golfkrieg?«

»Ja.«

»Und Mr. Hampden?«

»Was ist mit ihm?«

»Hat er auch im Golfkrieg gedient?«

»Wir waren alle dort, Detective. War ein Riesenspaß.«

Bei dieser Bemerkung ergriff Paige seinen Arm und hielt ihn fest. Sie standen mitten im Flur, doch Paige schaute ihn ungerührt an und runzelte die Stirn.

»Ihr Sarkasmus ist fehl am Platz, Sir. Ich leite eine Ermittlung. Also beantworten Sie bitte meine Fragen.«

Aldo grinste breit, was Paige aufs Neue reizte, und sagte höflich: »Tut mir leid, Detective, es ist schon spät. Kenny war in einer Versorgungseinheit hier in den Staaten. Wir haben uns nach meiner Rückkehr kennengelernt. Waren zusammen stationiert.«

»Hm.« Sie zog ihren PDA aus der Tasche und tippte etwas ein. »Mein Cousin war auch am Golf. Bei den Marines. Sie und Mr. Hampden haben also zusammen in der Armee gedient, oder?«

»Ja«, sagte er. Ihre Fragen gingen ihm sichtlich auf die Nerven. Er deutete zum Schwesternzimmer. »Dürfte ich mich erst nach Kenny erkundigen, bevor wir das Verhör fortsetzen?«

»Sicher«, meinte Paige geistesabwesend und machte sich weiter Notizen. Aldo sprach die erstbeste Schwester an.

»Können Sie mir etwas über den Zustand von Kenneth Hampden sagen?«

Die hübsche junge Schwester schaute von ihrem Diagramm auf. Sie wirkte müde und überlastet, sah ihn aber mit funkelnden Augen an.

»Wie bitte?«

Er lächelte. Sie wurde rot.

»Ich wüsste gern, ob es Neuigkeiten über Kenneth Hampden gibt. Er wurde bis eben operiert. Schussverletzung.«

»Mal sehen«, sagte die hübsche Schwester. »Keith, gibt es Veränderungen bei Mr. Hampden?«

Pfleger Keith schien noch überarbeiteter zu sein als sie. Er blätterte ungerührt in seinen Unterlagen und sagte kurz angebunden: »Bedauere, wir dürfen nur die Polizei oder die engsten Angehörigen darüber informieren. Sind Sie sein Bruder?«

Paige trat vor und legte Dienstmarke und Ausweis auf die Empfangstheke.

»Ich bin Detective McGraw. Das ist ein Freund von Mr. Hampden. Wir möchten nur wissen, wie es ihm geht.«

Keith sprang auf und prüfte eine Reihe von Bildschirmen, die hinter ihm standen. Darüber hing ein Schild mit der Aufschrift: »Intensivstation 1.« Mit einem Trackball scrollte er durch mehrere Graphiken und verkündete dann: »Stabil, aber noch bewusstlos. Alles weitere müssen Sie mit den Ärzten besprechen.«

»Wer ist diensthabender Arzt?«, erkundigte sich Paige.

»Dr. Davis«, lautete die knappe Antwort. Paige schaute in ihren PDA. Dr. Davis war die Ärztin, die sie vorhin im Aufzug getroffen hatte. Die hübsche Krankenschwester himmelte

Aldo an, der sich ganz auf die Displays hinter der Theke konzentrierte. Sowie sie Paiges Blick bemerkte, schaute sie rasch auf ihre Diagramme.

»Kommen Sie, wir gehen zurück ins Wartezimmer«, sagte Paige zu Aldo, der ihr einen schiefen Blick zuwarf und unwillig folgte. Die Krankenschwester verabschiedete sich augenzwinkernd, worauf Paige und Pfleger Keith die Augen verdrehten.

»Erregen Sie immer so viel Aufmerksamkeit, Mr. Harrison?«

»Sie wissen, wie ich heiße?«

»Natürlich. Die Beamten haben mich informiert, bevor wir nach oben kamen. Sie haben aber richtig Schlag bei naiven jungen Frauen, was?«

»Na und? Hat das etwas mit Ihren Ermittlungen zu tun?«

»Nein, Sir, das war rein persönlich. Um die kleine Missstimmung zu beseitigen.«

Aldo lächelte und zwinkerte ihr zu.

»Ich möchte lieber nicht wissen, was Sie mit naiven jungen Männern anstellen, Detective.«

Er betrat das Wartezimmer, und Paige konnte ein Grinsen nicht unterdrücken.

Don Hampden erkundigte sich sofort nach Kenny.

»Nichts Neues, tut mir leid. Sein Zustand ist stabil, aber er ist noch bewusstlos. Vielleicht kann mal jemand mit der Ärztin sprechen.« Er schaute Paige an, die sich gerade wieder hingesetzt hatte.

»Die Ärztin hat Anweisung, uns über jede Veränderung zu informieren«, sagte sie. Aldo warf ihr einen überraschten Blick zu, wusste aber aus Erfahrung, dass gute Polizisten nie mehr preisgaben als unbedingt nötig.

Im Wartezimmer herrschte wieder Stille. Don und Jackie

drängten sich aneinander. Opa George hielt Candys Hand, und Lieutenant Esterhaz fläzte sich auf seinem Stuhl.

»Mr. Harrison, ist das jetzt der richtige Zeitpunkt für weitere Fragen?«

Aldo hatte die Fragerei allmählich satt. Er überlegte, weshalb Sergeant Mysewski und die Ermittlerin aus St. Paul sich überhaupt für ihn interessierten. Egal, es war wohl das Klügste, einfach mitzuspielen. Er setzte sich neben Candy, die sofort näher rückte und Paige einen triumphierenden Blick zuwarf.

»Ich hätte gern gewusst, Mr. Harrison, wann Sie –«

»Darf ich zur Abwechslung auch mal eine Frage stellen?«, warf Aldo ein.

Paige blieb ruhig. »Bitte.«

»Um noch einmal auf Mr. Sieboldts Frage zurückzukommen: Weshalb ist eine Ermittlerin aus St. Paul hier? Welches Interesse haben Sie an diesem Fall?«

Aldo ließ sich seinen Ärger nicht anmerken. Sein Plan war ganz einfach. Er würde Frage mit Frage erwidern und sie so in die Defensive drängen.

»Gut, dass Sie das erwähnen«, meinte Paige und lächelte freundlich in die Runde. »Ich bin hier, weil mich das FBI« – sie betonte genüsslich jeden einzelnen Buchstaben – »um Hilfe bei den Ermittlungen gebeten hat. Mehr kann ich zurzeit nicht sagen. Ich möchte nur hinzufügen, dass unser Interesse mit den Briefen zu tun hat, die in Mr. Hampdens Laster gefunden wurden. Wir müssen erfahren, was er damit vorhatte. Falls Sie uns in irgendeiner Weise behilflich sein können« – sie schaute Aldo eindringlich an –, »fordere ich Sie hiermit auf, sich zu äußern.«

Aldo wog die Drohung ab, die hinter ihren Worten steckte, und kehrte zur alten Taktik zurück.

»Was hat das FBI damit zu tun? Sind verlorengegangene Briefe nicht eher ein Fall für die Postverwaltung?«

»In der Tat. Und sie brennt auch schon darauf, den Fall in die Hand zu nehmen. Aber das FBI und die Polizei von St. Paul haben ebenfalls Interesse an den Vorgängen. Mehr kann ich im Moment nicht dazu sagen.«

Insgeheim bewunderte Paige die Gelassenheit, mit der Aldo die Erwähnung des FBI quittierte.

»Warum glauben Sie, ich könnte Ihnen helfen?«

»Wir hoffen, dass seine Familie und Freunde uns zu weiteren Freunden und Bekannten führen können. Hat er in letzter Zeit ungewöhnliche Bekanntschaften gemacht? Seinen Tagesablauf verändert? Hatte er persönliche Probleme? All das kann von Bedeutung sein.« Sie wandte sich an Don und Jackie. »Ihr Sohn befindet sich rechtlich in einer heiklen Lage und ist auf Ihre Unterstützung angewiesen.«

Opa George schüttelte entschieden den Kopf. »Nein, nein, Kenny mag blöd sein, wenn es um Geld geht, aber er macht nichts Verbotenes. Ich *kenne* den Jungen.«

»Ich kann Sie gut verstehen, Sir, aber uns liegen Informationen vor, nach denen Ihr Enkel in ernsthaften Schwierigkeiten steckt. Das müssen wir klären und brauchen dafür Ihre Hilfe.«

Aldo mischte sich erneut ein. Er genoss das Kräftemessen mit Paige, behielt aber einen kühlen Kopf und nutzte seine Chance.

»Detective, alle haben Ihnen bereits gesagt, dass sie nichts wissen. Warum quälen Sie diese Leute weiter mit Ihren Fragen?«

Die Verwandten nickten, und die Beamten spürten, wie sie sich um Aldo scharten. Schließlich hatte Esterhaz genug. Er stand auf und hob die Hand.

»Es gibt keinen Grund für derartige Vorwürfe. Wir stellen diese Fragen von Berufs wegen und hoffen, bei Ihnen verborgene Erinnerungen zu wecken – Dinge, die Ihnen trivial erscheinen mögen, aber durchaus nützlich sein können. Wir wissen, dass es nicht leicht für Sie ist, aber wir haben es hier mit einem Mordversuch zu tun. Haben Sie etwas dagegen, uns zu helfen, *Sir*?«

Aldo hatte in der Tat etwas dagegen und hätte Paige und Esterhaz nur zu gern von ihrem hohen Ross heruntergeholt, doch in diesem Augenblick kamen Peggy, die Kinder und Mysewski mit einem Tablett Kaffeebecher herein, gefolgt von Dr. Davis.

18. Kapitel

Weiter südlich am Mississippi, in der Nähe des Deltas, war die Abendluft zwar kühl, aber deutlich wärmer als in Minnesota. An den Ufern des majestätischen Stroms schliefen angesehene Bürger in den eleganten Herrenhäusern an der Plantation Row, umgeben von Zypressenwäldern und weitläufigen Gärten. Alle, bis auf den Richter, der noch einen späten Anruf erhalten hatte.

Er hörte aufmerksam zu, wobei er eine Hand unter die Brille schob und sich den Nasenrücken rieb. Seine Augen waren fest geschlossen, und die einsame Lampe, die in einer Ecke des Arbeitszimmers brannte, betonte die Falten in seinem Gesicht. Er trug einen verschlissenen Bademantel, einen Pyjama und uralte Pantoffeln und fühlte sich genauso alt und müde, wie er aussah.

»Sie haben was getan?«

Der Anrufer wiederholte seine Geschichte.

»Ja, sicher, verstehe, unter diesen Umständen haben Sie völlig richtig gehandelt. Ja.«

Der andere sprach weiter.

»Wissen wir denn wenigstens, wo er sich jetzt aufhält?«, fragte der Richter. »Das kann ich angesichts dieses Chaos wohl verlangen.«

Der Anrufer setzte zu einem weiteren Monolog an, den der Richter mit vereinzeltem Knurren oder Stöhnen kommentierte. Schließlich seufzte er laut.

»Na ja, Sie haben Ihr Bestes getan. Die Einschränkungen sind mir bekannt. Ja, ich weiß, dass Sie es weiterhin versuchen.

Danke für die Information. Rufen Sie mich an, sowie Sie von Mr. Langhorne hören. Ja, vielen Dank. Gute Nacht, Sir.«

Der Richter hängte ein. Hörte seine Frau oben im Schlafzimmer. Er blätterte rasch die Adressenkartei auf dem Schreibtisch durch und wählte eilig eine Nummer. Es klingelte mehrmals, dann meldete sich eine Mailbox.

»Dies ist der Anschluss von Special Agent Grant Pennington, FBI«, sagte die Stimme.

Der Richter überging den Rest der Ansage und drückte die »5«, worauf der Signalton erklang. Er räusperte sich und sagte:

»Agent Pennington, hier ist der Richter. Tut mir leid, dass ich so spät noch anrufe, aber es gibt neue Entwicklungen. Unser Zeuge muss einige Unterlagen prüfen. Eine rasche Antwort wäre den Ermittlungen sehr zuträglich. Wären Sie so freundlich, einen Kontakt für mich herzustellen?«

19. Kapitel

»Mr. und Mrs. Hampden?«, erkundigte sich Dr. Davis.

Jackie hielt den Arm ihres Mannes fest umklammert. Die Ärztin setzte sich neben sie auf die Sitzbank, lächelte und versetzte beiden einen beruhigenden Klaps aufs Knie.

»Ich habe gute Neuigkeiten. Ihr Sohn wacht langsam auf. Er ist noch nicht bei vollem Bewusstsein, reagiert aber auf äußere Reize. Das ist ein gutes Zeichen.«

»Wann können wir zu ihm, Frau Doktor?«, fragte Don.

»Bald. Wir müssen noch einige Tests durchführen, dann können Sie ihn besuchen.« Sie schaute auf die Uhr. »Vielleicht in einer halben Stunde. Fürs Erste allerdings nur Sie beide. Ich sage Ihnen dann Bescheid.«

Dr. Davis stand auf, versprach noch einmal, die Hampdens sobald wie möglich zu ihrem Sohn zu lassen, und wollte gerade gehen, als Jackie zögernd fragte:

»Frau Doktor? Was ist mit dem Hirnschaden? Weiß er, wer er ist? Erkennt er uns?«

Opa George runzelte die Stirn. »Natürlich erkennt er uns!«

Dr. Davis legte ihm sanft die Hand auf die Schulter.

»Sind Sie der Großvater?« In ihrem Gesicht waren Verständnis und Mitgefühl zu lesen.

»Ja, junge Dame. Sie sollten meinen Enkel noch nicht abschreiben. Er ist ein starker Junge!«

»Ja, Sir, das ist er. Und das wird ihm sicher helfen.« Dr. Davis fuhr an Jackie gewandt fort: »Im Augenblick wissen wir noch nicht, inwieweit sein Gehirn betroffen ist. Das werden die Tests ergeben. Unser bester Neurologe untersucht ihn jetzt, notfalls steht auch ein Experte von der Universitätsklinik bereit. In einigen Stunden können wir mehr sagen. Zurzeit gibt es aber keinen Grund, mit dem Schlimmsten zu rechnen. Sobald ich etwas erfahre, bin ich wieder bei Ihnen.«

Sie steckte eine Hand in die Kitteltasche und ging zur Tür. Paige sprang auf.

»Könnte ich kurz mit Ihnen sprechen, Frau Doktor?« Sie deutete auf die Aufzüge.

»Natürlich.«

Nachdem Paige Esterhaz, Mysewski und sich selbst noch einmal kurz vorgestellt hatte, sagte sie unverblümt:

»Wir brauchen eine ungeschönte Prognose. Wir *müssen* dabei sein, wenn er aufwacht. Wie wahrscheinlich ist das?«

»Dass er aufwacht? Ich habe der Familie die Wahrheit gesagt, Detective, er wird mit ziemlicher Sicherheit aufwachen.«

»Und wie sieht es mit der Schädigung des Gehirns aus?«, drängte Mysewski. »Kann er unsere Fragen beantworten?«

»Das wissen wir noch nicht. Auf dem Weg ins Krankenhaus hat er einen Herzinfarkt erlitten und war fast eine Minute lang klinisch tot. Er wurde wiederbelebt und kam in stabilem Zustand in den OP, aber die Patienten tragen gewöhnlich dennoch kognitive Schäden davon. Der Neurologe wird uns erklären, mit welchen Dysfunktionen zu rechnen ist. Womöglich leidet er nur unter Kopfschmerzen, zeitweiligem Gedächtnisverlust und einer Sprachbehinderung. Denkbar sind aber auch völliger Schwachsinn und Inkontinenz.«

Esterhaz schaute zu Mysewski. »Soweit wir wissen, war er vorher schon der Depp vom Dienst.«

»Und ich wette, der da wechselt ihm demnächst die Windeln«, sagte Mysewski mit einem Blick auf Aldo, der sich im Wartezimmer mit Don, Jackie und Candy unterhielt.

Paige zuckte angesichts der taktlosen Bemerkungen zusammen, gab ihnen insgeheim jedoch recht. Irgendetwas sagte ihr, dass Aldo mehr als bloße Freundschaft mit dem Patienten verband, und das hatte auch mit ihrer vagen Abneigung gegen den Mann zu tun. Kenneth Hampden brauchte keinen Grips, denn Aldo Harrison hatte Verstand für zwei.

»Wenn Sie mich nun entschuldigen, ich muss zurück auf die Station«, erklärte Dr. Davis.

»Kein Problem«, sagte Paige.

»Und wie gesagt, Sie hören von mir, sobald er aufwacht.«

Während Candy ihren Eltern weiter Mut zusprach, sah Aldo, wie Dr. Davis Paige und die beiden Uniformierten stehenließ, die sich in ein intensives Gespräch vertieften. Alle schauten auf die Uhr und dann ins Wartezimmer. Er lächelte zu Paige hinüber, die ihn ausdruckslos ansah und mit den Kollegen ins Wartezimmer zurückkehrte.

»Es ist schon nach eins«, sagte Mysewski. »Wir sollten für heute Schluss machen und ein bisschen schlafen. Morgen werden wir sicher mehr über Mr. Hampdens Zustand erfahren. Wenn Sie mir alle nun bitte Namen, Adresse und Telefonnummer nennen würden.« Er zog einige Zettel aus seinem Notizbuch. »Danach können Sie dann nach Hause fahren.«

»Ihr Sohn wird ständig rund um die Uhr bewacht, obwohl wir davon ausgehen, dass der oder die Täter längst verschwunden sind«, erklärte Esterhaz.

Die Familie war am Ende ihrer Kräfte. Peggy rief ihre Kinder, die gerade auf CNN einen Bericht über die Kämpfe im Irak ansahen. Die Augen auf den Bildschirm geheftet, erhoben sie sich von den Stühlen und zogen ihre Jacken an. Opa George hielt als Erster Adresse und Nummer bereit. Candy sagte zu Don und Jackie, sie werde ihn nach Hause fahren und wieder in die Klinik kommen. Ihre Eltern wollten ebenfalls bleiben. Aldo gab Mysewski seine Karte, auf der seine Privatanschrift stand, und erinnerte ihn daran, dass er ihm seine Rufnummer bereits gegeben hatte.

»Und die werde ich nicht in den Müll werfen«, konterte Mysewski.

Aldo verabschiedete sich höflich und ging zum Aufzug. Er spürte Paiges Blick im Rücken, als er den Knopf drückte, trat in den Aufzug und drehte sich um. Sie schaute ihm direkt in die Augen und lächelte schwach, bevor sich die Türen schlossen.

20. Kapitel

Im ersten Stock hielt der Aufzug an. Aldo stieg aus, schaute sich rasch um und ging instinktiv nach rechts. Nach einigen Sackgassen und einem peinlichen Moment, in dem er versehentlich den Umkleideraum der Krankenschwestern betrat, stieß er auf ein Treppenhaus am Ende der Korridors und ging wieder hoch in den zweiten Stock. Er hatte Glück und landete ganz am Ende der Intensivstation, das vom Wartezimmer aus nicht einzusehen war. Er schaute sich vorsichtig um. Nur die hübsche Schwester saß an ihrem Platz.

»Hi.«

Sie schaute überrascht hoch und lächelte dann.

»Hi!«

Aldo beugte sich über die halbrunde Theke und grinste schüchtern. Dabei registrierte er ihre zierliche Figur unter dem Kittel, den langen roten Pferdeschwanz, die Sommersprossen, unter denen sie allmählich errötete.

»Würden Sie mir einen Gefallen tun? Ich muss eine Weile weg. Könnten Sie mich bitte anrufen, sobald Mr. Hampden zu sich kommt?« Aldo gab ihr seine Visitenkarte. »Meine Handynummer steht auf der Rückseite. Ich muss unbedingt dabei sein, wenn er aufwacht.«

Sie betrachtete prüfend die Karte.

»Natürlich, Mr. Harrison, das mache ich gern. Ich habe eine Doppelschicht und muss bis morgen Mittag bleiben. Ich meine, heute Mittag.« Sie lachte.

»Vielen Dank.« Aldo ging wieder in Richtung Treppenhaus. »Sie sind eine große Hilfe.«

»Ähm, Mr. Harrison?«, rief ihm die Schwester mit einem Blick auf die Visitenkarte nach.

»Ja?«

»Darf ich auch einfach mal so anrufen?« Sie kicherte verlegen.

»Selbstverständlich.« Und damit war er im Treppenhaus verschwunden.

21. Kapitel

Am nächsten Morgen wurde Paige zu Inspektor Flynn beordert. Neben ihm saß ein großer, breitschultriger Mann mit ernstem Gesicht. Er trug einen eleganten dunkelblauen Anzug, Krawatte und ein makelloses weißes Hemd. Das hellbraune Haar war kurz geschnitten und an den Schläfen grau meliert. Mit dem glatt rasierten Gesicht und der Nickelbrille sah er aus wie ein überaus geschäftsmäßiger und berechnender Anwalt. Seine grauen Augen hefteten sich auf Paige.

»Detective Paige McGraw, Special Agent Grant Pennington.«

Pennington stand zur Begrüßung auf, schüttelte ihr energisch die Hand und überraschte sie mit einem kleinen Lächeln.

»Detective McGraw.«

»Agent Pennington, ich freue mich, das Gesicht hinter der Stimme kennenzulernen.«

Flynn bot ihr einen Platz gegenüber vom Schreibtisch an. Paige machte sich auf das Schlimmste gefasst.

»Ich bedauere den kleinen Ausfall am Telefon, Detective, aber Sie werden verstehen, dass ich auf meine Leute im Programm aufpassen muss.«

Aha! Pennington gab also zu, dass es um das Zeugenschutzprogramm ging.

»Natürlich. Sie sind nicht der Einzige, der mir hier den Kopf wäscht.« Sie lächelte Inspektor Flynn vorsichtig zu. »Ich rechne mit einer weiteren Abreibung.«

»Wir sind hier, um das alles gütlich zu regeln«, warf Flynn versöhnlich ein. »Agent Pennington meint, es sei an der Zeit, einen neuen Anfang zu machen und offen über den Fall zu sprechen. Er hat auch neue Informationen mitgebracht.«

Pennington holte einen Computerausdruck aus seiner Aktentasche.

»Wir haben es nicht länger mit einem mutmaßlichen Identitätsdiebstahl zu tun. Die finanzielle Identität von John Wellington wurde tatsächlich gestohlen.« Er schlug die erste Seite auf. »Wir wissen, dass eine Kreditauskunft für Mr. Wellington erbeten wurde –«

»Das war ich«, warf Paige ein. »Es gehört zum Standardverfahren bei Betrugsdelikten.«

Penningtons Brille rutschte ein Stück nach unten, als er Paige ungeduldig anschaute.

»*Darüber hinaus* haben einer oder mehrere Unbekannte im letzten Monat eine Kreditauskunft eingeholt. Kurz darauf änderte jemand bei Pace Congreave, wo Mr. Wellington Geld angelegt hatte, dessen Postanschrift.«

Paige hatte ihren PDA aufgeklappt und machte sich Notizen. »Und gab die Adresse in Columbia Heights an.«

»In der Tat. Außerdem wurden neue Schecks für das Konto bestellt, die ebenfalls an die neue Adresse gingen.«

»Die klassische Vorgehensweise. Jemand plündert das Konto. Wie viel war drauf?«

Pennington blätterte um und fuhr mit dem Finger die Seite entlang.

»Ursprünglich waren es einhundertsiebenundfünfzigtausend dreihundertvierundsechzig Dollar und neunundvierzig Cent«, verkündete er. Flynn stieß einen Pfiff aus.

»Nicht übel«, sagte Paige. »Seine Belohnung fürs Plaudern?«

»So großzügig sind wir nun auch wieder nicht«, entgegnete Pennington sarkastisch. »Unser Mr. Wellington hatte schon einen Sparstrumpf, bevor er uns über den Weg lief. Ein Teil des

Geldes war legal erworben, den durfte er behalten. Inzwischen ist das Guthaben allerdings auf weniger als fünftausend geschrumpft. Da sind Fachleute am Werk. Aber das ist noch nicht alles. Jemand hat bei einer kleinen Filiale der Wells Fargo auf Wellingtons Namen ein Konto eröffnet.« Er suchte in seinen Unterlagen. »In Maplewood. Hat dabei einen Bankscheck der Privatkundenabteilung von J.P. Morgan Chase verwendet.«

Flynn beugte sich vor. »Können wir den nachverfolgen?«

»Wir sind gerade dabei. Ich habe meine Mitarbeiter angewiesen, uns sofort anzurufen, sobald wir einen Namen haben.«

»Das ist aber ungewöhnlich«, meldete sich Paige zu Wort. »Muss man für ein Privatkonto bei Morgan Chase nicht ein sehr großes Guthaben besitzen?«

»Mindestens eine Million.«

Flynn pfiff erneut.

»Auf das neue Konto bei Wells Fargo wurden fünftausend Dollar eingezahlt«, fuhr Pennington fort. »Auch das ist mehr als ungewöhnlich. Haben Sie schon mal von einem Identitätsdiebstahl gehört, bei dem mehr als das Minimum auf ein falsches Konto eingezahlt wurde? Oder dass jemand dafür Gelder aus einem Millionenguthaben verwendet hätte?«

Paige schüttelte den Kopf.

»Dachte ich mir.«

»Könnte die Sache mit Morgan Chase eine Täuschung sein?«

»Nein, dort hat man uns bestätigt, dass dieses Konto existiert.«

»Also müssen wir nur herausfinden, wem es gehört, Schluss, aus.«

»Ganz so einfach ist es nicht, es gibt immerhin ein Bankgeheimnis. Die Prüfung läuft noch.«

»Sieht aus, als hätten wir es mit einem besonders gewieften Dieb zu tun.«

»In der Tat. Was können Sie mir nun über den Mann sagen, der gestern Abend angeschossen wurde? Gehört er zu den Verdächtigen?«

Paige öffnete eine neue Datei in ihrem PDA.

»Er heißt Kenneth Richard Hampden, arbeitet für Merrilat, eine Tischlerei in Lakeville, das ist südlich von –« Penningtons Gesichtsausdruck verriet ihr, dass er keinen Wert auf geographische Einzelheiten legte.

»Er ist Schichtarbeiter in der Produktion. War vor und nach dem ersten Golfkrieg fünf Jahre in der Armee, meist bei Transporteinheiten hier in den Staaten. Wurde kurz nach dem Krieg im Rahmen des Personalabbaus ehrenhaft entlassen. Schlug sich eine Weile mit Gelegenheitsjobs durch. Dabei könnte er verschiedene Identitäten gesammelt haben. Seit 1996 arbeitet er bei Merrilat, die Stelle hat ihm wohl sein Vater besorgt.«

Sie hielt kurz inne, um in ihren Notizen zu scrollen, und antwortete, bevor Pennington die offensichtliche Frage stellen konnte.

»Ja, er ist vorbestraft, aber nur wegen eines kleineren Vergehens. Der Bursche kann anscheinend nicht mit Geld umgehen. Sein Konto wurde gesperrt, er schrieb weiterhin Schecks aus. Wir haben wegen Scheckbetrugs gegen ihn ermittelt. Bei der Verfahrensabsprache kam er mit einer Geldstrafe und Sozialarbeit davon. Ansonsten liegt nichts gegen ihn vor.«

Sie scrollte weiter.

»Er ist mit seinen Rechnungen in Verzug, fährt aber einen neuen Laster. Hat ihn anscheinend bar bezahlt, das kommt mir verdächtig vor.«

»Vielleicht bessert er sein Einkommen mit ganz anderen Dingen als faulen Schecks auf«, sinnierte Inspektor Flynn.

»Dafür ist er nicht clever genug.« Paige klappte ihren PDA zu und schaute die Männer an. »Nach dem, was seine Familie so erzählt, scheint er nicht gerade das Rad erfunden zu haben.«

Sie beugte sich vor. »Allerdings könnte er sich mit jemandem zusammengetan haben, der intelligent genug ist, um einen Identitätsdiebstahl durchzuziehen.«

»Woran denken Sie?«, erkundigte sich Pennington skeptisch.

»Sein Freund könnte der Schlüssel sein. Womöglich ist Hampden nur der Handlanger, während sein Freund alles aus dem Hintergrund steuert.«

»Welcher Freund?«, fragte Flynn.

Nun hatte Paige tatsächlich ihre Aufmerksamkeit erregt und klappte den PDA wieder auf.

»Aldo Harrison. Ein Freund aus Armeezeiten. Tauchte gestern Abend im Krankenhaus auf und war sehr an Hampdens Zustand interessiert. Mochte nicht gern unsere Fragen beantworten. Behinderte sogar die Befragung der Familie. Ich vermute, er weiß, was Hampden in dem Haus zu suchen hatte.«

Die Männer wirkten skeptisch.

»Ich habe ihn überprüft«, meinte Paige beharrlich. »In den Datenbanken war nichts zu finden, nicht einmal eine Strafe wegen Falschparkens. Dann habe ich mich bei der Personalstelle der Armee in St. Louis nach seiner Führungsakte erkundigt. Er ist selbstständig und verfügt wohl über eigenes Vermögen. Er wohnt in Eagan. Das Haus ist sechshundertfünfzigtausend Dollar wert und bezahlt.«

Pennington schaute sie eindringlich an.

»Ich fasse zusammen: Er sorgt sich um seinen Freund, ist nicht vorbestraft, war mit Hampden in der Armee und musste keine Hypothek fürs Haus aufnehmen. Und deshalb soll er mit dem Fall Wellington zu tun haben?«

Die Frage war im Grunde rein rhetorisch. Paige wusste, dass sie sein Interesse geweckt hatte, dass Pennington selber zwei und zwei zusammenzählte.

»Sir, ich glaube, wir sollten bei ihm ansetzen. Er ist einfach zu sauber und ordentlich, das kommt mir verdächtig vor. Die beiden passen nicht zusammen. Hampden ist der absolute Pechvogel, während sich bei Harrison alles, was er anfasst, in Gold verwandelt. Warum sollten die beiden befreundet sein? Mein Instinkt sagt mir, dass Harrison mehr weiß, als er sagt.«

Flynn schien verärgert.

»Normalerweise verlassen wir uns auf mehr als unseren Instinkt, Detective.«

»Natürlich, Sir, aber diesmal liege ich richtig. Er hat sich gestern Abend sehr bemüht, von mir und meinen Fragen abzulenken. Irgendwann hatte er fast die ganze Familie gegen uns eingenommen. Er wirkt einfach zu gelassen, als hätte er alles geprobt. Als könnte man ihm eine Bombe auf den Schoß werfen, und er legte sie einfach beiseite und täte, als sei nichts gewesen. Das ist doch nicht normal.«

»Typisch Spezialeinheit.«

Mit diesem Kommentar hatte Pennington die anderen überrumpelt.

»Wie meinen Sie das?«, fragte Flynn schließlich.

»Sie sagten doch, er war bei der Armee. Alle Leute, die ich kenne und die sich so verhalten, waren in einer Spezialeinheit. Ich tippe auf Green Berets, vielleicht sogar Delta. Das sind ein paar ganz harte Hunde.«

Flynn und Paige schauten einander überrascht an, während Pennington fortfuhr:

»Ihr Ansatz gefällt mir, Detective, und ich entschuldige mich, weil ich Sie unterschätzt habe.« Diesmal klang er aufrichtig. »Gehen wir doch mal von dieser Hypothese aus. Nehmen wir an, Aldo Harrison wäre der Kopf und Hampden nur das Werkzeug. Ich lasse meine Kontakte spielen und mache St. Louis Feuer unter dem Hintern. Vielleicht ergibt sich etwas aus seiner Akte.« Er schaute Paige an. »Bis dahin könnten Sie die Leiter der Banken und anderen Finanzinstitute in der Gegend bitten, verstärkt auf verdächtige Aktivitäten zu achten. Ach ja, und sprechen Sie bitte noch einmal mit diesem Harrison.«

Paige staunte nun angesichts dieser Kehrtwende.

»In Ordnung«, brachte sie dann heraus.

»Natürlich nur mit Ihrer Erlaubnis«, sagte Pennington nonchalant zu Flynn.

»Sicher doch. Was immer Sie wollen.«

»Na schön.« Pennington steckte seine Unterlagen in die Aktentasche und stand auf. »Ich muss zu Wellington.« Er schüttelte Flynn und Paige die Hand. »Vielen Dank für Ihre Hilfe, ich melde mich wieder.«

Mit diesen Worten war er verschwunden. Paige und Flynn sahen einander überrascht an.

22. Kapitel

»Natürlich kommt sie dir bekannt vor«, sagte Kelly und steckte ein Stück Heidelbeermuffin in den Mund. »Sie war bei den Leuten, mit denen ich an jenem bezaubernden Abend letztes Jahr unterwegs war. Im O'Gara's. Klingelt da was?«

Aldo trank nachdenklich von seinem Espresso. Er hatte Kelly angerufen und vorgeschlagen, irgendwo zu frühstücken. Da sie ins Gericht musste und vorher nichts Schweres essen wollte, waren sie um sieben ins Caribou Coffee an der Grand Avenue gegangen.

Aldo erinnerte sich schwach an Paige McGraw. Eine gut aussehende Blondine. Sie hatte Kelly begrüßt, die gerade versuchte, ihn zu beeindrucken. Er wusste noch, dass er und Paige einander gemustert hatten, wie es unter Singles freitags abends in der Kneipe eben üblich war. Mehr fiel ihm nicht mehr ein.

»Und du sagst, sie hat dich hart rangenommen?«

Aldo stellte die Kaffeetasse ab, lehnte sich zurück und schaute aus dem Fenster auf den Berufsverkehr. Die Leute verließen die altehrwürdigen Appartementhäuser aus dem 19. Jahrhundert und machten sich auf den Weg zur Arbeit. Sie räumten den Schnee von ihren Autos oder harrten an Bushaltestellen in der Kälte aus. Manche sausten noch schnell auf einen Sprung ins Café, um sich in aller Eile mit einem Schuss Koffein zu stärken.

»So wie sie mich in die Zange genommen hat, könnte man glatt meinen, *ich* hätte auf Kenny geschossen.«

»Und, hast du?«

Aldo lachte und schnappte sich ein Stück von ihrem Muffin, wobei er einen erfreulichen Blick auf Kellys Ausschnitt und den Verschluss ihres schwarzen BH erhaschte. Die Knöpfe hatte sie wohl nur für ihn offen gelassen, so würde sie nie ins Gericht gehen. Sie stützte die Arme auf den Tisch, was den Einblick noch verschönerte, und lächelte ihn allerliebst an.

»Nimm es nicht persönlich, sie ist eine gute Polizistin. Sie hat nur ihre Arbeit getan.«

»Mag sein. Was weißt du über sie?«

»Warum interessiert dich das? Stehst du auf sie?«

»Nein, reine Neugier. Scheint ein harter Brocken zu sein. Meinst du, sie macht es Kennys Familie schwer? Sie und ihre Kollegen waren nicht gerade rücksichtsvoll.«

»Keine Sorge, sie ist ein echter Profi. Wenn Kennys Verwandte wirklich keine Ahnung von seinen Machenschaften haben, passiert ihnen auch nichts. Wenn doch, findet sie es garantiert heraus. Hoffentlich haben sie nichts zu verbergen.«

Ohne auf Aldos Reaktion zu warten, fuhr sie fort:

»Ihr Vater ist Polizist im Ruhestand. Hat sich von der Fußstreife zu einem der besten Ermittler hochgearbeitet. Er hat damals die Virginia-Piper-Entführung aufgeklärt. Schon mal davon gehört?«

Aldo schüttelte den Kopf, während Kelly sich die Finger ableckte und dabei den Blick auf ihre Brüste verdeckte.

»Ich erzähle es dir irgendwann mal. Jedenfalls ist er ein toller Typ. Sie isst des Öfteren mit ihm bei einem obskuren Chinesen in West St. Paul, er wohnt ganz in der Nähe. Hängt dauernd dort ab. Vor ein paar Monaten hat sie mich mal mitgenommen. Er kann eine Menge Geschichten von früher erzählen. Ich nehme an, sie fragt ihn schon mal um Rat.«

Sie wartete, dass Aldo etwas sagte, doch er schwieg, und sie kam wieder auf Kenny zu sprechen.

»Wie geht es ihm? Kommt er durch?«

Aldo trank noch einen Schluck Espresso und schaute wieder aus dem Fenster.

»Ja, aber die Ärzte wissen noch nicht, was aus ihm wird. Möglicherweise wird er einen Hirnschaden zurückbehalten.«

»Wie kommt seine Familie damit klar?«

»Ganz gut, angesichts der Umstände. Seine Eltern und die Schwester sind über Nacht geblieben. Sie wollen wohl dabei sein, wenn es etwas Neues gibt.«

»Und du?«

»Was – ich?«

»Wartest du auch auf Neuigkeiten?«

»Ich habe seine Schwester gebeten, mich anzurufen.«

Kelly sah auf die Uhr und trank ihre Tasse aus.

»Jetzt wird es aber Zeit. Ich muss noch ein paar Schriftsätze lesen und dann ins Gericht. Ruf mich an, wenn du von Kenny hörst. Und keine Sorgen wegen Paige McGraw.«

Aldo half Kelly in den Mantel, wartete, bis sie ihre Handschuhe angezogen hatte, und reichte ihr die Aktentasche. Sie schaute hinaus ins Schneetreiben.

»Mein Gott, warum arbeite ich nicht in Arizona?«

Sie legte ihm die Hand an die Wange und küsste ihn zärtlich.

»Denk an die Knöpfe, bevor du ins Gericht gehst«, riet Aldo.

Sie warf ihm einen schmollenden Blick zu.

»Bis später, Schatz.« Dann war sie verschwunden.

23. Kapitel

Die Schlangen am Flughafen waren lang, doch die Reisenden warteten, ohne zu murren. Der Kampf gegen den Terrorismus hatte sie das Warten gelehrt, und selbst ansonsten reizbare und ungehaltene Passagiere übten sich in Geduld.

Der Richter stellte sich in eine Warteschlange vor der Sicherheitskontrolle, rückte die Brille zurecht und bereitete seine Aktentasche für die Inspektion vor. In der Hand hielt er die Papiere, die ihn als Sonderermittler des Bundes auswiesen.

Er lächelte einem kleinen Mädchen freundlich zu, das ihm seine Puppe entgegenhielt. Hinter ihm reihten sich ein Geschäftsmann, ein Teenager mit Kopfhörer und iPod und eine junge Frau in Jeans und Sweatshirt ein, die eine kleine Sporttasche über der Schulter trug. Sie schob sich die Rastalocken aus dem Gesicht und holte das Ticket aus der Tasche.

Während die Reihe langsam vorrückte, unterhielt sich der Richter mit dem Geschäftsmann. Sie sprachen über den Inhalt seiner Aktenmappe (Graphiken und Diagramme für eine Marketingpräsentation) und die Flugprobleme seit dem 11. September. Der Geschäftsmann hoffte, mit der Mappe durch den Sicherheitscheck zu kommen, den beide zwar lästig, aber auch notwendig und beruhigend fanden. Solche Ereignisse durften sich einfach nicht wiederholen.

Schließlich erreichten sie die Kontrolle, und der Richter stellte seine Aktentasche auf das Transportband. Sie verschwand hinter einem Vorhang aus Gummistreifen, dann trat er selbst durch den Metalldetektor. Es ertönte kein Alarmsignal, also nahm er seine Tasche auf der anderen Seite und ging zur Flugschein- und Ausweiskontrolle. Dort öffnete er die Tasche, die von einer Sicherheitsmitarbeiterin durchsucht wurde, während ihre Kollegin seine Papiere prüfte. Den Führerschein bekam er sofort zurück. Seinen Ermittlerausweis betrachtete sie allerdings eingehender und rief dann einen Vorgesetzten, der ihn durchlas und dem Richter einige Fragen stellte.

»Tragen Sie im Rahmen Ihrer Tätigkeit eine Waffe bei sich, Sir?«

»Nein, das ist nicht erforderlich. Ich habe seit meinem Dienst bei der Marine keine Waffe mehr in der Hand gehabt, und das ist lange her.«

Aus dem Augenwinkel sah er die junge Frau mit den Rastalocken durch die Kontrolle gehen. Sie hatte den Metalldetektor hinter sich und wartete auf ihre Tasche.

»Das glaube ich gern, Sir, aber dürften wir Sie dennoch durchsuchen? Es dient der allgemeinen Sicherheit.«

»Natürlich«, sagte der Richter lächelnd und folgte dem Mann in einen abgetrennten Bereich.

Dort drängten sich bereits einige arabisch aussehende Fluggäste, die sich ebenfalls einer Durchsuchung unterziehen mussten. Er knöpfte sein braunes Jackett auf und ließ den Sicherheitsmitarbeiter mit einem Metalldetektor die Innenseiten und seinen Rücken abtasten. Ein bewaffneter Kollege sah ihm dabei zu. Der Richter wartete geduldig, während der Metalldetektor an seinen Hosenbeinen entlangfuhr. Schließlich bat man ihn, die Schuhe auszuziehen. Der Richter gehorchte.

Als die Suche beendet war, flüsterte ihm der Bewaffnete zu: »Keine Sorge, Sir, das machen wir nur, damit sie nicht denken, wir hätten es nur auf sie abgesehen.« Er nickte zu den dunkelhäutigen Männern hinüber. »Wir wissen, dass Sie sauber sind.«

Am Kontrolltisch begutachteten die Sicherheitsleute gerade die Tasche der jungen Frau.

Der Richter ging gemächlich zu seinem Flugsteig. Er hatte noch viel Zeit und konnte in Ruhe das *Wall Street Journal* lesen.

Eine Stunde später wurden die Passagiere für Flug Northwest 917 nach Minneapolis – St. Paul aufgerufen. Er klemmte sich die Zeitung unter den Arm, nahm Aktentasche und Flugschein. Auf dem Weg zur nächsten Warteschlange sah er wieder die junge Frau mit den Rastalocken und blieb kurz stehen.

»Junge Dame, es geht mich zwar nichts an, aber ich habe mitbekommen, dass Sie Schwierigkeiten bei der Kontrolle hatten. Ich hoffe, Ihre Tasche wurde nicht zu sehr beschädigt.«

Sie lächelte ihn freundlich an und sammelte ihre Sachen zusammen.

»O nein, nichts passiert«, sagte sie mit dem Anflug eines karibischen Akzents. »Und ich habe einen Gutschein für eine neue Tasche bekommen.« Sie winkte mit einem Papier. »Aber danke, dass Sie gefragt haben.«

Der Richter lächelte zurück.

»Das beruhigt mich.« Er tätschelte ihr den Arm und schien gar nicht zu merken, dass ihm die Zeitung wegrutschte und auf den Stuhl neben sie fiel. »Es sind schwierige Zeiten, nicht wahr?«

»Ja, da haben Sie recht.«

Damit war das Gespräch beendet. Er sah sie noch einmal flüchtig, als er sich mit einem Stapel Unterlagen und seinem Getränk in der 1. Klasse niederließ und die Frau an ihm vorbei zu ihrem Sitzplatz ging. Er sah auf die Uhr. Gegen eins würde er in Minneapolis landen.

24. Kapitel

Am anderen Ende der Stadt, weit weg vom Flughafen Minneapolis – St. Paul, fingerte Teddy nervös an seiner Uhr herum. Elf. Er wusste, vom nächsten Schritt hing sehr viel ab. Er hatte die Stadt sofort verlassen wollen, nur weg von der scheußlichen Szene an der Anlegestelle, doch der frühmorgendliche Anruf aus New Orleans hatte keinen Zweifel daran gelassen, welches Schicksal ihn bei einer Flucht erwartete. Also befolgte er die Anweisungen.

Er war so in Gedanken, dass er gar nicht bemerkte, wie die Kellnerin seine Tasse nachfüllte. Er saß seit fünf Uhr morgens im Perkins an der Interstate 394 in Golden Valley. Sie hatten die Limousine in Frogtown abgestellt und ein Taxi zum Bahnhof von St. Paul genommen, wo er seinen Begleiter in den Zug verfrachtet hatte. Von dort aus hatte er ein anderes Taxi zum Flughafen genommen und unter falschem Namen einen weiteren Wagen gemietet. Er machte mehrere Zwischenstopps in den Citys, wie die Einheimischen die Zwillingsstädte nannten, und fuhr vor dem Frühstück noch ein bisschen umher.

Jetzt, eine Stunde später, wusste er nicht mehr, wie er die Zeit totschlagen sollte. Dann entdeckte er die nette junge Frau, die an der Theke saß, und machte ein bisschen Smalltalk.

25. Kapitel

Am späten Vormittag meldete sich die junge hübsche Krankenschwester bei Aldo und teilte ihm mit, Kenny komme allmählich zu sich.

Aldo fuhr das Programm, mit dem er gerade falsche Schecks erstellte, herunter, schloss sein Büro ab, schaltete die Alarmanlage ein und ging nach oben, um Moc noch einmal hinauszulassen, bevor er ins Krankenhaus fuhr. Während er Wasser in den Napf füllte, schaute er aus dem Fenster über der Spüle. Moc tollte aufgeregt durch die halbgeschmolzenen Schneewehen und über den braunen Rasen, bevor er sein Geschäft erledigte.

Von dort, wo er stand, konnte Aldo auch den Feldweg sehen, der um die Ostseite des Grundstücks führte und irgendwo hinter dem Wald auf den Highway traf. Ein blauer Wagen fuhr den Weg entlang. Er stellte den Napf neben der Garagentür auf den Boden und holte Jacke und Autoschlüssel aus dem Abstellraum. Dann ließ er Moc durch die Hintertür in die Garage.

Er trat zurück, als Moc sein nasses Fell schüttelte, und griff nach einem alten Handtuch, um den Hund trockenzurubbeln. Dann drückte er einen Knopf, und das Garagentor fuhr summend nach oben. In der Einfahrt parkte der blaue Wagen, daneben stand eine Frau im grauen Kostüm. Attraktive Beine. Paige McGraw.

»Hallo?«

»Hallo, Detective, was führt Sie denn her?«

Sie legte eine Hand vor die Augen und spähte ins Dunkel,

wobei sie die andere Hand instinktiv in der Nähe der 9-mm-Beretta hielt, die sie unter der grauen Kostümjacke trug.

Ein langer Schwanz wedelte eifrig, Krallen klickten auf Beton. Ein Hund schien zu hecheln. Sie trat vorsichtig näher.

»Mr. Harrison?«

»Ja?«

Jetzt konnte sie die Umrisse eines Mannes ausmachen, der neben einem Auto stand und etwas in der Hand hielt. Sie schloss die Hand um ihre Dienstpistole.

»Mr. Harrison! Ich möchte Ihre Hände sehen!«, befahl sie.

Was immer er festgehalten hatte, verschwand. Zwei helle Handflächen streckten sich ihr entgegen.

»Schon gut, Detective, ich habe keine Waffe«, sagte Aldo mit der wohlbekannten kühlen Arroganz. »Die mag ich ohnehin nicht.«

»Nehmen Sie die Hände hoch und treten Sie vor.« Insgeheim musste sie sich eingestehen, dass er sie schon wieder durcheinanderbrachte.

»Natürlich, Detective, was immer Sie wollen.«

Aldo trat, den Hund an seiner Seite, aus dem Schatten, ging langsam an seinem BMW entlang und blieb mit ausgestreckten Händen auf der Schwelle stehen.

»Sitz!«, befahl er Moccasin, damit er Paige nicht mit seiner üblichen enthusiastischen Art überrumpelte. Der Hund ließ sich neben Aldo nieder und fegte mit dem Schwanz über den Boden.

Paige nahm die Hand von der Waffe und entspannte sich. Sie wollte sich schon entschuldigen, bemerkte aber das gewisse Grinsen auf seinem Gesicht und ließ es. Arrogantes Schwein, dachte sie bei sich.

»Sie können die Hände herunternehmen.«

»Danke.«

Er steckte sie in die Taschen seiner Khakihose.

Paige lächelte den Hund an.

»Nettes Tier.«

»Danke. Mögen Sie Hunde?«

»Ja. Darf ich?« Sie kniete sich, um Moc zu begrüßen.

»Sicher doch.« Er nickte Moccasin zu, der nach vorn schoss und Paige dabei fast umwarf. Sie lachte angesichts der stürmischen Begrüßung und kraulte ihm Hals und Ohren.

»Wie heißt du denn, mein Schatz?«, fragte sie. Aldo fand ihr Verhalten ungewohnt warm und herzlich.

»Moccasin. Oder Moc.«

»Moc, ich vermute mal, du bist ein Junge. Dein Herrchen hat bestimmt keine Frau als beste Freundin.«

»Moc hatte eine Schwester. Sie wurde vor zwei Jahren überfahren, genau da vorne vor dem Haus.« Er deutete auf die Straße am Ende der Einfahrt.

»Das tut mir furchtbar leid, mein Junge. Sie fehlt dir sicher.« Paige spürte eine Wölbung in Mocs Halsband und blickte routiniert und gelassen zu Aldo hoch. »Haben Sie den unsichtbaren Zaun vor oder nach ihrem Tod angeschafft?«

Soviel zu deiner menschlichen Seite, dachte Aldo.

»Danach.« Aldo bedachte sie mit seinem gelassenen Blick. »Aber Sie sind doch nicht so weit gefahren, um sich nach meinen Hunden zu erkundigen, oder?«

»Nein, Sir.« Sie holte den PDA aus ihrer Umhängetasche. »Ich möchte Ihnen noch einige Fragen über Mr. Hampden stellen. Drinnen, wenn's geht.«

»Ich dachte, ich hätte gestern Abend alle Fragen beantwortet.«

»Es dauert nicht lange, Sir«, meinte Paige beharrlich und deutete aufs Haus. »Können wir?«

Aldo winkte sie mit einer Handbewegung in die Garage. Im Abstellraum bat er sie, ebenfalls die Schuhe auszuziehen.

»Es ist Winter, da trägt man viel Dreck mit herein.«

Die Vorstellung, den Dreck auf seinen makellosen Küchenfliesen zu verteilen, war reizvoll, doch letztlich zog sie die Schuhe aus. Aldo führte sie durch die Küche und das eindrucksvolle Esszimmer ins Wohnzimmer. Paige musterte die erlesene Einrichtung und nahm auf einem der Queen-Anne-Stühle Platz, während Aldo sich auf die Couch setzte.

»Haben Sie noch viele Fragen? Ich wollte gerade ins Krankenhaus fahren.«

»Um nach Ihrem Freund zu sehen?« Paige war überrascht, wie bequem der museumsreif aussehende Stuhl war, und bohrte die Zehen in den üppigen Teppich. Kein Wunder, dass man hier die Schuhe ausziehen musste.

»Ja, ich möchte zu Kenny.«

»Es dauert nicht lange. Wie geht es ihm denn?« Sie hatte ihren PDA aufgeklappt.

»Keine Ahnung. Das erfahre ich hoffentlich, wenn ich dort bin.«

»Hat niemand Sie über seinen Zustand informiert?«

Aldo lachte. »Eine Krankenschwester hat mich angerufen und gesagt, er komme langsam zu sich.«

»Dann wissen Sie doch, wie es ihm geht.«

»Sieht so aus.«

Sie rutschte verärgert auf ihrem Stuhl herum. »Warum haben Sie das nicht gleich gesagt? Je direkter und ehrlicher Sie antworten, desto schneller können Sie zu ihm ins Krankenhaus fahren, Mr. Harrison.«

»Tut mir leid. Mir war nicht klar, dass der offizielle Teil bereits begonnen hatte«, erwiderte er in seiner aufreizenden Art.

Aalglatter Mistkerl, tippte sie in den PDA.

Und so ging es weiter. Angriff und Abwehr, Finte und Stoß. Paige hatte Aldos ausweichende Antworten zunehmend satt, riss sich aber zusammen.

»Woher kennen Sie Mr. Hampden?«

»Aus der Armee.«

»Sie waren in derselben Einheit?«

»Nein. Wir waren auf demselben Stützpunkt, nachdem ich aus dem Golfkrieg zurückgekehrt war. Das sagte ich bereits.«

»Arbeitet er für Sie?«

»Nein.«

»Arbeiten Sie für ihn?«

Arrogantes Grinsen. »Nein.«

»Waren Sie an dem fraglichen Abend mit ihm verabredet?«

»Nein.«

»Mit wem war er verabredet?«

»Ich wüsste nicht, dass er überhaupt verabredet gewesen wäre.«

»Was wollte er mit der ganzen Post?«

»Keine Ahnung.«

»Kennen Sie seine Freunde?«

»Nein.«

»Hat er keine außer Ihnen?«

»Nicht viele.«

»Würden Sie ihn als Einzelgänger bezeichnen?«

Aldo schwieg nachdenklich, während Paige ihn beobachtete und sich auf eine ebenso sorgsam formulierte wie unklare Antwort vorbereitete.

»Ich würde ihn als verlorene Seele beschreiben«, sagte er schließlich. »Als jemanden, der einen Freund braucht, auf den er sich verlassen kann.«

Diese Einschätzung lieferte Paige endlich einen Ansatzpunkt.

»Inwiefern verlässt er sich auf Sie, Mr. Harrison?«

»Ich verstehe die Frage nicht.«

»Sie waren – Sie sind sein Freund. In welcher Hinsicht verlässt er sich auf Sie? Greifen Sie ihm finanziell unter die Arme?«

»Ja, ich habe ihm Geld geliehen.«

»Wie viel?«

»Nicht viel. Hundert hier, hundert da.«

»Warum?«

»Weil er mein Freund ist. Und nicht mit Geld umgehen kann, wie seine Familie Ihnen bereits gesagt hat. Er manövriert sich in Situationen, aus denen er dann nicht allein wieder herauskommt.«

»Ja, davon war die Rede. Und revanchiert er sich, wenn Sie ihm aus der Klemme helfen?«

Aldo grinste trocken. »Gelegentlich.«

»Und wie?«, fragte sie gespannt.

Aldo schaute sie offen an, bevor sich sein aalglattes Grinsen wieder Bahn brach.

»Letzten Sommer hat er mir beispielsweise geholfen, Rasen zu verlegen.«

Paige war am Ende ihrer Geduld. Sie klappte den PDA zu und schaute sich um.

»Nett haben Sie es hier, Mr. Harrison. Wovon bezahlen Sie das alles?«

»Gehört das auch noch zur Befragung?«

»Nein, pure Neugier.«

Aldo lehnte sich zurück und legte die Arme über die Rückenlehne des Sofas. »Ich bin Investor. Habe in den Neunzigern anständig verdient und halte mein Geld jetzt so gut, wie es geht, zusammen.« Eine Anspielung auf den gegenwärtig unberechenbaren Aktienmarkt.

Paige betrachtete die orientalische Vase auf dem Beistelltischchen, hob sie vorsichtig an und fuhr sanft über den eingeritzten blauen Kranich.

»Also haben Sie Ihr Vermögen auf legalem Wege erworben?«

»Natürlich. Aber Sie sagten doch, die Befragung sei beendet.«

»Verzeihung.« Sie stellte die Vase wieder hin und stand auf.

Aldo ging hinter ihr zur Haustür. Paige blieb abrupt stehen und deutete in die Küche. »Meine Schuhe.«

»Ich hole sie. Pass gut auf sie auf, Moc«, wies er den Hund scherzhaft an.

Sowie Aldo im Abstellraum verschwunden war, trat Paige rasch zu dem Foto, das ihre Aufmerksamkeit erregt hatte. Es hing neben der Treppe an der Wand. Sie bemerkte flüchtig, dass die Wand in einem seltsamen Winkel zur Treppe stand, ganz so, als gebe es einen ungenutzten Raum zwischen Garagenmauer und Hauswand.

Sie konzentrierte sich auf das Foto. Einige Soldaten posierten für die Kamera, hatten einander die Arme um die Schultern gelegt. Sie trugen Uniformen für Wüsteneinsätze, die Gegend war offenkundig sehr heiß. Im Hintergrund parkten mehrere Militärfahrzeuge. Paige las die Inschrift: »Batman, Robin, Dick Tracy und die Crew. 12. 1. 91.«

»So habe ich am Golf ausgesehen.«

Aldo stand mit den Schuhen hinter ihr.

»Danke. Welche Einheit?«

Sie stützte sich an der Wand ab und zog die Schuhe an, wobei Aldo erneut einen bewundernden Blick auf ihre durchtrainierten Beine warf.

»Aufklärung.«

»Oh.«

Aldo brachte sie zum Wagen und hielt ihr zu ihrer Überraschung sogar die Tür auf. Sie kurbelte das Fenster herunter.

»Wissen Sie, was Identitätsdiebstahl ist, Mr. Harrison?« Ein letzter Versuch, ihn zu überrumpeln.

»Hab mal in der Zeitung drüber gelesen.«

»Es bedeutet, dass jemand Ihr Scheckheft, Ihre Kreditkarten und Ihre Sozialversicherungsnummer stiehlt und sich in Sie verwandelt. Der Dieb nimmt Ihnen Ihr Leben weg, plündert Ihre Bankkonten, lässt sich Ihre Investitionen auszahlen, stellt ungedeckte Schecks in Ihrem Namen aus, eröffnet Konten, macht Schulden, zerstört Ihre Kreditwürdigkeit und hinterlässt Ihnen einen Scherbenhaufen.«

»Das hört sich ja schlimm an.«

»Einige meiner Kollegen glauben, Ihr Freund Mr. Hampden habe etwas Derartiges geplant.«

»Und was glauben Sie?«

»Es wäre nicht unmöglich.«

Aldo lachte. »Ich halte Kenny weder für so klug noch für ehrgeizig genug, um so etwas durchzuziehen.«

»Ich auch nicht, Mr. Harrison. Aber er hatte womöglich einen Komplizen, der über genau diese Eigenschaften verfügt.«

»Das will ich nicht hoffen.«

»Ich auch nicht.« Paige bohrte weiter. »Es ist ein ganz besonders schäbiges Verbrechen. Wenn jemand Ihr Auto stiehlt, erhalten Sie wenigstens eine Entschädigung von der Versicherung. Wenn jemand Sie mit vorgehaltener Waffe ausraubt, ist es immerhin schnell vorbei. Sie werden erschossen oder nicht, Punkt. Und das bisschen Geld lässt sich ersetzen. Doch bei einem Identitätsdiebstahl raubt man Ihnen einen Teil Ihrer Persönlichkeit, und es geht immer weiter. Das ist vorsätzlicher, heimtückischer Diebstahl, ein Betrug, der Sie immer dann trifft, wenn Sie am wenigsten damit rechnen. Ein Verbrechen, das Sie wieder und wieder zum Opfer macht. Was bleibt einem schon, wenn man Namen und Identität verloren hat?«

»Ich weiß nicht«, sagte Aldo nachdenklich. »Die Selbstachtung, würde ich sagen. Wer kann einem die schon nehmen?«

Darauf wusste Paige keine Antwort. Er hatte wieder einmal geschickt pariert.

»Auf Wiedersehen, Detective«, sagte er schließlich.

Paige ließ den Wagen an und sah, wie Aldo im Haus verschwand. Sie dachte kurz über seine Worte nach, klappte den PDA auf und notierte die Äußerung über die Selbstachtung. Mit einem persönlichen Zusatz.

Erste vollkommen ehrliche Äußerung des Befragten.

26. Kapitel

»Wie war der Flug, Euer Ehren?«

Der Richter drehte sich mit dem Koffer in der Hand um. Special Agent Grant Pennington stand hinter ihm am Gepäckband und streckte ihm lächelnd die Hand entgegen. Auf dem Schild über dem Ausgang stand: WILLKOMMEN IN MINNESOTA.

»Ohne Zwischenfälle, genau wie ich es mag. Wie geht es Ihnen, Agent Pennington?« Er gab ihm die Hand.

»Gut, Euer Ehren.« Er nahm dem Richter den Koffer ab. »Ich hoffe, der Rest des Tages wird interessanter. Draußen wartet der Wagen. Ich habe mit der zu befragenden Person keine feste Verabredung getroffen. Möchten Sie vorher etwas essen?«

Nach dem ebenso widerlichen wie schwerverdaulichen Essen an Bord reizte ihn der Gedanke an eine anständige Mahlzeit, doch der Richter wollte die Dinge so schnell wie möglich in Angriff nehmen.

»Danke für das freundliche Angebot, aber ich bin noch satt.« Er tätschelte unaufrichtig seinen Bauch. »Treffen wir uns lieber mit unseren Freunden.«

»Gut, Euer Ehren, dann fahren wir sofort hin.«

Pennington führte ihn zum nächsten Ausgang und winkte eine schwarze Limousine heran, die in zweiter Reihe parkte. Die Fahrerin hielt schwungvoll vor ihnen an, wobei sie einen Lexus schnitt. Das bemerkte ein Verkehrspolizist. Pennington ließ den Richter im Fond einsteigen, verstaute den Koffer und glitt ebenfalls auf den Rücksitz, wobei er die aufgebrachte Frau im Lexus achselzuckend anschaute.

Die Fahrerin zeigte dem Polizisten ihren FBI-Ausweis, entschuldigte sich bei der Frau und setzte sich wieder ans Steuer.

»Los geht's, Ottmann. Der Richter möchte sofort mit der Befragung beginnen.«

»Ja, Sir.« Sie gab Gas.

Fast zu spät bemerkte sie die junge Frau mit den Rastalocken und der Baseballkappe.

»Was zum –?«, brüllte Pennington, als Ottmann heftig auf die Bremse trat. Aus dem Augenwinkel sah er sie knapp vor der Motorhaube vorbeirennen. Ottmann hätte sie um ein Haar erwischt.

Der Richter erkannte sie, sagte aber nichts.

»Tut mir leid, die Herren, aber sie ist aus dem Nichts aufgetaucht«, sagte Ottmann.

Teddy fuhr auf der Überholspur, als er die junge Frau winken sah. Sie schoss einfach durch den Verkehr auf ihn zu und wurde dabei fast von einer schwarzen Limousine überrollt.

Immerhin war er rechtzeitig gekommen. Im Perkins hatte er völlig die Zeit vergessen, bis sich die junge Frau, mit der er geplaudert hatte, verabschiedete und davoneilte. Er hatte nicht einmal nach ihrem Namen fragen können.

Vierzig Minuten später drehte er die fünfte Runde vor dem Flughafengebäude. Ein Parkplatz war nicht zu finden. Die Polizei hatte ihn schon zweimal verscheucht, als er einfach angehalten hatte. Nun hatte das Warten ein Ende.

»Willst du dich umbringen, Cammie?«, fragte er, als sie die Beifahrertür öffnete und die Tasche auf den Rücksitz warf.

»Keine Sorge, Teddy«. Sie setzte sich neben ihn. »Da war noch jede Menge Platz.«

Er schüttelte ungläubig den Kopf und blickte über die linke Schulter.

Camille nahm die Baseballkappe ab und fuhr mit den Fingern durch die dichten braunen Locken.

»Weißt du, wohin wir fahren?«

»Ja.«

»Und du hast das Werkzeug?«

»Klar.«

»Gut.«

Sie schloss die Augen.

»Weck mich, wenn wir da sind.«

»Okay.« Er schaute auf die gefaltete Zeitung, die Camille auf die Mittelkonsole gelegt hatte. »Was ist das denn?«

»Wie sieht es denn aus, Mann? Das *Wall Street Journal* von heute. Geschenk von einem Freund.«

Aus der Zeitung ragte ein Umschlag hervor. »Und was ist da drin?«

»Noch 'ne blöde Frage, Mann«, entgegnete sie gereizt. »Ein Foto, was denn sonst?«

»Oh«, sagte Teddy nur.

Er entdeckte eine Verkehrslücke, trat aufs Gas und schoss in die Ausfahrt. Bald hatten sie den Flughafen hinter sich gelassen und fuhren nach Osten, Richtung Fluss und St. Paul.

27. Kapitel

Für Aldo sah Kenny so aus, als wäre er halbtot. Seine Haut war leichenblass, der Blick leer. Doch er war wach, was für Aldo natürlich ein Problem darstellte, da er nicht wusste, was Kenny den beiden Polizeibeamten, die neben seinem Bett saßen, bereits erzählt hatte.

»Ich komme nochmal wieder«, sagte er.

»Nein, schon gut«, meinte Sergeant Mysewski.

Aldo blieb in der Tür stehen. Der Sergeant und sein jüngerer Kollege, den er noch nicht kannte, standen auf.

»Wir schauen heute Abend noch einmal nach Ihnen, Mr. Hampden. Bis dahin bleibt einer von uns vor der Tür. Sicher ist sicher.«

Kennys Mutter saß in einem gepolsterten Sessel am Fenster. Die Taschentücher und Decken, die um sie herum verteilt waren, ließen ahnen, dass sie bei ihrem Sohn gewacht hatte. Sie sah besorgt und übernächtigt aus.

Mysewski drängte sich grob an ihm vorbei, und Aldo trat beiseite, um die Beamten durchzulassen. Als sie weg waren, legte er Kenny sanft die Hand auf den Arm, ohne die Infusionsschläuche zu berühren.

»Wie geht's, Kumpel?«

Kenny blieb reglos, nur seine Augen blickten auf Aldo. Er schaute ihn verwundert an und bewegte die Lippen, als wollte er sprechen. Aldo beugte sich vor.

Kenny fixierte ihn, brachte aber kein Wort heraus. Seine Augen schossen wild umher. Sein Arm begann zu zucken. Aldo sah, wie die Linie des Monitors, der mit Sensoren an Kennys bandagiertem Kopf verbunden war, heftig ausschlug. Ein Alarmsignal ertönte.

Verwirrt zog er die Hand zurück. Ein wildes Durcheinander aus roten, blauen, grünen und gelben Linien zuckte über den Bildschirm.

Jackie Hampden sprang auf und nahm das Gesicht ihres Sohnes in beide Hände.

»Schon gut, Schatz, ist ja gut.«

Zwei Schwestern eilten ins Zimmer, schalteten den Alarm aus und schauten auf den Monitor. Aldo ging ums Bett herum und führte Jackie zu ihrem Sessel. Der junge Polizist schaute herein. Eine Schwester fragte, was geschehen sei.

»Tut mir leid, es war wohl meine Schuld«, meldete sich Aldo. »Er hat sich zu sehr aufgeregt.«

Doch sie beachteten ihn gar nicht, überprüften die Vitalfunktionen und rückten die Infusionsschläuche zurecht. Aldo schaute schweigend zu, während Jackie ein paar Tränen vergoss. Die Schwestern verließen den Raum und berieten sich mit dem Polizisten auf dem Flur.

Aldo setzte sich neben Jackie und ergriff ihre Hand. »Alles in Ordnung?«

»Er kann nicht reden«, brachte sie heraus. Und setzte im Flüsterton hinzu: »Die Ärzte wissen nicht, ob es nur vorübergehend oder für immer ist.«

»Es tut mir so leid«, sagte Aldo erleichtert.

In diesem Augenblick kam eine andere Schwester herein, vermutlich die Oberschwester. Sie wirkte ziemlich energisch.

»Mrs. Hampden, Ihr Sohn darf zwar Besuch empfangen, aber nur, wenn es ihn nicht zu sehr aufregt.« Sie schaute Aldo missbilligend an. »Die Ärzte haben ganz genaue Anweisungen erteilt.«

»Tut mir leid, es war meine Schuld«, wiederholte Aldo und trat zu der Oberschwester.

Kennys Mutter schniefte im Hintergrund. Er musste unbedingt allein mit ihr reden.

»Ich verspreche, ihn nicht mehr aufzuregen.«

Bevor sie etwas sagen konnte, hatte er die Oberschwester aus dem Raum geschoben. Der junge Polizist schaute ihn verwundert an.

»Alles okay, Mrs. Hampden?«, fragte er mit einem misstrauischen Blick auf den Besucher.

Sie nickte. Aldo schloss die Tür, setzte sich neben Jackie und stellte ihr vorsichtig ein paar Fragen.

Paige parkte ihren Dienstwagen, stellte den Motor ab und betrachtete nachdenklich den Verkehr auf dem Kellogg Boulevard.

Der Fall stank zum Himmel, dachte sie. Trotz aller Hinweise war sie keinen Schritt weitergekommen. Die Wellingtons waren im Zeugenschutzprogramm, mehr hatte sie nicht in Erfahrung bringen können. Der Typ in Columbia Heights war vor einer Wohnung niedergeschossen worden, die auf deren Namen angemietet war. Das Opfer besaß einen Schlüssel zum Briefkasten, nicht aber zur Wohnung. Offenkundig eine Tarnadresse. Doch worin bestand die Verbindung zwischen Hampden und den Wellingtons? Wer wollte ihn töten? Hatten die Schüsse überhaupt mit den Wellingtons zu tun? Das Opfer war bewusstlos, seine Familie konnte keine Hinweise liefern. Sein Freund wusste mehr, als er sagte, wich aber geschickt ihren Fragen aus. Es war, als hätte sie alle Puzzleteile vor sich, doch wenn sie sie zu einem Bild zusammenfügen wollte, passten sie nicht.

Letzte Nacht hatte sie keine vier Stunden geschlafen, war angespannt und reizbar. Sie zuckte zusammen, als jemand ans Fenster klopfte.

»Schwieriger Fall?«, fragte Kelly Laidlaw, als Paige das Fenster herunterkurbelte.

»Hi, Kelly, was hast du gerade gesagt?«

»Du wirktest so gedankenverloren. Dachte, du beschäftigst dich vielleicht mit einem schwierigen Fall.«

»Ja, er ist ein bisschen heikel.« Paige öffnete die Tür. »Was treibst du eigentlich hier?«

»Verfahrensabsprache, die Anklage lautet auf tätlichen Angriff.«

»Ist es so gelaufen, wie du wolltest?«, fragte Paige ein wenig geistesabwesend und steckte den Autoschlüssel in die Tasche.

»Sagen wir mal, mein Tag war etwas erfolgreicher als deiner. Was hat dir so zugesetzt?«

Sie gingen nebeneinander zum Seiteneingang.

»Ach, es geht um den Kerl, den ich gerade befragt habe. Steckt bis zum Scheitel in einer faulen Sache, aber ich bekomme einfach nichts aus ihm heraus. Gibt sich als Mr. Obercool.«

»Was ist denn mit ihm?«

»Ich kann es nicht in Worte fassen, aber da ist was im Busch. Und es hat mit einem hochsensiblen Bundesfall zu tun, in dem wir gerade aushelfen.«

»Sag lieber nichts. Ich höre sicher noch davon, wenn es Zeit für eine Anklage ist. Eigentlich wollte ich mich auch gar nicht in deine Arbeit mischen, sondern dich um einen Gefallen bitten.«

»Klar doch. Worum geht's?«

»Ich muss die Akte zu dem Fall in Columbia Heights einsehen. Letztes Jahr hatte ich einen Fall, in dem es um ungedeckte Schecks ging, und ich wollte mal nachhören, ob Hampden seitdem noch etwas angestellt hat.«

»Warum interessiert dich das? Ist doch bloß ein kleiner Fisch.«

»Ich möchte einem Freund einen Gefallen tun.«

»Welchem Freund?«

»Na ja, *meinem* Freund, wenn du es so genau wissen willst.«

Paige blieb abrupt stehen und drehte sich zu Kelly um. »Was hat dein Freund denn damit zu tun?«

Gedankenversunken saß Aldo in seinem BMW vor dem North Memorial Hospital. Er hatte soeben mit Kennys Mutter gesprochen. Die gute Nachricht war, dass Kenny immer noch nicht reden konnte, die schlechte, dass Kennys Vater mit einem örtlichen Ermittlerteam in Kennys Wohnung gewesen war. Sie hatten dort nach Hinweisen auf den oder die Täter suchen wollen.

Diesmal hatte er sich die Finger verbrannt, als er eine Identität auswählte. Eine Identität, an der offenbar viele Leute interessiert waren. Aber wer genau? Die Polizei?

Die schien sich vor allem auf die betrügerische Aneignung einer persönlichen Identität zu konzentrieren, wie es im aufgeblähten Juristenjargon hieß. Damit konnte er sie ewig ins Leere laufen lassen.

Vielleicht das FBI, dein Freund und Helfer? Kellys Freundin hatte gesagt, sie helfe bei einer Ermittlung auf Bundesebene. Hatte er jemandem die Identität gestohlen, gegen den das FBI ermittelte? Vermutlich nicht, in diesem Fall würde die Bundespolizei wohl selbst die Untersuchungen leiten.

Aldo wog seine Optionen ab.

Erstens, er konnte sich aus der Stadt verdrücken, eine Idee, die er zunächst verworfen hatte, nun aber noch einmal überdachte. Wenn er verschwand, könnte er sich aus dieser zunehmend komplizierten Affäre ziehen. Seine Fluchtidentität hatte er schon parat. In wenigen Stunden konnte er Gelder ins Ausland transferieren und am nächsten Tag in irgendein Flugzeug steigen. Eine vernünftige Lösung.

Andererseits gefiel es ihm nicht, einfach sein Zuhause und seine Arbeit aufzugeben. Er hatte sich in Minneapolis ein solides Geschäft aufgebaut, das durfte nicht vor die Hunde gehen.

Zudem blieb noch die Hoffnung, solange er Kenny am Reden hindern konnte (was, zugegeben, nicht leicht sein würde; doch es konnte noch Monate dauern, bis er wieder sprach oder schrieb). In diesem Fall würde er eben ohne ihn weitermachen müssen. Und die Tatsache, dass Kenny ein guter Freund und verlässlicher Kurier gewesen war, machte es schwer, ihn im Stich zu lassen. Bevor er die Stadt verließ, müsste er wenigstens dafür sorgen, dass Kenny nicht für zwanzig Jahre hinter Gitter wanderte, das war er ihm einfach schuldig.

Nachdem er die erste Option verworfen hatte, dachte er über die Alternativen nach. Er könnte auch gar nichts tun, die Sache aussitzen und abwarten, was geschah. Weiterhin der Polizei ausweichen und hoffen, dass Kenny entweder freiwillig den Mund hielt oder auf Dauer stumm blieb. Eigentlich musste er nur abwarten, bis Gras über die Sache gewachsen war. Sein Geschäft ruhen lassen. Irgendwann würde die Polizei die Ermittlungen einstellen, und bis dahin hatte er mehr als genügend Geld zum Leben.

Leider entsprach diese Option so gar nicht seinem Wesen. Beim Militär hatte man ihn gelehrt, aktiv zu reagieren und taktische Vorteile zu nutzen. Abwarten bot aber keine Vorteile. Wenn er hier blieb, musste er eine aktive Rolle übernehmen, in der er den Wellingtons nachspüren und den oder die Schützen finden konnte. Aldo entschied sich für den dritten Weg.

Dann überdachte er die nächsten Schritte. Zuerst würde er sich das Haus in Columbia Heights anschauen. Falls keine Polizisten in der Nähe waren, würde er den Namen vom Briefkasten entfernen und die Adresse aufgeben.

Danach wollte er den Wellingtons einen kleinen Besuch abstatten. Es war riskant, noch nie hatte er eines seiner Opfer persönlich aufgesucht, doch wenn er es richtig anging, könnte er etwas aus ihnen herausbekommen, ohne sich selbst zu gefährden. Der Nutzen war größer als das Risiko. Ob er letztlich den Laden dichtmachen und verschwinden musste, hing vor allem davon ab, wie heiß die Wellingtons waren. Und um das herauszufinden, musste er wissen, welche Verbindung zwischen ihnen und dem Mordversuch an Kenny bestand. So konnte er sich auch Polizei und FBI besser vom Hals halten. Gut, das war also der Anfang.

Er sah auf die Uhr. Wenn er jetzt losfuhr, konnte er seine Stopps erledigen und danach mit Kelly einen trinken gehen. Er legte den ersten Gang ein und rollte vom Krankenhausparkplatz.

28. Kapitel

»Was ist los?«, wollte Kelly wissen. Ihre Stimme hallte in dem engen Korridor wider. »Wozu die ganzen Fragen?«

»Was hat dein Freund damit zu tun?«, wiederholte Paige. Sie klang ernst und misstrauisch.

Nun war es an Kelly, überrascht zu sein.

»Gar nichts. Sie sind nur Kumpel. Ich wüsste gern, mit wem er sich herumtreibt und ob etwas gegen Hampden vorliegt.«

Paige zog Kelly an sich, als zwei Beamte in Zivil die Treppe herunterkamen und an ihnen vorbei zum Seiteneingang gingen.

»Im Augenblick geht es nur darum, wer auf ihn geschossen hat«, sagte sie leise. »Was hat dein Freund mit ihm zu tun, Kelly?«

Plötzlich wirkte Paige gar nicht mehr so nett. Kelly riss sich los und trat einen Schritt zurück. Es tat ihr schon leid, dass sie die Sache überhaupt erwähnt hatte.

»Ganz ruhig, Paige. Das weißt du doch. Ihr habt gestern Abend miteinander gesprochen, er war bei der Familie im Krankenhaus.«

Paige holte tief Luft und schlug sich mit der Hand vor die Stirn.

»Kein Wunder, dass er mir bekannt vorkam.« Nun fiel ihr auch die Begegnung im O'Gara's ein. Sie hatte sich damals allerdings nicht die Mühe gemacht, seinen Namen zu behalten, da Kelly ständig neue Männer anschleppte. »Verdammt«, murmelte sie noch einmal.

Durch den Seiteneingang drängten sich Streifenpolizisten,

die Dienstschluss hatten. Sie musste unbedingt allein mit Kelly sprechen. Ihr Blick fiel auf die Damentoilette neben der Treppe. »Komm mit.«

Drinnen prüfte Kelly rasch, ob alle Kabinen leer waren, und drehte sich zu Paige, die am Waschbecken lehnte und sich ein bisschen für ihren Ausbruch schämte. Dann bombardierte sie Paige ihrerseits mit Fragen.

»Warum ermittelst du in einem Fall, der gar nicht in deine Zuständigkeit fällt? Was hast du mit dem FBI zu tun? Und warum das große Interesse an Aldo?«

»Das kann ich dir nicht sagen.«

»Wir gehen hier nicht raus, bevor ich es weiß. Ich verspreche, dass alles, was du mir sagst, unter die Schweigepflicht fällt. Und jetzt raus mit der Sprache. Warum bist du so gereizt?«

Und Paige erzählte ihre Geschichte. Es tat gut, obwohl sie stark bezweifelte, dass Kelly ihr Versprechen halten würde. Sie berichtete von den Wellingtons und dem Identitätsdiebstahl, wie Pennington und Flynn sie zurechtgestutzt hatten, von den Schüssen und Kennys Familie und Penningtons plötzlichem Sinneswandel an diesem Morgen. Sie erzählte auch von Kellys Freund, der sie zur Weißglut trieb, verriet aber nicht, dass sie ihn soeben vergeblich befragt hatte oder welchen Verdacht sie hegte. Zuletzt entschuldigte sie sich für ihre Unfreundlichkeit.

»Kein Problem. Du warst genervt, und dann komme ich und stecke auch noch meine Nase in die Sache. Es tut mir auch leid, dass Aldo dich geärgert hat. Manchmal ist er ein richtiger Arsch, meint es aber nicht böse. So ist er eben.«

Paige gab ihr die Hand und lächelte.

»Du bist eine gute Freundin, Kelly, und es ist schön, dass du dir Gedanken machst. Hast mich leider im falschen Moment erwischt.«

Kelly lachte.

»Was bei der unerschütterlichen Paige McGraw nur selten vorkommt. Geht's dir jetzt besser?«

»Ja, viel besser.« Sie schaute in den Spiegel und versuchte, ihr zerzaustes Haar zu richten. Die letzten Tage waren kein Zuckerschlecken gewesen. »Jetzt mal ehrlich, warum wolltest du die Akte einsehen?«

Kelly trat neben sie und bürstete sich die Haare.

»Keine Ahnung. Ich suche nach irgendwas, mit dem ich Aldo dazu bringen kann, den Kerl fallenzulassen. Sie waren Kameraden in der Armee, da hält er große Stücke drauf. Aber Kenny Hampden führt nichts Gutes im Schilde, da bin ich sicher.«

Genau wie dein Freund, dachte Paige bei sich. »In diesem Fall zeige ich dir die Akte, ich habe sie oben im Computer. Und danach gehen wir einen trinken. Den kann ich jetzt gebrauchen.«

29. Kapitel

Ottmann hielt vor dem FBI-Gebäude in Minneapolis. Pennington sprang aus dem Wagen, holte den Koffer aus dem Kofferraum und hielt dem Richter die Tür auf. Dieser strich sein Jackett glatt und folgte Pennington zum Eingang.

Sie gingen zwischen den halbhohen Betonpfeilern hindurch, die man nach dem Bombenanschlag von Oklahoma City aus strategischen Gründen um das ganze Gebäude herum platziert hatte, und traten durch das eindrucksvolle Portal aus grauem Stein, über dem ein majestätischer Adler prangte. An der Kontrolle wiesen sie sich aus, bevor sie die Metalldetektoren und Scanner passierten. Der Koffer des Richters wurde flüchtig untersucht, dann führte Pennington den Besucher eine breite Marmortreppe hinauf. Im ersten Stock betraten sie ein kleines Besprechungszimmer, in dem John und Marcia Wellington schüchtern an einem grauen Tisch mit grüner Resopalplatte warteten. Sie standen auf, als die Männer hereinkamen.

»Hallo, Wagner. Sheila«, sagte der Richter und schüttelte ihnen die Hand. »Schön, dass Sie so kurzfristig kommen konnten.«

»Was blieb uns anderes übrig«, entgegnete John Wellington.

»Stimmt auch wieder.« Er stellte seine Aktentasche auf den Tisch und öffnete sie. »Jedenfalls bin ich Ihnen dankbar und werde die Sache so schnell wie möglich erledigen.«

Er breitete einige Tabellen auf dem Tisch aus, in denen Namen mit dazugehörigen Dollarbeträgen aufgeführt waren. Es waren mehrere Seiten mit mindestens fünfundzwanzig Namen pro Seite. Die Dollarbeträge waren eindrucksvoll. Der Richter schob Wellington die Listen hin und setzte sich. Pennington schloss die Tür und nahm neben dem Richter Platz. Wellington schien etwas verärgert, da ihm die Aufgabe reichlich zeitaufwändig vorkam, nahm dann aber die Liste und fing an zu lesen.

Nachdem er zwei Stunden lang Namen studiert, die immer gleichen Fakten wiedergekäut und auf die immer gleichen vorhersehbaren Fragen geantwortet hatte, reichte es ihm.

»Könnten wir bitte eine Pause machen? Die meisten Namen sagen mir ohnehin nichts.« Er schob die Liste über den Tisch.

Der Richter zog ein kleines Taschentuch aus seinem Jackett und putzte seine Brille. Dann setzte er sie wieder auf und schaute auf die Uhr. Fast vier. Nachdenklich blätterte er die verbleibenden Seiten durch.

»Warum nicht, Mr. Kirchbaum? Ich schlage vor, wir machen für heute Schluss und treffen uns morgen früh um neun wieder. Einverstanden, Agent Pennington?«

Dieser nickte. Die Wellingtons schauten einander verzweifelt an und nickten dann ebenfalls. Sie standen auf, verabschiedeten sich und verließen rasch den Raum. Der Richter erkundigte sich, ob er telefonieren könne.

»Selbstverständlich, Euer Ehren, ich warte unten.« Im Gehen sagte Pennington nachdenklich: »Sir, vielleicht werden wir niemals alle Namen ermitteln können. Dann müssten wir uns mit dem begnügen, was wir haben.«

»Ich weiß, Grant. Aber ich glaube dennoch, dass sich meine Reise gelohnt hat.«

Pennington verließ den Raum, worauf der Richter sein Handy herausholte und eilig eine Nummer wählte.

Cammie saß auf dem Beifahrersitz und betrachtete das Foto, sie war jetzt hellwach. Der Wagen parkte in einer Seitenstraße.

»Es ist nicht sehr deutlich und ziemlich alt«, sagte sie in ihr Handy.

»Es war das Beste, was ich finden konnte. Die Marshals haben die Akten komplett bereinigt. Führerschein, Militärausweis, Gerichtsakten, sogar die Fotos aus der U-Haft, alles weg. Sein Gesicht wurde überall gelöscht. Sie haben sogar seine Familie überredet, die privaten Fotoalben herauszurücken. Das hier habe ich rein zufällig gefunden. Ein Gruppenfoto vom Klassentreffen, wurde vor zehn Jahren von seinem alten College veröffentlicht. Ich musste es ausschneiden und vergrößern.«

Cammie starrte auf das Foto. Bunt, aber sehr grobkörnig, nur der Kopf war zu sehen. Der Mann sah gut aus, blickte aber dumpf und ausdruckslos. Rotblondes Haar … danach sah es jedenfalls aus. Sie schaute noch genauer hin, doch die Augenfarbe war beim besten Willen nicht zu erkennen. Cammie seufzte hörbar.

»Da muss ich wirklich meine Phantasie bemühen. Sind Sie sicher, dass es nichts Besseres gibt?«

»Das ist alles, was ich habe. Angesichts dessen, was ich Ihnen über ihn erzählt habe, dürfte es nicht zu schwierig sein, ihn zu finden. Sie sind doch eine der Besten.« Die Stimme klang fordernd. »Aber schauen Sie genau hin, bevor Sie etwas unternehmen.«

»Schon gut, Mann, ist doch eine Kleinigkeit«, sagte sie sarkastisch, beendete das Gespräch und sah Teddy an. »Dann mal los.«

Aldo fuhr langsam am Haus 1348 West George Street vorbei. Er wollte es sich zunächst einmal von außen anschauen. Es schien, als wäre niemand zu Hause, aber er wollte es dennoch versuchen. An der nächsten Kreuzung machte er eine Kehrtwende und parkte schräg gegenüber vom Haus der Wellingtons. Schaute sich gründlich um. Irgendwo bellte ein Hund, doch es war niemand zu sehen.

Eine Minute später klingelte er an der Tür. Niemand öffnete. Die Jalousien waren heruntergelassen. Da er nicht unverrichteter Dinge nach Hause fahren wollte, sah er sich noch einmal um und ging dann ums Haus herum zur Hintertür. Das dichte Gebüsch verbarg ihn vor neugierigen Blicken. Aldo untersuchte die Tür. Natürlich hätte er eine der Scheiben einschlagen und von innen den Riegel lösen können, aber sein Eindringen sollte möglichst unbemerkt bleiben. Also holte er zwei kleine zylindrische Werkzeuge aus der Jackentasche, steckte eins oben und eins unten ins Schlüsselloch, wackelte damit, und schon war die Tür offen. Er schlüpfte hinein und machte die Tür hinter sich zu.

Er stand in einem kleinen, engen Raum. Darin Winterjacken, nasse Stiefel, ein Haufen alter Zeitungen und Illustrierter, ein halbvoller Eimer mit Recyclingmüll und ein Stapel leerer Kartons.

Chaoten, genau wie er gehofft hatte. Vielleicht hatte er Glück und fand noch interessantere Dinge, von denen sich die Wellingtons nicht trennen konnten und die ihm verraten würden, weshalb Polizei und FBI sie so umsorgten. Langsam ging er in die Küche.

Die Arbeitsplatte war aufgeräumt und penibel sauber. Also nur ein Chaot. Dennoch, es konnte nicht schaden, ein bisschen zu stöbern.

Er bewegte sich leise ins Esszimmer, das ebenfalls sehr aufgeräumt war. Nur einige Papiere ragten aus einer Schublade im Sideboard. Er zog Lederhandschuhe über, öffnete die Schublade und blätterte die Papiere durch. Bloß nicht die Reihenfolge verändern. Das meiste waren Einkaufszettel und Notizen wie »Wäsche aus Reinigung holen« und »Tomaten, Bananen und den Wein, den ich so gerne mag«. Es sah aus, als hätte sie jemand hastig dort hineingestopft. Ein Zettel erregte Aldos Aufmerksamkeit. »Pennington, 13.30.« Rasch hingekritzelt. Er merkte sich den Text, legte den Zettel zurück und schob alles wieder in die Schublade. Er ging die übrigen Schubladen durch, fand aber nur Platzdeckchen, weiße Tischtücher und elfenbeinfarbene Servietten aus Damast. Ganz nett, wenn auch ein bisschen altmodisch.

Dann nahm er sich das Wohnzimmer vor. Wie Küche und Esszimmer war es tadellos aufgeräumt. Der Couchtisch hatte keine Schubladen. Nachdem er ein weiteres Sideboard durchsucht hatte, ging er nach oben.

Die Stufen knarrten leise. Aldo hielt inne und horchte, ob er nicht doch jemanden aufgeschreckt hatte, der sich bisher verborgen gehalten hatte. Leise bewegte er sich über die Holzdielen. Am Ende des Flurs schien sich das Schlafzimmer zu befinden, das zur Straße hinausging. Durch die halboffene Tür konnte er den verschnörkelten Fuß eines Bettes und eine Frisierkommode erkennen. Die Tür zur Linken war verschlossen.

Aldo schaute ins Schlafzimmer. Nichts. Am Ende des Flurs befanden sich das Bad und ein offener Wandschrank, in dem sich Handtücher, Waschlappen, Bettwäsche und Toilettenartikel stapelten. Er drehte den Knauf der Tür nebenan und stieß sie auf. Ein Arbeitszimmer, überall lagen Papiere und Bücher verstreut.

Es war so durcheinander, dass ein bisschen mehr Unordnung vermutlich gar nicht aufgefallen wäre, doch Aldo wollte kein unnötiges Risiko eingehen. Vielleicht steckte ein System hinter dem Chaos. Und er arbeitete stets nach dem Prinzip, niemals auch nur die geringste Spur zu hinterlassen.

Dann stieß er auf einen Stapel Zeitungsausschnitte, die er mit großer Sorgfalt durchsah. Es ging um einen Immobilienskandal in Louisiana mit Schlagzeilen wie »Zwei Verhaftungen im Fall Hollydale« und »Betrug in Hollydale weitet sich aus«.

Dieser Name kam ihm bekannt vor, doch er konnte ihn nicht einordnen. Die Schlagzeilen notierte er ebenfalls.

Eine lautete »Zeuge entgeht Anschlag mit Autobombe«. Im Artikel hieß es, die Behörden hielten den Namen des Zeugen geheim, um die Ermittlungen und sein Leben nicht weiter zu gefährden, das übliche Polizeigewäsch. Allerdings zitierte der Verfasser eine anonyme Quelle, laut der es sich bei dem Überlebenden um Wagner S. Kirchbaum, den Controller der Firma Hollydale, handle. Sehr interessant. Aldo schrieb alles auf und legte die Zeitungsausschnitte zurück.

Jetzt wandte er sich den Schreibtischschubladen zu, kniete sich sogar hin und spähte unter die Bettcouch, immer darauf bedacht, nichts zu verändern. Er überzeugte sich, dass alles so aussah, wie er es vorgefunden hatte, und verließ den Raum.

Nachdem er Schlafzimmer, Bad und Wäscheschrank inspiziert hatte, beschloss er, sein Glück nicht allzu sehr zu strapazieren. Um keinen Preis durfte er den Wellingtons oder Kirchbaums, oder wie immer sie hießen, über den Weg laufen.

Er wollte gerade zur Hintertür gehen, blieb aber abrupt stehen, als er durchs Seitenfenster eine Frau entdeckte, die mit ihren Kindern und einem Hündchen durch den Nachbargarten tollte. Dieser Weg war also versperrt. Wenn er gut aufpasste, konnte er unbemerkt durch die Haustür schlüpfen. Und wenn ihn jemand sah, war er eben ein Handwerker oder Freund der Familie.

Die Tür fiel hinter Aldo ins Schloss. Er sprang lässig die Stufen hinunter.

Als er die Frau bemerkte, die ihn aus ihrem Auto heraus beobachtete, entschied er, seine Rolle ein wenig auszubauen, drehte sich noch einmal um und tat, als winkte er jemandem im Haus der Wellingtons zu.

Die Frau stieg aus, in der Hand ein Klemmbrett und ein Päckchen, und kam direkt auf ihn zu.

»Mr. Wellington?«

Aldo tat, als hätte er sie nicht gehört.

»Mr. Wellington? Sind Sie –« Sie warf einen Blick auf das Päckchen, »John Wellington? 1348 West George Street?«

Aldo zögerte.

»Wenn ja, habe ich eine Sendung für Sie.« Sie hinterließ braune Fußspuren im dünnen Schnee, als sie durch den Vorgarten auf ihn zuging.

Aldo musterte sie. Dunkle Khakihose, hellblaues Hemd, Baseballkappe. Auf Hemd, Kappe und Klemmbrett war der Schriftzug »Rapit Delivery« zu lesen, dahinter ein rennendes Kaninchen. Die Liste auf dem Klemmbrett enthielt mehrere Namen und Unterschriften. Die Frau wartete ohne Jacke in der Dezemberkälte.

»Wo ist denn Ihr Lieferwagen?«, fragte Aldo.

»Er hatte heute Morgen leider eine Panne«, sagte sie sofort. »Ich musste mir den Wagen meiner Chefin ausleihen.« Ihre Zähne blitzten weiß im schokoladenbraunen Gesicht.

Sie reichte ihm Päckchen, Klemmbrett und Stift.

»Bitte hier unterzeichnen, Mr. Wellington«, sagte sie und deutete auf eine freie Linie.

Um sie loszuwerden, kritzelte er »John Wellington« hin und gab ihr das Brett zurück.

»Danke.«

»Ich danke Ihnen, Sir«, antwortete sie mit ihrem warmen karibischen Akzent und ging rasch zu ihrem Wagen. Er wartete, bis sie außer Sichtweite war, und wandte sich wieder zum Haus. Das Päckchen wog ungewöhnlich schwer in seiner Hand.

Camille sprang auf den Fahrersitz, warf die Kappe nach hinten und schüttelte die Rastalocken. Das Funkgerät auf dem Sitz neben ihr knisterte.

»Soll ich jetzt anrufen?«, meldete sich Teddy, der um die Ecke in einem Mietwagen wartete. Auf dem Schoß hielt er ein Handy mit Prepaidkarte, die zehnstellige Nummer war schon eingetippt. Er musste nur noch die Anruftaste drücken.

Camille schaute zu Aldo, der das Päckchen untersuchte.

»Nein, warte noch!«

Eine Gruppe Kinder auf Skateboards rollte soeben den Gehweg entlang.

»Erst wenn die Kinder weg sind.«

Genau vor dem Haus der Wellingtons blieb das kleinste Kind mit den Rollen zwischen zwei Gehwegplatten hängen und schlug mit dem Ellbogen auf den harten Boden. Der Junge heulte los und krümmte sich vor Schmerz. Nachbarn kamen aus ihren Häusern, eine junge Frau kniete sich neben ihn.

»Verdammter Mist«, fluchte Camille.

»Was ist los?«

»Riesenscheiße.« Sie verzog wütend das Gesicht. »Leg das Telefon weg.«

Die Nachbarn drängten sich um das Kind. Im allgemeinen Durcheinander legte Aldo das Päckchen auf die Treppe vor dem Haus und trabte zu seinem Wagen. Camille sah ihm nach.

»Schnell, Teddy, wir müssen ihm folgen. Hol mich ab.«

Teddy gab Gas.

John Wellington musste hart bremsen, um dem Wagen auszuweichen, der mit heulendem Motor um die Ecke schoss. Die Einkäufe flogen durchs ganze Auto.

»Mein Gott!«, stieß er hervor. Sprachlos schauten er und Marcia zu, wie der Wagen quietschend vor einer Frau in Botenuniform zum Stehen kam, die ein Stück weiter an der Straße stand. Sie sprang hinein, der Wagen schoss dröhnend davon.

»Idioten«, murmelte John. Als wäre der Tag nicht schon

schlimm genug gewesen. »Das ist doch eine Wohngegend. Die hätten jemanden umbringen können.«

»Ganz ruhig, Schatz, es ist doch nichts passiert.«

»Versuch nicht, mich zu beruhigen, ich rege mich auf, wann ich will«, brüllte er los.

Marcia ertrug es schweigend, obwohl sie selbst gern Dampf abgelassen hätte. Sie wartete geduldig, bis John vor dem Haus geparkt hatte, kochte aber innerlich, als er einfach ausstieg, das Päckchen von der Treppe nahm und die Tür aufschloss. Die Einkäufe durfte sie wohl alleine schleppen. Erst als er drinnen seinen schmutzigen alten Mantel aufs dampfgereinigte Sofa warf, rastete sie aus und überschüttete ihn mit einem Schwall von Beschimpfungen, der einem Matrosen die Röte ins Gesicht getrieben hätte.

Doch John Wellington hörte kaum, was sie sagte, sondern studierte die Adresse des Absenders auf dem Päckchen. Agent Pennington. Was mochte der ihm wohl schicken? Jedenfalls etwas Schweres. Er schüttelte es und horchte. Nichts. Er nahm ein Messer aus dem Messerblock und schlitzte das Päckchen seitlich auf, was Marcia nur noch mehr in Rage brachte.

»Wag, das gute Messer!«

Er reagierte nicht, obwohl sie demonstrativ seinen alten Namen benutzt hatte.

»Hörst du mir überhaupt zu, Arschloch?«

Im Päckchen lag ein eingeschaltetes Handy, das mit zwei dünnen Drähten an einem weißen Klumpen befestigt war, der wie Knete aussah. Darin steckten winzige Nägel und Metallkügelchen. Er ließ das Päckchen entsetzt fallen und wich zurück.

»Hör mir gefälligst zu, du Arsch!«, kreischte Marcia und riss ihn am Arm. »Mir reicht's. Ich hab dir was zu sagen, und du hörst mir jetzt endlich zu.«

Er packte sie an den Schultern und schüttelte sie.

»Marcia! Ich muss dir auch was sagen. Wir müssen hier weg. Sofort! Die haben uns gefunden.«

Zum zweiten Mal in dieser Woche sah Marcia, wie er blass wurde, und verstummte. Sie schaute auf das Päckchen, das auf der Arbeitsplatte lag. Schlug die Hand vor den Mund und rannte zur Haustür. John folgte ihr auf den Fersen.

30. Kapitel

Paige und Kelly saßen an Paiges Schreibtisch und gingen Kennys Eintrag im National Crime Information Center durch, der zu Kellys Enttäuschung kurz und knapp ausfiel. Eine Verhaftung 1995 in Globe, Arizona, wegen Trunkenheit und Ruhestörung und im vergangenen Jahr wegen der Weitergabe ungedeckter Schecks.

»Nicht viel zu holen«, meinte Paige.

»Ich traue ihm trotzdem nicht. Er hat was vor. Wie sonst erklärst du dir, was gestern Abend geschehen ist?«

Paige sagte nichts.

Da erschien Inspektor Flynn. »Ms. Laidlaw, was führt Sie denn in unsere bescheidene Hütte?«

Paige schloss das Programm, während Kelly ihn höflich anlächelte.

»Hi, Gerry, nichts Besonderes. Kelly hat mir nur die letzten Verbesserungen im NCIC gezeigt. Ziemlich beeindruckend.«

»Schick, was? Verdanken wir auch dem 11. September, falls überhaupt etwas Gutes dabei herausgekommen ist. Wir sind mit allen Justizbehörden, FBI und Einwanderungsbehörden landesweit vernetzt. Jahrelang haben wir darum gebettelt, aber es war angeblich zu teuer und zeitaufwändig. Und was soll ich sagen, sechs Wochen nach den Anschlägen lief das Programm. Erstaunlich, was?«

»Tja, was Angst und Panik so alles bewirken können.« Kelly nahm ihre Aktentasche und stand auf. »Wir sehen uns später im Great Waters, okay?«

»Klar, bis dann«, sagte Paige.

Kelly verabschiedete sich höflich von Flynn und verließ den Raum, wobei sie die Blicke aller männlichen Ermittler, Flynn eingeschlossen, auf sich zog.

»Sir, kann ich etwas für Sie tun?«, fragte Paige. Er räusperte sich verlegen.

»Ja, da wäre etwas, McGraw. Ich dachte, Sie würden gern die Informationen sehen, die Pennington über unseren geheimnisvollen Mr. Harrison geliefert hat.«

»Ja, gern. Danke, Sir.«

Sie folgte ihm in sein Büro, wo er ihr einen Ordner mit einigen Ausdrucken übergab. Sie blätterte sie durch. Die Ausdrucke trugen die Aufschrift VERTRAULICH – PERSONALSTELLE DER US-ARMEE – ST. LOUIS, MISSOURI. Das Schriftbild war leicht verschwommen, typisch für die Reproduktion eingescannter Dokumente.

»Wieso haben wir das so schnell bekommen? Sir?«

Er starrte aus dem Fenster in den Flur, wo Kelly neben der Treppe stand und sich mit einem uniformierten Beamten unterhielt.

»Inspektor Flynn?«

Er zuckte zusammen und drehte sich um.

»Sie kamen per E-Mail«, sagte er geistesabwesend.

»Per E-Mail, Sir?«

Er fasste sich wieder und trat mit entschlossener Haltung hinter seinen Schreibtisch, wobei er unbewusst die Krawatte glatt strich.

»Ja. Sieht so aus, als hätte die Armee seit Anfang der Neunziger damit begonnen, ihre Papierdokumente einzuscannen.« Er ordnete die Stifte auf seinem Schreibtisch neu. »Sie sind noch nicht fertig, aber mit ›H‹ waren sie glücklicherweise schon durch. Pennington ließ sich die Akte durch ein sicheres Bundesnetzwerk schicken, druckte sie aus und sandte die Unterlagen per Kurier. Die meisten Unterlagen aus der Militärzeit scheinen unter Verschluss zu sein.«

»Interessant«, meinte Paige. »Voller Name: Aldo Thomas Weldon Harrison. Bisschen ungewöhnlich. Hört sich nach reicher Familie an.«

Flynn lehnte sich in seinem Ledersessel zurück und betrachtete aus dem Augenwinkel, wie Kelly auf der Treppe verschwand.

»Wie ist das Gespräch mit ihm gelaufen?« Er verschränkte die Hände hinter dem Kopf.

»Nicht so gut, Sir. Er weicht mir ständig aus. Ich weiß, er hat etwas zu verbergen, aber er ist ganz schön gewieft.«

»Steht etwas in den Militärakten, das uns helfen könnte?«

Sie las weiter. »Mag sein, Sir.«

»Setzen Sie sich doch, Detective.«

»Danke, Sir.« Sie nahm auf der Couch Platz. »Sieht aus, als hätte er in Sachen Golfkrieg die Wahrheit gesagt. Er war Sergeant, nein, Sergeant First Class in der Sondereinheit, die mit einer Gruppe von Rangern in der Wüste operierte.«

»Habe ich auch gelesen, aber das hilft uns nicht weiter. Sonst noch etwas?«

»Er wurde im Januar 1992 entlassen.«

»Ja.«

»Aber«, sie sah ihn eindringlich an, »aus medizinischen Gründen.«

»Ehrlich?« Flynn beugte sich vor. »Was genau?«

»Posttraumatischer Schock lautet der offizielle Grund. Sieht aus, als hätte er gegen Kriegsende einen Nervenzusammenbruch erlitten. Erholte sich nie so weit, dass er wieder seinen vollen Dienst versehen konnte. Da haben sie ihn gehen lassen.«

»Der arme Kerl«, meinte Flynn wenig überzeugend.

Paige biss sich auf die Unterlippe.

»Was ist los, McGraw?«

»Ich weiß nicht, Sir.« Sie schob sich eine blonde Strähne aus dem Gesicht. »Er kommt mir einfach nicht vor wie ein Typ, der einen Nervenzusammenbruch erlitten hat.«

»Ach, ich weiß nicht, das könnte wohl jedem passieren. Bedenken Sie die Umstände.«

»Mag sein, Sir.« Doch Paige war sich sicher, dass Aldo Harrison nicht »jeder« war. Sie erinnerte sich an das Foto, das sie bei ihm zu Hause gesehen hatte. Er war der smarte Typ mit dem großen Selbstvertrauen. Jeder von ihnen hätte in der Hitze des Gefechts zusammenbrechen können, aber nicht Aldo Harrison. Er kam ihr vor wie ein Mann, den keine tödliche Gefahr aus der Fassung bringen konnte.

»Gab es einen bestimmen Grund für den Zusammenbruch? Ich kann mich nicht erinnern, dass es große Berichte über Nervenzusammenbrüche auf unserer Seite gegeben hätte.«

Paige blätterte weiter.

»Nein, nichts Genaues, Sir. Nur etwas über eigenes Feuer und ein Hinweis auf eine fehlende Seite. Muss eine Verschlusssache sein.«

»Ich frage Pennington danach. Bis dahin sehen Sie zu, was Sie sonst noch über ihn finden, wir haben ja alle Angaben. Wo hat er gewohnt? Wo hat er gearbeitet? Womit verdient er sein Geld? Das Übliche eben.«

»Ja, Sir.«

Aldo drängte sich durch die Great Waters Brewery in der St.-Peter-Street. Nach Feierabend war es hier immer brechend voll. Er sah Kelly, umgeben von einigen Bewunderern, am Ende der Theke sitzen. Sie winkte ihm zu. Die Männer schauten ihn misstrauisch an.

»Hi, Schatz, alles klar?«

»Natürlich.« Er küsste sie auf die Wange. »Wer sind denn deine Freunde hier?«

»Hi, ich bin Travis«, meldete sich einer und streckte ihm die Hand entgegen.

Aldo schüttelte sie steif.

»Und das sind Bill und Walter«, fuhr Kelly fort. »Arbeitskollegen. Sie arbeiten in der Verwaltung. Ich habe gesagt, ich sei mit einem Freund verabredet, und da wollten sie mir bis dahin Gesellschaft leisten. Stimmt's, Jungs?«

»Ja, schon«, meinte Walter zögernd.

»Na ja, wir müssen jetzt los«, sagte Bill verlegen. »Nett, Sie kennenzulernen.«

»Ganz meinerseits.«

Travis, Bill und Walter suchten sich einen Stehtisch am anderen Ende des Raums, tranken Bier und sahen zu, wie Kelly und Aldo sich unterhielten.

»Du bist ja ganz schön beliebt«, meinte Aldo.

»Eifersüchtig?«

»Nein. Sollte ich? Komm, wir wollten doch was essen.«

»Einen Moment, ich warte noch auf jemanden«, sagte Kelly.

»Auf wen denn?«

»Eine Freundin.«

»Du weißt, dass ich mich nicht so gern mit deinen Freundinnen treffe«, sagte Aldo gereizt. »Wir haben uns nicht so viel zu sagen.«

»In diesem Fall schon«, lachte Kelly.

Camille sah, wie Aldo das Restaurant betrat. Sie war frustriert, hatte ihn im Parkhaus wieder knapp verfehlt. Sie hatte gehofft, ihn allein im Treppenhaus zu erwischen, doch er fand einen Platz im Erdgeschoss nahe des Ausgangs. Sie folgte ihm zu Fuß, um ihn in einer Seitenstraße abzupassen, doch es waren zu viele Leute unterwegs. Also rief sie Teddy an.

»Stell den Wagen ab. Du musst reingehen, mich kennt er schon.«

»Ich weiß aber nicht genau, wie er aussieht«, sagte Teddy, als er neben Camille trat. »Hab ihn auf der Straße kaum gesehen, war zu weit weg. Und das Foto ist so verschwommen.«

»Du weißt aber noch, was er anhatte, oder?«

»Klar, aber da drinnen könnten zehn Typen so eine Jacke tragen.«

»Ich zeige ihn dir.«

Teddy hörte, wie gereizt sie klang. Allmählich verlor sie die Geduld. Zu dumm, dass sie die ideale Gelegenheit in der West George Street verpasst hatten. Er wollte lieber nicht dabei sein, wenn Camille explodierte. Die Frau konnte ganz schön gefährlich werden.

Mit Teddy im Schlepptau überquerte sie die Straße und schaute durch das große Fenster in die Kneipe.

»Da, an der Theke«, flüsterte Camille. »Der mit der Dunklen redet.«

Teddy entdeckte einen Mann in vertrauter brauner Lederjacke, der neben einer gut aussehenden Brünetten saß. Sie zog gerade ihre dunkelblaue Kostümjacke aus und entblößte beim Hinsetzen die Knie. Schöne Beine, dachte er bei sich. Die beiden schienen ein ernstes Gespräch zu führen.

»Der mit der heißen Businessfrau?«

»Ja.«

Teddy betrachtete das Foto in ihrer Hand. »Bist du dir sicher? Der sieht doch ganz anders aus.«

Cammie richtete sich auf und lächelte einem jungen Paar zu, das an ihnen vorbeiging. Dann beugte sie sich zu ihm.

»Klar bin ich mir sicher, Mann.«

»Na gut.« Doch als er das Restaurant betrat, überkam ihn die Angst.

»Scht, da ist sie.«

Kelly winkte Paige zu, die gerade zur Tür hereinkam. Sie

drängte sich durch die vollbesetzte Bar und stieß dabei mit einem schmalen Typen zusammen, der gerade auf einen Platz an der Theke zusteuerte. Er trat ihr mit seinen spitzen Lederstiefeln auf den linken Fuß.

»'tschuldigung«, quiekte der Hänfling und wich ihrem Blick aus. Paige zuckte zusammen, sagte aber nichts und ging rasch zu Kelly und Aldo, die ganz am Ende der Theke saßen.

»Hi, Paige, schön, dass du es geschafft hast«, sagte Kelly. »Du kennst doch Aldo?« Sie nahm ihre Jacke vom Hocker nebenan, damit Paige sich setzen konnte.

»Hi, Kelly, ich erinnere mich gut an ihn. Sehr erfreut, Mr. Harrison.« Sie gab ihm die Hand, die Aldo höflich ergriff. Statt des grauen Kostüms trug sie eine legere Hose mit figurbetontem Pulli und kurzem Blazer, das gefiel ihm gut.

»Also ehrlich, Paige, warum so förmlich? Wir sind doch nicht im Dienst. Sag einfach Aldo. Das darf sie doch, Schatz, oder?«

»Natürlich, Detective.«

»In diesem Fall können Sie auf das Detective verzichten. Ich heiße Paige.« Sie schob sich ein paar sonnenblonde Strähnen aus dem Gesicht. Aldo fiel auf, dass das Geschnatter am Tisch von Walter, Bill und Travis plötzlich anschwoll. Er drehte sich um und kniff ihnen ein Auge, worauf sie ihm zuprosteten.

»Freunde von Ihnen?«, fragte Paige.

Kelly kicherte. »Ein paar Kollegen, die von meiner Seite vertrieben wurden. Ich glaube, sie sind ein bisschen eifersüchtig auf Aldos doppeltes Glück.«

»Welches doppelte Glück?«

»Na ja, zwei schöne Frauen, was sonst? Sie hoffen, dass er ihnen auch ein bisschen Spaß gönnt.«

Paige ergriff die Gelegenheit, um selbst ein bisschen Spaß zu haben.

»Glück? Daran glauben Sie doch nicht, Aldo, oder?«

Er trank einen Schluck Wodka Tonic und zuckte vielsagend mit den Schultern. Paige ließ nicht locker.

»Sie sorgen schon für Ihr Glück, was?«

»Ich kann Ihnen nicht ganz folgen.«

»Ich meine, Sie warten nicht, bis etwas Positives passiert, Sie nehmen Ihr Schicksal selbst in die Hand. Sehe ich das richtig?«

»Ich habe das hier nicht geplant.«

»Nein, aber Sie nutzen jede Gelegenheit, die sich bietet.«

»Hör auf zu flirten, Paige«, warf Kelly ein. »Er gehört mir.«

»Keine Sorge, dein Freund ist nicht mein Typ.« Sie wandte sich an den Barkeeper: »Ein Pale Ale, bitte.«

»Summit oder Leinie's?«

»Summit.«

»Groß oder klein?«

»Klein.« Sie zwinkerte Aldo zu. »Ich muss meine fünf Sinne beisammenhalten.«

Aldo überlegte. »Und was ist heute Abend für mich drin?«

»Keine Ahnung. Sie sind für mich ein Buch mit sieben Siegeln, Aldo. Aber Sie wären nicht hiergeblieben, wenn Sie sich nichts von diesem Abend versprächen, oder?«

Der Barkeeper stellte ihr das Bier hin, worauf sie in ihrer Handtasche kramte. Aldo war schneller, warf einen Fünf-Dollar-Schein auf die Theke und signalisierte, dass er kein Rückgeld wollte. Paige und Kelly grinsten sich an.

»Was für ein Mann«, strahlte Kelly.

Teddy hockte an der langen Theke vor seinem Bier und beobachtete die drei Gäste, ohne auf das Geschrei der betrunkenen Frauen am Tisch hinter ihm zu achten. Er musterte die gut aussehende Blondine, die als Letzte gekommen war. Trotz der dicken Winterkleidung konnte man die tolle Figur erahnen.

Die Art, wie sie lässig die Haare nach hinten warf, machte ihn ganz verrückt; er hatte ewig keine Frau mehr gehabt.

»Dein Telefon, Süßer.«

Der Frauentisch brach in vulgäres Gelächter aus, als Teddy zusammenfuhr und auf das blinkende Handy an seinem Gürtel schaute. Das konnte nur Camille sein.

»Ja?«

»Was ist los, Mann? Ich frier mir hier draußen den Arsch ab.«

Camille stand gegenüber vom Great Waters und zitterte sichtlich, während sie das Telefon ans Ohr drückte. Die Sonne war untergegangen, der Wind hatte aufgefrischt, die Temperaturen fielen spürbar. Sie hatte sich in ein Wartehäuschen gestellt, doch das half nicht viel. Alle anderen Leute schienen dicke Wintermäntel mit Kapuzen oder Mützen und warme Handschuhe zu tragen; nur sie lief in einer dünnen Windjacke herum. Nur die Hand, mit der sie die Glock 23 festhielt, steckte halbwegs warm in ihrer Jacke. Verdammt, eigentlich hatte sie gehofft, um diese Zeit schon wieder in der Maschine nach New Orleans zu sitzen.

»Was läuft bei dir?«

»Nicht viel«, antwortete Teddy. »Sie unterhalten sich an der Theke. Sieht nicht danach aus, als wollten sie in nächster Zeit gehen. Gerade ist noch jemand dazugekommen.«

»Scheiße.« Camille war völlig durchgefroren. Die kalte Luft drang wie Nadeln in ihre Haut. Sie überlegte, ob sie das Warten aufgeben und irgendwo ins Warme gehen sollte. Wenn die Zielperson nicht bald kam, würde ihr Schuss wohl ohnehin daneben gehen.

»Im Kofferraum ist noch eine Jacke. Ich kann sie dir holen.«

»Nein, du bleibst da. Noch einen Fehler können wir uns

nicht leisten.« Sie hielt inne, als ein Streifenwagen in die St.-Peter-Street bog und langsam auf sie zukam. »Moment, da sind die Bullen.«

Der Streifenwagen hielt vor dem Wartehäuschen, das Beifahrerfenster öffnete sich.

»Die Busse fahren jetzt nach dem Abendfahrplan«, sagte der junge Polizist und lehnte sich über den Beifahrersitz. »Es kann eine halbe Stunde dauern, bis einer kommt. Vielleicht nehmen Sie lieber ein Taxi.«

Camille lächelte strahlend und umschloss die Pistole fester.

»Nein danke, Officer.» Sie winkte mit dem Handy. »Mein Mann holt mich gleich ab.«

»Warten Sie doch gegenüber im Warmen.« Er deutete auf die Brewery. »Sie dürfen sicher im Eingang stehen bleiben.«

»Danke, Officer, das mache ich gleich.«

»Schönen Abend noch.«

»Auf Wiedersehen, Sir.«

Camille wartete, bis er weitergefahren war.

»Bist du noch dran?«, fragte sie Teddy.

»Klar. Was war das eben?«

»Nur ein neugieriger Bulle. Er ist weg.«

»Gut. Hol dir die Jacke, du hast ja einen Schlüssel. Ich rufe an, wenn er sich rührt.«

Camille dachte nach. Die Vorstellung, ihren Posten zu verlassen, gefiel ihr zwar nicht, doch sie zitterte inzwischen so sehr, dass sie sich irgendwie aufwärmen musste.

»Bin gleich zurück. Ruf an, wenn was passiert.«

»Da wir von Gelegenheiten sprechen«, sagte Aldo. »Besorgen wir uns doch einen Tisch.« Wenn er schon den ganzen Abend für Witze herhalten musste, wollte er wenigstens etwas dabei essen. Außerdem konnte er Paige vielleicht dazu bringen, ihm ein bisschen über Wellington zu verraten.

Kelly legte ihm die Hand auf die Schulter. »Moment.« Sie schaute aufs Display ihres Telefons. »Das ist Linda, ich muss den Anruf annehmen.« Ihre Vorgesetzte Linda Hammerly war Staatsanwältin für Ramsey County. Kelly hielt sich ein Ohr zu, um besser zu hören.

»Hallo. Ja, ich bin im Great Waters. Nein, *Great* Waters. Ich kann Sie kaum verstehen.« Sie horchte angestrengt. »Ich gehe mal eben nach hinten.«

Kelly nahm die Handtasche vom Boden.

»Bin gleich zurück. Ihr könnt euch ja ein bisschen anfreunden.« Sie stieß Aldo mit dem Finger an. »Und sei nett zu Paige.«

Mit diesen Worten ging sie in den Restaurantbereich, setzte sich an einen freien Tisch, holte Schreibzeug heraus und hielt der Kellnerin, die ihr wie üblich einen Platz zuweisen wollte, den Ausweis unter die Nase.

31. Kapitel

Paige und Aldo schauten zu, wie Kelly telefonierte und mitschrieb, und wandten sich wieder ihren Drinks zu. Paige brach das verlegene Schweigen.

»Und, was ist draußen in der Wüste passiert?«

Aldo nahm einen Schluck Wodka Tonic und schaute sie fragend an.

»In welcher Wüste?«

»Im Nahen Osten. Wo Sie mit der Armee waren.« Sie hatte sich an seine ausweichenden Bemerkungen gewöhnt und entschieden, dass ein gelassener, freundlicher Ansatz womöglich erfolgreicher sein könnte.

»Ich habe während meiner Dienstzeit viele Wüsten im Nahen Osten kennengelernt. Welche davon meinen Sie?«

»Saudi-Arabien. Während des Ersten Golfkriegs.«

Sofort sprang Aldo auf ihren Fehler an.

»Saudi-Arabien? Das war nur Training, da gab es kaum Kampfeinsätze.«

»Tatsächlich?« Sie bat den Barkeeper um die Speisekarte. »Wurden Sie dort von den eigenen Leuten unter Beschuss genommen?«

Aldo lehnte sich zurück, zeigte aber keinerlei Überraschung angesichts der Frage. Cool wie immer.

»Ach so, nein, das war in Kuwait.«

»Verzeihung. Das FBI hat mir einen Blick in Ihre Dienstakte gestattet. Den Teil hatte man wohl aus irgendwelchen Gründen zensiert. Haben Sie dort gefährliche Sondereinsätze gefahren?«

»Was geht Sie das an?«

Am liebsten hätte sie ihm einen Tritt in seinen arroganten Arsch verpasst, beherrschte sich aber.

»Wir ermitteln im Moment in alle Richtungen«, erklärte sie mit reizendem Lächeln und setzte auf eine bekannte männliche Schwäche: die Angst, sich verletzlich zu zeigen. »Möchten Sie nicht darüber sprechen?«

»Nein.« Sein Blick verriet ihr, dass sie ihn zum ersten Mal auf dem falschen Fuß erwischt hatte.

Zugegeben, einen Moment lang hatte sie die Oberhand gewonnen. Es gefiel ihm nicht, dass sie in seiner Vergangenheit herumschnüffelte, äußern musste er sich dennoch. Es abzustreiten war sinnlos, immerhin hatte sie das Foto bei ihm zu Hause gesehen. Er ging in die Offensive.

»Ich mache Ihnen einen Vorschlag.« Er sah ihr tief in die Augen. »Ich erzähle Ihnen, was in der Wüste geschehen ist, und Sie erzählen mir, wer auf meinen Freund geschossen hat und weshalb das FBI eingeschaltet ist.«

Paige schüttelte den Kopf. »Streng vertraulich.«

»Genau wie meine Geschichte.«

Paige wusste, dass Flynn und Pennington sie in der Luft zerreißen würden, wenn sie einen Verdächtigen über laufende Ermittlungen informierte. Das bedeutete Suspendierung, wenn nicht gar Entlassung.

»Warum wollen Sie das wissen?«

»Weil ich Leute wie Sie davon abhalten möchte, meinen Freund wegen etwas ins Gefängnis zu bringen, das er nicht getan hat. Und es wäre hilfreich, wenn ich wüsste, worum es eigentlich geht. Warum wollen Sie hören, was in Kuwait passiert ist?«

»Damit ich Sie gleich mit ins Gefängnis stecken kann«, sagte sie mit boshaftem Augenzwinkern.

»Also abgemacht?«

Sie wusste, wie groß das Risiko war, doch wenn es ihr gelänge, Aldos harte Schale zu durchdringen und mehr über den Menschen darunter zu erfahren, wäre es das Risiko wert. Und vielleicht der erste Schritt zur Lösung.

Sie schlug ein. »Gut, abgemacht. Aber Sie fangen an.«

»Okay.« Er nahm noch einen Schluck.

»An viel kann ich mich nicht erinnern. Aber es war ziemlich schlimm. Eine Warthog –«, Paige sah ihn verwirrt an, »das ist ein Flugzeug, mit dem man Ziele am Boden angreift, verwechselte meine Kameraden mit Irakern und jagte sie in die Luft. Fünf Tote. Keine Überlebenden«. Er trank noch etwas Wodka.

»Batman –«, sie holte ihren PDA hervor und überflog die Notizen, »Robin, Dick Tracy und die Crew?«

»Ja.« Er spähte auf den winzigen blauen Bildschirm und versuchte, die auf dem Kopf stehenden Notizen zu entziffern. »Nehmen Sie den überall mit hin?«

»Nur nicht ins Bett.«

»Das möchte ich irgendwann mal überprüfen.« Sie lächelte, vermutete aber, dass er mit dem Flirt nur seine Verlegenheit überspielen wollte.

»Wo waren Sie, als das geschah?«

»In Saudi-Arabien. Ich war dabei, einen General der Republikanischen Garde zu verhören.«

»Warum?«

»Weil ich ihn verhaftet hatte.«

»Sie als Sergeant durften bei Verhören dabei sein?«

»Ja, ich war in einer Spezialeinheit.«

»Und was tat der Rest Ihrer Crew?«

»Der war ganz versessen darauf, gegen die Iraker zu kämpfen. Darauf hatten sich die Jungs drei Monate lang vorbereitet. Ich ließ sie gewähren und sagte, ich käme später nach.«

Sie spürte einen Hauch von Traurigkeit in seiner Stimme und fragte sanft: »Und das haben Sie dann auch getan?«

»Ja.«

»Sie stießen zu Batman, Robin, Dick Tracy und dem Rest der Crew?«

Es beeindruckte ihn, dass sie die Inschrift auf dem Foto zitierte. »Sehr gut, Detective, aber das ist nicht ganz korrekt.«

»Wieso?«

»Ich traf auf Robin und die Crew. Dick Tracy war nicht dabei.«

Paige schaute in ihre Notizen. »Das passt aber nicht. Auf dem Foto bei Ihnen zu Hause sind sieben Männer zu sehen. Und in Ihrer Personalakte steht, sie seien alle gefallen. Wo war Dick Tracy?«

»Robin war unser Spitzname für den Anführer des Teams, weil er noch jung und grün hinter den Ohren war. Es war aber auch der Funkcode für das ganze Team, das ganze Rangerteam, das dort operierte.«

»Ich verstehe das immer noch nicht. Mit Robin waren Sie alle gemeint? Wie kann das sein?«

Der Barkeeper schaute sie fragend an, doch sie winkten höflich ab.

»Offiziell gehörte ich nicht zum Rangerteam. Ich war dorthin abkommandiert. Mein Rufsignal lautete Batman. Dick Tracy war auch zu diesem Trupp abgestellt. Er war unser ETAC, der taktische Angriffskontrolleur, er kam von der Air Force. Sein Job bestand darin, dem Piloten beim Zielanflug letzte Informationen zu liefern. Er war dafür verantwortlich, dass der Pilot das korrekte Ziel identifizierte und angriff, um so das Risiko für die Bodentruppe möglichst gering zu halten. Das Rangerteam hieß Robin. Falls einer von ihnen uns über Funk rief, wussten Dick Tracy und ich, dass es die Ranger waren.«

Paige runzelte die Stirn und versuchte, den verwirrenden Jargon zu durchschauen.

»Stellen Sie sich vor, jemand ruft die Polizei an. Er wählt eine Nummer, und jeder, der sich meldet, ist für ihn die Polizei. Wenn wir nun über Funk Robin riefen, konnte sich jeder Ranger aus dem Team melden. Und wenn uns anders herum jemand mit dem Namen Robin rief, konnte es ebenfalls jeder von ihnen sein.«

Paige nickte.

»Also blieb ich in Saudi-Arabien, während die Ranger auf eine Spritztour nach Kuwait fuhren. Sie waren jung und kampfhungrig, so ist das eben.«

»Und Dick Tracy war auch dabei?«

»Nein, er hatte sich morgens bei einem Sprung in den weichen Sand den Knöchel verstaucht und blieb zurück, um ihn behandeln zu lassen.«

»Und wann beschlossen Sie, sich dem fröhlichen Trupp anzuschließen?«

»Als ich einen verworrenen Funkspruch hörte, laut dem die Ranger in Schwierigkeiten steckten.«

»Sie fuhren ihnen also nach.«

»Ja.«

»Und fanden sie.«

»Ja. Ich folgte dem Kondensstreifen einer Warthog, die in Gegenrichtung flog, dann sah ich den Rauch am Horizont. In der Dämmerung habe ich sie dann gefunden.«

»Aber es war zu spät?«

Er nickte und wandte sich ein wenig ab. Trauer überzog sein Gesicht. Seine attraktiven Züge wirkten plötzlich alt und müde, und er tat ihr ein bisschen leid.

»Es muss ein furchtbares Gemetzel gewesen sein.«

Er nickte langsam und trank Wodka. »Alle waren bis zur Unkenntlichkeit verbrannt und verstümmelt.«

»Sie fühlten sich sicher verantwortlich, weil Sie sie hatten gehen lassen. Warum waren Sie noch am Leben und Ihre Kameraden nicht? Hätten Sie das Unglück verhindern können? Diese Fragen müssen Sie sich doch gestellt haben.«

Er nickte. »Ich hätte dafür sorgen müssen, dass die Luftwege überwacht wurden. Die Flieger sind berüchtigt, weil sie die Situation am Boden oft falsch einschätzen. Das kenne ich aus Grenada und Panama.«

»Und danach erlitten Sie einen Zusammenbruch und wurden in die Psychiatrie eingewiesen?«

»Es nennt sich katatonischer Stupor.« Aldo stellte sein Glas auf den Tresen. »Eigentlich brauchte ich vor allem Zeit, um in Ruhe nachzudenken.«

Paige schaute ihn an. Er hockte da, die Ellbogen aufgestützt wie einer, der Stammgast am Tresen war. Sie sah ihn forschend an. Seine Augen blickten leer und ausdruckslos, als wäre der Mann, dem sie gehörten, auf einmal ganz weit weg. Er war nicht mehr der ausgebuffte, verschlossene Gegner, und ihr Mitgefühl gewann einen Moment lang die Oberhand. Sie klappte den PDA zu, steckte ihn in die Jackentasche und legte Aldo die Hand auf die Schulter.

»So viel Zeit, dass man Sie schließlich als dienstunfähig entließ?«

»Im Grunde war es geistige Erschöpfung. Ich konnte nicht mehr wie ein Soldat denken.«

Paige, die selbst überrascht war von ihrem Mitleid, schlüpfte wieder in die Rolle der unbarmherzigen Polizistin. Sie durfte nicht vergessen, dass er ihr Hauptverdächtiger war. Also setzte sie bei seinen letzten Worten an.

»Und wie denkt ein Soldat?«

Er überlegte kurz und antwortete dann: »Er ist dem Feind immer einen Schritt voraus.«

Paiges Skepsis erwachte aufs neue. »Das ist doch eine exakte

Beschreibung Ihrer Person. Wie können Sie dann behaupten, Sie hätten diese Eigenschaft verloren?«

»Lassen Sie sich nicht vom äußeren Schein täuschen. Ich bin nicht mehr der Mensch oder der Soldat, der ich am Golf war.«

Paige bemerkte, wie Kelly ihr Handy zuklappte und aufstand, und flüsterte rau: »*Mr. Harrison*, Sie wirken auf mich überhaupt nicht wie jemand, der seinen Biss verloren hat. Ich glaube, Sie sind noch immer allen einen Schritt voraus.«

Noch bevor Kelly auf den Hocker zwischen ihnen glitt, lächelte Aldo und flüsterte zurück:

»Ihnen auch, Detective McGraw?«

Kelly bemerkte, dass Paige einen neutralen Gesichtsausdruck aufgesetzt hatte und sich abwandte.

»Versteht ihr euch immer noch nicht?« Sie betrachtete ihren Drink, als überlegte sie, ob sie einen neuen bestellen sollte. »Was fange ich nur mit euch an?«

Paige und Aldo schwiegen.

»Nun, es gibt jedenfalls Interessantes zu berichten.« Sie rieb ihm tröstend den Rücken.

Paige und Aldo, die nur zu gern das Thema wechseln wollten, wurden aufmerksam.

Kelly passte den Barkeeper ab und bestellte ein Tonic Water.

»Muss das Gift verdünnen«, sagte sie und prostete ihnen zu. »Linda hat was Tolles für mich. Einen Mordfall.«

Paige sah sie überrascht an.

»Ehrlich? In der Einsatzzentrale war gar nicht die Rede davon. Wann ist es passiert?«

»Heute morgen, ganz früh. In Lillydale. Vermutlich hast du deshalb nichts davon erfahren. Die Abteilung ist so klein, dass sie den Sheriff von Ramsey County hinzugezogen hat. Sieht nach einem Auftragsmord oder einer Drogensache aus.«

Paige warf ihrer Freundin einen warnenden Blick zu. Sicher,

Kelly war unheimlich verliebt, aber dies war ein Hinweis darauf, dass sie mit Aldo womöglich öfter über dienstliche Angelegenheiten sprach. Und das war nicht gut.

»Schatz«, sagte Kelly und tätschelte Aldos Knie, »würdest du uns bitte mal entschuldigen?«

Er stand lachend auf.

»Nur zu, meine Damen. Ich muss ohnehin mal für kleine Jungs.«

Sie achteten nicht auf den kleinen Mann, der ihm durch die Menge folgte. Als Aldo verschwunden war, nahm Paige sie ins Gebet.

»Ich glaube, du vertraust ihm ein bisschen zu sehr. Wie lange seid ihr eigentlich schon zusammen, sechs Monate? Und du weißt gar nichts über ihn.« Paige fragte sich, ob Kelly je von Aldos Zusammenbruch und der nachfolgenden Entlassung gehört hatte. »Wie viel erzählst du ihm eigentlich über deine Arbeit?«

Kelly schien ein wenig beunruhigt und versuchte, Paiges Befürchtungen zu zerstreuen.

»Ich sage ihm nur das, was er auch aus den Nachrichten oder der Zeitung erfahren würde. Darum hat Linda mich angerufen. Die Medien löchern uns schon mit Fragen. Es gibt Gerüchte über Bandenaktivitäten in einer ansonsten ruhigen Gegend. Sie suchen nach einer Verbindung zu der Schießerei in Columbia Heights und hoffen auf eine Riesenstory. Polizei und Staatsanwaltschaft wollen eine einheitliche Front bieten, falls die Fernseh- und Zeitungsleute die Menschen in Angst und Schrecken versetzen.«

»Also gibt es keine Hinweise auf einen Bandenkrieg.«

»Nein. Nur einen toten Weißen in einem Mietwagen.«

»Und es gibt keine offensichtliche Verbindung zum Angriff auf den Freund deines Freundes?«

»Die Vorgehensweise ist völlig anders.«

Als Aldo vom Pissoir zurücktrat, stieß er mit Teddy zusammen.

»Verzeihung«, sagte Teddy und trat beiseite. Er war einen Kopf kleiner als Aldo und wich seinem Blick aus.

»Schon gut.« Als er an Teddy vorbeiging, spürte er etwas Hartes in dessen dicker Winterjacke.

Argwöhnisch wartete er draußen vor der Toilette und zog ihn beiseite, als er herauskam. Teddy schaute ihn panisch an und schob die Hand in die Tasche, doch bevor er nach der Waffe greifen konnte, umklammerte Aldo sein Handgelenk.

»Sind Sie bewaffnet?«

»Nein!« Er riss sich los und holte sein Handy aus der Tasche. »Sehen Sie?«

Teddy tauchte in der Menge unter. Aldo sah ihm nach. Irgendetwas an dem Kerl behagte ihm nicht.

»Geheimbesprechung beendet?«

Kelly saß mit dem Rücken zu Aldo, während Paige von ihrem Platz aus das Zwischenspiel mit dem kleinen Mann beobachtet hatte. Es war derselbe, mit dem sie beim Hereinkommen zusammengestoßen war. Ein flüchtiger Verdacht schoss ihr durch den Kopf. Vielleicht war Kenny ja nicht Aldos einziger »Freund«; womöglich gab es noch andere Armeekameraden, mit denen er unter einer Decke steckte. Immerhin war eine volle Kneipe der ideale Ort, um irgendetwas auszuhecken. Was für eine Chuzpe, so etwas beim Treffen mit einer Polizistin und einer stellvertretenden Staatsanwältin durchzuziehen. Denkbar, dass Aldo der Anführer einer ganzen Bande war.

»Ja, ich glaube, wir sind fertig«, sagte Kelly. »Paige?«

Paige nickte und holte ihr Handy aus der Tasche.

»Wie wäre es mit Essen?«, schlug Aldo vor.

»Geht nicht, Schatz, ich muss noch mit Linda über den neuen Fall sprechen.« Sie zwinkerte Paige zu. »Was ist mit dir? Möchtest du mit meinem Freund zu Abend essen?«

»Tut mir leid.« Sie winkte mit dem Handy. »Auch mich ruft die Arbeit. Ich lasse den Burschen da hinten übrigens von einer Streife überprüfen.« Sie deutete auf Teddy, der mitten in der Menge aufgetaucht war. »Kennen Sie ihn zufällig, Aldo?«

Er drehte sich um und entdeckte den Kerl von der Toilette.

»Noch nie gesehen.«

Paiges Argwohn wuchs.

»Dann essen wir eben ein anderes Mal zusammen«, sagte Aldo und tippte Kelly auf die Schulter. »Komm, ich bringe dich ins Büro.«

»Danke, Schatz.«

Als sie den Mantel anzog, beugte er sich zu Paige und raunte ihr zu:

»Passen Sie auf, ich bin auf dem Klo gegen ihn gestoßen. Er könnte bewaffnet sein, rechte Jackentasche.«

Sie sah ihn verwundert an.

Als Kelly und Aldo zur Tür gingen, fragte sie ihn: »Was hast du eigentlich noch zu ihr gesagt?«

»Ich habe ihr meine Nummer gegeben.«

»Klar doch.«

Ein schelmisches Grinsen trat in sein gut geschnittenes Gesicht. »Natürlich. Darum sah sie wohl auch so überrascht aus.«

32. Kapitel

Panisch drängte Teddy sich zur Tür, um vor ihnen auf die Straße zu gelangen. Da keine Zeit blieb, um Camille anzurufen, hoffte er, sie mit einem Handzeichen alarmieren zu können.

Doch genau in diesem Augenblick stand eine betrunkene Frau vom Nebentisch auf und versperrte ihm den Weg.

Unter dem Gejohle ihrer Freundinnen stieß sie ihn mit ihrem ausladenden Busen an. »Willst du etwa schon gehen, Süßer?«

Teddy schob sie brüsk beiseite und knurrte: »Jetzt nicht, Lady.«

Die Frau wankte und prallte gegen einige andere Gäste, alle drehten sich um, und auch Paige wurde aufmerksam.

»He, stehen bleiben, Mister!«, brüllte sie.

Aldo und Kelly waren bereits auf die Straße hinausgegangen. Sie blieben kurz stehen, als Kelly sich den Kragen hochschlug. Da bemerkte Aldo die Frau, die an der Bushaltestelle gegenüber stand und ihn anstarrte. Sie kam ihm bekannt vor. Was hatte sie dort zu suchen?

Im nächsten Augenblick stürzte Teddy hinter ihnen aus der Tür, konnte Aldo und Kelly gerade noch ausweichen, der Gast, der ihn verfolgte, allerdings nicht. Er griff nach Teddy, stolperte und fiel hin. Ein weißer Blitz leuchtete an der Haltestelle auf. Aldo riss Kelly zu Boden.

Der Schuss traf einen zweiten Verfolger, der gerade aus der Tür kam, in die linke Schulter und schleuderte ihn aufs Pflaster.

In diesem Augenblick stürzte Paige aus der Tür und stand

genau in der Schusslinie. Aldo riss sie ebenfalls nach unten und spürte, wie eine zweite Kugel knapp über seinen Nacken hinwegsauste. Sie durchschlug die Glasscheibe in der Tür, streifte eine Frau am Arm, zerschlug eine Flasche Glenlivet 1967 und bohrte sich tief in die Wand hinter der Theke. Geschrei erscholl im Inneren, die Gäste gingen in Deckung.

Draußen schlugen zwei Kugeln in die Hauswand ein, während Paige Aldo wütend beiseiteschob, um selbst zu feuern. Trotz des Lärms, der aus dem Restaurant drang, meinte sie jemanden auf der Straße schreien zu hören. Und sah aus dem Augenwinkel drei weitere Blitze.

Der Streifenpolizist Peter Lundeen, den Paige zu Hilfe gerufen hatte, bog mit seinem Wagen in die St.-Peter-Street ein und sah, wie die Frau an der Bushaltestelle, mit der er kurz zuvor gesprochen hatte, an ein Auto gelehnt in die Menge vor dem Great Waters feuerte. Ein Mann war bereits zu Boden gegangen.

»Um Himmels willen!« Er erstarrte, erinnerte sich an seine Ausbildung, zog die Dienstwaffe, sprang aus dem Wagen und kniete sich hinter die offene Fahrertür.

»Polizei!«, rief er. »Waffe weg oder ich schieße!«

Der Frau drehte sich blitzschnell um und richtete die Pistole auf ihn. Instinktiv feuerte er dreimal auf ihren Oberkörper. Die Schüsse schleuderten sie in das Wartehäuschen, wo sie zusammengekrümmt liegen blieb.

»Wo ist Aldo?«, rief Paige.

Kelly schüttelte wie betäubt den Kopf und stand langsam auf.

»Meinen Sie den Typen, der Sie umgeworfen hat?«, fragte eine Kellnerin aus dem Great Waters, die alles vom Eingang aus beobachtet hatte.

»Ja, genau den. Wo ist er hin?«, fragte Paige.

»Da lang, verfolgt den Mann, der drinnen Streit angefangen hat.« Sie zeigte in Richtung West Seventh.

Paige eilte zu Officer Lundeen, der wie gelähmt Camilles unheimlich stillen, blutverschmierten Körper betrachtete. Ihr Blut vermischte sich mit zarten Gänsedaunen. Die braune Haut sah im gelben Licht der Straßenlaternen fahl aus, und ihre großen dunklen Augen starrten ins Leere.

»Ich habe Sie gerufen!«, schrie Paige über den Lärm der Sirenen hinweg, die sich auf den Tatort zubewegten. »Kommen Sie mit. Zwei sind noch unterwegs.« Sie rannte Teddy und Aldo hinterher.

Officer Lundeen spürte den Adrenalinstoß und folgte ihr rasch. Vor lauter Aufregung übersah er das Foto, das neben der toten Frau auf dem Boden lag, und trat es unabsichtlich in den Rinnstein.

»Einheit einunddreißig. Uniformierter und Zivilbeamtin verfolgen zwei Verdächtige, St. Peter, Richtung Norden«, rief Lundeen im Laufen in sein Freisprechmikrophon. Allmählich ging ihm die Puste aus. »Kreuzung West Seventh«, fügte er keuchend hinzu und sah fassungslos, wie Paige ihm davonlief.

Aldo bog nach rechts in eine Seitenstraße. Er hatte den Hänfling schon mehrere Blocks weit auf der St.-Peter-Street verfolgt und holte allmählich auf.

Er duckte sich beim Laufen, seine Beute konnte jederzeit eine Waffe ziehen. Kluge Entscheidung. Die Kugel pfiff nur Zentimeter über seinen Kopf hinweg. Der Hänfling verlor wohl die Nerven, rannte und feuerte dabei über die Schulter. Aldo wich nach links aus, sodass der Hänfling sich entweder weit nach rechts drehen oder unter dem linken Arm hindurch schießen musste.

Die Straße war dunkel, das einzige Licht kam von den Straßenlaternen an den Kreuzungen. Der Gehweg war uneben,

Aldo geriet ins Stolpern. Es konnte nicht mehr lange dauern, bevor der Kerl die Kontrolle verlor. Er drehte sich jetzt so weit nach rechts, dass er fast seitwärts lief, und sein nächster Schuss ging weit daneben. Er taumelte rückwärts. Fing sich gerade noch. Zu spät.

Aldo sprang ihn an und drückte ihn auch schon auf den Betonboden. Hörte, wie ihm die Luft ausging und sein Gesicht aufs Pflaster schlug. Er rammte ihm ein Knie in den Rücken und trat die Waffe in den Rinnstein. Dann packte Aldo ihn am Haar und riss seinen Kopf hoch, um ihn genauer anzusehen. Völlig unbekannt.

»Was soll das Geballer, Freundchen? Wen willst du umbringen?«

Teddy spie Blut und Zähne aus.

»Fick dich, Wellington!«

»Wellington?« Er zog noch fester. »Wer soll das sein? Ich bin's jedenfalls nicht.«

Teddy versuchte, ihn anzuspucken, wobei wieder Blut und abgebrochene Zähne auf dem Boden landeten.

»Fick dich!«

Schritte auf der Seventh Street. Paige rannte vorbei, hatte nicht mitbekommen, dass sie abgebogen waren. Aldo überlegte. Er konnte den Kerl nicht entkommen lassen, der hatte es auf ihn abgesehen. Andererseits durfte er der Polizei gegenüber den Namen Wellington nicht erwähnen.

Mit einer heftigen Bewegung knallte er Teddys Kopf auf den Gehweg. Dessen Körper wurde schlaff. Hoffentlich war er nicht tot. Außerhalb der Armee hatte Aldo noch nie einen Menschen getötet und auch dort nicht aus nächster Nähe.

Er sprang auf und rannte Paige hinterher. Er wollte ihr etwas nachrufen, hörte aber eine Stimme hinter sich.

»Stehen bleiben! Polizei!«

Aldo erstarrte. Paige stoppte abrupt und drehte sich um.

»Ich will Ihre Hände sehen«, sagte der Polizist, der ziemlich außer Atem war. »Und zwar langsam.«

Aldo hob langsam die Hände, während Paige mit gezogener Waffe von vorn auf ihn zukam.

»Und jetzt umdrehen, ganz sachte.«

Aldo wandte sich um. Der Beamte, der ziemlich nervös wirkte, zielte mit seiner Beretta auf seine Brust.

»Auf den Boden. Arme und Beine ausstrecken.«

»Der Mann, den Sie suchen, liegt dahinten.« Er deutete auf Teddy. »Ich habe ihn für Sie geschnappt.«

Der Beamte ließ nicht mit sich reden.

»Auf den Boden, sofort! Noch einmal sag ich's nicht.«

Aldo überlegte rasch. Er hatte nicht vor, durch ein blödes Missverständnis zu sterben. Also kniete er sich gehorsam hin und streckte sich flach auf dem Boden aus. Von hinten näherten sich Paiges Schritte.

Der Beamte überquerte die Straße und kam auf ihn zu. Seine Pistole war jetzt auf Aldos Kopf gerichtet.

»Sie wird meine Geschichte bestätigen, Officer, wir waren zusammen unterwegs.«

Da spürte er ein Knie im Rücken.

»Was ist los?«, protestierte er.

»Er sagt, Sie waren mit ihm zusammen.«

»Von wegen«, knurrte Paige.

»Er sagt, er hat den anderen geschnappt, er liegt angeblich dahinten.«

»Ich habe ihn nur knockout geschlagen«, meldete sich Aldo. »Hoffe ich jedenfalls.«

Er spürte, wie sie seine Hände nach hinten zog und ihm Handschellen anlegte.

»Alles klar«, sagte Paige zu ihrem Kollegen. »Sehen Sie mal nach.«

Schritte liefen davon, Sirenen näherten sich aus Richtung Seventh Street. Paige klopfte seine Jacke ab.

»Gehen Sie so mit jemandem um, der Ihnen das Leben gerettet hat?«

»So nennen Sie das also, Mr. Harrison? Vielleicht haben Sie mich auch nur zu Boden gerissen, damit Sie und Ihr Komplize fliehen konnten.«

Sie drehte ihn grob auf den Rücken und tastete ihn von vorn ab. Das zerzauste Haar fiel ihr in die Augen, ihre Wangen waren rot vom Laufen, und ihr Gesicht glänzte von Schweiß.

»Hätte ich Ihnen dann gesagt, dass er womöglich bewaffnet ist, wenn er mein Komplize wäre?«, bemühte sich Aldo zu erklären.

Sie fand sein Handy in einer Innentasche der Jacke und warf es neben sich auf den Boden, wobei das Gehäuse zerbrach.

»Ich weiß nicht, was ich von Ihren Motiven halten soll.«

Sie zog die Brieftasche hervor. Zum Glück hatte er sein Notizheft im Handschuhfach des Autos gelassen. Paige setzte sich schwer auf seinen Bauch und durchsuchte die Brieftasche. Er spürte, wie schwer sie atmete, und sah durch den offenen Blazer, wie sich ihre Brust hob und senkte. Auch er war außer Atem, die Jagd war ganz schön anstrengend gewesen.

»Was ist los, Detective? Warum halten Sie mich für den Bösen? Nur weil ich nicht auf freche Ermittlerinnen stehe?«

Sie steckte die Brieftasche ein, stieg von ihm herunter und zog ihn auf die Füße. Mehrere Polizeiwagen hielten mit quietschenden Reifen neben ihnen, und Paige brüllte ihm ins Ohr: »Wissen Sie, was mir nicht gefällt, Mr. Harrison? Klugscheißer, die Spielchen mit mir treiben. Sie hören gefälligst damit auf und liefern mir zur Abwechslung mal ein paar ehrliche Antworten, kapiert?« Dann befahl sie dem ersten Beamten, der ausstieg: »Halten Sie ihn mal fest. Ich muss nach meinem Kollegen sehen.«

Da erklang Lundeens Stimme aus der Dunkelheit: »Er hat recht, hier liegt noch einer. Total weggetreten. Rufen Sie einen Krankenwagen.«

»Scheiße!«, murmelte Paige und drehte sich zu Aldo um, den man gerade in den nächsten Streifenwagen bugsierte. Er grinste sardonisch.

»Bringen Sie ihn ins Krankenhaus«, sagte Paige gereizt. »Er hat eine Wunde am Hals. Streifschuss.«

Erst da merkte Aldo, dass der Kragen seiner Jacke feucht an der Haut klebte.

33. Kapitel

»Wie siehst du denn aus, Aldo?«

Er hörte Kellys Stimme und öffnete die Augen. Sein Blick fiel auf ein Paar teure Halbstiefel von Kenneth Cole. Er hätte gern zu ihr hochgeschaut, doch der junge Assistenzarzt drückte seinen Kopf nieder, während er die Wunde an Aldos Hals säuberte. Das wird ihr nicht gefallen, dachte er mit einem Blick auf die dicken Kratzer an den Stiefeln und die Laufmaschen in der eleganten Strumpfhose.

»Sie sehen auch nicht viel besser aus, Frau Anwältin.«

»Du solltest mal den Rest sehen«, meinte sie lachend. »Lauter Schrammen und blaue Flecken. Aber ich wurde immerhin nicht angeschossen.«

»Er ist gleich fertig«, sagte der Assistenzarzt und tupfte Alkohol auf die Wunde, dass Aldo zusammenzuckte. Dann trug er eine antibakterielle Salbe auf und legte eine Kompresse darüber.

Als Aldo den Kopf bewegen konnte, schaute er Kelly von oben bis unten an. Sie sah reichlich mitgenommen aus. Hässliche Kratzer an den Schienbeinen, ein rotgeschwollenes Knie. Ihr schwarzer Wollmantel, den sie im Arm hielt, war am Rücken mit einer ekelhaften Substanz beschmiert. Es schien ihr völlig egal zu sein, dass sie ihn gegen ihre teure Seidenbluse drückte, und sie hatte auch keinen Versuch unternommen, ihre Haare zu richten. Aldo musste daran denken, wie sexy er schöne Frauen mit zerzaustem Haar fand.

»Hat dich jemand untersucht?«

Der Arzt befestigte die Kompresse mit Klebestreifen.

»Jetzt ist sie dran«, sagte er und versetzte Aldo einen Klaps auf die Schulter. »Hat darauf bestanden, dass ich zuerst Sie versorge.« Seine Stimme troff vor Verachtung. Zweifellos konnte er nicht verstehen, weshalb Kelly einem Kerl in Handschellen den Vortritt ließ. »Er gehört Ihnen«, sagte er zu dem Polizeibeamten hinter dem Vorhang, der als Tür diente.

Kelly hob die Hand, als der junge Beamte den Raum betrat.

»Moment.«

Sie legte ihren Mantel über den Stuhl, holte ihren Dienstausweis aus der Tasche und zeigte ihn vor. »Er bleibt hier. Er geht nirgendwo hin.« Der Beamte nickte und verschwand wieder.

Kelly kletterte auf die Liege, Aldo lehnte sich an einen Medikamentenschrank.

»Hm, könnten Sie die bitte ausziehen?«, fragte der Arzt mit einem Blick auf ihre zerfetzte Strumpfhose. »Wir können solange –« Er zeigte auf Aldo.

»Nein, ich sagte doch, er bleibt hier«, widersprach Kelly. »Er sieht mich nicht zum ersten Mal in Unterwäsche.«

Der Assistenzarzt verdrehte die Augen und ging nach draußen. Aldo vermutete, dass er eine Krankenschwester schicken würde, weil er von ihnen beiden die Nase voll hatte. Während Kelly Stiefel und Strumpfhose auszog, rieb er sich die noch immer gefesselten Hände. Sie waren ganz rot und zerkratzt, weil Paige so grob mit ihm umgegangen war.

»Was war da los, Cowboy?«, fragte Kelly und setzte sich wieder auf die Liege. Sie klang jetzt gar nicht mehr mädchenhaft und schelmisch, sondern wie eine Staatsanwältin bei der Arbeit. Die Wunde an Aldos Hals begann zu schmerzen.

»Wovon redest du?«

»Nun ja, ich weiß es zu schätzen, dass du mich aus der Schusslinie gestoßen hast, aber warum musstest du danach nochmal den Helden spielen?«

»Das verstehe ich nicht. Sollte ich dir etwa nicht das Leben retten?« Sie und ihre Freundin zeigten sich ja nun nicht sonderlich dankbar.

Eine Krankenschwester kam mit einem Tablett voller Utensilien herein.

»Der Arzt hat mich gebeten, Ihre Kratzer und Schrammen zu versorgen.«

Kelly nickte und fuhr fort:

»Doch, solltest du. Dafür habe ich mich auch bedankt. Aber wieso bist du dem kleinen Kerl hinterhergerannt?«

Aldo trat beiseite, um die Schwester vorbeizulassen. Sie stellte ihr Tablett neben Kelly ab und untersuchte die Kratzer an ihren Beinen.

»Er sollte nicht einfach so abhauen. Und sie haben ihn ja auch erwischt. Dank mir, was deine Freundin von der Polizei allerdings nicht zu schätzen wusste.« Um seine Worte zu unterstreichen, drehte er sich um und zeigte seine gefesselten Hände.

Kelly zuckte zusammen, als die Schwester die größeren Wunden mit Wasserstoffperoxid betupfte.

»Warum sollte sie? Böse Jungs zu jagen ist ihr Job, nicht deiner. Du hast dich eingemischt.«

»Aber mit Erfolg, oder?«

Die Schwester prüfte, inwieweit Kelly ihr geschwollenes Knie bewegen konnte. »Spüren Sie einen scharfen Schmerz?«

»Nein, eher einen starken, dumpfen Schmerz.« Kelly schaute wieder zu Aldo. »Du hast ihn gestellt. Und dann bewusstlos geschlagen.«

»Er hat sich beim Sturz den Kopf gestoßen.«

»Aldo, ich weiß nur, dass der Zeuge, der am meisten über die tote Schützin aussagen kann, ein paar Zimmer weiter liegt und völlig weggetreten ist. Komischer Zufall.«

Aldos Hals begann zu pochen. »Wieso?«

»Na ja, es ist genau wie bei Kenny. Er war auch der einzige Zeuge und kann jetzt nicht reden.«

»Was hat Kenny denn damit zu tun?« Sein Hals schmerzte immer mehr. Ein Bild von früher tauchte auf, er sah mit Plastikschnüren gefesselte Iraker, die von den Schlachtfeldern Kuwaits geführt wurden. Er versuchte, es zu verdrängen.

Kelly schaute auf ihr Knie hinunter und dachte nach.

»Ich weiß nicht, Aldo, ich will mir nur ein Bild von der Sache machen. Fest steht doch, dass es gestern zwei Schießereien in der Stadt gab, die nach Auftragsmorden aussehen. Und heute schon wieder. Du scheinst mit zweien davon in Verbindung zu stehen. Das kann doch wohl kein Zufall sein, oder?«

Aldo war nicht sonderlich überrascht. Die Frage stellte er sich schon, seit ihn der Hänfling Wellington genannt hatte.

Die Schwester nahm zwei Tabletten aus einem Fläschchen, wollte sie ihm wortlos geben und deutete auf das Waschbecken und die Plastikbecher hinter ihm. Als Antwort klapperte er mit den Handschellen, worauf sie ihm Wasser eingoss und die Tabletten hineinwarf. Dann half sie ihm beim Trinken.

»Ich kapiere es immer noch nicht«, sagte er danach zu Kelly. »Welche Verbindung gibt es denn, außer dass Kenny mein Freund ist?«

Auf ein Zeichen der Krankenschwester rutschte Kelly behutsam von der Liege und belastete das Knie, drehte ihr Bein und sagte schließlich, dass es sich gut aushalten ließe.

Die Schwester verschwand hinter dem Vorhang.

Kelly sah wieder zu Aldo. »Paige glaubt fest an eine Verbindung. Zuerst wird Kenny angeschossen, er hat einen Haufen gestohlener Post bei sich. Dann will jemand dich erschießen. Sie meint –«

»Moment mal, Frau Staatsanwältin«, warf Aldo ein. »Wie

kommt sie eigentlich darauf, dass die Schüsse mir galten? Vielleicht waren sie für jemanden bestimmt, der hinter uns herauskam.« Er hielt inne. »Oder für dich. Ein wütender Ganove, der gerade aus dem Knast gekommen ist und sich jetzt rächen will.«

»Ein Automarder auf Bewährung?«, fragte Paige, die plötzlich hereingekommen war. »Möglich, aber nicht wahrscheinlich. Ihre Fälle sind nicht so spektakulär. Ich setze da eher auf Sie, Mr. Harrison.« Sie holte einen kleinen Schlüssel aus der Hosentasche. »Aber ich lasse Sie laufen, bis ich bessere Beweise habe.« Sie schloss die Handschellen auf und stopfte sie in die Jackentasche. Erst jetzt merkte Aldo, wie übel seine Handgelenke aussahen. Er rieb sie, um den Schmerz zu vertreiben.

»Danke auch.«

»Wie geht es unserem kleinen Freund nebenan?«, fragte Kelly.

»Er ist wach. Hat aber höllische Kopfschmerzen.«

»Konnte er etwas Brauchbares sagen?«

»Nein. Weiß angeblich nichts über die Schüsse.« Paige betrachtete den Verband an Aldos Hals. »Alles klar?«

»Nur ein Kratzer, sagt der Arzt. Aber auch er dürfte ein paar Tage Kopfschmerzen haben«, antwortete Kelly.

»Und du? Du siehst aus, als hätte dein Freund dich vermöbelt.«

»Mir geht es gut.« Kelly warf die traurigen Reste ihrer Strumpfhose in den Müll. »Aldo hat mir das Leben gerettet. Uns beiden.«

Paige warf ihm einen Seitenblick zu. »Ja, ich muss mich wohl trotz allem bei Ihnen bedanken.«

Hätte er nicht so frech gegrinst, wäre wohl auch eine Entschuldigung für ihr grobes Vorgehen fällig gewesen. Diese Genugtuung wollte sie dem arroganten Mistkerl dann doch nicht geben und händigte ihm stattdessen Brieftasche und

Autoschlüssel aus. »War trotzdem blöd, diesem Würstchen nachzurennen.«

»Ich wollte nicht, dass er entkommt.«

»Sie hätten eine Kugel abkriegen können.«

»Hab ich doch.«

»Von mir, meine ich.«

»Brauchen Sie etwa eine Entschuldigung, um auf mich zu schießen?«

Paige schoss herum und sah ihn drohend an.

»Das nicht, aber ich möchte Sie am Leben lassen, bis meine Anklage steht. Morgen früh um neun in meinem Büro. Ich sagte ja schon, ich verlange ehrliche Antworten.« Sie warf ihre Visitenkarte auf den Tisch und marschierte hinaus.

Aldo steckte die Karte ein. »Ich glaube, sie hat mich richtig gern.«

»Du solltest sie nicht so reizen.« Kelly zog die Stiefel wieder an und griff nach ihrem Mantel. »Oder mich.«

»Kelly, hör mal –«

Sie legte einen Finger an die Lippen.

»Sag jetzt nichts. Und bitte nicht die übliche Charmeattacke. Hör mir einfach zu.«

Er schaute in ihre haselnussbraunen Augen. Sie sahen traurig aus.

»Wir können uns vorerst nicht mehr treffen. Ich darf keinen Interessenkonflikt riskieren, bevor das hier nicht restlos aufgeklärt ist.« Sie küsste ihn auf die Wange. »Ich stelle die Reisnudeln warm.« Mit diesen Worten war sie verschwunden.

»Ist er das?«

Pennington beobachtete zusammen mit Flynn den Eingang der Unfallabteilung des Regions Hospital. Sie konnten in einen langen Flur blicken, wo Aldo gerade das Untersuchungszimmer verließ.

»Sagt McGraw.« Flynn trat von einem Fuß auf den anderen. »Glauben Sie, es gibt eine Verbindung zu Wellington?«

»Wollen Sie wissen, was ich glaube? Er ist ein aalglatter Hund, der diesmal richtig in der Klemme sitzt.«

34. Kapitel

Während Aldo die Papiere unterzeichnete, überdachte er seine Situation. Alles um ihn herum fiel in Scherben, in nicht einmal sechsunddreißig Stunden hatte man versucht, sowohl Kenny als auch ihn zu töten. Hinzu kamen mehrere Zusammenstöße mit der Polizei, was in seinem Geschäft mehr als riskant war. Und mit Kelly war auch Schluss.

Das konnte er verschmerzen. Obwohl er Kellys Gesellschaft sehr genossen hatte, war er vor allem sexuell an ihr interessiert gewesen, und auf Sex konnte er vorübergehend durchaus verzichten. Nein, die anderen Dinge machten ihm weitaus größere Sorgen. Er musste die Lage in den Griff bekommen, bevor Paige oder das FBI ihn zwangen, sein Geschäft aufzugeben. Oder ihn sogar ins Gefängnis brachten.

Er erhielt eine lange Liste mit Pflegeanweisungen für die Wunde und ein Rezept für eine antibakterielle Salbe. Zu Hause würde er gleich den Aktenvernichter mit dem Papierkram füttern.

Als er aus dem Haupteingang trat, bemerkte er die beiden Männer im Trenchcoat und dachte sofort: Freunde von Paige. Er spürte, wie ihre Augen ihm folgten, als er an der Ecke in die Jackson Street bog. Sein Wagen parkte noch gegenüber vom Great Waters, und das Krankenhaus lag am anderen Ende der Stadt. Er beschloss, ein Taxi zu rufen, und musste einige Minuten warten, bis ein freier Wagen vorbeikam.

»Great Waters Brewery«, wies er den Fahrer an.

Der Name auf der Lizenz klang irgendwie somalisch, Bahdoon Soundso.

Der Taxifahrer nickte und fuhr los. Durch die Heckscheibe bemerkte Aldo, wie ein grauer Wagen vor dem Krankenhaus startete und sich ein paar Autos hinter ihnen einfädelte.

»Spricht es sich *Baa*-doon?«, fragte er den Fahrer.

Dieser schüttelte den Kopf. »Ba-*doon*.«

»Verzeihung. Bahdoon, biegen Sie bitte links in die Tenth Street.«

»Aber das ist nicht der kürzeste Weg. Das wird teurer.«

Aldo zog die Brieftasche hervor, wobei ihm einfiel, dass Paige ihm das zerbrochene Handy nicht zurückgegeben hatte. Er nahm einen Fünfzig-Dollar-Schein heraus und zeigte ihn Bahdoon. »Schon gut, ich habe Geld.«

»In Ordnung, Sir.« Hinter der Brücke über die I-94 bog er nach links in die Tenth.

An der nächsten Ecke ließ Aldo ihn rechts abbiegen, noch einmal rechts in die Eighth Street und wieder in die Jackson Street, die südlich der I-94 zur Einbahnstraße wurde. Sofort löste sich der graue Wagen vom gegenüberliegenden Bordstein und folgte dem Taxi.

Hut ab vor deinem Instinkt, dachte Aldo. Der Fahrer war nicht auf das Ablenkungsmanöver hereingefallen, sondern hatte einfach angehalten und gewartet, bis das Taxi wieder auftauchte. Der Verfolger wusste vermutlich, wohin Aldo wollte und wo sein Wagen stand, was darauf schließen ließ, dass sie die Stelle ebenfalls beobachteten. Denkbar, dass Kelly ihnen den Wagen beschrieben hatte.

Als Bahdoon vor dem Great Waters hielt, drückte Aldo ihm den Fünfziger in die Hand.

»Warten Sie an der Wabasha zwischen Fifth und Sixth auf mich. Fünf bis zehn Minuten.«

Bahdoon wirkte wenig begeistert. »Geht nicht, Sir. Das ist gegen die Vorschriften.«

»Schon gut, es soll Ihr Schaden nicht sein.«

»Nein, Sir, das geht nicht, sonst verliere ich meinen Job.«

Aldo zauberte einen weiteren Fünfziger hervor. Damit war die Sache erledigt.

»Zehn Minuten, länger warte ich nicht«, sagte er und nahm das Geld an sich.

»Danke.«

Aldo sprang aus dem Wagen, ging hinein und beobachtete durch die Tür, wie der graue Wagen gegenüber in zweiter Reihe parkte. Die Insassen – zwei schattenhafte Gestalten – schienen sich zu unterhalten, wobei sie das Pub beobachteten. Also gut, er würde sie schon bei Laune halten.

Er ging in Richtung Fluss, blieb aber vor der nächsten Straßenecke stehen und betrat Kincaid's Fish Chop & Steak House.

»Kann ich Ihnen helfen, Sir?«

Ein junger Mann in schwarzem Anzug hatte ihn angesprochen. Das kurze, dunkle Haar war mit viel Gel frisiert, und er hatte einen dicken Hals und breite Schultern. Sein Lächeln überzeugte nicht, er wirkte eher wie ein Rausschmeißer als wie ein Oberkellner.

Aldo richtete sich zu voller Größe auf. »Ja, ich hätte gern einen Tisch. Wie lange dauert das?«

Der Oberkellner warf einen Blick ins Buch. »Haben Sie reserviert?«

»Nein.«

»Etwa zwanzig Minuten, Sir. Sind Sie allein?«

»Nein, es kommen noch zwei Gäste.« Er deutete mit dem Kopf auf die Straße. »Sie stellen gerade den Wagen ab.«

»Gut, Sir. Sie können hier oder an der Theke warten. Ich sage Bescheid, sowie ein Tisch frei wird. Dürfte ich Ihren Namen notieren?«

»McGraw.«

Aldo sah zu, wie er ihn aufschrieb, und setzte sich auf eins der weichen Ledersofas, die in der Nähe des Eingangs standen.

21.03 Uhr. Noch sechs Minuten, dann würde Bahdoon ohne ihn losfahren. Er sah sich um. Hinter der Glasscheibe lag die Bar mit der langen Rotholztheke und den bequemen Sesseln, in der er viele schöne Abende verbracht hatte. Die Gäste feierten an diesem Abend einen Heimsieg der Minnesota Wild, des örtlichen Eishockeyteams.

Gegenüber befand sich der Speisesaal, in dem große runde Tische mit weißen Tüchern in grün verkleideten Nischen standen. Auch dort dominierten die Sportfans, die nach dem Spiel noch etwas essen wollten.

Aldo richtete seine Aufmerksamkeit auf die Schwingtür hinter der Empfangstheke. Das Personal eilte mit Tabletts und schmutzigem Geschirr hin und her. Als ihm eine Idee gekommen war, lehnte er sich behaglich zurück. Hoffentlich musste er nicht zu lange warten.

Das Gelächter und die Stimmen in der Bar wurden lauter, als eine Gruppe Fans aufstand und zur Tür ging. Sie zogen die Mäntel an und redeten durcheinander. Im selben Moment kam eine weitere Gruppe herein und schob sich durch die Menge. Aldo sprang auf, griff sich ein Tablett mit schmutzigem Geschirr und sauste durch die Schwingtür.

In der Küche herrschte Hochbetrieb. Er stellte das Tablett auf die nächste Arbeitsplatte und drängte sich zwischen überraschten Kellnern, Kellnerinnen und Köchen hindurch zum Hinterausgang. Dort rannte er sofort Richtung Wabasha, entdeckte das Taxi an der Kreuzung Fifth, überquerte rasch die Straße und klopfte ans Fenster. Bahdoon bedeutete ihm, er solle einsteigen.

»Ich wollte gerade losfahren. Mein Chef ist sehr wütend.«

Aldo ließ einen weiteren Fünfziger springen. »Geben Sie ihm den.«

»Danke«, erwiderte Bahdoon höflich. »Wohin jetzt, Sir?«

»Zurück zum Krankenhaus.«

Im Kincaid's wurde es allmählich ruhiger. Oberkellner Allen Skada schaute von seiner Tischliste zu den beiden Männern im Trenchcoat.

»Kann ich Ihnen helfen?«

»Ja, wir suchen –«, begann der Kleinere, der leicht verknittert wirkte.

»Oh, gehören Sie zu Mr. McGraws Gesellschaft?«

»Bitte?«, fragte der Größere.

»Er hat eben hier gesessen und auf Sie gewartet.« Allen deutete auf das leere Sofa. Die beiden sahen sich an. Allen warf einen Blick durchs Restaurant. »Er holt sich bestimmt etwas zu trinken.«

»Sie nehmen den Speisesaal, ich die Bar«, sagte der Größere.

Bahdoon bremste ab und bog in die Einfahrt des Regions Hospital. Aldo stieg aus und reichte ihm noch einen Fünfziger.

»Nein, Sir, Sie waren schon sehr großzügig. Das reicht.«

Aldo nickte und steckte das Geld wieder ein. »Gute Nacht, Bahdoon.«

»Danke, Sir, Ihnen auch. *Nabadeey.*«

Aldo sah zu, wie das Taxi in Richtung Kapitol davonfuhr. Hoffentlich machte Bahdoon jetzt Feierabend und genoss die Sonderzulage mit seiner Familie. Als er außer Sichtweite war, betrat Aldo das Krankenhaus.

Er ging durch die große Eingangshalle mit den Kunstledersesseln und hölzernen Tischchen. In der Notaufnahme gelangte er unbemerkt am Sicherheitsbeamten vorbei und schlüpfte durch die Automatiktür, die lautlos aufglitt. Im Flur mit den Untersuchungszimmern stand ein Polizeibeamter. Aldo ging langsamer und dachte nach. Als er am ersten Untersuchungszimmer vorbeikam, trat die Schwester heraus, die Kelly behandelt hatte, in der Hand ein Tablett mit schmutzigen Verbänden und Instrumenten. Sie erkannte ihn sofort.

»Wurden Sie noch nicht entlassen?«, fragte sie mit einem gewissen Argwohn in der Stimme.

Aldo glitt mühelos in seine übliche charmante Rolle. »Doch, schon, aber ich glaube, ich habe mein Handy hier vergessen. Hoffentlich ist es noch da.«

Sie wirkte schon sanfter. »Ja, die Polizistin hat es mir gegeben. Ich wollte es Ihnen schicken, es liegt in meinem Spind. Leider ist es ziemlich kaputt.« Sie stellte das Tablett auf einen Rollwagen. »Ist es bei der Verhaftung zerbrochen?«

»In der Aufregung habe ich es wohl auf den Boden fallen lassen. Es war übrigens alles nur ein Missverständnis«, fügte er hinzu.

»Das dachte ich mir. Jedenfalls haben Sie mehr Glück gehabt als der andere.« Sie nickte zu dem Polizisten hinüber, der den Raum bewachte. »Der ist ganz schön ausgeknockt. Fünfzehn Stiche und eine Gehirnerschütterung. Der Arzt behält ihn zur Beobachtung hier. Danach geht's ab in den Knast.«

»So ein Pech.« Aldo war hocherfreut, dass sie ihm das alles freiwillig erzählt hatte und schmiedete schon neue Pläne. »Könnten Sie mir bitte mein Handy holen?«

Sie musterte ihn aufmerksam, den Kopf leicht zur Seite geneigt. Ihre dunkelbraunen Augen schimmerten, ihr ovales Gesicht wurde von pechschwarzem Haar umrahmt und schmiegte sich an ihre schön geschwungenen Wangenknochen. Die olivbraune Haut war makellos.

»Natürlich«, sagte sie. »Warten Sie bitte hier.« Sie hielt inne und fragte zögernd: »Haben Sie Ihr Auto dabei?«

»Nein, ich habe ein Taxi genommen.« Er ahnte schon, was jetzt kam.

»Und Ihre Freundin? Warum sind Sie nicht mit ihr gefahren?«

»Hm, Freundin, das war wohl mal. Sie ist einfach ohne mich los«, meinte er lachend.

Die Krankenschwester lächelte und legte die linke Hand auf seine Brust. Sie trug keinen Ring. »In zehn Minuten habe ich Feierabend. Ich lade Sie zu einem Drink ein. Wir haben beide einen langen Tag hinter uns. In zwanzig Minuten am Parkhaus?«

»Gern.«

Aldo schlüpfte aus der Notaufnahme und schnorrte vom erstbesten Raucher eine Zigarette. Noch immer kamen und gingen Polizisten, und er wollte keine Aufmerksamkeit erregen. Er beobachtete den Übergang vom Krankenhaus zum Parkhaus gegenüber. In der Ferne erstrahlte die weiße Kuppel des Kapitols mit der bemerkenswerten Quadriga. Die vier vergoldeten Pferde und der Wagenlenker hoben sich im Scheinwerferlicht wunderbar vom dunklen Sternenhimmel ab.

Als er die Gestalt mit dem blauen Arbeitsanzug und dem schulterlangen Haar im verglasten Übergang entdeckte, warf er die Kippe in den Rinnstein, wo sie zischend und Funken sprühend erlosch. Er überquerte die Straße und wartete am Fußgängereingang, bis ein dunkelgrüner Malibu aus dem Parkhaus rollte und neben ihm anhielt.

»Gut, ich habe Sie also nicht abgeschreckt«, sagte sie und öffnete die Beifahrertür.

Aldo stieg ein und schaute sie an. Wenn die Sache so weiterging, konnte er sie ruhig mal in Augenschein nehmen. Sie trug ihre Winterjacke offen über der Arbeitskleidung. Nicht ohne Grund, dachte er, denn ihre kleinen, aufreizenden Brüste und die festen Schenkel zeichneten sich deutlich unter dem blauen Stoff ab.

Der Sprache und Gestik nach zu urteilen tippte Aldo auf eine Latina der zweiten oder dritten Generation, vermutlich in Minnesota aufgewachsen. Sie hatte zarte Krähenfüße um die Augen und war vermutlich so alt wie er, vielleicht etwas jünger.

»Stammen Sie aus St. Paul?«, fragte er.

Sie fuhren über die I-94 in Richtung Innenstadt. »Ich bin hier aufgewachsen. Auf der West Side bei Concord.« Damit meinte sie wohl die lebhafte hispanische Gemeinde südlich des Flusses. »Mein Vater hatte einen *mercado*, einen kleinen Laden. Ich möchte aber lieber nicht sagen, wo ich jetzt wohne.«

»Verstehe.«

Sie bog in die Eighth Street. Aldo schaute über die Schulter und sah die Lichter des Kapitols und die schimmernden Pferde in der Ferne verschwinden.

»Ach ja, und ich meinte wirklich nur einen Drink. Wir haben uns ja gerade erst kennengelernt.«

»Selbstverständlich.«

35. Kapitel

Camilles nackte Leiche lag auf dem Edelstahlauszug, der aus einer langen Reihe von Kühlschubladen ragte, die in die Kellerwand des Leichenschauhauses von Ramsey County eingelassen waren. Die ehemals schokoladenbraune Haut der Toten wirkte jetzt schmutziggrau.

»Erkennen Sie die Frau?«, erkundigte sich Pennington.

Flynn schüttelte den Kopf. »Sie ist nicht von hier.«

»Und die Papiere?«

»Pass und Führerschein stammen aus Jamaika. Wir haben uns mit dem New Yorker Konsulat in Verbindung gesetzt. Vermutlich sind sie gefälscht oder gestohlen.«

»Wie kommen Sie darauf?«

»Die Fingerabdrücke.«

»Was ist damit?«

»Sie hat keine.«

»Sie meinen, wir haben sie nicht in der Datenbank. So etwas kommt –«

»Nein, ich meine, sie hat keine«, unterbrach ihn Flynn. »Schauen Sie mal. Aceton.«

Pennington hob eine Hand an und untersuchte die Spitzen von Fingern und Daumen. Sie waren tatsächlich vollkommen glatt, ohne eine Spur des Spiralmusters, das zur Identifizierung genutzt wurde. Sie hatte Aceton oder eine ähnliche Substanz verwendet, um sie vorübergehend zu entfernen, und nun, da sie tot war, würde das Muster nicht mehr nachwachsen.

»Also ein Profi«, murmelte Pennington.

Flynn nickte.

»Hinter wem war sie wohl her?«

»Das möchte ich von Ihnen wissen.«

Pennington war nicht in der Stimmung, Katz und Maus zu spielen. »Genau so wurde die Frau beschrieben, die die Paketbombe bei Wellington abgegeben hat.«

»Behaupten die Nachbarn«, gab Flynn zu bedenken. »Aber da wohnen lauter Weiße. Denen fällt jede Frau mit Rastalocken auf.«

Pennington seufzte hörbar und schob die Hände in die Hosentaschen. Sie betrachteten Camilles straffen, athletischen Körper, und dann stellte Pennington die Frage, an die beide dachten.

»Haben die Zeugen auch den Typen beschrieben, dem sie vor dem Haus das Päckchen gegeben hat?«

»Ja, aber nicht sehr gut. Alle haben sich auf die Frau konzentriert.«

Pennington trat von einem Fuß auf den anderen und schob die Hände tiefer in die Taschen. Er schien das Gleiche zu denken wie Flynn. »Aber sie meinen, es sei nicht Wellington gewesen?«

»Auf gar keinen Fall.«

»Also könnte es sich um unseren Kandidaten handeln?«

»Durchaus.«

»Denkbar, dass sie später vor dem Great Waters auftauchte und nach dem Mann suchte, den sie für Wellington *hielt*.«

»Würde ich auch so sehen.« Flynn nahm ein Blatt aus der Innentasche seines verknitterten Jacketts, faltete es auseinander und gab es Pennington. »Das ist die Unterschriftenliste, die wir in dem Wagen gefunden haben, der vor dem Haus parkte.«

Pennington betrachtete die gefälschte Empfangsliste, auf die jemand neben die Anschrift 1348 West George Street *John Wellington* gekritzelt hatte. Er kannte Wellingtons Unterschrift, und die sah völlig anders aus.

»Hat jemand gesehen, wie er unterschrieben hat?«

»Eine Nachbarin meint sich zu erinnern. Glauben Sie, er wusste, was er da in Empfang nahm?«

Pennington schüttelte den Kopf. »Wohl kaum.« Er gab Flynn die Liste zurück. »Jedenfalls hat er sich keinen Gefallen damit getan.«

»Aber Ihnen«, knurrte Flynn. »Denn solange man ihn für Wellington hält –«

»Hat der echte seine Ruhe.« Pennington strich sein Jackett glatt, knöpfte den Trenchcoat zu und band den Gürtel. »Aber wir können uns nicht darauf verlassen.«

Da war Flynn ganz seiner Meinung. Natürlich würden die Täter über kurz oder lang ihren Fehler bemerken. Andererseits gönnte er Aldo Harrison, dass er zur Abwechslung mal ins Schwitzen kam. Vielleicht unternahmen die Mörder einen erneuten Versuch und lieferten sich selbst ans Messer.

»Was ist mit Mr. und Mrs. Wellington?«, fragte Flynn, als sie von der Leiche wegtraten. »Gut geschützt?«

»Selbstverständlich«, meinte Pennington. »Die Marshals haben sie in einer sicheren Wohnung untergebracht.« Er grinste schadenfroh. »Die neuen Namen werden ihnen nicht gefallen. Ebenso wenig wie ihr neuer Wohnort.«

Flynn lächelte, als hätte man ihm ein Staatsgeheimnis anvertraut. Je näher er ins Zentrum der Ermittlungen vordrang, desto wichtiger fühlte er sich. Eine Tür öffnete sich, und dahinter lagen ungeahnte Möglichkeiten. Bei den Großen mitmischen, einen entscheidenden Schritt nach vorn tun. Und als er dem Agenten ins kleine Büro hinter dem Kühlraum folgte, wusste er schon, wie er sich noch unentbehrlicher machen konnte.

»Pennington, McGraw hat es bislang nicht geschafft, vollständige Hintergrundinformationen über Harrison zu liefern.«

»Wer?«, fragte Pennington geistesabwesend und bedeutete einem Mitarbeiter des Leichenschauhauses, eine weitere Schublade zu öffnen.

»Detective McGraw, mit der wir gestern gesprochen haben.«

Der Mitarbeiter öffnete die Edelstahltür und holte den Auszug heraus.

»Ach ja, die. Nett, fähig, aber ein bisschen naiv. Sollte mehr über den Kerl herausfinden.«

Auf dem Auszug lag ein schwarzer Leichensack aus Kunststoff, den der Mitarbeiter langsam öffnete.

»Ja, das ist sie«, sagte Flynn. »Dennoch habe ich beschlossen, den Fall von nun an selbst zu übernehmen. Sie besitzt nicht genügend Erfahrung.« Er zwinkerte Pennington zu. »Außerdem wurde sie nach der Schießerei vorübergehend beurlaubt. Das übliche Verfahren, interne Untersuchung und so weiter.«

»Also, Flynn, sie hat durchaus das Zeug, den Fall zu lösen. Aber wenn Sie sagen, sie ist draußen, dann ist sie draußen, ist ja Ihre Abteilung.« Er warf Flynn einen ernsten Blick zu. »Ich brauche Ergebnisse, ist das klar?«

»Natürlich«, meinte Flynn mit gestärktem Selbstvertrauen. »Und warum interessieren Sie sich für den Burschen hier?«

Im offenen Sack befand sich die Leiche eines männlichen Weißen. Der Bauch war hart und aufgebläht. In Brust und Stirn waren Schusswunden zu erkennen. Die hässlichen Schmauchspuren deuteten auf einen Schuss mit einer 9-mm-Waffe aus nächster Nähe.

»Den kenne ich«, sagte Pennington und lächelte auf den Toten hinunter. »Wie geht's denn so, Jimmy? Was für eine Überraschung, dich hier zu sehen. Bisschen weit weg von zu Hause, oder?«

Flynn beugte sich über die Leiche. »Jimmy wer?«

»Jimmy Santori«, erklärte Pennington selbstzufrieden. »So nannte er sich jedenfalls, als ich mit ihm zu tun hatte. Ein

Kleinganove, trieb gelegentlich Geld für die Mafia in Kansas City ein.« Er nahm ein Klemmbrett vom Auszug, reichte es Flynn und deutete auf einen Namen, der oben auf dem ersten Blatt stand. »In den letzten Jahren eher bekannt als Alfred Langhorne.«

36. Kapitel

Obwohl Aldos neue Bekannte sich geschworen hatte, es bei den Drinks zu belassen, hatte sie nach ihrem dritten Long Island Ice Tea in ihrer Lieblingskneipe in der West Seventh ihre Meinung geändert. Sie gab Aldo die Autoschlüssel und bat ihn, sie nach Hause zu bringen. Zu ihm nach Hause.

Aldo wusste instinktiv, dass sie eine alleinerziehende Mutter und gerade solo war, davon zeugte ihr hemmungsloses Verhalten im Bett. Ein wenig zu hemmungslos, dachte er, bis sie im passenden Augenblick ein Kondom aus der Tasche zog und es ihm geschickt überstreifte. Als der erste Schein der Morgendämmerung durchs Fenster drang, lag sie verschwitzt und eingekuschelt neben ihm.

Er glitt unter ihrem Arm hervor und stand auf. Er hatte nicht geschlafen und die nächtliche Freizeitgestaltung weitaus weniger genossen als seine Gefährtin. Der Sex hatte ihm nicht die ersehnte Erleichterung verschafft, er machte sich zum ersten Mal seit langer Zeit echte Sorgen.

Aldo ging nackt ins Bad. Die Frau im Bett rührte sich, als hätte er sie gestört. Er schloss die Tür und schaltete das Licht ein. Er fühlte sich schmutzig und unausgeschlafen, eine warme Dusche war genau das Richtige.

Dampfwolken stiegen um ihn herum auf, und er kämpfte gegen das Bild an, das ihm selbst beim Sex keine Ruhe gelassen hatte. Paiges Gesicht und wie sie ihn angesehen hatte, als er von dem Zwischenfall in Kuwait erzählte.

Sie hatte nicht hart und verächtlich gewirkt, nicht wie eine Polizistin, die es mit einem Verdächtigen zu tun hat. Als er

Paige die Geschichte erzählt hatte, schienen sich ihre Züge zu verwandeln. Der Zynismus schwand, die Stirn glättete sich, sie wirkte entspannter. Ihre Augen leuchteten blau und schienen das sanfte Licht, das in der Bar herrschte, in sich aufzusaugen. Auch ihr Mund wurde lockerer, die Lippen öffneten sich ein wenig, ihr ganzes Gesicht verströmte Mitgefühl. Zum ersten Mal hatte Aldo begriffen, dass sie nicht nur hübsch, sondern wirklich schön war. Und wäre da nicht die Dienstmarke in ihrem Gürtel gewesen, er hätte ihr womöglich noch mehr anvertraut.

Dann überfiel ihn wieder die Erinnerung an die glühende Wüste. Er drehte das Wasser ab und rubbelte sich trocken. Vertrieb die Gedanken an den Krieg aus seinem Kopf und konzentrierte sich ganz auf seine Pläne.

Er würde darauf bestehen, dass Paige ihren Teil der Abmachung einhielt und ihm von den Wellingtons berichtete. Was hatte sie gesagt? Um neun in ihrem Büro? Da musste er unbedingt hin. Falls er diesen Termin versäumte, würde sie garantiert zu ihm kommen, und das passte ihm gar nicht ins Konzept. Außerdem wollte er noch einmal ins Regions Hospital, bevor er sich mit ihr traf, und hatte noch einiges vorzubereiten. Die Uhr neben dem Waschbecken zeigte Viertel vor sechs. Er musste sich beeilen und die Krankenschwester loswerden.

Er warf das Handtuch in die Ecke und zog eine Jogginghose über, schlüpfte leise ins Schlafzimmer und stellte überrascht fest, dass sie verschwunden war.

Die blaue Schwesterntracht lag auf dem Boden, der BH hing am Bettpfosten. Weit konnte sie nicht gekommen sein. Zum Glück war alles im Haus gesichert, aber die Vorstellung, dass sie allein umherwanderte, behagte ihm dennoch nicht. Also machte er sich auf die Suche.

Von der Treppe aus hörte er, wie sie mit Geschirr klapperte.

Frühstück, warum mussten Frauen immer Frühstück machen? Er hatte Monate gebraucht, um Kelly diese Unart auszutreiben; bei der Krankenschwester würde er es gar nicht erst soweit kommen lassen.

»Was machst du denn da?«, fragte er und betrat die hell erleuchtete Küche.

Sie fuhr zusammen und ließ die unbenutzte Pfanne auf den Herd fallen. »Gott, hast du mich erschreckt.« Sie trug nur ein Höschen, was ihn jedoch nicht lange ablenkte.

»Du brauchst kein Frühstück zu machen.«

Sie schenkte ihm ein sanftes Lächeln und schmiegte sich an ihn.

»Möchte ich aber«, strahlte sie und kuschelte sich an seine Brust. »Meine Art, danke zu sagen. Außerdem könnten wir es nochmal hier auf der Arbeitsplatte machen, während die Eier bruzzeln.« Sie kicherte albern los.

Doch Aldo hatte keine Lust auf ein Abschiedsquickie und löste sich energisch von ihr, worauf sie ihn gekränkt ansah.

»Das ist sehr nett von dir, und das Angebot finde ich wirklich verlockend, aber ich habe es eilig. Ein früher Termin, hatte ich leider ganz vergessen.«

Er ließ sie verloren in der Küche stehen und schaltete den Herd aus. Dann hörte er ein Kratzen an der Hintertür. Moc war in der Garage eingeschlossen. Er ließ den Hund herein, der hechelnd und schwanzwedelnd in die Küche stürmte. Hungrig nach Zuneigung. Dann bemerkte er, dass die Kellertür offen stand und das Treppenlicht brannte.

»Was wolltest du denn da draußen, alter Junge?« Er kraulte den Hund hinter den Ohren.

Er wusste genau, Moccasin war im Haus gewesen, als sie nachts gekommen waren. Er hatte ihn gefüttert und ihm Wasser gegeben, während die Krankenschwester zur Toilette ging. Anscheinend hatte seine neue Freundin das ganze Haus in Augenschein genommen, während er unter der Dusche stand.

»Tut mir leid, ich musste etwas aus dem Wagen holen. Dabei ist er mir wohl nachgelaufen.«

»Und der Keller? Musstest du da auch etwas holen?«

»Ich weiß nicht, was du meinst«, log sie.

Aldo schwieg, bis ihre Verlegenheit beinahe greifbar war. Sie bedeckte die Brüste mit dem Arm. »Ich ziehe mich an, dann bist du mich los«, stammelte sie und rannte nach oben.

»Hast du gefunden, wonach du gesucht hast?«

Aldo lehnte mit verschränkten Armen in der Schlafzimmertür. Die Frau saß gebeugt auf der Bettkante und schnürte ihre weißen Arbeitsschuhe.

»Wie bitte?« Sie zog die Schleifen fest.

»Wie ich sehe, hast du dich in der Garage und im Keller umgeschaut. Wo sonst noch?«

Sie stand auf und schob sich das dichte schwarze Haar aus dem Gesicht. Jetzt wirkte sie nicht mehr verletzlich und schaute ihn ohne jede Verlegenheit an.

»Ich war wach, du hast geduscht, also habe ich mich umgesehen. Stört dich das?«

»Irgendwie schon. Warst du an etwas Bestimmtem interessiert?«

Sie rückte das blaue Oberteil zurecht und schaute ihm direkt in die Augen.

»Nein. Tut mir leid. Wäre das alles?«, fragte sie ein wenig sarkastisch.

»Kommt drauf an.« Ihre Blicke bohrten sich ineinander. Schließlich gab sie nach.

»Machst du mir jetzt Schwierigkeiten?«

»Wie meinst du das?«

»Ich habe doch gesehen, wie du den Kerl gestern Abend zugerichtet hast. Denk dran, ich bin Krankenschwester, ich weiß genau, wo deine wunden Punkte sind.« Sie drückte die Schultern durch und schien sich für einen Angriff zu wappnen.

Aldo knurrte verächtlich. »Es war Notwehr. Der Typ wollte mich umbringen.«

»Die süße Polizistin hat deiner Freundin aber was ganz anderes erzählt.«

Scheiße, dachte Aldo.

»Ich habe gehört, wie sie sagte, der Angriff sei zwar legitim gewesen, sie fände es aber übertrieben, dass du ihn mit der Stirn aufs Pflaster geschlagen hast.«

»Er hat sich beim Sturz den Kopf verletzt.«

»Der Arzt sieht das anders.«

»Scheiß auf den Arzt.« Sie schrak sichtlich zusammen, worauf er sofort einen Rückzieher machte. »Ich will dir nichts tun. Ich will nur wissen, warum du hier rumgeschnüffelt hast. Wir kennen uns doch kaum.«

Sie schien zu begreifen, dass ihr keine unmittelbare Gefahr drohte, setzte sich im Schneidersitz aufs Bett und lachte nervös. »Du weißt genau, was mich an- und abturnt. Das reicht doch wohl fürs Erste.«

Aldo antwortete nicht, sondern warf ihr einen ernsten Blick zu.

»Na gut. Ein Typ hat mir hundert Dollar gegeben, damit ich in deiner Nähe bleibe und ihm berichte, was du so treibst. Er sagte, ich bekäme nochmal hundert, wenn ich es bis in dein Haus schaffe.«

»Also hast du dich für ihn zur Hure gemacht?«

Die Frage erboste sie. »*Nein*, ich bin keine Hure! Ich wollte sowieso einen mit dir trinken gehen. Zum Glück bist du zurückgekommen. Außerdem dachte ich zuerst, er nimmt mich auf den Arm.«

»War es ein Bulle?«, drängte Aldo weiter.

»Nein, irgendein Typ, der im Wartezimmer herumhing. Sah ein bisschen gruselig aus.«

»Und warum hast du das Geld angenommen? Ist dein Gehalt so mies?«

Die Frage war nicht fair, denn Aldo war insgeheim der Ansicht, dass man bei keiner ehrlichen Arbeit genug verdiente. Eben darum war er solchen Arbeiten seit dem Militärdienst auch beharrlich aus dem Weg gegangen.

Sie wirkte verlegen, weil er sie als käuflich betrachtete. »Es war doch nur ein Spaß. Und die Kinder können immer was Neues brauchen.«

Clevere Ausrede, dachte er, sie tut alles nur für die Kinder.

»Hat er dir seinen Namen genannt?«

»Er hat mir nur eine Nummer gegeben. Aber ich rufe nicht an, versprochen.« Sie wirkte aufrichtig. »Du lebst doch ganz normal, bis auf den Kellerraum mit der Wahnsinnstür. Sieht aus wie in einer Bank.«

»Die gehörte zum Haus. Der Vorbesitzer war Kunstsammler. Ich selbst nutze den Raum als Weinkeller.« Was nicht ganz gelogen war, neben den Aktenschränken lagerten tatsächlich ein paar Flaschen. »Aber er wird unter Garantie nach dir suchen.«

»Und wenn schon – dann sage ich ihm einfach die Wahrheit. Dass ich nichts gefunden habe und es dir nicht gefällt, wenn ich herumschnüffele.« Mit gesenktem Blick fügte sie hinzu: »Und den Hunderter gebe ich ihm auch zurück.«

Das meiste kaufte Aldo ihr sogar ab. Sie hatte spontan gehandelt und war in etwas hineingeraten, das eine Nummer zu groß für sie war. Er beschloss, sie in Ruhe zu lassen und sich lieber um den Auftraggeber zu kümmern.

»Ich sag dir was.« Er stieß sich mit der Schulter vom Türrahmen ab und ging zum Kleiderschrank. »Behalte das Geld und sag ihm, dass ich als Informant fürs FBI arbeite.« Er zog ein Jeanshemd über und nahm eine Khakihose vom Bügel.

»Als Informant? Stimmt das wirklich?«

»Nein«, versicherte er ihr, während er in die Hose stieg. »Aber du erzählst es ihm trotzdem, okay? Dafür verrate ich deinem Chef nicht, dass du einen Patienten bespitzelt und dafür Geld genommen hast.«

Sie dachte nach. »Abgemacht. Aber was ist, wenn der Typ mir nicht glaubt?«

»Egal.« Er zog die Socken vom Vorabend an, die er achtlos in einen Sessel geworfen hatte. »Mich interessiert nur, was er danach tut.«

Sie zuckte die Achseln und schaute sich um. »Wo ist meine Jacke?«

»Die hast du im Auto gelassen.«

Als sie einstieg, drückte er den Öffner für das Garagentor, das klappernd in die Höhe fuhr.

»Kennst du den Weg?«

»So betrunken war ich nun auch wieder nicht. Am Ende der Einfahrt rechts und dann geradeaus bis zum Freeway.«

»Stimmt genau.« Er drückte ihr einen Zettel in die Hand. »Meine Handynummer. Ruf mich an, wenn der Typ sich bei dir meldet.«

»Okay, aber selber anrufen werde ich ihn nicht, sonst kennt er meine Nummer. Ich warte, bis er sich meldet.« Sie zog einen Zettel aus ihrer Hosentasche. »Hier ist die Nummer, die er mir gegeben hat. Von mir aus kannst *du* ihn ja anrufen.«

Aldo faltete den Zettel auf. Eine weiter entfernte Vorwahl, er tippte auf Atlanta.

»Danke.«

Sie warf ihm noch eine Kusshand zu, bevor sie die Tür schloss und den Motor anließ. »Danke für – na ja, für eine interessante Nacht.« Dann fuhr sie vorsichtig aus der Garage.

Aldo sah ihr nach, bis sie auf die Straße bog, und fragte sich, ob er tatsächlich von ihr hören würde. Dann schloss er das Garagentor und eilte ins Haus. Halb sieben. Jetzt war er wirklich spät dran.

37. Kapitel

Der Richter lag in seinem Bett im eleganten St.-Paul-Hotel und starrte ins Dunkel. Er konnte nicht schlafen. Beim Essen im Radisson Minneapolis hatte Pennington einen Anruf erhalten, der ihn blass werden ließ, und war unter hastigen Entschuldigungen aufgebrochen. Er erwähnte nur, die Kirchbaums seien in Gefahr. Der Richter schwankte zwischen Hoffnung und Verzweiflung, als er sich fürs Zubettgehen bereit machte. Die Zehn-Uhr-Nachrichten brachten die zweite schlechte Neuigkeit. Eine Schießerei mit tödlichem Ausgang vor einem beliebten Restaurant, ein oder zwei Festnahmen. Die Beschreibung verriet ihm, dass das Todesopfer nur die Frau aus dem Flugzeug sein konnte.

Er rief alle seine Kontaktpersonen an, niemand meldete sich. Vermutlich waren sie untergetaucht und warteten ab, ob ein Überlebender auspackte. Er unterdrückte seine Panik und rief gegen Mitternacht bei Pennington an, der ihm bestätigte, dass die Wellingtons wieder sicher untergebracht waren. Damit waren sie völlig außer Reichweite. Er verzweifelte allmählich.

Auch John und Marcia Wellington fiel es schwer, die Fassung zu wahren. Nach ihrer panikartigen Flucht aus dem Haus fuhren sie zum Polizeirevier West Side und baten dort um Schutz. Sie nannten dem verwirrten Sergeant Penningtons Nummer und flehten ihn um Hilfe an. Zwanzig Minuten später betraten zwei US-Marshals und ein Vertreter des Minnesota Bureau of Criminal Apprehension, kurz MBCA, das Revier. Bald darauf waren die Wellingtons unterwegs nach Fort Snelling, der historischen Festung am Zusammenfluss von Mississippi und Minnesota River, von dem aus man ironischerweise auf die Anlegestelle von Lillydale blickte.

Man bugsierte sie rasch ins Haus der früheren Kommandanten, eines von mehreren heruntergekommenen Gebäuden aus den 1890ern, die sich an die Klippen westlich des Minnesota River drängten. Es stand am Highway 55, der mitten durch das Gelände des Forts verlief und von dort aus über die Mendota Bridge führte. Vierhundert Meter weiter westlich, zwischen Fort und Flughafen, befand sich der intakte Teil des Militärgeländes, der von Reserveeinheiten der Streitkräfte und verschiedenen Bundesbehörden genutzt wurde.

Das alte Fort mit seiner eindrucksvollen Brustwehr und den niedrigen Wachtürmen beherrschte die Landzunge, die sich in die beiden Flüsse hineinschob. Meist drängten sich dort Touristen aus dem ganzen Land, die durch die restaurierte Kaserne aus dem 19. Jahrhundert und über den Exerzierplatz schlenderten und von freiwilligen Führern etwas über die Pionierzeit des Staates Minnesota erfuhren.

Die altersschwachen Gebäude außerhalb der Mauern lagen allerdings verlassen da. Sie wurden seit den Kriegen in Korea und Vietnam nicht mehr benutzt, waren seit Jahren mit Brettern vernagelt und mit wenigen Ausnahmen, die von Heimatvereinen restauriert werden sollten, zum Abriss bestimmt. Bis dahin wurden nur die nötigsten Reparaturen vorgenommen, um einen vorzeitigen Einsturz zu verhindern.

Die Wellingtons waren wenig begeistert, als sie die abblätternde graue Farbe und den bröckelnden Putz des Hauses betrachteten, in dem sie vorerst wohnen sollten. Oben im Flur saß ein bewaffneter US-Marshal. Im Wohnzimmer hockte sein Kollege, dessen Laptop auf einem wackligen Kartentisch stand. Er tippte eifrig und sprach dabei in ein Handy, das er zwischen Ohr und Schulter geklemmt hatte. Draußen vor der Tür stand dick vermummt Caroline Ottmann, Penningtons Assistentin, und behielt die umstehenden Gebäude und die weiten, ungepflegten Rasenflächen im Auge, die sich zwischen Kommandantenhaus, Reservestützpunkt und Flughafen erstreckten. Um die Ecke hockten zwei MBCA-Angestellte in einem neutralen Wagen und bewachten das Tor, das vom Reservestützpunkt zu den verlassenen Teilen des Forts führte. Und auf dem Dach kauerten zwei Scharfschützen der Polizei von Minneapolis, die das ganze Gelände mit Nachtsichtbrillen überwachten.

»Was machen die jetzt mit uns?«

Marcia hatte die Arme um den Körper geschlungen und tippte nervös mit dem Fuß auf den Boden. Sie hockte auf der Kante eines Polstersessels im Schlafzimmer, dessen verblasste Blümchentapete den Raum auch nicht einladender machte.

John tigerte wie ein Tier im Käfig auf und ab.

»Was glaubst du wohl?«, knurrte er. »Die behalten uns ein paar Tage hier, geben uns wieder neue Namen und eine neue Adresse. Diesmal ganz weit weg.«

»Scheiße.«

Sie zuckten zusammen, als jemand an die Tür klopfte.

»Alles klar bei Ihnen? Darf ich hereinkommen?«

Sie erkannten Ottmanns Stimme.

»Wenn es sein muss.«

Ottmann trat ein und lächelte sie freundlich an. Ihre Wangen waren von der Kälte gerötet.

»Ich wollte noch einmal nach Ihnen sehen. Alles in Ordnung? Brauchen Sie noch etwas?«

»Ja, ein Zimmer im Holiday Inn«, blaffte Wellington.

Ottmann ließ sich nicht beirren und antwortete fröhlich: »Sicher, die Unterkunft ist nicht sonderlich luxuriös. Tut mir leid, aber etwas Besseres konnten wir auf die Schnelle nicht auftreiben. Zudem ist es sicherer als ein Hotel. Es ist ja höchstens für ein paar Tage.«

Wellington schaute seine Frau vielsagend an. »Solange werden wir es Ihnen so bequem wie möglich machen.« Sie öffnete ihre Jacke. »Wie steht es mit der Temperatur?«

Marcia warf einen Blick auf die morschen Fensterrahmen. »Bisschen zugig, ansonsten geht es.«

»Ja, die Bude ist nicht gerade luftdicht«, stimmte Ottmann lachend zu. »Wenn Sie es wärmer haben möchten, sagen Sie dem Marshal vor der Tür Bescheid. Dann legt er Kohlen nach.«

Sie grinste. Zwei Leute vom MBCA waren vorausgefahren und hatten geschlagene zwanzig Minuten nach einem Thermostat gesucht. Ein Anruf im Reservestützpunkt ergab, dass die Zentralheizung aus einem kohlebefeuerten Kessel im Keller bestand, eine durchaus moderne Einrichtung in Häusern des ausgehenden 19. und frühen 20. Jahrhunderts. Nach längerer Suche entdeckten die Hausmeister der Kaserne eine Ladung Kohle, die jemand in einem verlassenen Lagerhaus versteckt hatte, und lieferten sie umgehend ab.

»Sie sollten sich entspannen und versuchen zu schlafen«, sagte Ottmann beruhigend. »Es ist schon spät. Wir passen gut auf Sie auf.«

Marcia stand auf und hielt John Wellington im Gehen fest. Sie legte ihm den Arm um die Taille und bedachte Ottmann mit ihrem Porzellanpuppenlächeln. »Vielen Dank.«

»Keine Ursache. Gute Nacht.«

»Gute Nacht«, sagte Marcia, als die FBI-Agentin die Tür hinter sich schloss. Sobald sie verschwunden war, sagte Marcia: »Du hättest ruhig ein bisschen netter sein können. Sie wollen uns doch nur helfen.«

»Wenn sie das wirklich wollten, hätten sie von Anfang an für unsere Sicherheit gesorgt.«

»Die haben auch zu wenig Leute, das ist alles. Aber die Marshals haben gesagt, dass man bis zum Ende der Ermittlungen und sogar für den ganzen Prozess jemanden für uns abstellen wird. Jetzt wird alles gut. Lass uns schlafen gehen. Es ist wirklich spät.«

John Wellington befreite sich aus ihrem Griff und holte einen Schlafanzug aus der Tasche mit neuer Kleidung, die Ottmann besorgt hatte. Er riss die Verpackung auf und breitete den Schlafanzug auf dem Doppelbett aus, das jemand in die wärmste Ecke des Zimmers geschoben hatte. Er runzelte die Stirn.

»Mein Gott, woher haben die den denn? Schlussverkauf im Golfbedarf?«

Marcia warf einen Blick aufs Bett und musste unwillkürlich lachen. Der rote Pyjama war über und über mit kleinen Sportlern in Tweedmütze, Karosocken und -pullover, Wollstrümpfen und Golfschuhen bedruckt, die schwungvoll mit dem Schläger ausholten. Darunter war jeweils in verschnörkelter Schrift der bekannte Warnruf »Fore!« zu lesen, mit dem ein Golfspieler vor fehlgeschlagenen Bällen warnt.

Marcia tätschelte ihm tröstend die Schulter. »Nur für heute Nacht, okay? Ich sage Bescheid, dass sie morgen einen anderen kaufen sollen.« Sie selbst griff nach einem schlichten blauen Nachthemd und verschwand im Ankleidezimmer, das man vor Jahren in ein Bad umfunktioniert hatte. Bei Damenkleidung war Ottmann wohl geschmackssicherer.

Während Marcia sich das Gesicht wusch und die Zähne putzte, schluckte John seinen Stolz hinunter und zog den Schlafanzug an. Er hockte gottergeben auf der Bettkante und wartete, dass sie aus dem Bad kam. Als er selbst dort fertig war, schaltete er das Licht aus und glitt unter die Bettdecke. Die alten Federn knarrten hörbar unter seinem Gewicht. Und noch einmal, als Marcia sich an ihn kuschelte, um sich und ihn zu wärmen.

»Kann es noch schlimmer werden?«, murmelte er.

Zuerst sagte sie nichts, spürte aber plötzlich einen leisen Übermut. Er sah im Mondlicht, das durch die verschlissenen Gardinen fiel, wie sie ein Wort formte.

Ottmann und der US-Marshal, der die Operation leitete, schauten sich verwundert an, als von oben ein lautes »Fore!« erscholl und eine Frau in wildes Gelächter ausbrach.

38. Kapitel

Auf dem Schild gegenüber vom Aufzug stand »3. Stock, Aufwachraum und OP-Nachsorge«. Der Krankenpfleger schaute den Flur entlang und entdeckte ein weiteres Schild mit der Aufschrift »Zimmer 410–455«, worauf er seinen leeren Rollstuhl in diese Richtung schob.

Im Gehen las er die Zimmernummern. 415, 416, 417. Manche Räume dienten anderen Zwecken. Radiologische Dienste. Ombudsmann – Patienten. Kaplan. Meditationszimmer. Auf Höhe von Zimmer 428 und Wäscheschrank entdeckte er den Polizisten, der vor dem letzten Zimmer Wache stand. Langsam schob er den Rollstuhl an die Wand und machte sich an einem Wagen mit Wäsche zu schaffen, der vor Zimmer 434 abgestellt war. Dabei musterte er den Beamten. Jung, groß, eckig, leuchtend rotes Haar. Sah eher wie ein Parkwächter aus. Er sprach gerade mit einer Krankenschwester, die ein Stück weiter hinter einer Theke saß. Sie schienen einander zu kennen.

Der Pfleger wartete, bis der Beamte näher zu der Schwester trat, schnappte sich einen Stapel Laken und Kissenbezüge und ging los, wobei er Gesprächsfetzen aufschnappte.

»Jake hat geheiratet.«

»Ehrlich?«, fragte der Polizist ungläubig. »Wer hätte das gedacht?«

Der Pfleger marschierte ungerührt an ihnen vorbei und wollte gerade die Tür von Zimmer 455 öffnen, als der Polizist »He!« rief.

Er drehte sich um.

»Was machen Sie denn da?«

Er deutete auf seine Bettwäsche, und der Beamte winkte ihn weiter.

Drinnen waren die Jalousien geschlossen. Im schwachen Licht der Nachtbeleuchtung erkannte er die Besucherstühle und das schwere Krankenhausbett an der anderen Wand.

Der kleine Mann im Bett sah ihn überrascht an. Die Handschelle, mit der seine linke Hand ans Bett gefesselt war, klapperte, als er sich zu dem Krankenpfleger umdrehte. »Was ist los? Die sind doch erst gestern Abend gewechselt worden.«

Der Krankenpfleger zuckte die Achseln. »Keine Ahnung. Kann ich die hier ablegen?« Er deponierte zwei Laken und einen Kissenbezug am Fußende und griff hinter den Kopf des Mannes. Der schoss hoch, doch der Krankenpfleger packte eisern seinen rechten Unterarm und band ihn mit dem zweiten Kissenbezug am Metallbett fest.

Der Mann vergaß vor Schreck völlig, um Hilfe zu rufen. Sein Pech, denn der Krankenpfleger griff nach einem Einweghandschuh, stopfte ihn dem Patienten in den Mund und sicherte den Knebel mit Klebeband. Dann beugte er sich über den Mann und sah ihn drohend an.

»Na, kennst du mich noch?« Furcht verwandelte sich in Entsetzen, als er den Pfleger erkannte. »Ich bin der Mann, mit dem du und deine Freundin letzte Nacht Schießübungen veranstaltet habt.«

Teddy kämpfte gegen seine Fesseln und hoffte, der Polizist vor der Tür werde ihn hören. Doch wenn dieser Kerl ungehindert hereingekommen war, schien es mit dem Schutz nicht weit her zu sein. Er zerrte so heftig an den Fesseln, dass der Infusionsschlauch über seinem Bett wild hin und her schwang und der Kopfschmerz wieder schlimmer wurde.

Aldo nahm ungerührt den zweiten Kissenbezug und wickelte ihn um die Hand mit der Handschelle, damit ihn das Klappern nicht verriet. Dazu fesselte er Teddy mit den Laken ans Bett, worauf die Bewegungen deutlich schwächer wurden.

Als er sein Opfer unter Kontrolle hatte, horchte er kurz an der Tür und kehrte zu Teddy zurück.

»Nun denn«, flüsterte Aldo ihm ins Ohr, »jetzt werden wir beide ein bisschen plaudern.« Teddys Augen schossen entsetzt hin und her. »Aber zuerst mal die Regeln.« Aldo tätschelte ihm den Kopf. »Regel eins: Wenn ich dir den Handschuh aus dem Mund nehme, beantwortest du alle Fragen leise und wahrheitsgetreu. Regel zwei: Falls du Regel eins nicht befolgst, ziehe ich den Schlauch heraus. Dann verblutest du, bevor die draußen wissen, was passiert ist. Verstanden?«

Teddy nickte.

»Alles klar?«

Er nickte wieder.

Aldo nahm ihn beim Kinn, riss das Klebeband ab und zog den Handschuh heraus, den er vorsichtshalber griffbereit behielt. Teddy leckte sich über die Lippen, um den scheußlichen Latexgeschmack loszuwerden, verhielt sich aber still.

»Erstens, wie heißt du?«

Teddy blickte ängstlich von Aldo zum Schlauch und wieder zurück. »Teddy«, flüsterte er dann, »Teddy Dandelet.«

Den Namen hatte Aldo noch nie gehört. »Warum hast du mich gestern Abend Wellington genannt?« Teddy schien verwirrt. »Warum glaubst du, ich heiße Wellington?«

»Weil Sie eben so heißen. Sie haben doch für das Päckchen unterschrieben. Ganz schön blöd von Ihnen.«

Jetzt wurde ihm alles klar.

»Was war da drin?«

»Eine Nagelbombe, Sie Blödmann. Extra für Sie. Aber als

der kleine Scheißer vom Skateboard gefallen ist, hat meine Partnerin einen Rückzieher gemacht. Also sind wir Ihnen in die Stadt gefolgt.«

»Und ihr habt gewartet, bis ich aus der Kneipe kam.«

»Ja«, meinte Teddy selbstzufrieden. »Und wir hätten Sie auch erwischt, wenn mich dieser Idiot nicht festgehalten hätte. Warum sind Sie mir eigentlich nachgelaufen?«

»Weil ich es nicht mag, wenn Leute auf mich schießen«, sagte Aldo und klopfte ihm energisch gegen die Stirn. »Ich stelle hier die Fragen.«

Teddy nickte.

»Und warum wolltest du mich umbringen?«

Teddy grinste wissend. »Sie sind zum Abschuss freigegeben.«

Aldo quetschte Teddys Kinn, worauf dessen Grinsen rasch verschwand. »Weshalb bin ich zum Abschuss freigegeben?«

Teddy sah ihn aufgebracht an, schien ausspucken zu wollen, rückte dann aber doch mit einer Antwort heraus. »Weil Sie ein Verräter sind. Verräter sind unbeliebt, vor allem bei den Leuten, für die ich arbeite.«

Aldo versuchte, die entsprechende Verbindung herzustellen. Dachte an die Zeitungsausschnitte, die er bei den Wellingtons gefunden hatte. An die Notizen dazu, die noch in seinem Wagen lagen, der vermutlich von der Polizei überwacht wurde. Erinnerte sich an etwas von wegen Hollydale-Skandal und Autobombe.

»Meinst du, weil ich wegen Hollydale geredet habe?«, drängte er weiter.

»Holly-was? Nie gehört. Ich weiß nur, dass Sie ein paar üblen Typen auf die Füße getreten sind. Typen, die Idioten wie Sie einfach beseitigen.«

Wie vermutet hatte er bei seinen Diebstählen eine problematische Identität erwischt, die Identität eines Mannes, der gefährliche Leute verärgert hatte, indem er – ja was? Bei einer Bundesermittlung half? Das würde die Beteiligung des FBI erklären. Und seit Aldo bei den Wellingtons herumgeschnüffelt hatte, waren auch noch Auftragsmörder hinter ihm her, die ihn für ihre Zielperson hielten. Na wunderbar.

»Weißt du, wer diese Leute sind?«

»Scheiße, nein. Mich hat einer angeheuert, der von jemandem angeheuert wurde, der von jemandem angeheuert wurde. So läuft das immer. Die Auftraggeber machen sich nicht schmutzig. Könnten sogar ein paar dreckige Bullen sein, die auf beiden Seiten mitspielen wollen.«

Obwohl Teddy nur zu spekulieren schien, traf Aldo der Gedanke wie ein Schlag. Wenn nun einer der FBI-Leute Dreck am Stecken hatte? Das würde auch erklären, dass Kenny niedergeschossen wurde. Jemand in der Regierung, der Zugang zu allen möglichen Datenbanken besaß, hätte Aldos Aktivitäten unter dem Namen Wellington verfolgen und an den Killer und seine Partnerin weitergeben können. *Mein Gott, steckte Paige McGraw da etwa auch mit drin?* Wilde Verschwörungstheorien schossen ihm durch den Kopf.

»Letzte Frage: Hast du noch mehr Freunde, die hinter mir her sind, oder wart ihr beiden die einzigen?«

Teddy, wütend und von Schmerzen geplagt, wollte eigentlich nicht mehr reden, er hatte ohnehin schon zu viel preisgegeben. »Pass gut auf, wenn ich rauskomme, Arschloch. Wir haben noch eine Rechnung offen.«

Mehr würde Aldo wohl kaum aus ihm herausbekommen, seine Komplizen würde der kleine Scheißer nicht nennen. Also stopfte er ihm den Knebel wieder in den Mund, klebte ihn fest und riss ihm die Infusionsnadel aus dem Arm. Blut rann aus seinem Arm, Teddys Augen traten vor lauter Panik hervor.

»*Falls* du hier rauskommst, Freundchen.«

»Hat aber ganz schön lange gedauert«, sagte der junge Polizist, als Aldo den Raum verließ. Die Krankenschwester war nicht mehr zu sehen.

»Er war nicht sehr hilfsbereit«, sagte Aldo wegwerfend. »Hab's trotzdem geschafft.«

»Sie hätten mich rufen sollen«, erwiderte der Polizist missbilligend. »Ich hätte ihm Beine gemacht.«

»Nächstes Mal denke ich dran.« Aldo griff wieder nach dem Wäschewagen und schob ihn weiter.

»Moment, warten Sie mal!«, rief der Polizist.

Aldo erstarrte und drehte sich langsam um.

»Ihr Ausweis.« Aldo schaute an sich hinunter. Die Ausweiskarte, die er um den Hals trug, hing falsch herum, sodass man das Foto nicht sehen konnte. Er drehte sie um und legte geschickt die Hand darüber. »Danke, Officer, war mir gar nicht aufgefallen.«

»Kein Problem.«

Rasch schob er den Wagen in Richtung Aufzug.

Dort ließ er ihn stehen und stahl sich wieder in den Aufenthaltsraum im Erdgeschoss, wo er die blaue Kleidung und den Ausweis in den Spind legte, den er vorhin aufgebrochen hatte, zog seine Sachen an und verstaute die Brille und das braune Toupet im Sportbeutel. Zuletzt zog er die dicke Winterjacke an und hängte sich den Beutel über die Schulter. Viertel nach acht. Jetzt konnte er sich Zeit lassen. Er genoss den Gedanken an den Hänfling, der über ihm im Bett lag. Das Blut würde gerinnen, bevor er ernsthaften Schaden nahm, aber das wusste der Kerl vermutlich nicht.

Im Flur drängten sich Patienten, Schwestern, Ärzte und Techniker, sodass niemand ihn beachtete, als er durch die Schwingtür in die Eingangshalle trat und draußen ein Taxi heranwinkte.

»Zum Parkhaus St.-Peter-Street«, wies er den Fahrer an, der schweigend nickte. Aldo lehnte sich in den Rücksitz und sah gerade noch den Mann, der ihn vom Eingang des Klinikparkhauses aus beobachtete. Er stand genau dort, wo ihn die Krankenschwester am Vorabend abgeholt hatte.

39. Kapitel

»McGraw!«

Paige blickte von ihrer Tastatur hoch. Inspektor Flynn stand in der Tür seines Büros.

»Was machen Sie denn hier?«

Verwundert deutete Paige auf das geöffnete Dokument. »Ich schreibe meinen Fallbericht, Sir.«

Er winkte sie in sein Büro und schloss die Tür.

»Sie sind beurlaubt«, erklärte er in nüchternem Ton, ohne ihr auch nur einen Platz anzubieten.

»Ich? Wieso denn?«, fragte Paige ungläubig.

»Das übliche Verfahren. Sie waren gestern Abend in eine Schießerei mit tödlichem Ausgang verwickelt, Detective. Alle beteiligten Beamten werden beurlaubt, solange die Ermittlungen andauern. Das wissen Sie doch.«

»Aber, Sir, ich habe meine Waffe überhaupt nicht abgefeuert.«

Flynn setzte sich und legte die Füße auf die Tischplatte. »Egal, Sie waren dabei. So lautet die Dienstvorschrift.« Er strich seine Krawatte glatt und schaute sie mit gespieltem Mitleid an.

Paige war sprachlos vor Schock. Sicher, Lundeen war umgehend beurlaubt worden, nachdem er gegenüber seinem Vorgesetzten ausgesagt hatte, doch sie war nicht auf die Idee gekommen, dass dies auch für sie gelten könnte. Sie hatte den Schützen nicht einmal gesehen, bevor Aldo sie zu Boden stieß. Und als die Schießerei vorbei war, hatte sie Aldo und den schmächtigen Kerl verfolgt. Genau das hatte sie Flynn mitgeteilt, als sie im Krankenhaus auf Teddys Zeugenaussage warteten. Damals war keine Rede von Beurlaubung gewesen, und sie konnte sich nicht vorstellen, weshalb sie plötzlich als »Beteiligte« galt. Doch sie war machtlos.

»Was wird aus dem Termin mit Harrison um neun? Er kann jeden Augenblick hier sein.«

Flynn lehnte sich zurück und verschränkte die Hände hinter dem Kopf. »Keine Sorge, um den kümmere ich mich schon. Lassen Sie mir nur Ihre Notizen hier.«

»Ja, Sir«, sagte Paige und wandte sich zur Tür.

»Ach ja, und auch die Waffe, bitte. Für die ballistische Untersuchung.« Sie sah ihn argwöhnisch an, worauf Flynn spöttisch die Hände hob. »Es ist zu Ihrem eigenen Schutz. Um die Aussage, dass Sie nicht geschossen haben, zu bestätigen.«

Mit dramatischer Geste zog sie den 9-mm-Revolver aus der Gürteltasche und entlud ihn. Sie knallte Waffe und Munition auf den Tisch, dass Flynn rasch die Füße wegziehen musste. Er ließ beides in einer Schublade verschwinden, stand auf und lächelte sie beschwichtigend an.

»Ich weiß, was es bedeutet, mitten in einem interessanten Fall aussteigen zu müssen. Aber uns sind die Hände gebunden. Tragen Sie es mit Fassung, McGraw, okay?«

»Ja, Sir.« Sie ging zum zweiten Mal zur Tür und murmelte bei sich: »Du Arsch. Dabei hatte ich gedacht, du wärst doch ein Netter.«

»Wie bitte?«

»Was soll ich mit meiner freien Zeit anfangen, Sir?«, fragte Paige, den Türknauf in der Hand.

Er schaute sie schief an und sagte dann: »Entspannen Sie sich. Lesen Sie ein gutes Buch. Erledigen Sie, was liegengeblieben ist. Amüsieren Sie sich. Halten Sie Kontakt. Und vor allem reden Sie mit *niemandem* über den Fall, verstanden?«

»Ja, Sir«, erwiderte sie und knallte die Tür hinter sich zu.

40. Kapitel

Der Polizeibeamte Aaron Skoogman freute sich über die Abwechslung. Er war zwölf Wochen lang von Mitternacht bis acht Uhr morgens in Como Park, einem nördlichen Stadtteil, Streife gegangen und überlegte daher nicht lange, als der Leiter der Polizeiwache Freiwillige für einen Tageseinsatz suchte.

Er saß in einem neutralen blauen Dienstwagen und blätterte in der *St. Paul Pioneer Press*, wobei er den Rückspiegel im Auge behielt. Vom ersten Parkdeck des Parkhauses an der St.-Peter-Street hatte er einen guten Blick auf den Eingang und das relativ neue BMW 645Ci Coupé, das ein Stück weiter abgestellt war. Halb neun. Um sieben hatte er seine Kollegin Taysha Jewels abgelöst, die froh war, dass sie sich endlich zu Hause aufwärmen konnte. Skoogman fuhr eine Doppelschicht, was ihm wenig ausmachte, da er so ausnahmsweise rechtzeitig nach Hause kommen und noch mit den Kindern spielen konnte.

Taysha hatte ihn angewiesen, den Eingang zu beobachten. Sie warteten auf den Besitzer des BMW, der dort seit dem Vorabend parkte. Falls er auftauchte, sollte Skoogman die Kollegen benachrichtigen und dem Wagen folgen.

Da er sich ganz auf den Eingang konzentrierte, bemerkte er die Gestalt, die die Auffahrt vom oberen Parkdeck herunterkam, erst spät. Er zuckte zusammen.

»Wo kommt der denn her?«, knurrte er bei sich.

Als sich der Mann dem BMW näherte, blinkten die Lampen auf. Natürlich, die Fernbedienung fürs Türschloss. Der Mann öffnete den Kofferraum und warf einen Sportbeutel hinein, den er über der Schulter getragen hatte, stieg an der Fahrerseite ein und startete den Motor.

»Packard«, rief Skoogman in das Minifunkgerät, das er am Handgelenk trug. »Der Wagen fährt los.«

Es knisterte, dann bestätigte der Kollege. »Roger.«

Officer Craig Packard wartete in einem braunem Wagen gegenüber der Ausfahrt. Er sah zu, wie der BMW an der Kasse hielt und dann rechts in die St.-Peter-Street bog. Packard fädelte sich hinter ihm ein, wobei er einen Wagen zwischen sich und dem Zielfahrzeug ließ.

Skoogman wartete, bis sich der BMW ein Stück entfernt hatte, und fuhr langsam hinterher. Er zeigte der Frau an der Kasse seinen Ausweis.

»Hat der BMW eben mit Kreditkarte bezahlt?«

»Nein, in bar. Ich musste zweiundvierzig Dollar berechnen, weil er keinen Parkschein hatte.«

»Danke«, sagte Skoogman und reichte ihr seinen Schein. »Geht auf die Behörde.« Er bog ebenfalls rechts ab und setzte sich hinter Packard, der einige Wagen vor ihm fuhr.

Mehrere Minuten und eine Ampel später meldete sich der Kollege.

»Er biegt in den Kellogg Boulevard.«

»Nach rechts oder links?«

»Links.«

»Roger.«

Es herrschte stockender Verkehr. Nach einigen Minuten meldete sich Packard erneut.

»Was ist nur los mit dem Typ?«, fragte er ungläubig.

»Wieso?« Skoogman war gerade in den Kellogg Boulevard gebogen. »Was macht er denn?«

»Er fährt ins Parkhaus gegenüber vom Präsidium.«

»Ehrlich?«, fragte Skoogman verwirrt. »Na gut, bleib trotzdem dran. Ich parke draußen und warte, bis er rauskommt.«

»Roger.«

41. Kapitel

Aldo sah, wie der braune Wagen, in dem ein Mann am Steuer saß, langsam an ihm vorbeifuhr und einige Plätze weiter parkte. Der hatte auch gegenüber vom Parkhaus gestanden. Der Fahrer schien etwas auf dem Rücksitz zu suchen. Ganz klar, Polizei, dachte er.

Er nahm den nächsten Ausgang und warf einen Blick auf die Uhr, als er zum Polizeipräsidium hinüberging. Zehn vor neun. Dann bemerkte er ein Stück weiter an einer Parkuhr den blauen Wagen, in dem ebenfalls nur der Fahrer saß. Er schien Zeitung zu lesen, doch Aldo erkannte das Auto. Mann, werden die enttäuscht sein, dachte er bei sich.

Das Polizeipräsidium am Kellogg Boulevard Ecke Minnesota Street war ein imposantes, abweisendes Gebäude aus hellem Kalkstein, auf dem das Wetter dunkle Streifen hinterlassen hatte. Eine Reinigung war längst überfällig. Zwei riesige Türen aus Glas und Stahl, gerahmt von Granit, bildeten den Publikumseingang. Eine schwang nach innen, die andere nach außen auf.

Als Aldo dagegendrückte, bemerkte er eine müde aussehende Frau, die wütend gegen die andere Tür stieß. Er erkannte Paige nicht sofort, die mit raschen Schritten dem Dienstparkplatz zustrebte.

»He, haben Sie mich vergessen?«

Sie drehte sich abrupt um und sank ein wenig in sich zusammen, als sie ihn vor der Tür entdeckte.

»Das übernimmt ab sofort mein Chef. Fragen Sie einfach nach Inspektor Flynn«, sagte sie kurz angebunden. »Und kommen Sie ihm nicht mit dem üblichen Scheiß, der ist nicht so tolerant wie ich.«

Sie machte auf dem Absatz kehrt und ging wieder in Richtung Parkplatz.

»Wo wollen Sie denn hin?«, rief Aldo ihr nach.

»Das geht Sie nichts an«, erwiderte sie, ohne sich umzudrehen.

42. Kapitel

Das Piepsen des Telefons lenkte den Richter vom *Wall Street Journal* ab, das aufgeschlagen vor ihm auf dem Tisch lag. Das konnte nur Agent Pennington sein, der Nachrichten von den Kirchbaums hatte. Er stellte die Kaffeetasse klappernd ab, wobei er karamellbraune Tropfen auf der Untertasse hinterließ, und ging zum Nachttisch, wo sein Handy lag. Er meldete sich ungewohnt knurrig, die schlaflose Nacht saß ihm in den Knochen.

»Ja?«

»Euer Ehren?«

»Am Apparat.« Er fuhr sich durch das schüttere Haar und zupfte den Schlafanzug zurecht.

»Grant Pennington, Sir. Haben Sie immer noch vor, heute nach New Orleans zurückzufliegen?« Seine Stimme klang rau und angestrengt. Vermutlich hatte auch er kaum geschlafen, das übliche Berufsrisiko eines FBI-Agenten, der den Mordversuch an einem Kronzeugen untersuchte. Immerhin hatte er nicht untätig in einem Hotelzimmer hocken und sich um seine sorgfältig ausgearbeiteten Pläne sorgen müssen.

»Das weiß ich nicht genau, Grant.« Der Richter räusperte sich vernehmlich. »Etwas Neues von den Kirchbaums?«

»Denen geht es gut, Sir. Die Marshals haben sie in sicherer Verwahrung. Meine Assistentin Ottmann ist auch bei ihnen.«

Das war schlimmer als erwartet, doch der Richter musste sich zusammenreißen.

»Freut mich zu hören, Grant. Wirklich.« Er nahm Werbekuli und Notizblock vom Nachttisch. »Wo sind sie?«

Das Zögern am anderen Ende war unverkennbar.

»Das erfahren Sie, wenn ich Sie abhole«, sagte Pennington vorsichtig. »Ich weiß nicht, ob die Leitung sicher ist. Welche Zeit passt Ihnen?«

Der Richter warf einen Blick auf die Überreste seiner Spiegeleier. »Leider habe ich noch nicht gefrühstückt und bin nicht angezogen. Würden Sie mir eine Stunde geben, um das zu erledigen und in meinem Büro anzurufen?«

»Selbstverständlich, Euer Ehren«, antwortete Pennington beflissen. »Also in einer Stunde. Ich melde mich aus der Eingangshalle.«

»Wie spät ist es jetzt?«

»Neun, Sir.«

»Na schön, Grant, also um zehn. Ich erwarte Ihren Anruf.«

Nachdem Pennington eingehängt hatte, legte der Richter Papier und Stift zurück und wandte sich wieder seinem Frühstück zu. Dann holte er das Handy aus der Aktentasche und schaute nach, ob Nachrichten eingegangen waren. Nichts. Verzweifelt setzte er sich auf die Kante des zerwühlten Bettes. Bis auf den Lichtschein von Lese- und Hängelampe war es im Zimmer bedrückend dunkel. Er brauchte Tageslicht, unbedingt. Er zog die Vorhänge zurück, ließ Sonnenschein ins Zimmer und schaute auf die Bürohäuser an der Fifth und Market Street und den Mississippi dahinter.

In den Fenstern gegenüber spiegelte sich etwas, rasche Bewegungen, und er beugte sich vor und schaute genauer hin. Drei Vögel sausten an den Häusern aus Stahl und Beton vorbei, zogen immer engere Kreise. Zwei kleine braune Schwalben im tödlichen Luftkampf gegen einen großen grauen Raubvogel. Vermutlich ein Wanderfalke, eine der bedrohten Arten, die man angeblich durch von Menschen gebaute Brutplätze auf den Dächern der Innenstadt gerettet hatte.

Die Schwalben pickten fieberhaft nach Kopf und Augen

ihres Gegners, der wild mit den Krallen schlug. Der Richter setzte sich und schaute fasziniert zu. Schwer zu sagen, wer hier der Stärkere war.

Officer Skoogman stand an der nächsten Straßenecke und beobachtete interessiert die Zielperson, ohne sich des Dramas, das über ihm tobte, bewusst zu sein. Es war neun Uhr. Nach einem kurzen Gespräch mit einer Frau, die aus dem Präsidium gekommen war, stand die Zielperson nun auf dem Gehweg und sah ihr nach. Sowie sie außer Sicht war, schlenderte der Mann zur Ecke, schaute auf die Uhr und betrachtete einige Minuten lang den Straßenverkehr. Skoogman griff zum Fernglas.

Der Mann sah fülliger aus als in der Beschreibung, die man ihm und den Kollegen geliefert hatte, vermutlich wegen der dicken, hochgeschlossenen Winterjacke.

»So kalt ist es nun auch wieder nicht, Kumpel«, sagte Skoogman zu sich, ohne darauf zu achten, dass er beim Zurücklehnen versehentlich an die Sprechtaste seines Funkgeräts gekommen war.

»Wie bitte?«, fragte Officer Packard im Parkhaus.

»Nichts, Pack, hab wohl aus Versehen die Taste gedrückt.«

»Was macht er?«

Skoogman schaute noch einmal durchs Fernglas.

»Nicht viel. Sah aus, als wollte er ins Präsidium, redete dann kurz mit einer Frau und ist die Straße entlanggegangen. Jetzt steht er einfach an der Ecke.«

»Er steht da?«

»Ja.« Er rückte das Fernglas zurecht. »Nein, Moment, jetzt überquert er die Straße.«

Aldo wusste nur zu genau, dass man ihn beobachtete. Als die Ampel auf Grün sprang, überquerte er mit einem ganzen Menschenpulk die Straße. Auf ein Treffen mit Paiges Chef war er nicht sonderlich scharf. Der würde ihn bloß ausfragen, brauchbare Informationen konnte er nur von Paige erhoffen. Und da sie nicht mehr mit dem Fall betraut war, entschied er sich für einen anderen Plan. Er holte sein Handy und den Zettel hervor, den ihm die Krankenschwester gegeben hatte und auf dem er auch die Nummer des Regions Hospital notiert hatte. Er rief dort an und bat um Rückruf, sobald sie zum Dienst erschien.

Neugierig tippte er die Nummer ein, die sie von ihrem Auftraggeber erhalten hatte, und tauchte in der Menschenmenge unter.

Die Zielperson bewegte sich. Officer Skoogman folgte langsam und wies Packard an, im Parkhaus zu bleiben, dann bog er möglichst unauffällig in die North Wabasha Street. Winkte schnellere Fahrzeuge vorbei.

Aldo horchte auf das Rufzeichen. Die meisten Leute draußen trugen Bürokleidung, nur wenige Jeans und Jacken. Vielleicht hätte er besser aufpassen sollen, ob ihm jemand zu Fuß folgte. Es klingelte. Die Menge blieb an einer roten Ampel stehen. Komisch, im selben Augenblick klingelte noch ein Handy, ganz in der Nähe.

Jemand hob ab.

»Ja?«

Die Ampel wurde grün, alle gingen los, nur Aldo erstarrte. Spürte den Adrenalinstoß.

»Wer ist da?«

Die Stimme. Irgendwie nasal. Und sie kam nicht nur aus dem Hörer. War direkt hinter ihm.

Instinktiv drehte er sich um. Keine drei Meter entfernt stand der Typ, der ihn beim Verlassen des Krankenhauses beobachtet hatte. Er hielt ein Handy ans Ohr. Und entdeckte Aldo.

»Scheiße!« Er ließ das Telefon fallen und riss eine halbautomatische Pistole aus der Manteltasche. Aldo konnte nur wegrennen, stürzte um die Ecke in die Fourth Street. Dann hörte er die Schüsse, zwei Kugeln bohrten sich in seinen Rücken. Er schlug hart aufs Pflaster.

»Schüsse! Schüsse!« Officer Skoogman sprang aus dem Wagen und stürzte sich in den Berufsverkehr, wobei er um ein Haar mit einem Lieferwagen zusammengeprallt wäre. Er stoppte die Autos, griff nach der Dienstwaffe und ließ sie prompt auf die Straße fallen.

»Mist!« Dann entdeckte er den Schützen, der seinem Opfer gerade einen Genickschuss verpassen wollte. Jetzt half ihm nicht die Polizeiausbildung, sondern die Erfahrung als Football-Verteidiger am Century College in White Bear Lake. Ohne zu zögern rammte Officer Skoogman dem Schützen die linke Schulter in die Seite und umschlang ihn mit beiden Armen. Der Mann ließ die Waffe fallen. Skoogman spürte, wie dem Kerl die Luft ausging, als sie gegen einen parkenden Geländewagen prallten. Trainer Hendricks wäre stolz auf ihn gewesen.

43. Kapitel

Vom Präsidium aus fuhr Paige sofort nach Hause. Ein paar Minuten im Internet, schon hatte sie, was sie wollte. Dann rief sie ihren Vater an, doch er war nicht da. Sie hatte ihm zum Geburtstag ein Handy geschenkt, was reine Geldverschwendung gewesen war, da er es nie benutzte. Bruce McGraw stemmte sich beharrlich gegen die technischen Entwicklungen des 21. Jahrhunderts. Sie schlug die Nummer des Asian Pearl nach und rief dort an. Ni Shu Lai ging an den Apparat.

»Asian Pearl.«

»Hallo, Ni Shu, hier Paige McGraw. Ist mein Vater da?«

Ni Shu lachte. »Wo denn sonst?«

»Könnte ich ihn bitte sprechen?«

»Natürlich, eine Sekunde.«

Sie hörte, wie Ni Shu den Hörer hinlegte und in gedämpftem Ton rief: »He, Officer McGraw, Ihre Tochter ist am Telefon.«

»Hallo, Liebes«, meldete sich ihr Vater. »Was gibt's? Ich muss mich beeilen, Ni Shu braucht die Leitung für ihre Bestellungen.«

»Geht schnell, Pop. Kannst du ein paar Tage auf meine Wohnung aufpassen?«

»Klar doch, wie du willst. Musst du weg?«

»Ja, ich habe mir freigenommen. Ich mache eine kleine Reise.«

Bruce McGraw spürte, wie angespannt seine Tochter klang. »Wohin denn?«

»North Carolina. Aber das bleibt unter uns, klar?«

Besorgt hakte er nach.

»Bist du in Schwierigkeiten?«

»Nein, Dad, überhaupt nicht. Aber bis jetzt weiß niemand, wohin ich fahre. Bitte, ich erkläre es dir später.«

»Okay«, meinte er zögernd, »ich kümmere mich um alles. Wie lange bleibst du weg?«

»Höchstens drei Tage, hoffe ich jedenfalls. Du kannst bei mir übernachten. Alles ist sauber, und ich habe jede Menge Fertiggerichte in der Tiefkühltruhe.«

Ni Shu schaute ihn missbilligend an.

»Na gut, ich muss jetzt Schluss machen, Liebes, sonst reißt Ni Shu mir den Hörer weg. Gute Reise, ruf mich an.«

»Gut, Dad, bis bald. Ich hab dich lieb.« Dann legte sie auf.

Sie musste sich mit Packen beeilen, der Flug nach Fayetteville, North Carolina, ging in anderthalb Stunden. Hoffentlich gab es keine Probleme bei der Sicherheitskontrolle. Immerhin musste sie sich jetzt nicht mehr um die Waffe kümmern.

Schon als sie Flynns Büro verlassen hatte, wusste sie, was zu tun war. Selbst wenn Aldo die Verabredung einhielt, was mehr als fraglich schien, würde Flynn nichts aus ihm herausbekommen. Nein, der Schlüssel zum mysteriösen Mr. Harrison lag irgendwo inmitten der sanften Hügel, Täler und üppigen Kiefernwälder um Fort Bragg, wo er die Zeit vor seiner Entlassung mit einfachem Dienst verbracht hatte. Sie musste sich nur ein bisschen umhören und ihm dann richtig Feuer unterm Hintern machen. Ihre einzige Sorge war, Flynn könnte sie aufspüren und zurückbeordern, bevor sie etwas herausgefunden hatte.

Paige verließ in Jeans, Sweatshirt, Lederjacke und Turnschuhen das Haus und warf Reisetasche und Rucksack in den Kofferraum ihres Honda Civic. Nur zehn Minuten bis zum Flughafen. Sie würde ihr Ticket abholen, die Sicherheitskontrolle passieren und hoffentlich noch genügend Zeit haben, um schon einmal in der Pressestelle von Fort Bragg anzurufen.

44. Kapitel

»Scheiße, wo ist der hin?«, brüllte Officer Skoogman seinem Kollegen Packard zu, der gerade aus dem Wagen stieg, und drückte den gefesselten Verdächtigen gegen den Geländewagen.

»Wer?«

»Der Typ, hinter dem wir her waren.« Er hielt den Typen mit seinem ganzen Gewicht in Schach und drehte den Kopf in alle Richtungen. »Ist einfach aufgestanden und weggerannt. Mit zwei Kugeln im Rücken.«

»Wie kann das denn sein?«

»Keine Ahnung. Such nach der Blutspur.«

Aldo rannte. Es tat scheußlich weh. Ihm war, als hätte ihn ein wütender Elefant zwischen die Schulterblätter getreten. Er lief gebückt, um das Gleichgewicht zu halten. Verängstigte Fußgänger machten ihm Platz, als er sich schwankend über den Gehweg quälte.

»Ich kann kein Blut finden«, rief Packard, als er den Tatort untersucht hatte. Sirenen ertönten. »Wohin ist er gelaufen?«

»Probier's mal in der Wabasha Street«, schrie Skoogman, um den Lärm zu übertönen. »Könnte zu seinem Wagen gelaufen sein.«

»Und wenn nicht?« Doch Packard rannte schon in Richtung Parkhaus.

Aldo sah, wie der erste Streifenwagen mit quietschenden Reifen um die Ecke Kellogg Boulevard bog, und tauchte in den nächsten Hauseingang. Er wähnte sich in Sicherheit, bis er einen Fußgänger entdeckte, der zu einem zweiten Streifenwagen lief und in seine Richtung deutete. Mit letzter Kraft stürzte er vorwärts, gerade als der Beamte den Rückwärtsgang einlegte und Gas gab.

Die Fourth Street war ein Meer aus blitzenden Lichtern und blauen Uniformen. Officer Skoogman übergab den Schützen, der sich lautstark über die brutalen Methoden der Polizei beschwerte, dem erstbesten Kollegen und schaute sich um.

»Wo ist die Waffe?«

Die Leute sahen sich verwirrt an.

»Hier lag eine Waffe. Auf dem Gehweg. Er hat sie fallen lassen, als ich ihn überwältigt habe. Wo ist sie geblieben?«

Aldo lief hinter dem zurücksetzenden Streifenwagen über die Straße. Er war schweißüberströmt, graue Punkte tanzten vor seinen Augen, er atmete mit Mühe. Als er ins Café gegenüber stürzte, hörte er, wie der Streifenwagen mit quietschenden Bremsen anhielt. Schritte ertönten. Für ein Wettrennen fehlte ihm die Kraft. Dennoch, er musste es versuchen.

Er zog die Pistole, die er von der Straße aufgelesen hatte, und brüllte keuchend: »Wo ist die Hintertür?«

Die Gäste sprangen panisch auf oder tauchten unter die Tische. Ein junges Mädchen mit pickligem Gesicht und kaffeebefleckter Schürze schaute überrascht hinter der Kuchentheke hervor und zeigte zur Tür hinter der Kasse. Aldo hievte sich stöhnend über die Theke, stolperte durch die Tür und erstarrte. Er stand im Kühlraum. Doch, da hinten war noch eine Tür. Hoffentlich die richtige.

45. Kapitel

Der Richter hatte keine Nachrichten erhalten, jedenfalls nicht unter seiner Privatnummer. Ansonsten konnte Miss Anderson nur mit den üblichen Anrufen von Kollegen aufwarten, die ihm an diesem trüben Tag auch nicht weiterhalfen.

Beim Packen wartete er auf Penningtons Anruf. Er hatte keineswegs die Absicht, nach New Orleans zurückzukehren, wollte aber den Schein wahren. Pünktlich um zehn ging das Telefon.

»Hallo?«

»Euer Ehren? Pennington. Ich bin unten.«

»Sehr schön. Ich komme sofort.«

Als der Richter aus dem Aufzug trat, wusste er sofort, dass er recht gehabt hatte. So wie der FBI-Mann aussah, hatte er letzte Nacht kein Auge zugetan. Er war zwar rasiert und gekämmt, hatte aber Ringe unter den Augen, und seine Kleidung wirkte reichlich verknittert. Vermutlich hielt er sich nur mit Koffein aufrecht.

»Guten Morgen, Euer Ehren. Ich habe schon für Sie ausgecheckt, der Wagen steht bereit. Möchten Sie einen Kaffee?« Er bot ihm einen Styroporbecher an.

»Nein, danke, Grant. Davon hatte ich schon genug.«

»Dann nehme ich ihn.« Pennington griff nach der Reisetasche des Richters. »War eine lange Nacht, und der Tag scheint noch länger zu werden.«

Sie gingen durch die Drehtür des Hotels. Pennington öffnete die Tür des schwarzen Dienstwagens, ließ den Richter hinten einsteigen und verstaute die Tasche im Kofferraum.

»Sie haben also wirklich vor, heute noch zurückzufliegen, Sir?«, fragte Pennington, als er sich ans Steuer setzte.

»Ich denke schon.« Der Richter stellte seine Aktentasche neben sich auf den Boden. »Vorher würde ich aber gern noch einmal mit den Kirchbaums sprechen. Wäre das machbar?«

Pennington wiegte den Kopf.

»Ich weiß nicht recht, Euer Ehren. Wir haben sie ganz schön abgeriegelt.«

Der Richter schwieg. Er musste um jeden Preis zu den Kirchbaums, es könnte seine letzte Chance sein.

»Sie wollten mir doch sagen, wo sie untergebracht sind.«

Pennington zögerte kurz. »Ja, Sir, das stimmt. Sie sind in Fort Snelling, einem alten Armeestützpunkt in der Nähe des Flughafens. Ein Teil wird als Touristenattraktion genutzt, aber wir haben einen entlegenen Sektor ausgewählt, der unter strenger Bewachung steht. Dort wird niemand sie finden.«

»Das beruhigt mich.« Der Richter schaute aus dem Fenster auf den morgendlichen Verkehr. Pennington musste durch die Market Street zur St.-Peter-Street fahren, weil die Polizei die Wabasha Street mit Straßensperren und Absperrband abgeriegelt hatte.

»Muss ein schlimmer Unfall gewesen sein.« An der St.-Peter-Street bog Pennington nach Norden auf die Interstate 94 ab.

»Wohin fahren wir?«, erkundigte sich der Richter, als sie bei der nächsten Gelegenheit abbogen.

»Ich dachte, wir fahren in mein Büro in Minneapolis«, meinte Pennington. »Ich muss einige Anrufe erledigen und dachte, Sie möchten sich solange die Mitschrift Ihres Treffens mit den Kirchbaums anschauen.«

»Grant, die können Sie mir doch nachschicken«, entgegnete der Richter. »Ich möchte die Kirchbaums sprechen. Ich glaube, mein Besuch könnte beruhigend wirken, sie haben traumatische Erfahrungen hinter sich.«

»So traumatisch nun auch wieder nicht, Euer Ehren. Sie waren nie in echter Gefahr.«

Überrascht beugte sich der Richter vor.

»Was meinen Sie damit?«

Pennington räusperte sich, als setze er zu einer längeren Rede an, doch die Antwort fiel eher knapp aus.

»Sir, ich meine damit, dass sie Riesenglück gehabt haben. Wie es aussieht, haben die Drahtzieher die Mörder auf den falschen Mann angesetzt. Wir vermuten eine Verwechslung, aber die Polizei ermittelt noch.«

Der Richter ließ sich nach hinten sinken. Der Wagen schleuderte leicht, als Pennington rasch die Spur wechselte und sich durch den dichten Verkehr schlängelte.

»Wie konnte das passieren?«

»Identitätsdiebstahl, Euer Ehren.«

»Wie bitte?«

»Identitätsdiebstahl. Wir gehen davon aus, dass der Typ, der irrtümlich umgebracht werden sollte, einen schlechten Zeitpunkt gewählt und die neue Identität, die der US-Marshal-Dienst für Mr. Kirchbaum geschaffen hatte – Sozialversicherungsnummer und so weiter –, gestohlen hat. Folglich konzentrierten sich die Killer auf ihn. Ironie des Schicksals, was?«

Der Richter hatte die Augen geschlossen, die Brille abgenommen und massierte seinen Nasenrücken.

»Wie meinen Sie das, Grant?«

»Nun ja, Sir, er hat die Identität eines Mannes gestohlen, der auf der Abschussliste steht. Schlimmer geht's nicht, oder? Ein Wunder, dass der Kerl noch lebt.«

46. Kapitel

Die Beamten Skoogman und Packard saßen nervös an einem schäbigen Konferenztisch im Keller des Präsidiums, ihnen gegenüber thronten ein streng blickender Inspektor Flynn, dessen Chefin Captain Jessie Wiggins und Captain John Esposito, der Leiter der Streife. Zwischen Skoogman und Packard saß Sergeant Gary Cupito, der als moralische Stütze mitgekommen war.

Captain Wiggins stützte die Ellbogen auf den Tisch und verschränkte die Hände.

»Also nochmal von vorn, okay? Wie konnte der Mann entkommen?«

Skoogman schüttelte bedrückt den Kopf. »Keine Ahnung, Ma'am. Er lag auf dem Gehweg, Gesicht nach unten. Ich hatte den Schützen gegen ein Fahrzeug gedrückt und wollte gerade einen Krankenwagen rufen, als der Typ einfach aufstand und weglief.«

»Aber Sie haben nicht gesehen, in welche Richtung?«

»Nein, Ma'am. Der andere wollte sich losreißen. Hat mich abgelenkt.«

»Ma'am, wir haben bereits festgestellt, dass er die Wabasha Street hinuntergelaufen ist«, warf Sergeant Cupito ein. »Officer Packard und ein uniformierter Beamter waren ihm auf den Fersen.«

»Und haben ihn verloren«, warf Flynn wütend ein. »In einem Café.«

»Er war bewaffnet«, erläuterte Packard. »Die Leute, die aus dem Café stürmten, haben uns aufgehalten. Als wir durch die Hintertür in die Gasse kamen, war er weg.«

»Und woher hatte er die Waffe?«, erkundigte sich Captain Esposito, worauf Skoogman verlegen zu Boden sah.

»Vom Schützen, Sir. Er hat sie wohl aufgehoben.«

»Ich wüsste gern, wie ein Mann, der aus nächster Nähe zweimal in den Rücken getroffen wurde, aufstehen, eine Waffe ergreifen und zwei gesunden Polizeibeamten davonlaufen kann. Würden Sie mir das bitte mal erklären«, verlangte Flynn.

Skoogman und Packard sahen einander betreten an. Dann ein erlösendes Klopfen an der Tür. Captains Wiggins öffnete, sprach kurz mit dem Uniformierten draußen und setzte sich wieder.

»Jetzt wissen wir Bescheid. Ein Hausmeister des Radisson Hotel am Kellogg Boulevard hat auf der Herrentoilette in der Eingangshalle eine blaue Winterjacke mit zwei großen Löchern gefunden. Und raten Sie mal, was darin eingewickelt war?«

»Eine schusssichere Weste«, sagte Flynn.

»Ja. Und zwei abgefeuerte 9-mm-Geschosse.«

Skoogman und Packard wirkten erleichtert. Das erklärte das fehlende Blut und die Tatsache, dass die Zielperson entkommen war. Dennoch schämten sie sich ein wenig, denn die beiden Einschläge mussten ihm trotz allem große Schmerzen bereitet und ihn beim Laufen behindert haben.

»Na ja, damit wären Sie aus dem Schneider«, sagte Captain Wiggins. »Schreiben Sie Ihre Berichte, die möchte ich übrigens sehen.«

Die beiden Beamten bedankten sich und gingen rasch mit Sergeant Cupito hinaus. Flynn, Wiggins und Esposito sahen einander an.

»Jetzt bekommen wir ihn für Manipulation eines Tatorts und Waffendiebstahl dran. Soll ich einen Haftbefehl ausstellen lassen?«, fragte Flynn.

»Ja«, stimmte Wiggins zu. »Schnappen wir ihn.« Sie wandte

sich an Esposito. »Geben Sie bitte eine Beschreibung an alle Streifen durch.«

»Sofort.« Er eilte hinaus.

Als Wiggins ihm folgen wollte, hielt Flynn sie zurück.

»Meinen Sie, wir bekommen auch einen Durchsuchungsbefehl für seine Wohnung? Grund genug gibt es ja.«

Jessie Wiggins überdachte die Frage. Sie mussten erst einmal einen Richter finden, der den Befehl unterzeichnen, sich mit den anderen Amtsbereichen abstimmen und das FBI informieren würde. Das konnte dauern. Vielleicht zu lange.

»Ja. Aber besorgen Sie vor allem den Haftbefehl«, sagte sie schließlich.

47. Kapitel

Die Aussichten des Richters waren alles andere als rosig. Wer immer von dem Team, das er zusammengestellt hatte, übrig geblieben war, hatte den falschen Mann verfolgt. Und es gab keine Chance, jemanden von ihnen zu warnen. Draußen zog der Campus der University of Minnesota vorbei, sie überquerten die Brücke, die St. Paul mit Minneapolis am anderen Ufer des Mississippi verband. Soweit er sich mit der Geografie der Twin Cities auskannte, entfernten sie sich gerade von Fort Snelling und dem Flughafen. Er unternahm einen letzten Versuch, Pennington zu überreden.

»Grant, wissen die Kirchbaums eigentlich Bescheid darüber, dass sie das Opfer einer Verwechslung sind?«

Pennington schaute in den Rückspiegel. »Nein, Euer Ehren, das sind laufende Ermittlungen. Wir hielten es für ratsam, es nicht zu erwähnen, bis wir genau wissen, was passiert ist.«

Der Richter ging zum Angriff über.

»Dann sollten wir es ihnen vielleicht jetzt erklären. Die armen Leute müssen ja völlig verängstigt sein.« Um seinen Standpunkt zu unterstreichen, legte er Pennington die Hand auf die Schulter. »Ich möchte vermeiden, dass sie vor lauter Angst den Mund nicht mehr aufmachen.«

Pennington dachte nach. Ihm war es egal, ob sie noch einen Pieps von sich gaben oder nicht. Aus seiner Sicht würde der Fall ohnehin in einer Sackgasse enden. Die ganzen Scheinfirmen und Auslandskonten waren selbst mit Hilfe von Wellington alias Kirchbaum kaum zu durchschauen, und es brauchte schon ein Wunder, um mehr als eine Verurteilung der Beaulieus zu erwirken. Andererseits wollte er den Richter nicht enttäuschen, denn der kannte zu viele wichtige Leute in Washington.

»Na schön, Euer Ehren. Wir schauen auf dem Weg zum Flughafen kurz vorbei. Ihr Flug geht um zwei Uhr zehn, oder?«

Der Richter sah schnell in seinen Unterlagen nach und bestätigte die Zeit, obgleich er keineswegs vorhatte, in die Maschine zu steigen. Er schwieg, während Pennington von der Third Street ins Zentrum von Minneapolis bog. Vor ihnen ragte die große weiße Kuppel des Hubert-H.-Humphrey-Metrodome empor, in der die Minnesota Vikings und Minnesota Twins antraten. Der Richter würde seinen sorgfältig ausgearbeiteten Plan gründlich revidieren müssen.

»Grant.«

»Ja, Euer Ehren?«

»Meine Frau hat mir erzählt, hier in der Nähe habe Longfellow die Idee zu seinem Gedicht ›Das Lied von Hiawatha‹ gehabt. Stimmt das?«

»Das Lied von was?«

»Hiawatha. Das kennen Sie doch noch aus der Schule, oder? Wir mussten es auswendiglernen. Henry Wadsworth Longfellow. ›An den Ufern Gitche Gumees, an dem blanken Groß-See-Wasser …‹«

Pennington brauchte eine Weile, um den Namen einzuordnen.

»Ach ja, natürlich, Sir. Die Minnehaha-Wasserfälle. Die sind in der Nähe von Fort Snelling. Beliebter Ort.«

»Könnten wir auf dem Weg zu den Kirchbaums dort halten? Er mag zwar ein verdammter Yankee sein, aber meine Frau liebt seine Gedichte. Vor unserer Heirat war sie Englischlehrerin. Ich würde gern ein paar Fotos für sie machen.«

Nun hatte er Pennington überrumpelt. Die Rolle des Touristen schien nicht ganz zum Richter zu passen, doch der FBI-Mann überdachte die freundliche Bitte.

»Haben Sie einen Fotoapparat dabei, Sir?«

»Nein, aber ich kann eine Einwegkamera kaufen, während Sie Ihre Anrufe erledigen. Ein bisschen Bewegung schadet nicht.«

Pennington fuhr ins Parkhaus gegenüber dem FBI-Gebäude an der Washington Avenue.

»Na gut, Euer Ehren, das sollte machbar sein.«

Erschöpft und von Schmerzen gequält taumelte Aldo durch die Hintertür. Moccasin wartete auf ihn, doch er beachtete den Hund nicht, sondern schleppte sich ins Bad neben der Küche und zog das Jeanshemd aus. Er schaute über die Schulter und entdeckte die leuchtend roten, sternförmigen Schwellungen, von denen rote Blutergüsse ausstrahlten. Er zuckte zusammen, als er die Muskeln anspannte. Nichts gebrochen, kein Blut, aber es tat höllisch weh.

Agent Pennington bot dem Richter an, die Aktentasche zu tragen, doch dieser lehnte dankend ab.

»Ich habe Brieftasche und Handy drin.«

»Na gut, aber passen Sie auf, Sir, auch wenn Minneapolis sicherer ist als New Orleans.«

Der Richter erklärte, er werde in einer Stunde zurück sein, und marschierte los. Der Spaziergang würde ihm helfen, einen klaren Kopf zu bekommen und seinem neuen Plan den letzten Schliff zu geben.

Aldo wankte nach oben. Zog die Waffe aus dem Hosenbund und warf sie aufs Bett. Er musste sich umziehen, eine Tasche packen. Die Polizei konnte jeden Moment hier sein.

Er hatte Jacke und Weste in der Toilette des Radisson deponiert und vor dem Hotel ein Taxi gerufen. Dem Fahrer die Adresse in West St. Paul genannt und sich für den Rest der Fahrt schlafend gestellt, um irgendwie den Schmerz zu ertragen.

Aldo öffnete die Augen, als der Fahrer sagte, sie seien angekommen. Er gab ein großzügiges Trinkgeld und wartete, bis das Taxi verschwunden war. Zwei Blocks weiter bog er in eine schmale Wohnstraße, hinkte zu einem Garagentor und stieg drinnen in den roten Toyota, den er morgens dort abgestellt hatte.

Damit fuhr er nach Hause und packte nun für die Flucht. Nur das Nötigste, alles andere konnte er unterwegs kaufen. Nachdem er die Tasche neben die Küchentür gestellt hatte, ging er ins Büro und suchte in den Akten nach seiner Fluchtidentität. Die Mappe enthielt einen Pass, ein Scheckheft, eine Kreditkarte und einen Führerschein. Er stopfte alles in die Gesäßtasche und schloss zum letzten Mal die Sicherheitstür hinter sich ab.

»Na los, Moc«, sagte er zu dem Hund. »Wir machen einen Ausflug.«

Er ließ den Hund in den Lexus springen, der neben dem Toyota parkte, verstaute die Tasche im Kofferraum und fuhr los.

»Wie war der Spaziergang, Euer Ehren?« Agent Pennington schaute müde lächelnd vom Schreibtisch hoch, als der Richter in die Tür trat. »Haben Sie eine Einwegkamera gefunden?«

Der Richter tippte auf seine Aktentasche.

»Ja, Grant, vielen Dank. Sind Sie fertig?«, fragte er ungeduldig.

Pennington legte die Papiere ordentlich zusammen und stand auf.

»Ich denke schon. Sie wollten zuerst zu den Minnehaha-Fällen, Sir?«

»Ja, bitte.«

Paige legte auf, als der letzte Aufruf für ihren Flug erging. Die Pressesprecherin in Fort Bragg hatte ihr zunächst nicht weiterhelfen können, da Aldos Dienstzeit zu lange zurücklag. Als sie erfuhr, dass es sich um eine polizeiliche Ermittlung handelte, versprach sie, Paige am Haupteingang zu empfangen und alles mitzubringen, was in den Akten zu finden war.

Paige sah auf die Uhr. Der Flug nach Fayetteville würde mit den Zwischenstopps in Chicago, Philadelphia und Atlanta gut zehneinhalb Stunden dauern. Sie würde nicht vor neun Uhr Ortszeit dort ankommen, hinzu kamen eine halbe Stunde, um einen Wagen zu mieten und zwanzig Minuten bis zum Stützpunkt. Vor zehn würde sie es kaum schaffen.

Sie griff nach Reisetasche und Rucksack, zeigte die Bordkarte hervor und ging über die Gangway. Trotz des Gedränges, das in der Kabine herrschte, schaffte sie es irgendwie, die Tasche ins Gepäckfach zu stopfen und sich auf ihren Fensterplatz zu quetschen. Sie schnallte sich an, holte eine Aktenmappe aus dem Rucksack und schob ihn unter den Vordersitz. Als das Flugzeug zur Startbahn rollte, las sie noch einmal Aldos zensierte Dienstakte durch.

Sie war weg. Inspektor Flynn durchwühlte noch einmal alle Schubladen, doch sein Instinkt sagte ihm, dass sie weg war. Das konnte nur Detective McGraw gewesen sein.

»Verflucht nochmal.«

Um die würde er sich später kümmern. Die Adresse hatte er bereits ihren Notizen entnommen, auf die Dienstakte konnte er fürs Erste verzichten. Er fuhr ihren Computer herunter und griff zum Telefon. Da sich das Haus im ländlichen Dakota County befand, einige Kilometer südlich von St. Paul, musste der dortige Sheriff den Durchsuchungsbefehl ausstellen. Er veranlasste telefonisch alles Nötige und erfuhr, dass ein Team samt Durchsuchungsbefehl um zwei Uhr nachmittags bereitstünde. Ein bisschen später als erhofft, aber er gab sich damit zufrieden.

Danach rief er Agent Pennington an, um ihn über die neuesten Entwicklungen zu informieren, erreichte aber nur die Mailbox und hinterließ eine Nachricht.

48. Kapitel

Pennington lenkte den Dienstwagen in eine Parklücke am Minnehaha Parkway ganz im Südosten von Minneapolis.

»Wir sind da, Euer Ehren.«

Pennington schaltete in den Leerlauf und drehte sich zum Richter um.

»Dies ist der Minnehaha-Park. Die Wasserfälle sind gleich dort drüben.« Er deutete auf eine Gruppe kahler Bäume, neben denen eine Treppe in eine Art Schlucht hinunterführte. »Allerdings ist um diese Jahreszeit nicht viel zu sehen. Die Wasserfälle frieren meist zu. Sie sollten lieber im Sommer noch einmal wiederkommen und Fotos machen.«

Der Richter stieg aus, die Aktentasche in der Hand.

»Ich möchte sie mir trotzdem ansehen, Grant. Meine Frau würde sich sehr freuen. Kommen Sie mit?«

»Nein, ich erledige noch einige Anrufe, während ich warte.«

Der Richter wirkte enttäuscht.

»Ich hatte gehofft, Sie würden mich neben den Fällen fotografieren. Das würde meiner Frau sehr gefallen.«

Agent Pennington war nicht sonderlich scharf darauf, den Fremdenführer zu spielen. Er überlegte, ob er dem Richter sagen sollte, wie überflüssig dieser Ausflug sei, dass es Wichtigeres zu tun gebe, als im Winter zu irgendwelchen Wasserfällen zu wandern, ließ es aber bleiben. In ein paar Stunden war er den Mann ohnehin los.

»Na gut, Euer Ehren«, sagte er und stieg aus. »Aber wir sollten uns beeilen, wenn wir noch zu den Kirchbaums fahren und rechtzeitig am Flughafen sein wollen.«

»Einverstanden.«

In ihren eleganten Anzügen und den glänzenden Schuhen wirkten sie reichlich fehl am Platz, als sie durch den verlassenen, schneebedeckten Park zur Treppe marschierten.

Die Stufen waren gefährlich glatt, die Eisschicht immer wieder getaut und erneut gefroren. Die Ledersohlen ihrer teuren Schuhe waren für solche Exkursionen nicht geeignet, und der Richter musste sich sogar einmal an Penningtons Arm festhalten.

Der Weg am Fuß der Treppe war ein Matsch aus Schlamm und Schnee, teils gefroren, teils mit tiefen Pfützen. Er führte etwa zehn Meter abwärts und bog dann an einem gefrorenen Teich nach links. Eine Wand aus Eis wuchs empor, umrahmt von Felsen, ausgewaschener Erde und Baumwurzeln.

»Die Minnehaha-Fälle, Euer Ehren«, verkündete Agent Pennington.

Der Richter stellte die Aktentasche ab und trat näher heran. Kein Wunder, dass Longfellow von dem glitzernden Wasser im grünen Frühlingslaub inspiriert worden war, selbst wenn er die Fälle nur von einem Foto kannte. Als er am Ufer entlangging, stieß er auf ein Häufchen runder Steine, die im Eis eingefroren waren. Er trat einen los und hob ihn auf.

»Grant, die Stelle ist wunderbar. Würden Sie mir bitte die Kamera geben?«

»Natürlich.« Als Pennington sich bückte, holte der Richter aus und schlug ihm den Stein mit aller Gewalt auf den Hinterkopf.

Das Schild auf dem Highway 33, etwa sechzig Kilometer südlich von St. Paul, besagte: »Northfield – Eine zufriedene Gemeinde.« Der Cannon River floss in dieser ländlichen Gegend parallel zum Highway, bevor er sich majestätisch in den Mississippi ergoss. Am anderen Ufer lugten die Türme der grauen

Kapelle und der zinnenbewehrten Wohngebäude des Carleton College über die kahlen Bäume. Auf der anderen Seite des Highway war in der Ferne der braune Glockenturm des St.-Olaf-College zu erkennen.

Aldo parkte vor dem erstbesten Laden und ließ Moccasin im Wagen, was dieser mit lautem Winseln quittierte. Er zog die rote Baseballkappe der Ohio State tief in die Stirn und setzte eine Sonnenbrille auf. Drinnen kaufte er eine große Flasche Wasser, ein fades Schinkensandwich und eine kleine Tüte Hundefutter, das er in einen der Näpfe schüttete, die er im Kofferraum hatte. Den anderen füllte er mit Wasser. Moc machte sich hungrig über das Trockenfutter her, während Aldo den Rest des Wassers trank und das Sandwich kaute. Von dem Münztelefon vor dem Laden rief er Kennys Schwester Candy an.

»Candy, hier spricht Aldo.«

»Hallo, Aldo.« Sie klang fröhlich. »Wir haben dich im Krankenhaus schon vermisst. Kenny geht es viel besser, aber er kann noch nicht sprechen. Wann kommst du mal wieder vorbei?«

»Hör mir jetzt zu und sag nichts, Candy, es ist sehr wichtig. Ich muss aus der Stadt verschwinden. Warum, kann ich dir nicht sagen, aber du musst mir einen Gefallen tun, mir und Kenny.«

»Na gut«, sagte sie zögernd.

»Vermutlich wird ihn die Polizei beschuldigen, Post gestohlen zu haben.«

»Aldo …«

»Nur zuhören. Es ist meine Schuld, aber ich kann jetzt nichts daran ändern. Er war für mich unterwegs, als er angeschossen wurde. Die Leute waren eigentlich hinter mir her, da sie mich mit jemand anderem verwechselt haben. Egal, das ist jetzt erledigt, aber Kenny ist noch nicht aus dem Schneider.«

Da er fürchtete, sie könne vor Wut in die Luft gehen, wartete er einen Moment, doch sie blieb ganz ruhig. Nur ihr Atmen verriet, dass sie noch in der Leitung war.

»Falls Kenny teilweise gelähmt bleiben sollte, werden sie ihn wohl nicht ins Gefängnis schicken. Sie könnten ihm allerdings eine lange Bewährungsstrafe und ein hohes Bußgeld aufbrummen. Dann braucht er Geld und einen guten Anwalt. Dafür musst du sorgen.«

Aldo trank den letzten Schluck aus der Flasche.

»Bei der Hastings National Bank existiert ein Konto auf seinen Namen, das Guthaben beläuft sich auf über 775 000 Dollar. Er muss dir eine Vollmacht erteilen, damit du seine Rechnungen bezahlen und einen Anwalt nehmen kannst. Und zwar so schnell wie möglich.«

Wieder wartete er auf eine Reaktion, doch Candy schwieg weiter.

»Hast du etwas zu schreiben?«

»Ja«, sagte sie ausdruckslos.

»Ich gebe dir die Kontonummer.«

Sie wiederholte sie zur Sicherheit.

»Gut. Und jetzt muss ich los. Mach's gut, Candy.«

»Mach's gut, Aldo.«

Er hängte ein und stieg ins Auto. Sein Rücken tat höllisch weh.

Agent Pennington war über der Aktentasche zusammengebrochen. Der Richter schaute sich um, es war niemand zu sehen. Dann drehte er Pennington um. Er atmete, war aber völlig weggetreten. Erleichtert warf der Richter den Stein auf den gefrorenen Teich, wo er ein Loch in die Eisdecke schlug, in dem nun nacheinander Penningtons Brieftasche, Dienstmarke und Handy verschwanden. Die Pistole behielt er und steckte sie in die Aktentasche, ebenso die Autoschlüssel. Dann zerrte er den Bewusstlosen ins nächste Gebüsch.

Er konnte sich eines gewissen Bedauerns nicht erwehren, denn er mochte Penningtons professionelle Haltung, nüchterne Besonnenheit und zuvorkommende Art. Leider hatten die Ereignisse eine vollkommen unerwartete Wendung genommen, die ihn zu diesem ebenso unappetitlichen wie unvermeidlichen Vorgehen zwangen. Er machte es Pennington so bequem wie möglich, entschuldigte sich im Geiste bei Longfellow und seinen Wasserfällen und stieg wieder nach oben.

Im Wagen stellte er die Heizung auf die höchste Stufe und richtete das Gebläse auf seine Füße. Der erste Luftschwall war schneidend kalt, doch bald wurde es angenehm warm. Er holte die Straßenkarte hervor, die er zusammen mit der Einwegkamera gekauft hatte, und suchte den Weg nach Fort Snelling.

Hiawatha Avenue bis zur Kreuzung mit den Highways 55 und 62. Dann nach Osten. Und dann? Nach links zum historischen Fort? Nach rechts zum Reservestützpunkt? Oder auf der mittleren Straße zum Freizeitpark von Fort Snelling? Als er ankam, bog er nach rechts ab, wo er ziellos auf dem Reservestützpunkt umherlief und schließlich einen Major, der gerade ins Auto steigen wollte, nach dem Weg fragte.

»Falls Sie den alten Teil des Forts suchen, der ist da drüben beim Freizeitpark«, rief ihm der Offizier über den Lärm eines landenden Jets zu. »Aber da werden Sie niemanden finden, die Gegend ist verlassen. Sind Sie sicher, dass Sie die richtige Adresse haben?«

»Das werde ich gleich wissen«, entgegnete der Richter. »Vielen Dank auch.«

Er fuhr zurück auf den Highway und nahm die nächste Ausfahrt, die an schneebedeckten Sportplätzen vorbeiführte. Nach kurzer Suche stieß er auf den bewachten Eingang, der zur ehemaligen Kommandantur führte. Der Wagen, der mitten in der Einfahrt parkte, schaltete die Warnblinker ein, und ein Mann in Winterkleidung stieg aus.

»Dies ist ein Sperrbezirk, Sir. Sie müssen umkehren.«

Der Richter deutete in seinen Mantel. »Darf ich?« Der Wachhabende nickte, worauf der Richter seinen Dienstausweis herausholte. »Ich bin Richter –«, sein Namen ging im Lärm des Flughafens unter, »und muss mit den Leuten sprechen, die sich in Ihrer Obhut befinden.«

Der Mann untersuchte den Ausweis, gab ihn unschlüssig zurück und bat den Richter, bei seinem Wagen zu warten. »Ich muss erst nachfragen.«

»Kein Problem, aber beeilen Sie sich. Ich bin aus dem Süden, es ist verdammt kalt hier draußen.«

Der Mann ignorierte den kleinen Scherz und marschierte zu seinem Wagen, wo er sich kurz mit einem Kollegen beriet, der daraufhin in sein Funkgerät sprach. Bald näherte sich eine Frau im Parka, das musste Agent Ottmann sein. Sie blieb neben dem Wagen stehen, wechselte einige Worte mit den Insassen und kam dann auf den Richter zu.

»Euer Ehren, das überrascht mich aber. Wo ist Agent Pennington? Warum hat er nicht vorher angerufen?«

»Er wurde leider aufgehalten«, sagte der Richter, »es gab eine neue Spur, und er hat mir freundlicherweise seinen Wagen geliehen. Tut mir leid, dass ich nicht angerufen habe, aber mein Flug geht gleich und ich wollte vorher noch mit den Kirchbaums sprechen.«

Agent Ottmann überlegte. Sie wirkte ein wenig misstrauisch, ließ sich aber auf seine Bitte ein.

»Das sollte machbar sein, Sir. Rutschen Sie rüber, ich fahre Sie hin.«

Ottmann setzte sich hinters Steuer und gab den Wachen ein Zeichen, sie vorbeizulassen.

Am Ende der Straße blieb sie abrupt stehen, sprang aus dem Wagen und half dem Richter beim Aussteigen.

»Passen Sie auf, es ist glatt hier.«

Der Richter schaute zum Haus hinüber. Sah den Marshal mit der halbautomatischen Waffe, der auf der Veranda wachte. Entdeckte zwei Köpfe mit Kapuzen, die über die hölzerne Dachbrüstung lugten. Einer trank aus einem Styroporbecher, aus dem Dampf stieg.

Zwischen Dach und Veranda lagen die vier Fenster des ersten Stocks. Im zweiten von links war Sheila Kirchbaum zu erkennen, und er winkte ihr höflich zu.

Als er mit Agent Ottmann die Treppe hinaufging, fragte er: »Wie halten sich die beiden?«

»Sie haben furchtbare Angst, Sir.«

»Das kann ich mir vorstellen.«

Drinnen machte sie ihn mit dem Marshal bekannt, der im Wohnzimmer saß und arbeitete.

»Dan Prebyl, Euer Ehren. Er ist für die neuen Identitäten der Kirchbaums verantwortlich.«

Der Richter schaute ihn abweisend an. »Hoffentlich funktionieren die besser als die letzten.«

»Selbstverständlich, Euer Ehren. Außerdem werden sie erst nach dem Ende der Ermittlungen eingesetzt. Bis dahin bringen wir die beiden sicher unter und lassen sie rund um die Uhr bewachen.«

»Sehr gut«, sagte der Richter und wandte sich an Ottmann. »Dürfte ich jetzt zu ihnen?«

Aldo wechselte auf den Highway 19 und ließ Northfield hinter sich. Falls die Polizei seinen Anruf bei Candy mitgehört hatte, was durchaus denkbar schien, würde sie annehmen, er wolle fliehen. Was im Grunde auch stimmte, doch zuerst hatte er noch etwas zu erledigen. Sieben Kilometer hinter Northfield bog er rechts ab und nahm diverse Nebenstraßen, wobei er sich immer nach Norden orientierte. Nach einer halben Stunde parkte er den Lexus am Rande eines brachliegenden Ackers.

Er zog ein Fernglas unter dem Sitz hervor und schaute sich um. Jenseits des Feldes lag eine Einfahrt, dahinter ein modernes zweigeschossiges Haus, gepflegt, mit großen Erkerfenstern und einer Dreifachgarage. Sein Haus. Moccasin wedelte hechelnd mit dem Schwanz.

»Nur die Ruhe, Junge, nur die Ruhe. Wir müssen noch ein bisschen warten, bevor der Zauber losgeht.«

Agent Ottmann klopfte an die Schlafzimmertür in der Kommandantur. »Sie haben Besuch. Einen Freund aus der Außenwelt«, verkündete sie.

John Wellington öffnete vorsichtig die Tür.

»Hallo, Wagner«, begrüßte ihn der Richter. »Wie geht es Ihnen?«

Wellington wollte die Tür zuschlagen, doch Ottmann hielt sie gerade noch fest.

»Ich will nicht mit Ihnen reden«, brüllte John Wellington und kehrte ihnen den Rücken. Hinter ihm konnten sie Marcia in dem geblümten Sessel sitzen sehen. Sie wirkte vollkommen unbeteiligt. Der Richter drängte sich mit Ottmanns Hilfe ins Zimmer und versuchte, den Zeugen zu beschwichtigen.

»Ich weiß, wie Sie sich fühlen, Wagner. Nun haben wir Sie schon zum zweiten Mal im Stich gelassen. Aber ich versichere Ihnen, es kommt nicht wieder vor.«

John Wellington schoss herum, er war rot angelaufen.

»Mit Ihnen rede ich nicht mehr. Suchen Sie sich einen anderen Dummen. Ich hab die Schnauze voll.«

»Bitte, Wagner, nur fünf Minuten«, bat der Richter. »Mehr verlange ich ja gar nicht.«

John Wellington riss die Hände hoch, als wollte er einen imaginären Feind abwehren, und stammelte: »Nein, nein, nein!«

»Wagner.« Marcia streckte die Hand aus, um ihn zu beschwichtigen. »Gib ihm doch noch eine Chance. Was haben wir denn zu verlieren?«

Niedergeschlagen setzte er sich auf den anderen Stuhl und schaute aus dem Fenster. Marcia bot dem Richter einen Platz auf dem Bett an.

»Würden Sie uns ein paar Minuten allein lassen?« Ottmann nickte und verließ das Zimmer. Der Richter setzte sich aufs Bett, die Brieftasche neben sich, und legte los.

»Wagner, Ihre Frau hat recht. Sie haben nichts zu verlieren, wenn Sie mir zuhören.« John Wellington tat, als hätte er ihn nicht gehört, und zupfte mit der Hand an einem Stückchen Tapete. »Ich weiß, wie entmutigt Sie sein müssen, welche Angst Sie gerade ausstehen. Die letzten Monate waren sicherlich eine Strapaze für Sie, aber für uns waren sie auch nicht einfach.« Er legte ein Kissen auf seinen Schoß und strich es glatt. Er hatte von der Methode gehört und fragte sich, ob sie tatsächlich funktionierte. »Wir haben viel Arbeit in den Fall Hollydale gesteckt. Nicht nur Sie haben Opfer gebracht. Auch ich habe Schweiß und Tränen vergossen.« Er zog die Aktentasche näher heran und legte das Kissen darüber, dann schob er langsam die Hand hinein.

»Ich werde keine Listen mehr für Sie durchlesen«, sagte John Wellington seufzend und befingerte noch immer den Tapetenfetzen.

»Keine Listen mehr, Wagner«, versicherte der Richter. Vorsichtig zog er Penningtons Pistole aus der Tasche und schob sie unter das Kissen. »Aber Sie können sich gar nicht vorstellen, was es bedeutet, wenn man so lange an etwas arbeitet und plötzlich alles um einen herum zusammenbricht.« John und Marcia Wellington sahen einander verwundert an. »Das Hollydale-Projekt war lohnenswert und wurde mit den besten Absichten entwickelt, um Menschen zu helfen, die weniger vom Glück gesegnet sind als wir.« Der Richter schien auf einmal mit sich selbst zu sprechen. »Jedes edle Unterfangen mag auch seine Schattenseiten haben, aber um etwas zu leisten, muss man eben gewisse Zugeständnisse machen.« Er entsicherte die Waffe. »Ein bisschen Schwund ist immer.«

John Wellington schaute ihn ungläubig an. »Wovon zum Teufel reden Sie da? Wollen Sie etwa andeuten, dass die Beaulieus unschuldig sind?«

Der Richter zuckte zusammen und sah ihn drohend an. Wellington spürte, wie ihm flau wurde.

»Wagner, ich will damit andeuten, dass Marcia und Sie leider zum Schwund gehören.« Mit diesen Worten feuerte er zwei Schüsse durchs Kissen ab. Ein paar Federn stoben auf, leichter Brandgeruch erfüllte die Luft.

Unten im Erdgeschoss versuchten Ottmann und Prebyl, den alten Ofen anzuheizen. Das Kohlefeuer erwachte prasselnd zum Leben und überlagerte alle anderen Geräusche. Draußen dröhnten die Jets, die auf dem nahen Flughafen starteten und landeten, und verhinderten, dass irgendein Mitglied der Wachmannschaft die Schüsse hörte.

Als Ottmann aus dem Fenster sah, fuhr der Wagen des Richters gerade davon. Sie erkundigte sich bei dem Marshal auf der Veranda. Der Richter hatte sich von ihm verabschiedet und erklärt, das Gespräch sei beendet.

Ottmann schüttelte ungläubig den Kopf. Überlegte. Dann fiel der Groschen. Sie rannte die Treppe hoch und stürmte ins Zimmer der Wellingtons. Marcia hing bewusstlos und blutend im Sessel; John lag in einer Blutlache am Boden.

»Scheiße, ruft einen Krankenwagen!«

Da der Richter nicht wusste, wie rasch sich die Nachricht verbreiten und eine Fahndung ausgerufen werden würde, blieb er dem Flughafen lieber fern und fuhr zurück ins Zentrum von

Minneapolis. Er stellte das Auto in einem Parkhaus neben der Autovermietung ab und holte den bescheidenen, unauffälligen Ford Taurus, den er zuvor unter falschem Namen reserviert hatte. Dann rief er Miss Anderson an und bat sie, seiner Frau auszurichten, er habe seinen Flug verpasst und werde abends nicht nach Hause kommen. Er holte eine Landkarte aus der Aktentasche und arbeitete die Strecke aus. Nach Norden auf der Interstate 35 nach Duluth, von dort aus auf dem Highway 61 bis zur Grenze. Die Fahrt würde etwa fünf Stunden dauern, war aber den Umweg wert. In Kanada hatte er Freunde, die ihm noch einen Gefallen schuldeten. Die Hollydale-Sache war gestorben, aber er konnte vielleicht von vorn anfangen. Er hatte noch viel vor.

Als der Polizeibeamte Damon Anderson bei seiner Routinestreife am Minnehaha-Park vorbeifuhr, bemerkte er einen gut gekleideten Mann, der zwischen den Bäumen hervorgewankt kam. Er hielt sich mit einer Hand den Hinterkopf und ging unsicher, rutschte ständig aus. Na toll, wieder ein Besoffener, dachte Anderson. Aber wenigstens schick angezogen.

Dann kippte der Mann vornüber in den Schnee. Anderson bremste. Der Mann rührte sich nicht mehr.

»Hier Zwölf-vierzehn. Begebe mich zu Fuß in den Minnehaha Park, vermutlich eine hilflose betrunkene Person.«

»Roger, Zwölf-vierzehn.«

Anderson näherte sich dem Gestürzten und stieß ihn leicht mit dem Gummiknüppel an.

»Alles in Ordnung, Sir?«

Keine Antwort. Er drehte ihn auf den Rücken, stieß ihn nochmal an. Nichts. Dann kniete er sich hin und durchsuchte seine Taschen. Keine Brieftasche, kein Ausweis. Die Haut des Mannes war grau, kalt und feucht, und er stöhnte leise. Anderson schaltete das Lautsprechermikrofon ein, das er am Revers trug.

»Hier Zwölf-vierzehn, schickt einen Krankenwagen. Ich glaube, wir haben einen medizinischen Notfall.«

»Roger, Zwölf-vierzehn.«

49. Kapitel

Der erste Wagen tauchte um kurz vor zwei auf, fuhr langsam an Aldos Haus vorbei und wendete. Kurz darauf bog ein Mannschaftswagen um die Ecke, gefolgt von mehreren Zivilfahrzeugen. Aus dem Mannschaftswagen stiegen Uniformierte in voller Kampfausrüstung: schusssichere Westen, Helme, Automatikwaffen. Sie hatten auch Rammen dabei.

Aldo sah durchs Fernglas, wie sie in das Wäldchen ausschwärmten, das an sein Grundstück grenzte, und einen Kreis ums Haus zogen. Auf ein Zeichen hin schossen die Zivilfahrzeuge los und blockierten die Zufahrt. Die Insassen sprangen heraus und richteten die Waffen aufs Garagentor. Dann rannten die Uniformierten aus dem Wäldchen, eine Gruppe zur Hintertür, die andere ums Haus herum zum Haupteingang. Zwei Stöße mit der Ramme, und sie waren drin. Selbst aus der Entfernung konnte Aldo die Rufe hören. »Polizei!« »Wir haben einen Durchsuchungsbefehl!« »Auf den Boden!«

»Wo ist er?«, fragte Flynn und drängte sich zur Tür.

»Keiner da«, erwiderte ein Deputy Sheriff. »Aber wir haben oben auf dem Bett eine Waffe gefunden.«

Flynn beachtete ihn nicht und schimpfte los:

»Was soll das heißen, es ist niemand da?«

»Gerry«, sagte Sheriff Matthew Wanstien ungehalten, »das Haus ist leer, kapiert? Wir sehen uns mal um.«

Wütend überprüfte Flynn sämtliche Räume im Erdgeschoss und warf einen wütenden Blick auf die schöne Einrichtung.

»Seht euch an, wie der Kerl von anderer Leute Geld gelebt hat. Matt, ich will ihn haben.«

»Immer mit der Ruhe, Gerry, wir kriegen ihn. Hast du das gesehen?« Der Sheriff reichte Flynn ein gefaltetes Foto, das er in der Anrichte im Esszimmer gefunden hatte. Das Foto, das Aldo aus Kennys Wohnung mitgenommen hatte. Flynn betrachtete es und las die Inschrift.

»Wer zum Teufel ist Jay?«

Aus dem Keller rief jemand: »Kommt mal runter!« Flynn eilte die Treppe hinunter. Vier bullige Typen aus der Spezialeinheit standen unschlüssig vor der Stahltür. Sie hatten schon vergeblich versucht, sie aufzubrechen.

»Das Ding ist besser gesichert als Fort Knox«, sagte einer.

Sheriff Wanstien untersuchte Tastatur und Display. *Tür verschlossen*, stand dort. »Was ist das?«

»Eine Art Kontrollvorrichtung, nehme ich an.«

»Kann man sie irgendwie umgehen?«

»Wir können es versuchen«, entgegnete ein Hilfssheriff und holte einen Satz Miniwerkzeuge aus der Tasche. Er schraubte die Abdeckplatte ab und betrachtete die Kabel dahinter. »Sieht nicht sonderlich schwer aus. Soll ich sie kurzschließen?«

Flynn antwortete mit einem Achselzucken. »Na gut, probieren wir's.«

Der Hilfssheriff machte sich ans Werk.

Aldo sah von der anderen Seite des Feldes geduldig zu. Es konnte nicht mehr lange dauern.

Der Hilfssheriff führte die nicht isolierten Enden zweier Drähte aneinander. Nichts passierte. Er versuchte es mit zwei anderen. Nichts. Nächster Versuch. Das Schloss öffnete sich mit einem Klicken. Ein Mann trat ein.

»Scheiße, wonach riecht das hier?«

In dem abgetrennten Raum über dem Büro – dem Raum, der Paige bei ihrem Besuch verdächtig vorgekommen war – pumpten generatorbetriebene Elektropumpen Brandgel durch ein Netz von Kupferrohren, die in die Rückseiten der Aktenschränke mündeten. Binnen Sekunden waren die Papiere mit der klebrigen Substanz durchtränkt, und ein feiner Nebel erfüllte die Luft.

Sheriff Wanstien schnüffelte und erkannte sofort die Gefahr. »Alle raus!«, brüllte er. »Alle raus!«

Die Polizisten und Hilfssheriffs stürmten die Treppe hoch. Als sie aus dem Haus stürzten, schoss eine gewaltige Elektrizitätswelle durch Aldos Computer und ließ Motherboard und Festplatte schmelzen. Als Nächstes gingen die Zünder hinter den Schränken los und schleuderten die Schubladen aus ihren Metallschienen. Die Flammen, die aus den Schränken schlugen, setzten die Luft in Brand, die Druckwelle der Explosion riss ein Loch in die Decke, die Stahltanks zerbarsten.

»Ruft die Feuerwehr!«, brüllte Flynn.

Aldo schaute zufrieden zu. Sein Rücken tat zwar weh, die Streifwunde am Hals auch, aber er war bester Laune. Ein Bündel Flammen schoss aus dem Dach in den Winterhimmel und griff auf das ganze Haus über. Die Polizisten konnten nur hilflos zusehen, und als die ersten Löschzüge eintrafen, war der erste Stock bereits niedergebrannt. Als das Wasser endlich kam, brach gerade das Erdgeschoss in den Keller ein. Es würde Monate dauern, bis sie Beweise in den Trümmern fanden. Wenn überhaupt.

Er startete den Motor und fuhr davon.

50. Kapitel

Der Flug von Atlanta nach Fayetteville verlief unruhig. Winterstürme vom Atlantik schüttelten die Maschine. Paiges Magen rebellierte, und sie hoffte, halbwegs pünktlich anzukommen. Zehn Uhr. Es waren nur wenige Passagiere an Bord. Sie stieg rasch aus und holte ihr Gepäck.

Die Autovermietung wollte gerade schließen, sie musste nicht warten. Der Mittelklassewagen, den sie vorbestellt hatte, stand schon bereit. Als sie mit Schlüsseln und Mietvertrag zum Wagen ging, schaute sie erneut auf die Uhr. Etwa zwanzig Minuten bis zum Fort, sie würde um kurz vor halb elf dort sein.

Paige rief noch einmal die Frau aus der Pressestelle an, die zum Glück auf sie wartete.

Im strömenden Regen schlängelte sie sich durch das Labyrinth des Flughafens, bis sie die Ausfahrt Richtung Bragg Boulevard/Highway 24 entdeckte. Zwanzig Minuten und mehrere Ampeln später bog sie links ab und rollte durch den Haupteingang des Forts.

»Ich habe einen Termin mit Captain Patricia Fox von der Pressestelle«, sagte Paige zu dem streng dreinblickenden Militärpolizisten, der in der Tür des Wachhauses stand. Er lotste sie zu einem Parkplatz draußen vor dem Tor und rief in der Pressestelle an. Kurz darauf hielt ein dunkelgrüner Dienstwagen neben ihr, und eine rothaarige Frau mit Sommersprossen, die einen grauen Regenmantel und eine grüne Uniformmütze trug, stieg an der Beifahrerseite aus. Sie winkte Paige ins Wachhaus, das eher an ein Empfangszentrum erinnerte; ihr Kollege parkte den Wagen und folgte ihnen. Der MP an der Tür salutierte zackig.

Die Epauletten auf dem Mantel wiesen die Frau als Captain und ihren Begleiter als Major aus.

»Detective McGraw?«, fragte Captain Fox. Paige nickte. »Freut mich, Sie kennenzulernen.« Sie gaben sich die Hand. »Das ist Major David Tsamis von der Militärpolizei.« Er begrüßte sie knapp, aber freundlich.

»Da Sie von einer Ermittlung sprachen, hielt ich es für angemessen, einen Vertreter unserer eigenen Polizeibehörde hinzuzuziehen. Vielleicht kann er Ihnen Antworten liefern, die ich nicht habe.«

Die Anwesenheit von Major Tsamis machte Paige ein wenig nervös. Hoffentlich hatte er keine Erkundigungen über sie eingezogen. Andererseits hatte Captain Fox natürlich recht, er konnte ihr womöglich weiterhelfen.

»Kein Problem. Freut mich, Major.«

Major Tsamis lächelte höflich. Ein dunkler Typ, kräftig gebaut. Wie geschaffen, um Kneipenschlägereien zu beenden. »Ich hoffe, wir können Ihnen helfen, Detective, aber heute Abend ist es ein bisschen spät, um noch viel zu schaffen.«

»Wir haben ein Zimmer im Gästehaus für Sie reserviert«, erklärte Captain Fox. »Es wird Ihnen gefallen, ist wie ein Motel angelegt. Wir bringen Sie gleich hin.«

»Vielen Dank.«

»Zunächst aber muss ich Sie fragen, ob Sie eine Waffe bei sich tragen«, sagte Major Tsamis.

Paige lachte. »Nein, nein, die habe ich zu Hause gelassen.« Lieber nicht zu viel sagen.

»Damit wäre wohl alles geregelt«, sagte Captain Fox. »Sie müssen Ihren Wagen übrigens hierlassen. Antiterrorgesetz. Wenn Sie Major Tsamis die Schlüssel geben, lässt er ihn sicher unterstellen.«

Paige übergab ihm die Schlüssel und verließ mit den beiden das Wachhaus. Zuerst hielten sie beim MP-Posten in der Randolph Street, wo Major Tsamis die Schlüssel ablieferte, bevor sie zum Gästehaus fuhren.

Es war genau wie beschrieben, neu, sauber und gepflegt. Ihre Begleiter warteten, bis sie ihren Zimmerschlüssel bekommen hatte, und verabschiedeten sich.

»Wir holen Sie morgen früh um Punkt acht Uhr ab. Ist das früh genug?«

»Ja, wunderbar.«

Dann fiel ihr doch noch etwas ein. »Captain Fox?«

»Ja, Ma'am?«

»Haben Sie die Akte, die Sie mir besorgen wollten?«

»Sicher.« Sie holte eine dünne Mappe aus ihrer schwarzen Schultertasche. »Leider steht nicht allzu viel drin.«

»Vielen Dank, es ist immerhin ein Anfang.«

Captain Fox verließ das Gästehaus, und Paige ging auf ihr Zimmer.

»Wird sie Schwierigkeiten machen?«, fragte Tsamis, als sie wieder in den Wagen stiegen.

»Das glaube ich nicht, Sir. Nach allem, was sie gesagt hat, sammelt sie lediglich Hintergrundinformationen zu einem Fall.«

»Welchem Fall?« Der Major ließ den Motor an und schaltete die Scheibenwischer ein. Es goss noch immer wie aus Kübeln.

»Einem Betrugsfall. Genaueres weiß ich auch nicht, Sir.«

»Hat dieser Ex-Soldat irgendetwas damit zu tun?« Er hielt vor der Pressestelle.

Captain Fox öffnete die Tür. »Davon gehe ich aus, Sir.«

»Nun, das werden wir morgen herausfinden«, knurrte Major Tsamis. »Ich hole Sie um sieben Uhr dreißig hier ab.«

»Ja, Sir.«

Es war Mitternacht. Paige duschte heiß, da sie vom Regen völlig durchweicht war. Sie hatte weder Regenmantel noch Schirm mitgebracht. Typisch Nordlicht, dachte sie, wir glauben immer, in North Carolina wäre auch der Winter warm und sonnig.

Sie hängte die nassen Kleider auf, zog den Pyjama an, setzte sich aufs Bett und stopfte sich ein paar Kissen in den Rücken. Die Akte enthielt Kopien von Zeitungsartikeln. Captain Fox hatte in den Datenbanken nach dem Namen Aldo Harrison und nach Zwischenfällen gesucht, wo Soldaten von den eigenen Leuten unter Beschuss geraten waren. Viel Neues erfuhr sie allerdings nicht. Es waren meist kurze Artikel aus der *New York Times* und der *Washington Post*, die über den Zwischenfall in Kuwait berichteten, und es wurden keine Überlebenden erwähnt, die sich danach in Fort Bragg aufgehalten hätten. Die Armee hatte ganze Arbeit geleistet.

An die Innenseite der Mappe war eine kurze Zusammenfassung von Aldos Dienstzeit in Fort Bragg geheftet. Überstellt aus dem Militärkrankenhaus Landstuhl im April 1991, danach einfacher Dienst in einer Abteilung namens »Freizeitmanagement«. Vermutlich hatte er Sportgeräte an die Soldaten ausgegeben oder etwas Ähnliches. Er hatte diesen Dienst bis Dezember 1991 versehen, als der Ärzteausschuss des Krankenhauses von Fort Bragg die Entlassung aus medizinischen Gründen empfahl. Seit Januar 1992 gehört er nicht mehr zur Armee.

Unten auf der Seite war die Adresse einer Emily W. Harrison angegeben, vielleicht eine Verwandte, zu der er nach seiner Entlassung gezogen war.

Sie war so müde von dem langen Flug und der warmen Dusche, dass sie mit der Akte auf dem Schoß einschlief. Und am nächsten Morgen vom Wecksignal erwachte.

Pünktlich um acht traf sich Paige mit Major Tsamis und Captain Fox. Sie fuhren denselben Wagen, trugen diesmal aber ihre Arbeitsuniform. Paige setzte sich auf die Rückbank.

Es hatte aufgehört zu regnen, doch die Luft war noch kühl und feucht. Sie hatte Sweatshirt und Jacke vom Vortag angezogen und ihren Rucksack bei sich.

»Guten Morgen.«

»Guten Morgen«, grüßte Captain Fox fröhlich. »Möchten Sie einen Kaffee?« Sie hielt eine Thermosflasche hoch.

»Nein, danke, ich trinke keinen Kaffee.«

»Ungewöhnlich für eine Polizistin, oder?«

»Ja. Ich esse übrigens auch keine Doughnuts. Kaum zu glauben, was?«

Alle lachten.

»Wie sieht es mit einem Frühstück aus? Wir können unterwegs irgendwo anhalten.«

»Nein, danke, ich bin schon seit dem Weckruf auf und habe im Gästehaus gefrühstückt.«

»Na wunderbar, Sie passen ja bestens zu uns«, scherzte Captain Fox.

»Wir dachten, wir beginnen mit –«, setzte Tsamis in ernsterem Ton an.

»Ich möchte gerne Emily Harrison sehen, sofern das möglich ist«, unterbrach ihn Paige und zeigte auf die Akte. Tsamis wirkte verärgert.

»Nun, wir wollten eigentlich zuerst in mein Büro, um Ihren Fall zu besprechen. Wir wissen ja nicht genau, wonach Sie suchen.« Paige spürte, dass der Major sich ungern ihrem Tagesplan fügen wollte.

»Ich auch nicht«, sagte sie.

»In welcher Sache ermitteln Sie denn?«

Paige überlegte. Eigentlich wollte sie die MP nicht einbeziehen, würde aber irgendetwas preisgeben müssen, um sich der Hilfe von Fox und Tsamis zu versichern.

»Ich ermittle wegen Identitätsdiebstahls gegen Aldo Harrison«, verkündete sie.

Major Tsamis nickte wissend. »Sind Sie sicher, dass Sie den Richtigen haben?«

»Mir liegt eine Kopie seiner Dienstakte von der Personalstelle der Armee in St. Louis vor, dazu ein Foto. Er ist bestimmt der Richtige. Und nun möchte ich wissen, was er damals hier gemacht hat.«

»Sie glauben also, seine kriminelle Laufbahn habe schon vor so langer Zeit begonnen?«

»Denkbar wäre es. Wenn Sie mir helfen, ihn festzunageln, werde ich es übrigens in meinem Bericht erwähnen.«

Major Tsamis überlegte.

»Trotzdem möchte ich das zuerst in meinem Büro besprechen.« Er schaute zu Fox. »Wir sind uns nämlich nicht sicher, ob wir diese Art von Publicity wirklich möchten. Sie wissen schon, von der Armee geradewegs in die Kriminalität.«

Dann eben anders, dachte Paige.

»Natürlich könnte ich der Presse auch sagen, dass die Armee einen Dieb schützt. Würde Ihnen diese Publicity besser gefallen?«

»Nein, nein, keineswegs. Haben Sie etwas dagegen, wenn Captain Fox und ich das kurz besprechen?«

»Ganz und gar nicht. Reden Sie nur. Und danach würde ich gern zu dieser Adresse fahren. Falls Sie das nicht möchten, bitte ich um Herausgabe meines Wagens.«

»Das ist nicht nötig, Detective«, sagte Tsamis, bevor er und Fox ausstiegen. »Wir sind gleich wieder da.«

Die beiden entfernten sich ein Stück und kehrten ihr den Rücken. Sie sprachen eindringlich miteinander, gestikulierten mit den Händen, nickten schließlich und kamen zum Wagen zurück.

»Wir fahren Sie hin, aber nur unter zwei Bedingungen«, erklärte Captain Fox.

»Und die wären?«

»Falls Sie dort jemanden antreffen und befragen sollten, müssen wir zugegen sein.«

»Und?«

»Wir erhalten eine Kopie Ihres Berichts. Sollten negative Auswirkungen zu befürchten sein, erbitten wir eine Vorwarnung.«

Da es sie nicht interessierte, wer bei einer Befragung zugegen war, und sie ohnehin nicht beabsichtigte, einen Bericht für Flynn oder sonst wen zu verfassen, erklärte Paige sich einverstanden.

»Können wir jetzt fahren?«

Der Major ließ den Motor an.

Das Haus von Emily Harrison befand sich in einem Vorort auf der anderen Seite von Fayetteville. Major Tsamis bog am Haupteingang in den Bragg Boulevard.

Während der halbstündigen Fahrt machten Paige und Captain Fox Smalltalk. Über das Wetter und die kalten, ungemütlichen Winter in Minnesota und North Carolina. Über Captain Fox' Heimat Kalifornien. Nicht verheiratet, aber mit Freund. Er war Captain beim militärischen Geheimdienst auf dem Luftwaffenstützpunkt MacDill in Florida. Kam aber beruflich oft nach Fort Bragg.

Major Tsamis schwieg, bis sie in die Wohnstraße bogen. Bescheidene Häuser, Pickups in den Einfahrten.

»Die meisten Leute hier sind oder waren bei der Armee«, erklärte er. »Die Ehemaligen arbeiten jetzt in Bragg, manche wohnen schon seit Jahren hier.«

Er warf einen Blick auf den Zettel, den Paige ihm gegeben hatte, und las die Hausnummern.

»Da sind wir.«

Auch dieses Haus war klein und schlicht, weiß mit blauen Holzverzierungen. Der Rasen war gemäht, bestand aber fast nur aus Unkraut. Die mit Schotter bestreute Einfahrt führte zu einer Garage mit Vorhängeschloss. Die drei stiegen aus und gingen zur Haustür, begleitet von neugierigen Blicken aus den Nachbarhäusern. Derartige Besuche hatten meist nichts Gutes zu bedeuten, Tod beim Manöver oder in Übersee. Viele Soldaten aus Fort Bragg dienten im Irak oder in Afghanistan.

Der Major klopfte laut, nichts rührte sich.

»Nun, Detective, es scheint niemand zu Hause zu sein.«

»Die sind umgezogen«, rief ein kahler, stämmiger Mann von der anderen Straßenseite herüber. Er stand vor seiner Haustür, trug Jeans und ein weißes T-Shirt, das über dem Bierbauch spannte, und sprach mit einem starkem Südstaatenakzent. »Vor etwa drei Monaten.«

»Wohin?«, erkundigte sich Paige.

»Keine Ahnung. Ida nebenan könnte es wissen.« Er deutete auf das Haus zu ihrer Linken. »Fragen Sie die mal.«

Major Tsamis winkte dankend, dann gingen sie zu dritt über das taunasse Gras zum Nachbarhaus. Eine Frau Mitte fünfzig öffnete die Tür und schaute sie besorgt an.

»Mein Mann ist bei der Arbeit«, sagte sie unvermittelt. »Ist alles in Ordnung?«

»Ja, Ma'am, wir wollten zu Ihren Nachbarn. Wir haben gehört, sie seien umgezogen. Wissen Sie, wohin?«, fragte der Major.

Erleichtert bat sie sie auf einen Kaffee herein, und bevor Paige etwas sagen konnte, hatte der Major bereits dankend angenommen.

»Ich dachte schon, Sie kommen wegen Paul«, sagte sie. »Er ist vor sechs Jahren ausgeschieden. Arbeitet jetzt auf dem Schießstand des Ingenieurkorps. Ich hatte schon befürchtet, es wäre ein Unfall geschehen.« Sie bot ihnen einen Platz an dem Resopaltisch in der kleinen, ordentlichen Küche an und nahm Tassen aus dem Schrank.

»Nein, Ma'am, so ernst ist es nicht. Die Polizeibeamtin hier möchte Ihnen einige Fragen über Ihre Nachbarn stellen.«

»Ehrlich? Was haben die denn gemacht?« Sie stellte ihnen die Tassen hin.

»Ich benötige nur einige Informationen«, sagte Paige. »Wohin sind sie gezogen?«

»Ich glaube, nach Chattanooga.« Paige lehnte den Kaffee ab. »Er wurde krank, da sind sie näher zur Familie gezogen.« Sie stellte ihnen Zucker und Milch hin.

»Sie?«, fragte Tsamis. »War es ein Ehepaar?« Er warf Paige einen Blick zu. Davon hatte auch sie nichts gewusst.

»Ja, er war im Ruhestand, verdiente sich noch etwas neben der Rente.«

»Sprechen wir wirklich über die Harrisons?«, fragte Paige ungläubig. Sie spürte den drängenden Blick des Majors. »Emily Harrison und ihren Mann?«

»Gott im Himmel, nein«, erwiderte die Frau in ihrem südlichen Singsang. »Ich meine Ed und Margaret Girard. Da wohnen schon seit mehreren Jahren keine Harrisons mehr. Paul und ich leben seit über zwanzig Jahren hier, haben drei Kinder großgezogen.« Sie deutete auf die Familienfotos an der Wand.

»Haben Sie eine Ahnung, wohin die Harrisons gezogen sind?«

Die Frau setzte sich mit ihrer Kaffeetasse zu ihnen und trank einen Schluck.

»Eigentlich hat immer nur Emily dort gewohnt. Hat das Haus Anfang einundneunzig gekauft. Ist nie arbeiten gegangen, musste irgendwoher Geld haben. Lebte aber ganz bescheiden. Hat nie viel aus dem Haus gemacht.«

»Hatte sie denn keinen Mann?«, drängte Paige.

»Schwer zu sagen. Es war mal einer da. Schien ein paar Monate bei ihr zu leben, verschwand dann aber wieder, bevor sie wegzog. Wenn jemand nach ihm fragte, wurde sie ganz still und traurig. Und eines Tages war sie auch weg. Ohne ein Wort zu sagen. Wirklich herzzerreißend, wie in den Büchern von Danielle Steel.«

Der Major trank seinen Kaffee aus.

»Danke, Ma'am, und verzeihen Sie, dass wir Sie aufgehalten haben.«

Die drei standen auf.

»Kein Problem, ich habe heute meinen freien Tag. Ich arbeite bei Wal-Mart. War schön, ein bisschen Gesellschaft zu haben.« Sie wandte sich an Paige. »Ich hoffe, jemand kann Ihnen weiterhelfen, Liebes.«

»Das war ja ein Schuss in den Ofen«, sagte Major Tsamis, als Paige wieder einstieg.

»Die Adresse stammte doch von Ihnen«, konterte sie.

»Was höre ich da, Captain Fox? Sie haben nicht überprüft, ob er umgezogen ist? Die Veteranenbehörde muss doch wegen seiner Behinderung immer auf dem Laufenden bleiben.«

»Unsere Datenbanken sind nun mal nicht vernetzt, Sir. Ich habe eine Freundin im Krankenhaus gebeten, es zu überprüfen, und sie hatte sich bis heute Morgen nicht gemeldet.«

»Dann erledigen Sie das, sobald Sie ins Büro kommen«, knurrte Major Tsamis.

»Ja, Sir.«

Der Wortwechsel machte Paige wütend, weil er ihr so bekannt vorkam. Sie konnte sich gut in Captain Fox' Lage versetzen.

»Schon gut, Captain, es ist meine Schuld. Ich habe Ihnen auf die Schnelle eine schwierige Aufgabe gestellt. Ich werde Emily Harrison schon aufspüren.«

Paige sah, wie Major Tsamis sie im Rückspiegel musterte, doch sie hielt seinem Blick stand.

»Nein, Ma'am, Major Tsamis hat recht. Ich hätte es genauer überprüfen sollen und werde daher gleich ins Krankenhaus fahren und mich erkundigen. Sie können gern mitkommen.«

Major Tsamis schien zufrieden. »Sehen Sie, Detective, so läuft das hier in Fort Bragg. Entweder wir machen es sofort richtig oder es setzt einen Tritt in den Hintern.«

Paige wollte es gar nicht so genau wissen, wie es in Fort Bragg lief, aber eins wusste sie genau: Hier züchtete man arrogante Schweinehunde. Der Rest der Fahrt verlief schweigend.

Tsamis setzte sie vor der Pressestelle ab.

»Ich habe noch einiges zu erledigen, Captain. Sie beide ermitteln jetzt die Adresse.« Paige verstand, was damit gemeint war. Sie behalten sie im Auge, während ich in St. Paul bei der Polizei anrufe.

Als er weg war, entspannte sich Fox. »Kommen Sie, wir holen meinen Wagen.«

»Tut mir leid, wenn ich Ihnen Schwierigkeiten gemacht habe«, sagte Paige.

Captain Fox hielt die Tür eines schicken silbernen Mitsubishi Eclipse auf und winkte ab. »Keine Sorge, Major Tsamis ist manchmal ein Arsch, aber ich habe schon für Schlimmere gearbeitet. Wenn ich bei jedem Anschiss den Schwanz einziehen würde, hätte ich die Streifen nicht.« Die ist richtig, dachte Paige. »Ach ja, Sie können mich übrigens Pat nennen.«

»Paige.« Sie stieg ein.

Pat Fox erweckte den kraftvollen Motor des Sportwagens zum Leben, legte den ersten Gang ein und schoss auf die

Hauptstraße des Forts, von der aus man zum Krankenhaus gelangte.

»Eigentlich müsste ich mich bei Ihnen entschuldigen«, sagte Pat nach längerem Schweigen. »Immerhin habe ich Informationen zurückgehalten, die Ihnen nützen könnten.«

»Wie das?«, fragte Paige überrascht.

Pat zögerte kurz.

»Gestern Abend, bevor Sie ankamen, war ich mit einer Freundin im Offiziersklub essen. Der Freundin, die wir gleich treffen werden.« Sie biss sich auf die Unterlippe. »Ich habe ihr von Ihnen erzählt und dass wir verabredet seien, das übliche Gerede unter Freundinnen eben. Und als ich den Namen des Typen erwähnte, läuteten bei ihr sofort alle Glocken.«

Paiges Mund wurde ganz trocken. »Kennt sie ihn?«

»Nein, aber ihre Vorgesetzte.«

»Woher?«, platzte Paige heraus.

51. Kapitel

Sie näherten sich dem Krankenhaus. Pat schaute sich nach einem Parkplatz um und wurde bei der Notaufnahme fündig. Paige saß ganz still neben ihr und wartete gespannt, wie sie ihre Frage beantworten würde.

»Sie müssten wissen, dass ich nicht befugt bin, darüber zu sprechen.«

»Pat, es geht hier um eine Ermittlung der Kripo. Ich kann auch mit einem Durchsuchungsbefehl vom FBI wiederkommen. *So* ernst ist die Sache.« Ein guter Bluff, aber eben nur ein Bluff. Wenn Flynn erst herausgefunden hatte, was sie hier trieb, wäre sie vermutlich arbeitslos. Hoffentlich kaufte Pat ihr die Drohung ab.

»Ja, ich weiß. Und mein Vorgesetzter würde sich über eine schlechte PR überhaupt nicht freuen.«

Sie hatte es geschluckt!

»Gut, dann verraten Sie mir, woher die Person aus dem Krankenhaus meinen Verdächtigen kennt?«

Pat blickte sie verschwörerisch an, als genösse sie es förmlich, ein Geheimnis preiszugeben. Nicht gerade die beste Voraussetzung für eine PR-Frau, aber nützlich für Paige.

»Die Person heißt Colonel Stevens und ist die neue Kommandeurin des Militärkrankenhauses. Bei ihrem Einstand hatte sie wohl zu tief ins Glas geschaut und Geschichten aus dem Golfkrieg zum Besten gegeben. War damals Sanitätsoffizierin bei der Luftwaffe«, sagte Pat Fox leise.

»Und?«

»Als alle ihre Abteilungsleiter um sie versammelt waren,

erzählte sie, wie sie in der Wüste den einzigen Überlebenden eines unerfreulichen Zwischenfalls entdeckt hatte. Alle seine Kameraden waren durch Beschuss der eigenen Leute umgekommen. Der Typ war so fertig, dass er sogar seinen Namen vergessen hatte.«

Paige kam das alles ziemlich bekannt vor, aber sie zügelte ihre Begeisterung.

»Wenn er nicht einmal wusste, wie er hieß, woher wusste sie es dann?«

Pat schüttelte den Kopf. »Wusste sie ja zunächst nicht. Aber jetzt kommt der verrückte Teil der Story. Major Buntrock – er ist der Leiter der Psychiatrie und schon seit einer Ewigkeit hier in Fort Bragg – erzählte ihr von einem Patienten, den er hier kurz nach dem ersten Golfkrieg behandelt hatte. Dem einzigen Überlebenden eines Angriffs, bei dem alle Kameraden durch eigenes Feuer starben. Sie schauten in die Akte, und was soll ich sagen – es war derselbe Mann! Das kann doch kein Zufall sein, oder?«

»Unglaublich. Ich muss sofort mit Colonel Stevens sprechen. Oder mit Major Buntrock.«

Pat stieg aus und ging zum Patienteneingang neben der Notaufnahme. Paige nahm ihren Rucksack und lief hinterher.

»Major Buntrock hat Urlaub.«

»Dann muss ich unbedingt zu Colonel Stevens.«

»So einfach ist das leider nicht.«

»Warum nicht?«

»Weil sie dann weiß, dass ich Ihnen die Geschichte erzählt habe. Das ist mir zu heikel. Aber …« Sie stieß die Tür auf.

»Aber was?«

»Sie könnten allein hingehen, während ich meine Freundin noch einmal nach der Adresse frage.«

»Aber ich bin doch gar nicht angemeldet.«

»Bluffen, Mädchen«, sagte Pat selbstzufrieden und blieb vor einem Büro stehen, auf dem VERBINDUNGSOFFIZIER VETERANENAMT stand. »Sie wissen doch, wie man blufft, oder?«

Paige lachte. Hut ab, Pat hatte sie also durchschaut.

»Wo entlang?«, fragte sie ihre neu gewonnene Komplizin.

»Den Flur entlang, an der Treppe rechts. Eine Etage höher und dann links. An der Tür steht ›Kommandeurin‹.« Mit diesen Worten verschwand sie im Veteranenamt.

Paige öffnete die Tür zum Vorzimmer der Kommandeurin und wurde sofort von einem jungen Soldaten gestoppt, der hinter einem stählernen Empfangstisch saß.

»Kann ich Ihnen helfen, Ma'am?«

»Ja, das können Sie. Ich muss zu Colonel Stevens.«

»Haben Sie einen Termin, Ma'am?«

Paige holte ihre Dienstmarke aus der Innentasche und zeigte sie vor. »Nein, aber ich muss trotzdem mit ihr sprechen. Ich habe ein paar Fragen zu einem ehemaligen Patienten. Ist sie da?«

»Ja, das ist sie«, stammelte der Soldat. »Einen Moment.« Er durchquerte das eintönige Vorzimmer und klopfte an eine Tür, an der ein Schild mit der Aufschrift »Colonel Stevens, Kommandeurin« hing.

Eine Frauenstimme fragte: »Ja, bitte? Herein.«

»Verzeihung, Ma'am, aber hier draußen ist eine Beamtin von der Kripo, die Sie sprechen möchte.«

»Von der Kripo? Worum geht es denn?« Eine drahtige Frau mit scharfen Gesichtszügen tauchte in der Tür auf und schaute Paige fragend an. Sie trug einen grünen Uniformrock mit hellgrüner Bluse, silberne Adler auf den Epauletten, die sie als Colonel auswiesen, und ein schwarzes Namensschildchen auf der rechten Brust.

»Entschuldigen Sie die Störung, Colonel, aber ich benötige Informationen über einen Soldaten, der nach dem ersten Golfkrieg hier behandelt wurde. Ich habe leider nicht viel Zeit.« Sie streckte zur Begrüßung die Hand aus, die Colonel Stevens vorsichtig ergriff.

»Waren Sie schon bei der Militärpolizei? Weiß man dort, dass Sie sich auf dem Gelände befinden?«

»Ja, Major Tsamis hat mich hergeschickt. Er sagte, Sie könnten mir vielleicht helfen.« Bluffen, bluffen, betete Paige sich gebetsmühlenartig vor.

Colonel Stevens verdrehte die Augen, als sie den Namen hörte.

»Na gut, worum geht es?«

Paige holte Aldos Dienstakte aus dem Rucksack. Je offizieller, desto besser.

»Gehe ich recht in der Annahme, dass im Jahre 1991 ein Sergeant einer Spezialeinheit namens Aldo Harrison in Ihrer Psychiatrieabteilung behandelt wurde?«

Colonel Stevens konnte ihre Überraschung nicht verbergen. Sie schickte ihren Adjutanten ins Vorzimmer und schloss die Bürotür hinter Paige.

»Nehmen Sie doch Platz, Detective …?«

»Paige McGraw.« Sie setzte sich auf den einfachen Holzstuhl gegenüber vom Schreibtisch. »Ich komme aus St. Paul, Minnesota. Wir ermitteln wegen Betrugs gegen Mr., ich meine Sergeant, Harrison. Daher wüsste ich gern etwas über seine Vorgeschichte.«

Colonel Stevens setzte sich an den Tisch.

»Major Buntrock aus der Psychiatrie könnte Ihnen dazu mehr sagen, aber der hat leider Urlaub.«

»Das habe ich gehört und daher gehofft, Sie könnten mir weiterhelfen.«

Stevens tippte mit einem teuren Füllfederhalter auf den Tisch und dachte nach. Schließlich griff sie zum Telefon und drückte die Taste der Gegensprechanlage.

»Lannigan, besorgen Sie mir bitte die Behandlungsakte eines gewissen Sergeant Aldo Harrison. Major Buntrocks Sekretärin kann Ihnen sicher helfen. Danke.« Sie wandte sich wieder an Paige. »Es kann ein bisschen dauern. Sie sagten doch, Sie hätten es eilig.«

»Ich kann warten.«

»Zufällig bin ich Ihrem Aldo Harrison selbst einmal begegnet«, sagte Colonel Stevens nun im Plauderton.

»Ehrlich? Wann war das?«

»Im Krieg. In der Wüste.«

Paige schlug rasch die Akte auf, wobei Aldos Foto herausrutschte und auf dem Schreibtisch landete. Colonel Stevens schaute es kurz an und schob es beiseite.

»Sie wissen von dem Unglücksfall mit dem Beschuss durch die eigenen Leute?«, fragte Paige und wühlte demonstrativ in ihren Unterlagen.

»Ob ich davon weiß? Zum Glück war ich mit meinem Team rechtzeitig vor Ort, sonst wäre er vermutlich auch gestorben. Wir waren die Sanitäter, die ihn gefunden haben. Ganz traurige Geschichte.«

»Können Sie mir das genauer beschreiben?«

»Natürlich.« Stevens machte es sich bequem und legte los. Sie berichtete von dem Angriff der A-10, den Trümmern und Leichen und der Räumung der Unglücksstelle. Von Aldos katatonischem Zustand. Dass ein schwerer seelischer Schock typisch für Soldaten sei, die ihre Kameraden auf furchtbare Weise sterben sahen, Aldos Fall aber besonders ausgeprägt gewesen sei.

»Ein derart schweres Trauma habe ich davor und danach nie mehr erlebt. Das war wie aus dem Lehrbuch.«

»Und hinterlässt dieser Zustand, auch wenn er behandelt wurde, dauerhafte Narben?«

»Nun ja, ich bin keine Expertin, aber ich kann mir nicht vorstellen, dass jemand etwas so Grauenhaftes jemals völlig überwindet.«

»Ich verstehe allerdings nicht, wieso der Aldo Harrison, gegen den ich ermittle, so vollkommen gelassen wirkt. Er verhält sich, als gehörte er noch immer zu einer Spezialeinheit. In sich ruhend, gefasst, besonnen. Aber Sie und alle anderen, mit denen ich gesprochen habe, erklären mir, er sei völlig durchgeknallt gewesen. Das passt einfach nicht zusammen.«

»Dabei kann ich Ihnen leider nicht helfen, da ich keine Psychiaterin bin. Es mag Fähigkeiten geben, die im Verlauf der Genesung wieder hervortreten, zuvor erlernte Verhaltensmuster, mit denen man das Erlebte zu verdrängen sucht. Major Buntrock könnte Ihnen das viel genauer erklären, aber –«

»Ich weiß, er hat Urlaub.« Niedergeschlagen musste Paige sich eingestehen, dass sie wieder einmal in einer Sackgasse gelandet war. Sie klappte die Akte zu, worauf Colonel Stevens noch einmal nach dem Foto griff.

»Wer ist das eigentlich?«

»Wie bitte?«

»Der Soldat auf diesem Foto?«

»Sergeant Harrison. Erkennen Sie ihn denn nicht?«

Colonel Stevens schaute das Bild noch einmal ganz genau an und schüttelte dann den Kopf. »Ganz sicher nicht. Wir waren dreißig Minuten im selben Flugzeug, das Gesicht hätte ich nicht vergessen.«

»Aber das hier ist seine Dienstakte«, widersprach Paige. »Wie kann das sein?«

Colonel Stevens blätterte die Akte durch.

»Woher haben Sie die?«

»Vom FBI. Mehr darf ich dazu nicht sagen.«

Stevens zog misstrauisch die Augenbraue hoch.

»Na ja, es sieht so aus, als handle es sich um legitime Kopien aus Harrisons Dienstakte. Aber der Soldat auf dem Bild ist nicht der Mann, den ich kenne. Das FBI muss sich irren.«

Paige sprang abrupt auf und sammelte ihre Sachen ein.

»Danke, Colonel, Sie haben mir sehr geholfen. Tut mir leid, wenn ich Ihre Zeit in Anspruch genommen habe.«

»Wollten Sie nicht auf die Krankenakte warten?«

»Nein, vielen Dank. Auf Wiedersehen.«

Mit diesen Worten ließ sie die Kommandeurin sprachlos zurück.

Sie wartete neben dem Auto auf Pat und dachte nach. Die neue, verblüffende Enthüllung wirbelte alles durcheinander. Das Foto zeigte Aldo Harrison, so viel war klar. Und doch war es nicht der Aldo Harrison, den Colonel Stevens aus der Wüste gerettet hatte. Wie konnte das sein? Sie schaute zum Himmel empor. Die Regenwolken hatten sich verzogen, und es wurde wärmer, die Sonne lugte bereits hervor.

In der Hoffnung, etwas übersehen zu haben, nahm sie die Mappe mit den Zeitungsartikeln aus dem Rucksack und blätterte sie noch einmal durch.

Die beiden Artikel aus der *New York Times* waren nutzlos. Im ersten wurde der Zwischenfall nur nebenbei erwähnt, es ging hauptsächlich um einen amerikanischen Angriff auf eine britische Panzereinheit. Der zweite war eine Fortsetzung, die berichtete, dass die Briten auf einer offiziellen Ermittlung bestanden.

Dann kam Paige eine neue Idee.

Sie überflog die Artikel aus der *Washington Post.* Der erste käute auch nur die Geschichte der *Times* wieder und konzentrierte sich auf den Vorfall mit den Briten. Beim zweiten Artikel stutzte sie. Am Vorabend hatte sie nicht weiter darauf geachtet, doch nun fiel ihr auf, dass nicht nur Aldo als einziger Überlebender genannt wurde, sondern auch die Namen der toten Soldaten *und* der Name des Mannes, der bei dem schicksalhaften Einsatz nicht dabei gewesen war. Des ETAC, den Aldo, oder wie immer er heißen mochte, bei ihrem Gespräch im Great Waters erwähnt hatte.

»Mistkerl«, murmelte sie.

»Ist es nicht gut gelaufen?«, fragte eine Frauenstimme. Pat stand neben ihr.

»Doch, doch, sehr gut. Ich habe eine Menge erfahren.« Pat hielt ihr die Tür auf. »Danke für den Tipp mit Colonel Stevens. Und was haben Sie herausgefunden?«

Pats Gesichtsausdruck verriet, dass sie Paige nicht glaubte, doch das war jetzt egal. Endlich hatte sie die Teile zusammengefügt und genoss den Triumph.

Im Wagen gab Pat ihr einen Zettel mit einer Adresse im Norden des Staates New York.

»Da wohnt Sergeant Harrison jetzt?«

»Nein, nur seine Frau Emily. Sergeant Harrison bezieht keine Rente mehr, er ist vor einigen Jahren verstorben.«

»Selbstmord?«

»Ja. Wie kommen Sie darauf?« Pat schien überrascht, wie ruhig Paige es aufnahm, doch es war zu früh, um die Theorie darzulegen.

»Meist zahlt die Veteranenbehörde bei Selbstmord keine Hinterbliebenenrente, hat in diesem Fall auf Ersuchen der Armee aber eine Ausnahme gemacht. Wie sich herausstellte, wollte man vermeiden, dass die Frau die Rente einklagte und Armee und Luftwaffe die Schuld am Zustand ihres verstorbenen Mannes gab.«

»Keine gute Werbung für die Army«, konterte Paige.

»Genau, aber jetzt kommt der Hammer. Sie hat die Rente abgelehnt. Sieht aus, als hätte sie das Geld gar nicht nötig gehabt. Aber was hatte ihr Mann in der Armee zu suchen, wenn er reich war?«

»Keine Ahnung«, sagte Paige, obwohl sie es sich denken konnte. »So, ich muss dringend nach Hause. Könnte ich bitte meinen Wagen wiederhaben?«

Pat brachte sie zum Gästehaus und danach zur Militärpolizei. Es dauerte zwanzig Minuten, bis ein junger MP mit ihrem Mietwagen vorfuhr und Paige die Schlüssel übergab. Major Tsamis war zum Glück nicht zu entdecken.

»Dann möchte ich mich jetzt verabschieden, Captain«, sagte Paige und schüttelte Fox die Hand. »Danke für Ihre Hilfe.«

»Keine Ursache, Detective«, erwiderte sie augenzwinkernd. »Ich hoffe, Sie klären Ihren Fall bald auf.«

»Vielen Dank.«

Paige warf Tasche und Rucksack auf den Rücksitz, stieg ein, winkte noch einmal und fuhr davon.

Da hielt Major Tsamis neben Fox und brüllte sofort los:

»Sie hat uns belogen! Ich habe mit ihrem Chef geredet, sie ermittelt gar nicht mehr in diesem Fall. Wurde beurlaubt. Sie wird gesucht.«

»Na ja, jetzt ist sie weg«, sagte Captain Fox und deutete auf Paiges Wagen, der in der Ferne verschwand. »Sollen wir sie aufhalten?«

»Das würde ich gern. Verdammt nochmal, sie hat uns nur benutzt, das war eine rein persönliche Geschichte.«

»Sir, Sie müssen noch eine Menge über Frauen lernen«, meinte Captain Fox gelassen. »Aber das habe ich schon immer gewusst.«

52. Kapitel

Ottmann saß neben Pennington, der mit verbundenem Kopf im Krankenbett lag.

»Sie hatten Glück, dass man Sie rechtzeitig gefunden hat, Sir. Der Arzt sprach von einer ziemlich schweren Gehirnerschütterung.«

Pennington wollte den Kopf drehen, zuckte zusammen und konzentrierte sich lieber darauf, die Augen offen zu halten. Er konnte gar nicht richtig denken, so sehr pochte und hämmerte es in seinem Schädel.

»Was gibt es Neues von den Wellingtons?«, brachte er schließlich heraus.

»Mr. Wellingtons Zustand ist ernst. Er hat innere Verletzungen erlitten und viel Blut verloren. Allerdings hat die Kugel das Herz verfehlt, er wird wohl durchkommen. Mrs. Wellington hingegen …«

»Ja?«

»Befindet sich in einem kritischen Zustand. Die Kugel ging durch den Hals und blieb im Gehirn stecken. Man befürchtet, dass sie es nicht schaffen wird.«

Pennington schluckte schwer, wodurch sein Kopf nur noch mehr schmerzte und dröhnte. Dann schloss er die Augen, öffnete sie aber schnell wieder, weil sich alles drehte. Das Licht war furchtbar hell. Er hatte die Schwester doch gebeten, es zu dämpfen. Hatte sie es etwa vergessen? Sie war zu nichts zu gebrauchen. Wann kam sie denn endlich wieder? Da bemerkte er, dass er bei seinem Gespräch mit Ottmann den Faden verloren hatte. Wort für Wort formulierte er mühsam seine nächsten Fragen.

»Was ist mit dem kleinen Scheißer? Haben Sie ihn erwischt?«

»Den Richter? Nein, noch nicht. Wir überprüfen gerade alle Fluglinien, aber er ist nicht wie geplant zurückgeflogen.«

»Der Hundesohn wusste, dass wir auf ihn warten. Was ist mit den Zügen?« Pennington nuschelte ein wenig, das musste an den Medikamenten liegen.

»Wir beobachten die Bahnhöfe. Gestern Abend ging nur ein Zug, da war er nicht drin. Der nächste geht heute Abend. Er kommt unmöglich an uns vorbei. Die Busse werden ebenfalls überwacht.«

Pennington ruhte sich kurz aus, sammelte neue Kraft und zwang sich zur nächsten Frage.

»Mietwagen? Haben Sie da auch nachgefragt?«

»Ja, Sir«, versicherte Ottmann, »wir haben schon gestern alle Mietwagenfirmen überprüft. Auf seinen Namen wurde nichts gemietet, aber ich schicke vorsichtshalber Fotos herum.«

»Haben Sie die anderen Dienststellen informiert?«

»Ja, Sir.«

»Sie sollen –«, er kämpfte gegen eine neue Schmerzwelle in seinem Kopf, »sie sollen ihn beschatten, wenn sie ihn finden. Keine Verhaftung. Den will ich selber festnehmen.«

Blöde Idee, dachte Agent Ottmann.

»Sir, Sie müssen noch mehrere Tage im Krankenhaus bleiben. Wir schnappen ihn vorher.«

»Na los, Ottmann«, stöhnte er. »Holen Sie den Arzt. Ich gehe nach Hause.«

»Zimmerservice.«

»Ja«, antwortete eine Stimme mit Südstaatenakzent. »Ich hätte gern ein kleines Frühstück. Aufs Zimmer, bitte.«

»Ja, Sir. Welchen Saft?«

»Orangensaft, bitte. Frisch gepresst.«

»Ja, Sir. Und einen normalen Kaffee?«

»Keinen Kaffee, bitte.«

»Gut, Sir. Ihre Zimmernummer?«

Der Richter nannte sie. Er war soeben im Sheraton in Winnipeg angekommen, war hungrig und müde. Er würde etwas essen und dann seine Kontaktperson anrufen.

Der Richter war die ganze Nacht durchgefahren. Als er am gestrigen Nachmittag in Duluth eingetroffen war, hatte er noch einmal die Landkarte studiert und beschlossen, die Grenze nicht am Pigeon River zu überqueren, weil der Übergang in der Nähe der Thunder Bay lag und womöglich überwacht wurde. Das Gleiche galt für International Falls/Fort Frances. Der Grenzübergang in Pembina, North Dakota, der über fünfhundert Kilometer nordwestlich von Duluth lag, wurde vermutlich weniger stark frequentiert.

Er kaufte zwei Thermosflaschen, die er mit starkem Kaffee füllte, und fuhr los, die Karte von Minnesota auf dem Schoß. Er kam nur wenige Minuten, bevor der Grenzübergang geschlossen wurde, dort an. Die Fahrt über die einsamen Highways des südlichen Manitoba gestaltete sich noch schwieriger, und er hielt nur an, um seine Blase zu erleichtern, wobei er hoffte, im Gebüsch nicht auf Bären oder Wölfe zu treffen. Schließlich begrüßten ihn Winnipeg und die kanadische Prärie mit dem ersten Tageslicht.

»Bitte sehr, Sir«, sagte der junge Mann, der das Tablett mit dem Frühstück hereintrug.

Der Richter dankte, gab ihm ein Trinkgeld und schloss die Tür. Er nahm einen Schluck Saft und wählte eine Nummer auf dem Prepaid-Handy, das er in der Apotheke neben dem Hotel gekauft hatte.

Er erklärte seiner Kontaktperson, wo er sich aufhielt und dass er höchstens eine Nacht sicher im Hotel verbringen könne. Kein Problem, sagte die Kontaktperson. Die Vorbereitungen würden nicht länger als vierundzwanzig Stunden dauern. Man werde ihn am nächsten Tag abholen.

»Sehr schön, dann also bis morgen«, sagte der Richter.

Nachdem Agent Pennington einen Haufen Papiere unterzeichnet und damit bestätigt hatte, dass er das Krankenhaus entgegen ärztlichem Rat verließ und dieses keine Haftung für medizinische Komplikationen übernahm, trat er vorsichtig, von Ottmann gestützt, aus dem Haupteingang des Hennepin County Medical Center. Er trug noch einen dicken weißen Verband um den Kopf, der ihm die Brille auf die Nasenspitze rutschen ließ.

»Ist das wirklich Ihr Ernst, Sir?«, erkundigte sich Ottmann. »Der Neurologe war von Ihrem CT gar nicht begeistert.«

»Ja, das ist mein Ernst«, knurrte er. »Ich will dieses Schwein finden, diesen Verräter. Ich will sein Gesicht sehen, wenn ich ihn verhafte.« Sie schaute ihn skeptisch an, während sie langsam die Straße überquerten. »Vertrauen Sie mir.« Sie öffnete ihm die Beifahrertür. »Haben Sie mein Rezept eingelöst?«

Sie nickte und half ihm beim Einsteigen. Ihr Handy klingelte.

»Hier Ottmann. Ja? Nein, er hat darauf bestanden, das Krankenhaus zu verlassen. Ja, ich weiß, bisschen verrückt, aber was soll ich machen? Er ist der Chef.«

Pennington funkelte sie verärgert an, und Ottmann entfernte sich, bis sie außer Hörweite war.

»Ehrlich? Auch nichts an der Grenze? Dann ist er vielleicht entkommen. Davon werden die Kopfschmerzen Seiner Hoheit auch nicht besser, fürchte ich.« Sie ging zur Fahrertür, das Handy noch am Ohr. »Ja, aber die könnten da auf etwas gestoßen sein. Ich sag es ihm. Ruf an, wenn du noch etwas hörst. Und danke.«

Ottmann glitt hinters Steuer. Pennington stöhnte, als sie

über ihn griff und den Gurt befestigte. Er schloss die Augen und kämpfte gegen Schmerz und Übelkeit an.

»Verraten Sie mir, worum es ging, oder muss ich raten?«

Ottmann schnallte sich an. »Sir, leider wurde der Richter seit gestern nirgendwo mehr gesehen. Weder im Flugzeug, noch im Zug. Mögliche Identifizierung in einer Mietwagenfirma in der LaSalle Street, aber mit Riesenfragezeichen. Keine Spur an den Grenzübergängen.«

»Verdammt«, flüsterte Pennington.

»Trotzdem haben wir vielleicht eine Spur, Sir, wenn auch nur vielleicht.«

Er setzte sich ein bisschen gerader hin. Der Himmel war bedeckt, doch Pennington blinzelte im hellen Nachmittagslicht. Ottmann fand, er sah ein bisschen aus wie Clint Eastwood in *Fremder ohne Namen*, als er ihr den bandagierten Kopf zuwandte. »Was genau?«

Sie lächelte. »Ich will keine falschen Hoffnungen wecken, Sir, aber Sie erinnern sich doch an die grenzübergreifende Ermittlung mit der Royal Canadian Mounted Police.«

»Diese arabische Geldwäsche in Winnipeg?«

Sie bog an der Fourth Street rechts ab und fuhr in Richtung Büro. »Genau, Sir. Die Mounties haben heute Morgen einen Anruf mitgehört, als sie das Handy eines Verdächtigen überwachten. Sie dachten sich nichts dabei, bis sie unser Rundschreiben erhielten. Da haben sie sofort geschaltet.«

53. Kapitel

Paige nahm den ersten Flug von Fayetteville nach Atlanta, wo sie einen Direktflug nach Minneapolis buchte. Eine teure Entscheidung, mit der sie ihr Kreditkartenlimit ausreizte, doch ihr blieb keine Zeit für diverse Zwischenstopps.

Noch anderthalb Stunden. Sie kaufte ein Sandwich und rief Kelly an.

»Hat sich dein Freund bei dir gemeldet?«

»Aldo? Nein, der ist auf der Flucht. Und verletzt.« Sie berichtete von der Schießerei in der Wabasha Street und der gescheiterten Durchsuchung des Hauses. »Alle glauben, er sei untergetaucht. Hat gestern die Schwester seines Freundes von einem Münztelefon angerufen, etwa siebzig Kilometer von hier. Sagte, er wolle die Stadt verlassen, sie solle ihrem Bruder einen guten Anwalt besorgen.«

»Vermutlich ist er wirklich weg«, log Paige, spürte aber, dass er viel näher war, als alle glaubten.

»Hat seinen Freund ganz schön hängen lassen. Die Post wird ihn vermutlich wegen Diebstahls anzeigen. Wir ermitteln gerade, ob es weitere Delikte dieser Art gibt.«

»Sag Bescheid, wenn ich dir helfen kann.«

»Von wegen, du stehst doch selbst auf der Schwarzen Liste. Gerry hat nach dir gesucht. War ganz schön sauer.«

»Das ist mir nicht neu.«

»Wann kommt dein Flug an? Ich hole dich ab.«

»Schon gut, ich habe mein Auto am Flughafen stehen.«

»Okay.« Sie schwiegen einen Moment. »Hat es sich gelohnt?«

»Das werde ich bald wissen. Und? Fehlt er dir?«

»Mein Gott, was für eine Frage«, sagte Kelly. »Eher nicht. In meinem Beruf ist es nicht ratsam, sich in Kriminelle zu verlieben. Und mit einer Beförderung brauche ich vorerst auch nicht zu rechnen.« Sie wechselte das Thema. »Du hast doch wohl nicht vor, ihn allein aufzuspüren? Auf eigene Faust, wie im Film?«

Paige antwortete nicht.

»Mannomann, Mädchen, du wirst noch zum Terminator. Na ja, ich wünsche dir jedenfalls, dass du deinen Job behältst.«

»Danke.«

»Und ich soll dich wirklich nicht abholen? Als seelische Stütze?«

»Nein. Das muss ich selbst erledigen.«

»Na gut, aber ruf an, wenn du es dir anders überlegst.«

»Bestimmt«, versprach Paige. Plötzlich spürte sie die Strapazen der letzten Tage und wollte das Gespräch nur noch beenden. Es blieb noch einiges zu tun, bevor sie ins Flugzeug stieg. »Mach's gut, Kelly.«

»Du auch, und viel Glück.«

Sie stand auf und schaute sich um. Vor den Schaltern der Northwest Airlines gab es ein Internetcafé, dreißig Minuten Surfen fünf Dollar. Paige schnappte ihre Kreditkarte und suchte bei Google die Nummer des North Memorial Hospital, um sich nach dem Befinden von Kenny Hampden zu erkundigen.

Man stellte sie mehrfach durch, bis sie bei der Patientenauskunft landete. Derartige Mitteilungen seien vertraulich. Sie gab vor, in Kennys Fall zu ermitteln, worauf sie erfuhr, dass Kenny an diesem Tag in eine Reha-Klinik in Fridley verlegt wurde.

»Wann denn?«

»Heute um acht, Ma'am.«

Sie steckte ihr Handy ein. Wenn die Maschine pünktlich ging, könnte sie es noch schaffen. Sie griff nach einem Notizblock, wollte ihre Gedanken festhalten, ihre Theorie schwarz auf weiß vor sich sehen. Auf dem Rückflug würde sie genug Gelegenheit haben, sie zu studieren.

Als eine Stunde später ihr Flug aufgerufen wurde, hatte sie anderthalb Seiten geschrieben. Zwanzig Minuten später hob die Maschine ab. Sie war unterwegs.

54. Kapitel

Der silberne Lexus GX470 rollte langsam ins Parkhaus. Der Fahrer trug ein Kapuzensweatshirt, eine rote Baseballkappe der Ohio State und eine Lederjacke. Es war eine klare, mondlose Nacht, und die fünf Geschosse des Parkhauses waren in bläuliches Licht getaucht. Er parkte den Geländewagen im obersten Stock in einer dunklen Ecke. Ansonsten standen nur zwei weitere Autos auf diesem Parkdeck: ein alter Pickup und ein Mittelklassewagen.

Er stieg aus und warf einen Blick auf die Autos. Sie schienen leer zu sein. Vermutlich von Mitarbeitern des Krankenhauses, die Spätdienst hatten. Dann schaute er hinunter auf die Straße, hielt sich aber im Dunkeln, um nicht gesehen zu werden. Gegenüber lag der Eingang des North Memorial Hospital. Acht Uhr. Er zog die Lederjacke enger um sich. Jetzt begann das Warten.

Bald darauf hielt ein Krankenwagen vor dem Gebäude, ein junger Mann in weißer Hose und dunkler Jacke sprang heraus und lief hinein. Nach fünf Minuten schob er einen Patienten auf einer Trage heraus, gefolgt von einem uniformierten Polizisten, zwei Frauen und einem Mann. Kennys Schwester und seine Eltern. Der Polizist war vermutlich sein alter Freund, Sergeant Mysewski.

Er sah zu, wie sie Kenny in den Krankenwagen luden. Seine Mutter stieg hinter ihm ein, die anderen warteten draußen.

Plötzlich ging hinter ihm die Tür zum Treppenhaus auf. Er drehte sich um, sah eine dick vermummte Gestalt herauskommen, dem Gang nach eine Frau, und zu dem Mittelklassewagen gehen. Sicher eine Schwester, die Feierabend machte. Hoffentlich nicht die Rothaarige. Er schaute wieder auf die Straße.

Die Gruppe vor dem Krankenwagen löste sich auf. Mysewski stieg in einen Streifenwagen, Candy und ihr Vater begaben sich zum Parkhaus. Der Krankenwagen fuhr los, dicht gefolgt vom Streifenwagen.

Er wollte gerade gehen, als die vermummte Gestalt ihn ansprach.

»Hallo, Jay.«

Vielleicht nur ein Zufall, also lieber den Mund halten.

»Ich bin gerade von einer Reise zurückgekommen. Habe eine Menge erfahren.«

Aus der Ferne konnte er ihr Gesicht nicht erkennen.

»Verzeihung, aber das muss eine Verwechslung sein.«

Sie kam auf ihn zu.

»Nein, Jay, ich weiß jetzt genau, wer Sie sind. Jedenfalls nicht Aldo Harrison. Der ist nämlich tot.«

Da erkannte er sie. Ihr Gesicht, die Stimme. Griff nach der Fahrertür des Lexus.

»Lassen Sie das, Jay. Ich bin bewaffnet. Sie schaffen es nicht mal bis zum Zündschloss.«

Er hob die Hände hoch. Spürte einen kalten Luftzug im Gesicht.

»Wollen Sie mich verhaften, Detective?«

»Noch nicht. Aber Sie werden mir ein paar Fragen beantworten.«

»Beispielsweise?«

»Beispielsweise wie Ihr voller Name lautet.« Sie kam näher, die rechte Hand in der Jackentasche. »Ich weiß, Sie heißen Jay W. Bradford. Wofür steht das W?«

Er ignorierte die Frage. »Wie haben Sie mich gefunden?«

Sie war noch drei Meter entfernt. Ihr blondes Haar lugte unter der Strickmütze hervor. Er versuchte, ihr Gesicht im

Dämmerlicht zu erkennen, wollte sehen, ob sie es ernst meinte oder nur mit ihm spielte. Würde sie wirklich versuchen, ihn aufzuhalten?

»Werfen Sie die Autoschlüssel vor mir auf den Boden«, befahl sie. Er holte sie aus der Tasche.

»Vorsichtig.« Er warf sie vor ihre Füße. Sie bückte sich rasch, hob sie mit der linken Hand auf und steckte sie ein. »Danke. Ich möchte nicht, dass Sie verschwinden, bevor ich alles das weiß, was ich wissen will.«

»Wir hatten eine Abmachung«, erinnerte er sie. »Falls ich Ihre Fragen beantworte, beantworten Sie meine. Ich habe Ihnen von der Wüste erzählt und möchte jetzt auch einige Dinge wissen. Wer auf Kenny geschossen hat, beispielsweise.«

»Ich ändere die Abmachung. Mir sind noch ein paar Fragen eingefallen.«

»Und wenn ich nicht mitziehe?«

»Knast.«

Er überlegte. »Na gut. Aber zuerst möchte ich wissen, wie Sie mich gefunden haben.«

»Das erzähle ich Ihnen später. Zuerst machen wir einen kleinen Ausflug. In meinem Wagen.« Sie bedeutete ihm vorzugehen. In diesem Moment rührte sich Moccasin im Auto und drückte die Nase ans Fenster, dass die Scheibe beschlug. Beide schauten den Hund an.

»Kann er eine Weile allein bleiben?«, fragte sie.

»Er hat Futter, Wasser und ein dickes Fell. Aber wir dürfen ihn nicht zu lange allein lassen.«

»Ich schicke später jemanden, um ihn zu holen«, log sie.

Sie hörte Moccasin jaulen, als sie sich vom Lexus entfernten.

»Meinen Sie wirklich, er kommt klar?«

»Wir können ihn ja mitnehmen«, schlug er vor, ohne sich umzudrehen. »Er ist kein Kampfhund und gehorcht aufs Wort.«

Sie überlegte kurz und wies ihn an, stehen zu bleiben. Paige kehrte zum Geländewagen zurück, schloss die Tür auf und ließ den Hund heraus, der sofort zu seinem Herrchen stürzte und an dessen Fersen schnüffelte.

»Na los.« Sie schloss die Fahrertür ihres Wagens auf, während Moccasin neben ihnen durch den hereingewehten Schnee tollte.

»Einsteigen. Sie rutschen rüber auf den Beifahrersitz.«

Er gehorchte. Sie rief den Hund.

»Du auch, Junge.« Moccasin schaute sie verwirrt an. »Na komm«, sagte sie mit einer Handbewegung, worauf er sich auf den voll gestopften Rücksitz quetschte. Als sie einstieg, riskierte ihr Beifahrer einen Blick in ihre Jacke, in der er die Waffe vermutete.

»Ich könnte mich an jeder Straßenecke aus dem Wagen rollen. In der Dunkelheit verschwinden. Sie finden mich nie im Leben.«

Sie ließ den Motor an und schlug vor, er könne es ja mal versuchen. Er zog am Türgriff, drückte mit der Schulter gegen die Tür, doch es tat sich nichts. Er rappelte am Schloss, nichts.

»Ich plane gern im Voraus, Jay.«

Er zuckte die Achseln. »Trotzdem könnte ich Sie überwältigen.«

Sie lachte. »Damit schon wieder jemand auf Sie schießt?« Sie deutete auf den Verband an seinem Hals. »Noch Schmerzen? Und wie geht's Ihrem Rücken?«

Sie fuhr Richtung Ausfahrt, immer rundherum, bis sie im zweiten Stock an einem älteren Mann und einer jungen Frau vorbeikamen, die gerade ins Auto stiegen. Candy. Sie sah ihn gerade noch vorbeifahren und schaute ihm verwundert nach.

Sie fuhren eine Weile, ohne etwas zu sagen. Moccasin lag friedlich auf dem Rücksitz. Wenn Paige nicht schalten musste, hielt sie die Hand eng an der offenen Jacke. Er wusste, er hätte sie überwältigen können, doch es war wenig sinnvoll, einen Kampf im Wagen zu beginnen, zumal der Hund dabei war. Er würde sie ihr Spiel weiterspielen lassen und sich bei der ersten Gelegenheit mit Moc davonmachen. Sollte sie doch die Schlüssel des Lexus behalten. Sollte sie doch den ganzen Wagen behalten.

»Wollen Sie mich etwa kidnappen, Detective?«

Sie warf einen Blick über die linke Schulter und fädelte sich auf dem Highway 100 ein.

»Sie werden lediglich zwecks Befragung festgehalten.«

»Ihre Methoden sind ein wenig – ungewöhnlich.«

Paige entdeckte ein Starbucks, bog abrupt nach links in die Einfahrt und parkte den Wagen.

»Geben Sie mir die linke Hand.«

Er hob sie hoch, worauf sie ein Paar Handschellen unter dem Sitz hervorzog und eine davon um sein Handgelenk legte. Die andere kettete sie am Lenkrad fest und öffnete die Tür. Ein Schwall kalter Luft drang herein.

»Einen Kaffee zum Aufwärmen?«

»Nein, danke. Ich komme nicht an meine Brieftasche.«

»Ich gebe einen aus.«

»Dann bitte einen Koffeinfreien.«

»Mit Milch?«

Er schüttelte den Kopf. Sie kraulte Moc unter dem Kinn.

»Dich muss ich doch nicht fesseln, oder?« Der Hund leckte ihr die Hand. Paige betrat das Café, während Hund und Herrchen ihr nachschauten, und holte seinen Koffeinfreien und für sich einen Caffè latte. Er hätte gar nicht vermutet, dass sie auf so schicke Kaffeesorten stand. Sie stieg wieder ein und reichte ihm den Becher.

»Dann mal los.«

»Gehen wir nicht rein?«, neckte er sie.

»Nein, die machen in zwanzig Minuten zu. Wir brauchen etwas länger.«

Sie lehnte sich zurück und drehte sich zu ihm, wobei ihre Knie seine gefesselte Hand berührten. Moccasin hatte es sich wieder auf dem Rücksitz bequem gemacht.

»So, Sie möchten also wissen, wie ich Sie gefunden habe.«

»Ja.«

»Ich weiß, dass Sie nicht zweimal den gleichen Fehler begehen. Sie wollten dafür sorgen, dass Ihr Freund Kenny in guten Händen ist, bevor Sie die Stadt verlassen. Daher wusste ich, dass Sie in der Nähe sein würden, wenn er verlegt würde. Ich habe mich in Sie hineinversetzt und bin dort hingegangen, von wo aus man die beste Sicht aufs Krankenhaus hat. Volltreffer.«

Sie wartete auf seine Reaktion. Er schaute sie reglos an. Dann bemerkte sie wieder den traurigen Blick, den sie bereits im Great Waters an ihm gesehen hatte.

»Sie wollten Kenny nicht im Stich lassen. Sie wollten ihn nicht so im Stich lassen wie Ihre Kameraden in der Wüste. Wie Aldo.«

Sein Gesicht zeigte keine Regung außer der Traurigkeit. Endlich hatte sie ihn in die Enge getrieben, es konnte nicht mehr lange dauern, bis er kapitulierte.

»Was wissen Sie schon über die Wüste?«, fragte er vorwurfsvoll. »Was wissen Sie schon darüber?«

»Ich weiß das, was Sie mir erzählt haben. Nur übergingen Sie dabei geflissentlich Jay W. Bradford, den ETAC, der dem Einsatz wegen einer Knöchelverletzung fern geblieben war. Und Sie haben mir nicht gesagt, dass Sie Jay und nicht Aldo heißen.«

Er starrte sie nur an, wirkte jetzt aber wütend. Wütend auf sie? Auf seine Erinnerungen?

»Und Sie haben mir auch nichts von Emily erzählt, Jay.

Haben Sie ihr das Haus in Fayetteville gekauft, damit sie in Aldos Nähe sein konnte? Damit sie sich um ihn kümmern konnte?«

»Ja«, sagte er schlicht.

»Und als Aldo nach seiner Entlassung verschwand und irgendwann tot aufgefunden wurde, haben Sie ihr geholfen, das Haus zu verkaufen und nach New York zu ziehen. Waren Sie mit ihr in New York?«

Er nickte.

»Haben Sie sie geliebt, Jay?«

»Nein.«

»Wozu dann die ganze Mühe?«

Er lehnte sich an die Beifahrertür und schaute zu Boden. Sie bemerkte, wie schwer er atmete. Das erste deutliche Zeichen, dass die Fassade bröckelte.

»Als ich einundneunzig vom Golf abgezogen wurde, hatte ich auf dem Rückweg zwei Tage Aufenthalt in Ramstein. Ich habe die Zeit genutzt und bin nach Landstuhl gefahren.«

»Um Aldo zu besuchen?«

»Ja. Ich musste ihm versprechen, mich um Emily zu kümmern. Er sagte, ich sei es ihm schuldig. Er gab nicht nur sich die Schuld, sondern auch mir. Er meinte, ich hätte mir den Schmerz im Knöchel verkneifen und trotzdem mitfahren sollen. Er hatte recht.«

Sie legte ihm unbewusst die Hand auf den linken Arm.

»Weil Sie als taktischer Flugkontrolleur die Maschine hätten warnen können?«

»Ich war der Angriffskoordinator. Ich wählte die Ziele für die Bomben aus. Außerdem war ich dafür verantwortlich, dass unsere eigenen Maschinen Freund und Feind unterscheiden konnten. Ich kannte die Funkfrequenzen und alle Protokolle. Aldo war außer mir der Einzige, der den Überblick besaß. Ohne uns hatten sie keine Ahnung, wer wer war.«

»Hat man Ihnen auch von offizieller Seite Vorwürfe gemacht?«

Er schüttelte den Kopf und schaute weiter zu Boden.

»Nein. Die gemeinsamen Ermittlungen von Luftwaffe und Heer ergaben, dass die Schuld bei dem gefallenen Anführer der Einheit, Lt. Nicholas, zu suchen gewesen sei. Er hätte einen zusätzlichen Kontrolleur anfordern oder den Einsatz abblasen müssen. Der Pilot wurde ebenfalls verwarnt.«

»Aber Aldo war anderer Meinung. Er gab Ihnen und sich die Schuld.«

»Er *wusste*, dass es so war. Obwohl es keine festen Regeln gab, nach denen sich Einheiten nur in Begleitung eines ETAC in die Kampfzone begeben durften, hätte einer von uns dabei sein müssen. Aldo war anderweitig eingesetzt. Also wäre es meine Pflicht gewesen mitzugehen.«

»Sie beide gaben sich also die Schuld an dem Unglück. Und Sie gaben sich die Schuld an Aldos Zusammenbruch.«

Er antwortete nicht. Der Schmerz in seinem Gesicht war deutlich zu erkennen. Und wie im Great Waters wirkte er auch jetzt alt und erschöpft.

Sie nutzte sein Schweigen, um sich die nächste Frage zurechtzulegen.

»Erzählen Sie mir noch etwas über Emily. Kümmern Sie sich noch immer um sie?«

55. Kapitel

Er schloss die Augen. Die Lider lasteten schwer auf ihnen wie die Erinnerungen, die Paige aufgewühlt hatte. Er atmete flach. Zog Bilanz, dachte daran, wie sein Leben seit jenem schicksalhaften Tag in der Wüste verlaufen war.

»Ja«, sagte er schließlich, »ich kümmere mich noch immer um sie.«

Moccasin seufzte leise und legte den Kopf auf die Vorderpfoten.

»Und wie genau sieht dieses Kümmern aus?«

»Damit hat alles angefangen. Das Geld, das ich während meiner Dienstzeit gespart hatte, war irgendwann aufgebraucht. Ich musste etwas unternehmen.«

»Da hatten Sie die Luftwaffe bereits verlassen?«

Er trank einen Schluck Kaffee und öffnete die Augen. Das Starbucks machte gerade zu. Die Mitarbeiter fegten den Boden, wischten die Tische ab und räumten die Kuchenvitrine aus. Einer schloss die Tür ab und schaltete das Licht aus. Die Sicherheitslampen auf dem Parkplatz waren nun die einzige Lichtquelle, und die tiefen Schatten ließen Paige und Aldo ganz blass erscheinen. Er fand, sie sahen aus wie Geister, körperlose Wesen, nicht von dieser Welt.

»Meine Dienstzeit endete im Juli einundneunzig«, erklärte er. Ihm war, als schwebte er langsam aus dem Wagen hinaus. »Ich wollte verlängern, aber Bush und der Kongress strichen das Verteidigungsbudget zusammen. Ich wurde nicht mehr gebraucht.«

»Also starteten Sie diesen Identitätsschwindel.« Ihre Stimme schien von weit her zu kommen. »Warum gerade das? Warum keine geregelte Arbeit?«

»Außer beim Militär bin ich nie einer geregelten Arbeit nachgegangen.«

»Wieso nicht?«

»Weil ich der Urenkel von Jeremiah Ashton Bradford, dem Gründer der Bradford Papier- und Kartonwerke, bin«, meinte er mit einem gewissen Stolz. »Der Begriff Arbeit kommt im Wortschatz meiner Familie nicht vor.«

Sie musste diese Bemerkung erst einmal verdauen. Irgendetwas passte nicht zusammen.

»Hm.« Sie klang argwöhnisch und nahm ihre Hand von seinem Arm. Die Geste schien plötzlich unangenehm vertraulich. »Was hat der Erbe eines großen Familienvermögens bei der Luftwaffe zu suchen?«

»Abenteuer. Kimberly-Clark hat vor dreißig Jahren die Firma geschluckt und meinen Vater, meine Onkel und Cousins ausgezahlt. Seither leben wir von den Zinsen. Was hätte ich denn anfangen sollen? Die Familienstiftung leiten?«

»War Ihnen das nicht aufregend genug?«

»Nein.«

Das erklärte zwar die Zeit bei der Luftwaffe, nicht aber seine kriminelle Laufbahn. »Warum sind Sie nicht an Ihr Familienvermögen gegangen, um Emily zu helfen?«

Er schaute sie schweigend an.

Dann fiel der Groschen. »Natürlich, Sie haben natürlich Ihr eigenes Geld benutzt. Das Konto bei J.P. Morgan Chase, das haben Sie mit dem Geld aus Ihrem Erbe eröffnet. Und davon zahlen Sie Emilys Lebensunterhalt.«

»Viel war nicht übrig. Ich war einen gewissen Lebensstandard gewöhnt.«

»Immerhin genug, um ein Eine-Million-Dollar-Konto zu eröffnen.«

»Eins Komma fünf Millionen, um genau zu sein.«

»Und Sie zahlen weiter ein.«

»Emily muss nie wieder arbeiten.«

»Was auch erklärt, weshalb sie die Hinterbliebenenrente abgelehnt hat. Mit dem Geld, das Sie für sie angelegt hatten, war sie nicht darauf angewiesen.« Sie dachte nach. »Und weil –«

Er fiel ihr ins Wort. »Auf diese Weise konnte ich Aldos Namen verwenden. Sie stellte keine Fragen, als ich ihr riet, die Rente abzulehnen.«

»Und Aldos Name –«

»Verschaffte mir eine Tarnung. Zum ersten Mal im Leben brauchte ich ein Einkommen.«

»Und Sie wurden nicht erwischt, weil Sie immer bar bezahlten. Mit Geld, das Sie aus dem Diebstahl fremder Identitäten bezogen.«

Er nickte.

In diesem Augenblick entdeckte Paige einen Streifenwagen, der in die Einkaufsstraße bog und langsam an ihnen vorbeifuhr. Im Rückspiegel sah sie, dass nur ein Beamter darin saß und prüfend zu ihnen herüberschaute. Besser, sie suchte sich einen anderen Parkplatz. Wenn sie gleich immer noch vor dem Starbucks standen, würde der Beamte sicher misstrauisch.

Als der Streifenwagen das andere Ende des Parkplatzes erreicht hatte, schloss sie die Handschellen auf und warf sie unter ihren Sitz. Ihr blieb nichts anderes übrig, als ihm zu vertrauen.

»Wir müssen uns eine andere Stelle suchen. Versprechen Sie, ein braver Junge zu sein?«

Er erwachte aus seiner Versunkenheit und stimmte zu.

Nach zwanzig Minuten landeten sie an einem entlegenen Bootssteg in Coon Rapids am Mississippi. Niemand würde sie hier stören. Nur das Sternenlicht drang durch die schwarze

Nacht. Diesmal gab es keine geisterhaften Schatten, lediglich körperlose Stimmen in der Finsternis und Moccasins Atem.

Sie legte ihm keine Handschellen mehr an, sondern fragte einfach weiter.

»Wie haben Sie Ihr Foto in Aldos Dienstakte geschmuggelt? Damit haben Sie gegen ein ganzes Dutzend Bundesgesetze verstoßen.«

Er lachte.

»Von New York aus bin ich nach St. Louis gezogen. Ich kannte Aldos Rang, seine Dienstlaufbahn, die Auszeichnungen. Also ließ ich mich in Ausgehuniform mit allem Drum und Dran fotografieren und begann eine Affäre mit einer Abteilungsleiterin der Personalstelle. Es dauerte ein bisschen, aber schließlich konnte ich sie überreden, mir die Akte zu zeigen. Ich gab mich als alten Freund aus, der wissen wollte, was aus Aldo geworden sei. Und dabei habe ich die Fotos ausgetauscht.«

»Unmittelbar danach begann Ihre Karriere?«

Er nickte.

»Ja, es fing in St. Louis an, aber ich fand es irgendwann zu heikel, die Sache mit der Post selbst zu erledigen. Da ich wusste, dass Kenny hier wohnte und immer Geld brauchte, bot ich ihm den Job an. Er hat sofort zugegriffen. Ich habe ihm nie verraten, was ich mit der Post wollte, und er hat auch nicht danach gefragt. Er war nur froh über das Geld.«

Sie überlegte kurz. »Als Sie Kenny kennenlernten, waren Sie also noch Jay Bradford.«

Aldo nickte.

»Hat er sich nicht über den neuen Namen gewundert?«

Er lachte. »Kenny ist ein treuer Freund, ich habe ihm schon oft aus der Klemme geholfen. Er ist nicht der Typ, der Fragen stellt. Irgendwann hatte er sich an den Namen gewöhnt. Bis ich seine Familie kennenlernte, hatte er ihn drin.«

Die Erklärung ergab durchaus einen Sinn.

»Wie viele?«, fragte sie schließlich.

»Wie viele was?«

»Wie viele Identitäten haben Sie gestohlen, um Emily und sich durchzubringen?«

»Genug«, sagte er ausweichend. Paige fragte nicht, um wie viel Geld er seine Opfer betrogen hatte. Vermutlich war es mittlerweile mehr, als er damals geerbt hatte.

»Auch genug für Kenny?«

Er dachte ernsthaft nach. »Ich hätte gern noch ein bisschen mehr für ihn beiseitegelegt, aber Sie und Ihre Freunde haben mich ja zur Geschäftsaufgabe gezwungen.«

»Ach, und die Jungs, die Sie umbringen wollten, hatten gar nichts damit zu tun?«

»Doch, die auch. Hätte ich weitergemacht, wäre ich im Gefängnis oder auf dem Friedhof gelandet.« Er hielt inne. »Sind Sie nun bereit, auch meine Fragen zu beantworten?«

»Sicher, Sie waren ja ziemlich kooperativ.« Paige stützte die Füße auf die Mittelkonsole und tätschelte Moccasin freundlich den Kopf. »Was möchten Sie wissen?«

»Wie haben Sie das mit Aldo und mir herausgefunden?«

»Wie gesagt, ich habe einen kleinen Ausflug nach Fort Bragg unternommen. Dort erfuhr ich von Emily und traf auch die Ärztin, die Aldo in der Wüste behandelt hat. Sie sah zufällig Ihr Foto. Da flog die Tarnung auf. Den Rest habe ich mir selbst zusammengereimt.« Sie tippte sich mit dem Zeigefinger an die Stirn.

»Ich wusste immer, dass Sie clever sind. Und was ist mit Wellington? Warum waren so viele Leute hinter ihm her?«

»Sie sind gut in Ihrem Job, Jay, sehr gut sogar. Aber selbst die Besten machen irgendwann einmal einen Fehler. John Wellington existiert nicht. Sie haben eine Identität gestohlen, die eigens für das Zeugenschutzprogramm geschaffen wurde. Die Leute, gegen die er aussagte, wollten ihn zum Schweigen bringen und entdeckten seine neue Identität ungefähr zur selben Zeit, da Sie sie gestohlen haben. Kenny und Sie waren einfach zur falschen Zeit am falschen Ort. Das ist alles.«

Sie wartete, bis er die Neuigkeiten verdaut hatte, und fügte dann hinzu: »Ein bisschen wie damals in der Wüste. Falsche Zeit, falscher Ort.« Sie griff im Dunkeln nach seiner Hand, doch er zog sie weg. »Es war ein Unfall, Jay. Sie konnten es nicht vorhersehen, genau wie damals. Das müssen Sie akzeptieren.«

»Scheiße.« Langes Schweigen. Sie konnten einander nur schemenhaft erkennen und hörten nichts als ihren Atem und den des Hundes.

»Jay?«, fragte Paige irgendwann behutsam.

»Steigen Sie aus. Ich muss mal in die Büsche.«

Sie schaltete die Scheinwerfer ein und stellte sich neben die Fahrertür in den Schneematsch.

»Ins Licht«, sagte sie und deutete auf die erleuchteten Kiefern ein paar Meter weiter. »Wo ich Sie sehen kann –«

Sein Körper prallte schwer gegen ihren. Er hatte sie von hinten angesprungen und drückte sie zu Boden, wühlte in ihrer Jacke. Sie wehrte sich heftig und bekam ein Bein frei. Trat mit der harten Ferse des Winterstiefels nach seinem Schienbein. Riss mit der freien Hand an seinem Ohr. Ihre Gegenwehr überraschte ihn, und sie schaffte es, unter ihm hervorzukriechen und zum Wagen zu laufen. Unter ihrem Sitz lag ein Regenschirm, die einzige verfügbare Waffe. Moccasin bellte gedämpft. Sie öffnete die Fahrertür.

Bevor sie unter den Sitz greifen konnte, schlossen sich seine kräftigen Arme wieder um sie. Er hob sie hoch, wollte sie zu Boden schmettern, tastete dabei erneut in ihrer Jacke. Schob die Hand in die rechte Innentasche. Fühlte am Gürtel, unter ihren Brüsten. Presste sie gegen den Wagen und betastete ihre Taille von hinten.

»Sie haben gar keine Waffe, was?«, knurrte er, bevor er sie wieder zu Boden drückte und sich auf sie kniete. Moc sprang auf den Fahrersitz und schaute interessiert zu.

»Nein. Ich habe nur geblufft.«

Verblüfft rutschte er von ihr herunter. »Tut mir leid, es tut mir so leid.« Sie streichelte ihm zärtlich die Wange. »Es tut mir so leid.« Dann beugte sie sich vor und küsste ihn auf die Stirn.

»Scheiße, Scheiße, Scheiße.«

Sie küsste ihn auf die Wange. »Es tut mir so leid.« Moccasin streckte sich neben ihm aus und legte seinen Kopf in Aldos Schoß.

»Scheiße.«

Sie küsste ihn auf die Lippen.

Und so saßen Mann, Frau und Hund lange schweigend neben dem Wagen. Kein Mond war zu sehen, nur die Sterne und das Licht der Scheinwerfer. Hier am Fluss, weit weg von den Lichtern der Großstadt, konnten sie den Gürtel des Orion erkennen, der über den kahlen Bäumen am Himmel stand. Zu seiner Rechten das gezogene Schwert. Wenn sie nach hinten blickten, sahen sie Saturn in seiner Bahn schimmern.

Ein Gefühl des Friedens, der Erfüllung, überkam Paige, nicht des Triumphes. Sie hatte den Fall endlich gelöst, die Teile zusammengefügt, den Verdächtigen gestellt, ihn zum Geständnis bewegt, empfand aber keine Freude dabei, eher Mitgefühl. Und obwohl es aus einem Impuls heraus geschehen war, bereute sie die Küsse nicht. Vermutlich hatte ihn seit Jahren niemand mehr so geküsst. Und vor diesem Abend hätte er es wohl auch nicht zugelassen.

Er saß da, den Rücken an den Wagen gelehnt, Moccasins Kopf im Schoß, die Augen geschlossen. Sanft strich er über den Kopf des Hundes. Er atmete regelmäßig und entspannt. Sie spürte seine Erschöpfung, dachte schon, er sei eingeschlafen, doch dann brach er das Schweigen.

»Keine Waffe, was?«

Er hielt die Augen geschlossen, während sie zum Orion hinaufsah.

»Keine Waffe.«

»Warum nicht?«

Ihr Lachen klang warm und übermütig.

»Die musste ich meinem Boss geben.«

»Wieso das?«

»Das ist eine lange Geschichte. Wegen dir wurde ich beurlaubt und ermittle nun auf eigene Faust. Man könnte sagen, auch ich bin auf der Flucht. Verliere vielleicht meinen Job.«

Er setzte sich auf und schaute sie an. »Jetzt sollte ich mich wohl bei dir entschuldigen.«

Sie lächelte ihn an. »Nein. Ich hatte eine Menge Spaß mit dir. So viel Spaß wie schon lange nicht mehr.« Beide lachten.

»Du wirst an einer Gefängnisstrafe nicht vorbeikommen«, sagte sie dann.

Er lehnte den Kopf wieder an den Wagen und kraulte Moccasin. »Ich weiß.« Darauf war er vorbereitet.

»Aber noch nicht. Erst fährst du zu Emily und erklärst ihr alles.«

»Ja, ich muss unbedingt zu Emily.«

»Danach wirst du alles wiedergutmachen.«

»Wie meinst du das?«

»Das gestohlene Geld zurückgeben und den Schaden beheben, den du angerichtet hast. Die Gerichte wissen solche Bemühungen zu schätzen.«

Er stand auf und streckte ihr die Hand entgegen.

»Das ist nicht so einfach. Wie lange gibst du mir dafür?«

»Sechs Monate.« Sie klopfte den Dreck von ihrer Jacke, die nach dem Ringkampf ziemlich verschmutzt war. »Du meldest dich wöchentlich bei mir. Betrachte mich als deine Bewährungshelferin.«

Er fand die Vorstellung nicht sonderlich verlockend, vor allem nicht, nachdem er so lange unabhängig gewesen war. Zudem war die Aussicht, danach auch noch in den Knast zu wandern, eher abschreckend.

»Und wenn ich wieder verschwinde?«

»Ich werde dich finden.« Sie wussten beide, dass es ein Bluff war. »Die eigentliche Frage lautet doch, ob du weiterhin mit einer Lüge leben, vor deiner Vergangenheit davonlaufen und dich als jemand anderer ausgeben oder lieber noch einmal von vorn anfangen möchtest. Es liegt bei dir.«

Er sagte nichts. Sie ahnte, dass er die Möglichkeiten abwog, aber noch keine Entscheidung treffen wollte. Sie würde ihm Zeit geben. »Ich fahre dich und Moc zu deinem Wagen zurück.«

Sie zog den Zündschlüssel heraus, öffnete die Beifahrertür und löste die Kindersicherung.

»War das alles?«, fragte er gedemütigt.

»Mit einer kleinen Änderung«, meinte sie augenzwinkernd.

Sie hielt neben seinem Lexus und gab ihm die Schlüssel, zusammen mit ihrer Handynummer.

»Ruf mich an, wenn du dich entschieden hast.«

Er nickte und ließ Moccasin aus dem Wagen springen.

»Übrigens, wofür steht denn nun das W?«

»Wisconsin«, antwortete er.

»Wisconsin?«

»Es hätte schlimmer kommen können. Stell dir vor, ich wäre aus New Jersey.«

56. Kapitel

Sie fuhr nach Hause. Ihr Vater öffnete im Schlafanzug die Tür.

»Wo bist du gewesen, Liebes? Hier geht pausenlos das Telefon.«

»Wer war denn dran?«

»Flynn und Captain Wiggins. Haben guter und böser Bulle mit dir gespielt. Rat mal, wer der böse war.«

Da brauchte sie nicht lange zu überlegen.

»Beide haben gesagt, dass du gefälligst morgen um acht in Flynns Büro erscheinen sollst, wenn dir an deinem Job gelegen ist. Soll ich mitkommen?«

»Nein, das bringt sie nur noch mehr auf die Palme. Die denken dann, ich wollte sie erpressen, weil sie so große Stücke auf dich halten.«

»Was ist mit Harry von der Polizeigewerkschaft? Der schuldet mir noch einen Gefallen.«

Paige schüttelte den Kopf. »Ich komme schon klar, Dad, keine Sorge.«

Sie ging ins Bett. Wollte schlafen. Doch die Aufregung der letzten Tage hielt sie wach. Gegen vier stand sie auf und fing an, die Küche zu putzen, um ihre überschüssige Energie loszuwerden. Sie ging anscheinend ziemlich laut zu Werke, da ihr Vater bald auftauchte und Kaffee kochte. Dann setzte er sich an den Küchentisch.

Zögernd erzählte sie ihm von dem Fall, ihrer Reise, Aldo und Jay und ließ nur den Deal aus, den sie ihm angeboten hatte. Mehrere Kannen Kaffee später sagte sie:

»Ich werde jetzt duschen, und dann fahre ich ins Büro.«

Er ergriff ihre Hand und umfasste sie zärtlich, eine seltene Geste. »Ich hab dich lieb, Kleines.«

»Ich dich auch, Dad.«

Tapfer schritt sie zur Hinrichtung. Um Punkt acht Uhr erschien sie in ihrem schicken dunkelblauen Kostüm mit weißer Bluse vor Flynns Büro. Die Jalousie an der Tür war heruntergelassen. Sie klopfte.

»Herein!«

Sie heftete sich die Dienstmarke an den Rockbund und trat ein.

Flynn saß am Schreibtisch, er schien sein irisches Temperament nur mühsam zügeln zu können. Neben ihm wartete Captain Wiggins, sie wirkte kaum freundlicher. Überrascht entdeckte Paige eine ihr unbekannte Frau auf dem Sofa.

»Machen Sie die Tür zu, McGraw«, sagte Flynn.

»Ja, Sir.«

Er bot ihr keinen Platz an. Also musste sie die Predigt im Stehen über sich ergehen lassen.

»Officer McGraw«, setzte Wiggins an.

Officer statt Detective, das war kein gutes Zeichen.

»Officer McGraw, gegen Ihr Vorgehen im Fall Wellington wurden einige Beschwerden vorgebracht, vor allem wegen Überschreitung Ihrer Befugnisse und Gehorsamsverweigerung. Ist Ihnen bewusst, dass Sie gestern eine Anhörung des internen Ermittlungsausschusses wegen der Schießerei versäumt haben?«

»Nein, Ma'am.«

»Sie wissen es nicht, weil Sie nicht in der Stadt waren«, bellte Flynn. »Dabei sollten Sie vor Ort bleiben. Sie haben sich damit einer dienstlichen Anweisung widersetzt.«

Captain Wiggins hob die Hand. »Sehe ich richtig, dass Sie beurlaubt waren?«

»Ja, Ma'am.«

»Und sich verfügbar halten sollten?«

»Ja, Ma'am.«

»Und von diesem Fall abgezogen waren?«

»Ja, Ma'am.«

»Warum dann die geheime Reise, Officer? Sie haben in Fort Bragg ganz schön Staub aufgewirbelt. Der Leiter der Militärpolizei hat mich angerufen.«

»Ich dachte, ich könnte dort einige noch offene Fragen klären, Ma'am.«

Captain Wiggins beugte sich vor. »Und, ist Ihnen das gelungen?«

»Teilweise.« Paige berichtete, dass es sich bei dem Mann, gegen den sie ermittelt hatten, nicht um den echten Aldo Harrison handelte, der bereits vor mehreren Jahren verstorben war. Die Episode mit Emily Harrison und Jay Bradford ließ sie aus. Selbst wenn Major Tsamis Emily erwähnt haben sollte, würde das nicht ausreichen, um sie mit Jay Bradford in Verbindung zu bringen. Vermutlich wusste niemand außer Paige etwas über Jay.

»Das ist sehr interessant«, warf die Frau auf dem Sofa ein. Sie stand auf und stellte sich vor. »Officer McGraw, ich bin Caroline Ottmann vom FBI, ich arbeite mit Agent Pennington zusammen. Sie erinnern sich an ihn?«

»Ja«, sagte Paige überrascht.

»Ich bin auf Wunsch von Agent Pennington hier. Er möchte, dass diese Angelegenheit außerhalb des üblichen Dienstwegs geregelt wird.«

Paige schaute sie verwundert an.

»Vermutlich wissen Sie nicht, was während Ihrer Abwesenheit vorgefallen ist. Ein Insider hat unseren Zeugen und seine Frau niedergeschossen. Wir fahnden nach ihm.«

Entsetzt vergaß Paige jede Förmlichkeit und setzte sich neben Ottmann.

»Wie geht es den beiden?«

»Der Zeuge wird überleben. Seiner Frau geht es etwas besser, aber ihr Zustand bleibt weiterhin kritisch. Die Geschichte ist heikel, zumal die Schüsse vom Vertreter einer Ermittlungsbehörde abgegeben wurden.«

»Sechs Opfer in sechs Tagen«, fügte Captain Wiggins hinzu. »Zwei Tote, drei Schwerverletzte, und wir haben kaum Erfolge vorzuweisen. Hinzu kommt, dass Ihr Mr. Harrison, oder wie immer er auch heißen mag, verschwunden ist. So können wir kaum Anklage erheben.«

»Sie werden verstehen, dass wir dieses Fiasko möglichst aus den Medien heraushalten möchten«, erklärte Ottmann.

»Falls Sie unser Angebot annehmen, kommen Sie mit deutlich weniger als einer Entlassung davon«, sagte Wiggins. »Wir bieten Ihnen einen Monat unbezahlten Urlaub, eine offizielle Rüge und –«, sie schaute zu Flynn, »eine Versetzung. Womöglich wieder Streifendienst.«

Flynn, dem dieser Kompromiss gar nicht behagte, fragte wütend: »Können Sie das akzeptieren?«

Paige war erleichtert, dass man sie nicht aus dem Polizeidienst entlassen würde, brauchte aber Zeit zum Überlegen. Sie musste sich unbedingt mit ihrem Vater beraten.

»Ich erbitte Bedenkzeit, Ma'am.«

»Bis heute Nachmittag«, sagte Captain Wiggings. »Das muss reichen.«

In Winnipeg packte der Richter seine Sachen. Er hatte eine erholsame Nacht verbracht. Bei Tagesanbruch meldete sich seine Kontaktperson aus der Hotelhalle und kündigte an, ihn vom Zimmer abzuholen. Seit der Richter in Kanada war, hatte er kaum an seine Frau, die Praxis in Louisiana und das Leben, das er hinter sich ließ, gedacht. Nun, da er die Kirchbaums für immer zum Schweigen gebracht hatte, blickte er nach vorn und fieberte der Zukunft entgegen.

Es klopfte.

»Einen Moment, bitte.« Er schloss die Reisetasche, stellte sie neben die Tür und schaute vorsichtshalber durch den Spion. Vor der Tür stand ein Mann mittleren Alters, dem Typ nach aus dem Nahen Osten. Der Richter erkannte ihn, öffnete die Tür und griff nach der Tasche.

»Ali, wie nett, dass du mich abholst.«

Er reichte ihm die schwere Tasche. Eine Hand griff danach. Er blickte hoch. Agent Pennington stand mit verbundenem Kopf im Flur, flankiert von zwei Polizisten im Kampfanzug. Ein Stück weiter wurden seinem Freund von dunkelgekleideten, ernstblickenden Männern Handschellen angelegt.

»Guten Morgen, Euer Ehren. Lange nicht gesehen.«

57. Kapitel

Eine Woche später saß Paige im Wohnzimmer und betrachtete stolz ihr Werk.

Nachdem sie sich mit ihrem Vater beraten hatte, der sich daraufhin beim Polizeipräsidenten für sie einsetzte, war es ihr gelungen, die Strafe auf einen Monat Urlaub bei halbem Gehalt und eine Verwarnung statt einer Rüge herunterzuhandeln. Sie würde im Betrugsdezernat bleiben, allerdings mit einer sechsmonatigen Probezeit. Noch ein Fehler, und sie wäre draußen. Ganz glücklich war sie damit nicht, hatte aber die Chance, ihren Ruf wiederherzustellen.

Paige stürzte sich mit Genuss in die Freizeit. Noch zwei Tage bis Weihnachten und endlich Zeit, alles schön zu dekorieren. Sie putzte das ganze Haus und schmückte es mit frischen Kiefern- und Stechpalmenzweigen. Im Wohnzimmerfenster und am Kamin hingen bunte Lichterketten, die im Dämmerlicht wie Sterne funkelten. Wie der Gürtel des Orion.

Überall waren Weihnachtsdekorationen verteilt: kleine rotweiße Weihnachtsmänner, winzige Rentiere mit Schlitten, Engelchen, die wie Jesuitenschüler beteten, auf dem Couchtisch eine Krippe. In einer Ecke stapelten sich Weihnachtsbaumkugeln und Lametta.

Jetzt fehlte nur noch der Baum, den ihr Vater jeden Moment abliefern würde. Auf dem Herd stand schon ein Topf mit nach Zimt duftendem Apfelwein bereit. Sie goss sich ein Glas ein und setzte sich wieder. Zum ersten Mal, seit ihre Mutter vor zehn Jahren gestorben war, würde sie mit ihrem Vater ein schönes Weihnachtsfest verbringen, ohne plötzliche Anrufe, die sie zu einem Tatort riefen. Nach Weihnachten wollte sie ein paar Dollar zusammenkratzen und in die Sonne fliegen. Irgendwohin, wo es einen Strand und viele Diskos gab. Und viele tolle Männer.

Zu ihrem Glück fehlte nur noch ein Anruf von Jay. Es war jetzt eine Woche her, er hatte es versprochen.

Doch bevor sie lange grübeln konnte, stieß Bruce McGraw die Haustür auf und zerrte den bedauernswerten Baum die Treppe hinauf ins Wohnzimmer, wobei er eine Spur aus Kiefernnadeln hinterließ. Nachdem sie den Baum aufgestellt und die Nadeln weggesaugt hatten, schenkten sie sich Apfelwein nach, legten Bing Crosbys »White Christmas« auf und schmückten den Baum. Dann briet Paige Steaks, ihr Vater würzte den Wein nach. Sie wurden ein bisschen betrunken, während das Fleisch in der Pfanne brutzelte.

Nach dem Essen bestand Bruce darauf, dass sie sich ausruhte und er die Küche sauber machte. Sie kuschelte sich mit dem letzten Apfelwein auf die Couch und lauschte der Musik. Ihr Vater hatte Händels *Messias* mitgebracht, und der Choral »Unto us a child is born« erfüllte sie mit neuer Hoffnung. Sie schaute auf die blinkenden bunten Lichter, während ihr Vater in der Küche die Spülmaschine einräumte und dabei fröhlich vor sich hin pfiff. Sie war richtig zufrieden. Da klingelte ihr Handy. »Hallo.«

»Hallo? Spreche ich mit Detective McGraw von der Polizei in St. Paul?«

»Ja.« Die Stimme war ihr völlig unbekannt.

»Man hat mir gesagt, ich solle Sie anrufen. Es geht wohl um einen Fall von Identitätsbetrug.«

»Wer ist da, bitte?«

»Mein Name ist Bradford, Jay Bradford. Ich wohne in Neenah, Wisconsin. Ich erhielt einen Anruf von einem Mann, der sagte, er arbeite mit Ihnen zusammen. Ich solle Sie unter dieser

Nummer anrufen, weil offenbar jemand in St. Paul meinen Namen benutzt. Stimmt das?«

Ihr Vater steckte den Kopf ins Zimmer.

»Was ist los, Paige?«

Sie hob warnend die Hand.

»Wie heißen Sie doch gleich, Sir?«

»Jay W. Bradford. Was hat das alles zu bedeuten, Detective?«

Sie stöhnte leise und versuchte, einen klaren Kopf zu bekommen.

»Waren Sie jemals bei der Air Force, Sir?«

»Nein.«

»Bei der Army?«

»Nein. Wieso?«

»Und wovon leben Sie, wenn ich fragen darf?«

»Ich habe früher in der Papierindustrie gearbeitet.« Er wurde langsam ungeduldig. »Ich hatte meine eigene Firma, aber die habe ich vor Jahren verkauft und bin seither im Ruhestand. Benutzt nun jemand in St. Paul meinen Namen oder nicht?«

Paige schloss die Augen und fuhr sich fassungslos durchs Haar.

»Vermutlich hat es gar nichts zu bedeuten, Sir. Behalten Sie Ihre Finanzen gut im Auge. Sollte Ihnen etwas verdächtig vorkommen, wenden Sie sich bitte an Ihre örtliche Polizeidienststelle.«

»Ist das alles?«, fragte er ungläubig. »Warum sollte ich Sie denn überhaupt anrufen?«

»Es tut mir leid, Mr. Bradford, jemand hat sich wohl einen Scherz mit uns erlaubt. Ich werde den Anrufer ermitteln lassen und dafür sorgen, dass so etwas nicht wieder vorkommt.«

»Das möchte ich auch hoffen, Detective«, sagte Mr. Bradford. »Ich habe einflussreiche Freunde in St. Paul.«

»Ich bitte nochmals um Entschuldigung. Auf Wiederhören.«

Er hängte ein.

Bruce McGraw stand vor ihr und wartete auf eine Erklärung.

»Was ist los?«

Paige schaute ihn achselzuckend an. Aldo, Jay, wer immer er auch sein mochte, hatte sie mal wieder reingelegt.

Epilog

NEENAH, WISCONSIN, GEGENWART

Jay Walter Bradford, ehemaliger Präsident und Vorstandsvorsitzender der Bradford Companies, der Muttergesellschaft der Bradford Papier- und Kartonwerke, sitzt in seinem Arbeitszimmer. Das Haus liegt am Stadtrand mit Blick auf den Lake Winnebago und die Mündung des Fox River. Er schaut aufs Telefon und lässt das Gespräch mit Detective McGraw noch einmal Revue passieren. Obwohl im Kamin ein Feuer knistert, überläuft es ihn kalt. Im Wohnzimmer schmückt seine Frau den Weihnachtsbaum und summt dabei »God rest ye merry gentlemen«.

»Katherine«, ruft er, steht auf und tritt in den Flur. »Katherine?«

»Einen Moment, Schatz.« Sie hängt gerade goldenes Lametta an den Baum. »Hab zu tun.«

»Katherine?«, ruft er noch einmal und geht ins Wohnzimmer. Sie spürt die Sorge in seiner Stimme und dreht sich um. Er steht vor der Eckvitrine, in der sie ihre kostbarsten Familienerinnerungen aufbewahren. In der Mitte steht ein Eichenrahmen mit einem Foto von Jay, Katherine und ihren drei Kindern. Zwei Mädchen und ein Junge. Das Bild ist schon älter, Jay darauf viel schlanker, Katherines Haare sind noch rotblond, die Mädchen tragen altmodische Brillen. Der kleine Junge präsentiert lächelnd seine Zahnlücken. Jay öffnet die Vitrine und nimmt das Foto heraus.

»Katherine, ich glaube, Jay Junior führt was im Schilde.«

Peter James

Stirb Ewig

Thriller

Aus dem Englischen von

Susanne Goga-Klinkenberg

Band 16872

»Peter James schreibt einfach gut. Seine Story gehört zur ganz großen Spannungsliteratur.«

Brigitte

Seit Tagen ist Michael spurlos verschwunden. Lebendig begraben. Auf irgendeinem gottverlassenen Acker. Ein kleiner Spaß seiner Freunde beim Junggesellenabschied. Die sich diesen Scherz erlaubt haben, sind tot. Seine Braut und sein bester Freund außer sich vor Verzweiflung: Sie wissen von nichts. Wirklich? Fragt sich Inspektor Roy Grace.

Fischer Taschenbuch Verlag

fi 16872 / 1